魅丽文化 花火工作室

无法自拔 下

西方经济学 著

江苏凤凰文艺出版社
JIANGSU PHOENIX LITERATURE AND ART PUBLISHING, LTD

图书在版编目（CIP）数据

无法自拔. 下 / 西方经济学著. — 南京 : 江苏凤凰文艺出版社，2019.4
ISBN 978-7-5594-3261-2

Ⅰ. ①无… Ⅱ. ①西… Ⅲ. ①长篇小说－中国－当代
Ⅳ. ①I247.5

中国版本图书馆CIP数据核字(2019)第016736号

书　　名	无法自拔·下
著　　者	西方经济学
选题策划	丐小亥
责任编辑	张　倩　王　青
文字编辑	白　鱼
出版发行	江苏凤凰文艺出版社
出版社地址	南京市中央路165号，邮编：210009
出版社网址	http://www.jswenyi.com
印　　刷	湖南关山美印有限公司
开　　本	880mm×1230mm 1/32
字　　数	290千字
印　　张	9.5
版　　次	2019年4月第1版，2019年4月第1次印刷
标准书号	ISBN 978-7-5594-3261-2
定　　价	36.80元

目录
CONTENTS

目录
CONTENTS

第一章

这颗心是我的

两人就在午后的阳光中一同睡了过去。

海边的日光真好，浅浅的，穿透初春的微凉，像在身体上盖了一层薄纱，不冷不热刚刚好。

这一觉许星空睡得很浅，只睡了半个小时就醒了。她拿过手机看了一眼时间，刚刚下午四点。

眯着眼睛又休息了一会儿，许星空准备起床。

在她刚要起身的那一刻，手臂被旁边的人抓住了。男人闭着眼，半边脸埋在枕头里，沉声问道："去哪儿？"

许星空看了怀荆一眼，他似乎很困，并没有睁开眼。他这个样子，像是在睡梦中也能感受到她的离开。

看着阳光下男人轮廓清晰的五官，许星空舔了舔下唇，说："去朋友家，我妈让我带了些特产，我给她送过去。"

听了她的回答，男人眼睛微睁开了些，浅褐色的眸子在浓密的睫毛间闪着光："你妈让你带什么给我了？"

不知道他突然从哪里来的攀比心，许星空看着他，说道："你中午的时候不都吃了吗？"

怀荆嘴角微勾，他睁开眼看着许星空，笑着问："包括你吗？"

许星空先是一愣，末了像是想起什么似的，眼神一闪，将脸扭过去，后颈红了一片。她起了身，语气里有些急："我不跟你说了。"

沉沉的笑声从床上传来，许星空觉得自己真是笨。怎么就不吃一堑长一智，她说话什么时候能说过他了？

怀荆将许星空的手臂松开，并没有阻拦她。他还要再睡一会儿，这些天他的睡眠质量很差，今天下午才睡得好了些。

待许星空穿好衣服，怀荆闭着眼睛问道："几点回来？我去接你。"

刚才在他那里吃了亏，许星空想了想后，对他说："不一定，我要在那边吃晚饭。"

男人幽幽地睁开了双眼，抬眸看着她，眉梢微挑，沉声说："你要在那边吃晚饭的话，咪咪就别想吃晚饭了。"

许星空："我会回来吃晚饭的……"

上大学的时候，陈婉婉就喜欢吃林美慧做的毛豆腐。她与许星空关系好，每年寒假，林美慧都会做一些让许星空带给她。

毛豆腐好吃，但保质期很短，许星空怕放坏了，所以才想着今天给陈婉婉送过去。刚上了出租车，许星空就给陈婉婉打了电话。

"喂，星空。"陈婉婉刚接了电话叫了一声星空，那边康康的声音便传了过来。

"星空阿姨，星空阿姨，新年快乐！"

小男孩清脆的奶声穿透听筒传了过来，许星空一笑，应了一声后，道："康康新年快乐。"

陈婉婉将站在旁边的康康抱了起来，康康顺势将耳朵朝着手机凑了过来。陈婉婉捏了捏他的小脸，笑眯眯地继续和许星空通电话："新年快乐啊，打电话有事吗？"

低头看了一眼手上的东西，许星空笑着说："我妈做了些毛豆腐，让我给你带过去。"

一听毛豆腐，陈婉婉高兴地嗷嗷叫了两声说："真的？阿姨最好了！哎，不对，你回来了？"

听着陈婉婉高兴的声音，许星空嘴角一扬，她笑了一声后说："嗯，今天回来的。"

"不是。"虽然有毛豆腐吃陈婉婉很高兴，但她还是疑惑地问了一句，"初六才上班，你这么早回来干什么？”

“啊。”许星空声音一顿，抿抿唇后说，“我回来看看店铺，店铺初二就开门了。”

“哦。”听了这个回答，陈婉婉倒没有怀疑，对她说，“来来来，赶紧来吧，我在家呢。你今晚就在我家吃饭呗，我让我婆婆准备松鼠鳜鱼。”

“不……不用……”许星空刚要拒绝，陈婉婉已经将电话挂断了。

到了陈婉婉家所在的楼层，许星空刚下电梯，康康就从家门口扑了过来。许星空将东西放在一边，蹲下身笑着将他接了个满怀。

陈婉婉笑着走过来，看着两人抱成一团，说：“年度感人现场，五岁男孩与他生母春节后首次见面。”

“当着孩子的面，你别这样闹。”许星空皱眉说了陈婉婉一句。

陈婉婉嘿嘿一乐，满不在乎，拿着毛豆腐去了厨房。

抱着康康进了陈婉婉家，许星空和詹良庭还有他的父母打了招呼。詹母看到她，笑着说：“今晚就在这儿吃晚饭吧，回家就不用再做了。”

提到这个，许星空赶紧说道：“不了，谢谢阿姨，我等会儿还要去和平街看看。”

厨房里，陈婉婉探出头来，疑惑道：“你还没去和平街啊？我以为你从那边过来的呢。”

许星空微微一顿，解释道：“我坐的下午的火车，刚到。”

等大人们说完话后，康康拉着许星空的手，兴高采烈地说：“星空阿姨，我有个礼物要送给你。”

“真的啊？谢谢！”许星空低头笑着看他，然后随着他一起到了他的房间。

小家伙的房间整理得干净整齐，两层的小木床上铺着蓝色的海底世界的被褥。床旁边有一张书桌。康康跑过去，将书桌上的一张画拿了过来，递到了许星空手里。

许星空蹲在康康身边，低头看了一眼手上的画。画是用小孩子涂鸦用的彩笔画的，蔚蓝的底色，上面用黄色的彩笔画了几颗星星，还用粉色和红色的彩笔画了几张笑脸。

小孩子的画还是稚嫩的，但稚嫩中带着童真，许星空看着，笑着问道：“这画是什么意思啊？”

康康站在她的身边，一本正经地解释道：“笑脸埋在星空里，我想祝阿姨新的一年开开心心。”

说完，康康看着许星空，眼角弯弯地笑了起来。

“谢谢。”许星空有些感动，她伸手摸了摸康康的头，脸上的笑意也加深了些。

“我儿子是不是很有绘画天赋？我给他报了绘画辅导班，下周就去上课。”陈婉婉笑着说完，看着画又补充了一句，“哎，这幅画还有署名呢。你看右下角，我们家一人一颗心，联合署名祝愿新的一年快快乐乐。”

经陈婉婉这么一提，许星空看了一眼右下角，才看到上面用几种不同颜色的笔画了六颗小爱心。除了陈婉婉一家，许星空也有，是黄色的，星星一样的颜色，在最右边。

小孩子总能用最天真的做法，让一个人心里充满温暖。拿着画，许星空将康康抱在怀里，笑着说：“阿姨爱你。”

“我也爱你。”康康张开小胳膊将许星空抱了个满怀。

怀荆是被手机振动声吵醒的。

手机在床头振动，他微微睁开了眼睛，窗外天已经黑了。手机屏幕随着振动发亮，将黑漆漆的卧室照得雾蒙蒙的。

以为是许星空忙完了，怀荆将手机拿了过来，屏幕映照着男人精致俊逸的脸，待看到屏幕上的来电显示时，怀荆眼尾轻挑，接了电话：“喂。”

“哈喽！”对方热情地打了个招呼，叫了一声，“哥，我明天回国，你来机场接我呗。”

“奶奶没安排老李去接你吗？”怀荆问道。

“别让奶奶知道！”对方赶紧说道，随即一笑，道，“我提前一天回来的，想先玩两天再回去。”

“嗯。”怀荆淡淡地应了一声，问，“这次回来就不走了吗？”

“可能吧。”对方说，“奶奶年纪大了，我爸也说他身体不好，两个人双管齐下，我想回去估计也不让回去了，哈哈！”

“好。”怀荆答应了。

“那明天在机场等我哦！”对方愉快地说了一句，然后挂掉了电话。

屏幕上电话已经切断，怀荆被照亮的双眸渐渐沉下去。

怀阳平已经不能用了，怀昌朝把他的二儿子怀阳翰叫回来了。

许星空离开陈婉婉家时，陈婉婉非要开车送她。无奈，许星空只好先让陈婉婉将自己送回了家。待陈婉婉走后，许星空从禾枫公寓大门口出来，顺着公路往下一看，怀荆已经在老地方等着了。

她走了过去，打开车门上了车。

许星空上车时，带来了一丝凉气。怀荆回头看了她一眼，看到了她手上还未来得及收起来的画。

“这是什么？”怀荆侧眸看着画，问了许星空一句。

“啊。”视线落到画上，许星空浅浅一笑，说，“朋友儿子送给我的礼物。”

果然是小朋友的手笔，怀荆看着上面五颜六色的图，问道：“星空里还有笑脸？”

许星空抬眼看着他，说：“这是祝星空天天开心快乐的意思。”

小孩子的心思还是有些新意的。

怀荆一笑，看到右下角，问道：“那六颗心是什么？”

“署名啊。”许星空笑起来，指着上面的心，笑着说，“左边五颗是他们家五个人，右边这颗是我，代表这是我们共同的祝愿。”

不自觉说了这么多，许星空笑容一顿，她抬眼看着怀荆，男人脸上没有什么表情。她是真的开心，所以话多了些。想到这里，她脸微微一红，就要将画收起来。

“有笔吗？”怀荆看着她问道。

“啊？”许星空愣了一下，在包里翻了翻，竟然真的翻出了一支笔。

许星空把笔递给了他。

男人拿过笔，打开笔帽后，笔尖就朝着她手上的画过来了。许星空心下一紧，怕他要破坏画，连忙将画抽回。

但她还是晚了一步，在她抽回来前，男人拿着笔，在右边她那颗心上画了一颗更大的爱心，将她的心包裹住。

画完之后，男人将笔帽“啪”的一声扣好，抬眼看着许星空，眉梢微挑，沉声说：“这颗是我的。”

两人回到家，许星空做了晚饭，吃过饭后，怀荆接了一个电话，起身进了书房。

许星空将碗筷洗干净，出来时看到咪咪蹲在楼梯上，正仰头看着挂在楼梯扶栏上的逗猫棒。逗猫棒挂得有点高，咪咪跳了好几下都没够到，正急得在楼梯上打转。

许星空看着一笑，她走过去，坐在了咪咪身边，将逗猫棒取下，在咪咪面前晃了晃。

咪咪抬眼看着她，“喵呜”一声，伸出爪子去抓，玩得不亦乐乎。

楼梯扶栏设计了两层，放在下一层的话，咪咪自己就能够到，可它偏偏被放在了上面那层。想也不用想，就知道是怀荆在使坏。

他这么坏，也难为咪咪能跟他玩在一起。

许星空眼角一弯。

玩了一会儿逗猫棒，咪咪似乎累了，没有再去抓。它身体展开在台阶上伸了个懒腰，然后轻巧一跳，跳上了一层台阶。

许星空以为它在跳着玩，没有在意，不一会儿，咪咪又往上跳了两层，最后小跑着跳到了台阶最上面。

等跳上最后一层台阶，咪咪“喵呜”一声，朝着半掩的书房门跑了过去。许星空还没来得及叫住它，咪咪已经钻过了门缝，进了书房。

“咪咪。”许星空心下一急，赶紧起身去找它。怀荆在书房里一直没出来，肯定是因为有工作，它进去添什么乱。

她刚叫了一声，咪咪似乎是听到了。它从门缝里露出小脑袋，歪着头，蔚蓝色的眼睛盯着她。

许星空小心地走到门边，蹲下身后冲它笑了笑，招了招手，小声说道：“咪咪，过来。”

咪咪不为所动，对着她“喵呜”一声。许星空无奈，怕它出声吵到怀荆，赶紧伸手去抱它。谁料，她一伸手，咪咪以为她在逗它玩，身体灵巧地躲开了。

许星空的手指只碰到了咪咪的毛发，手背则碰到了书房的门，被咪咪这么一带，书房门一下开了。

许星空心下一紧，下意识地抬头看向书房内。

书房内开着灯，灯光下，怀荆正坐在办公桌后的办公椅上翻着文件。他整个人被笼罩在灯光的光晕之中，白皙的肤色被照得透明。五官被打上了灯影，更为深邃立体，浅褐色的双眸微抬，看着蹲在门口的许星空，里面浮了一层笑意。

察觉到被男人发现，许星空眼神一躲，从地上站了起来。她看了一眼书房，咪咪已经不知所终。

许星空有些尴尬，连忙解释了一句："咪咪找你。"

怀荆见她有些局促地站在门口，便将手上的文件一放，沉声问："你呢？"

刚刚在楼梯上逗咪咪的时候，许星空是觉得有些无聊，但并没有要找他的意思。许星空抬眼看着他，半晌后才回了一句："我去找咪咪。"

她还未转身，男人的手指捏住笔盖，"啪"的一声扣上了。他眉眼微动，看着女人在灯光中的身影，鼻间一声哼笑，说："过来。"

"啊？"许星空回头看了他一眼，又看看散在桌上的文件，问道，"你不工作了吗？"

怀荆垂眸看了一眼文件，又抬眼看着她说："工作随时都可以做，但陪你并不是随时都有机会。"

许星空眨了眨眼，低着头小声说了一句："我不用陪。"

看着女人低头小声说话的模样，怀荆嘴角一勾，道："我用。"

许星空抬眸看了他一眼，最后还是走到了办公桌前。待走到男人身边，她扫了一眼桌上的文件。

这些文件好像是与 TIE 公司下季度的合作文件。

两家公司上次的合作因为林玮瑜代言的问题搞砸了，所以在新一季度的合作上，要更为谨慎小心。

许星空看着文件，说："你先工作吧，我等你。"

在她说话的时候，怀荆伸手抱住了她，许星空身体一个不稳，就势坐在了他的腿上……

最后，文件散落了一地。

怀荆起床下楼的时候，许星空正从厨房出来，她端着早餐，正准备进餐厅。

这两天的天气都很晴朗，阳光在许星空身上打了个光圈，米色的半高领和光芒融为一体，只有脖颈处露出了半截昨夜新添的咬痕，在一片温柔之中，给她添了一丝明丽和妖冶。

怀荆刚下楼，许星空就听到了他的脚步声。她端着早餐，抬头看了一眼，对上了男人的视线。

“早餐做好了。”许星空将视线收回，淡淡地说了一句。

说话的工夫，男人已经从楼梯上下来了。他边往这边走，边说了一句：“我尝尝。”

待怀荆走到身边，许星空老实地将早餐盘子递了过去。而男人的注意力似乎不在早餐上。他眸中带笑，越过早餐盘，微一俯身，在许星空的耳朵上轻咬了一下。

许星空被咬得眼睛一睁。

咬过之后，怀荆直起身体，满意地点了点头，笑道：“味道不错。”

耳垂上被咬得火辣辣的，许星空红着脸，皱眉将盘子收回来，说：“你不吃这个算了，我自己吃。”

许星空的话让怀荆嘴角一勾，他低下头，平视着她，眼神却在她身上游动着：“好啊，那我接下来是吃额头、脸蛋、嘴巴、下巴，还是……”

说着，怀荆作势真的就要过来咬。

看他不像是开玩笑，许星空被吓到了，“哎呀”一声连忙躲开，将盘子递到怀荆手上，连声说：“给你吃，给你吃……”

看着她慌乱的模样，怀荆哈哈笑了，在女人生气地皱眉中，将盘子接了过来。

两个人吃早餐要比一个人吃早餐有趣得多，顺带着胃口也好了很多。

许星空看着怀荆将早餐吃了个精光，抬眼看着他，问了一句：“中午想吃什么？”

喝了一口果汁，怀荆对上她的视线，说：“我中午有事，午饭不在家里吃。”

许星空眉眼一垂，点了点头说：“哦。”

看着她安安静静地吃了一口鸡蛋，怀荆问了一句："不开心？"

许星空被问得一愣，其实她没有不开心，只是他突然说午饭不在家里吃，许星空觉得心里没了安排。

想到这里，许星空摇了摇头，说："没有，咪咪可以陪我。"

怀荆扫了一眼刚好路过餐厅的咪咪，眼尾一挑，说："便宜它了。"

怀阳翰乘坐的飞机是上午十一点到。还没到正午，空旷的飞机场就被照得格外亮堂。

怀荆刚到接机口，就听到有人叫了一声"哥"。循着声音，怀荆抬头看去，便看到怀阳翰从接机口走了出来。

刚一出来，怀阳翰就给了怀荆一个大大的拥抱。怀阳翰比怀荆矮一些，只有一米八，他抱过来时，怀荆反而手臂一勾，将他回抱住了。

怀阳翰笑嘻嘻地说了一句："好久不见啊！"

怀阳翰今年二十六岁，性格随和开朗。在所有的子孙里，他是最得梅老太太喜欢的一个。但他常年在外，不怎么回来，平时在大宅，梅老太太最常念叨他。怀阳翰在莫纳什大学修银行金融的硕士学位，虽然是搞金融的，但丝毫没有金融男的精英气。

棒球帽、连帽衫还有破洞牛仔裤，看着更像个搞嘻哈的大男孩。

怀阳翰是怀昌朝的原配妻子所生，因为怀阳平的出现，怀阳翰生母得了抑郁症，而后郁郁而终，所以他与怀阳平的关系很差，而与从小一起在大宅长大的怀荆关系最好。

听了怀阳翰的话，怀荆神色未变，他低头看着一年多没见的怀阳翰，笑着说："先带你去吃午饭，住的地方已经安排好了。"

"还是你靠得住。"听从怀荆的安排，怀阳翰笑嘻嘻地将双肩背包往上一拉。虽然坐了那么长时间的飞机，但是他身上丝毫没有风尘仆仆的感觉。

"你准备什么时候回大宅？"怀荆接过他手上的行李箱，随口问了一句。

"刚说了你靠得住……"一听怀荆这话，怀阳翰的脸就是一垮。他长得比较像他的母亲，一张娃娃脸，十分白净。本来二十六岁也不算大，看着像个大学生，其实他的硕士学位去年就已经修完了。

怀阳翰的话，让怀荆一笑。

吐槽归吐槽，该回答的还是要回答，怀阳翰脸上带着忧愁，道："下周。我爸已经给我安排好了，说下周让我进怀氏。我一个搞金融的，他让我进公司做管理，也不知道他怎么想的。"

怀荆垂眸看了一眼一脸无奈的怀阳翰。

两人从小一起长大，都是最为了解对方的人。怀阳翰虽然表面随和，整天无所事事，像个散仙，但其实心思极重。

说话的工夫，两人已经到了停车场，怀荆将行李箱放在车上，淡笑了一声，说道："那也比我这个学医的强。"

提到这个，怀阳翰一乐，笑嘻嘻地说："哎，我怎么能跟你比嘛，我从小就是笨蛋，你可是天才啊。"

鼻间一声轻笑，怀荆打开车门上了车，不着痕迹地转移了话题："走吧。"

怀荆出门后，许星空也没有闲着。她先给咪咪续了猫粮，然后拉着行李箱回了禾枫公寓。

说起来，她昨天上午就回了夏城，今天才踏进自己家门，许星空都觉得有些不可思议。

回到家之后，许星空先做了午饭吃了，又将被褥拿到阳台晒好，最后开始将行李箱里的东西一样一样地拿出来往冰箱里放。

林美慧给她塞了很多东西，絮絮叨叨地说让她给朋友和同事都送一些。但是拿出那些给同事给朋友的后，行李箱里还有很多。

好不容易将行李箱里的东西都收拾好，已经是下午两点多了。许星空看了一眼时间，去阳台上将晒好的被褥收进了卧室。随后，她拎着一袋子杂七杂八的特产零食，去了和平街。

今年春节新上了两部贺岁电影，口碑挺不错。佳廷广场内就有电影院，顺带着和平街上的店铺这几天的生意也不错。

许星空走进和平街，越过人群，抬眼看着吾饮门口，有几个人正在排队买奶茶。皇甫壹朵和阿金坐在老地方，正拿着手机看着什么。

皇甫壹朵穿了一件红色的斗篷，领口处有两个白色的毛绒球。她戴着斗篷状的帽子，帽子上有一圈毛茸茸的白边，像个小精灵。

而站在她身边的阿金，则穿了一件黑色的巫婆一样的衣服。小小的衣服掩盖不住它一身金色的毛发。许星空凑近了才看清楚，这一人一宠物是在扮演小红帽和狼外婆。

也亏了皇甫壹朵有这么多的想法，每次见到她都那么可爱，还可爱得那么有新意。

“姐姐！”皇甫壹朵从手机上抬头时，看到了许星空，她兴奋地冲着许星空招手，“新年快乐！”

“新年快乐。”阿金在皇甫壹朵招手的时候，已经跑了过来。许星空看着它围着狼外婆的围巾，忍不住笑了笑，伸手摸了摸它的头。

摸完阿金后，许星空将手上的零食递了过去，说：“给你们的。”

皇甫壹朵惊喜了一下，将零食接了过去。圣诞节送礼物，春节包红包，年后还带特产，这个老板未免太好了些。

一把抱住许星空，皇甫壹朵甜甜地笑了，说：“谢谢姐姐。”

待两人一前一后准备进店的时候，许星空的手机振动了一下。她将手机拿出来，看到怀荆发来一条消息。

怀：在哪儿？

抬眼看了看皇甫壹朵，小红帽已经先行进了店铺。许星空敲了三个字，给怀荆回了过去。

星空：和平街。

不一会儿，怀荆回复了消息。

怀：我在附近，过去接你。

许星空看着手机，回复了一个字。

星空：好。

收起手机，许星空朝着吾饮走去。为了迎合节日的气氛，吾饮也做了装饰。门外挂了两个红灯笼，门口贴了春联和福字。想来自己不在，这些应该都是杜一哲和皇甫壹朵做的。许星空笑了笑，走了进去。

店内杜一哲正在做最后一杯奶茶，看到许星空后，笑着打了声招呼：“新年快乐！”

“新年快乐。”许星空应了一声。她过来也没什么事，只是来看看。打过招呼后，她没有打扰杜一哲，坐在了一边空着的高脚凳上。

高脚凳前是墙桌，桌子上放了一张纸，许星空拿起来看了一眼。

将奶茶做好后，杜一哲闲了下来，双肘撑在柜台上，看着许星空手里的宣传单页，说道：“这是美术工作室的宣传单。”

“你要学画画？”许星空笑着问道。

摇了摇头，杜一哲笑着说：“没有，是对面佳廷公寓二楼发的。”

佳廷公寓和佳廷广场是同一家公司的产业，虽是公寓，但因为在商业区，租金比写字楼便宜，因而里面开设了各色辅导班。

美术工作室和美术辅导班不太一样，它不但包括美术辅导，还有其他的一些商业活动，比如油画制作、装修墙体绘画，也出售画室里画手的画。

这家工作室名叫薇泉美术工作室，宣传页背面是一些工作室内的画作介绍。在宣传页最上面，是一张人物油画。

画了一个小孩子，正在吃棒棒糖。肖像油画容易画得像而不传神，然而这张光看小孩的眼睛，就能看得出十分有活力。

许星空看了一眼旁边的署名，是一名叫白竹的画家画的。

能把一个小孩子画得这么生动形象，也只有自己有孩子的画手才能画得出来吧。

想到这里，许星空想起陈婉婉说要送康康去学绘画，也不知道找没找到合适的工作室。

“姐姐，要不要吃这个？”许星空正想着，皇甫壹朵突然走了过来，手里还拿了个冰激凌盒。小盒里，装了两个冰激凌球。

许星空喜欢甜食，冰激凌自然也不例外。但她宫寒，平时很少碰这些东西，况且现在还是冬天。

许星空刚要拒绝，皇甫壹朵已经递了过来，一双大眼睛眨了两下，雀跃道：“这是我和阿哲做的，可好吃了，你尝尝。”

看着她眼睛里的光，许星空笑了笑，接过来后说了一声：“谢谢，我尝尝。”

皇甫壹朵见她接过去，自己先吃了一口，笑嘻嘻地说：“冬天吃冰激凌才爽嘛。”

许星空吃了一小口，凉凉的冰激凌在嘴里散开了，两个冰激凌球，一个是芒果味，一个是草莓味，果粒都很大颗，看得出是自己做的，味道很好。

许星空忍不住想要再吃的时候，她的手机响了。她将手机拿出来看了一眼，是怀荆发来了短信。

信息很短，只写了他停车的区域。

将手机收起来，许星空抬眼看着对面的一对小情侣说：“我该走了。”

“好。”皇甫壹朵点点头，对杜一哲说，“你给姐姐拿个塑料袋装着冰激凌，用手拿着太凉了。”

在皇甫壹朵说着的时候，杜一哲已经拿了一个装奶茶的塑料袋过来。许星空笑着将冰激凌装进去，说了声“谢谢”，起身离开了吾饮。

拎着冰激凌，许星空到了负二楼停车场的E区。

怀荆停车好像喜欢停在老位置，每次来佳廷广场，都停在E区附近，有车位就停在老地方，没车位就停在附近。

从停车来看，怀荆倒是挺长情的。

许星空走到车前时，怀荆正在车里打着电话。她打开车门上车，听到怀荆说了一句：“嗯，再送一份过来，上一份文件被我家猫揉皱了。”

男人说话时，垂眸看着许星空，浅褐色的眸子里带了些促狭。许星空对上他的视线，想起昨夜散落了一地的文件。

她脸颊一烫，将视线收了回来。

这边怀荆打完电话，回头看了许星空一眼。她正在系安全带，手上还拿了个东西。怀荆伸手扯过她手边的卡扣，将安全带给她系好，问道：“手里拿着什么？”

“冰激凌。”许星空看了怀荆一眼，问道，“要吃吗？”

垂眸看了她一眼，男人应了一声：“嗯。”

刚刚他还在开自己的玩笑，许星空有点记仇，她将冰激凌往旁边一拿，小声说了一句：“不给你吃。”

男人眼尾一挑，嘴角勾起一丝笑意。在许星空说完的一瞬间，他就俯身过来，似乎要抢她手里的冰激凌。然而在许星空将冰激凌往旁边拿时，他的唇吻在了她的嘴角。

温热的唇触感柔软，许星空的心脏猛然一跳。

蜻蜓点水的一吻结束，男人起身，右边嘴角轻挑，沉声道：“吃到了。”

因为下个季度与TIE公司合作的事情，翻译部需要做大量前期工作，开工第一天，办公室就忙得人仰马翻。TIE公司的代表还没来IO，不用出现场的许星空倒是很清闲。

焦头烂额地忙了一上午，陈婉婉拿着文件一边喊着“忙死了忙死了”，一边走了过来。许星空笑着接过她手上的文件，看着她一脸生无可恋地坐在了自己的桌子上。

“需要翻译的就这些？”陈婉婉忙不过来，许星空准备替她分担一下。

陈婉婉一脸感动，伸手将许星空抱在怀里，撒娇地说：“你真是我的亲人。”

许星空笑了笑，将文件打开了。

因为还有工作，陈婉婉只抱了一会儿，问道：“周日有时间吗？”

许星空看着文件，笑着说：“陈部长有安排？”

“嗨。”陈婉婉长话短说，“老詹那个朋友又送了两张卿平寺的票。怎么样？周日一起去洗涤洗涤灵魂？”

许星空被陈婉婉逗乐，细想了一下，上次去了卿平寺后，吾饮生意挺不错，母亲和弟弟也都健康平安。

“好。”她应道。

怀荆正看着文件，听见有人敲门，他头也未抬，沉声说了一句：“请进。”

来人笑了一声，走进来说：“这么忙啊？”

怀荆一抬头，看到了一身西装的怀阳翰。换掉了嘻哈套装，穿上剪裁得体的西装，怀阳翰显得成熟了些，倒也有模有样。

怀荆扫了一眼后，低头继续看文件，嘴角微勾，说：“不错。”

知道他是在说自己的西装，怀阳翰觉得有些别扭，扯了一下领带，无奈道：“奶奶非要我穿。”

怀阳翰说完，走到办公桌前，双臂撑在桌子上，倒看着文件上的一堆德文，感觉头皮发麻。

“你还要多久？”怀阳翰问。

将文件翻了一页，男人微垂着眼眸，睫毛在眼睑下打了半圈光影，他头也不抬，淡淡地问了一句："怎么了？"

"一起吃晚饭啊，我组了个饭局。"怀阳翰笑嘻嘻地说，"所以跷班过来找你。"

怀荆这才抬起了头，看着怀阳翰，眼尾一挑，说："马上。"

许星空上班第一天就在忙忙碌碌中度过。她打卡下班后，乘电梯下了楼。刚到大厅，旁边的电梯一开，一道明亮的声音传出，从电梯里走出了两个人。

两个人都很高，但一身墨色西装的男人更高些，身形颀长挺拔，五官精致俊逸，神色清冷，周正的西装将他衬得精英气和贵气十足。

他旁边的人正在说话，明亮的声音就是他发出的。那人也穿着一身西装，但看上去要轻浮一些。长着一张娃娃脸，竟与身上的西装挺配。说话的时候，眉飞色舞的，似乎在讲着什么有趣的事情。

那个神色清冷的男人正是怀荆。

许星空看过来的时候，他似乎察觉到了，视线往这边一抬。两人视线相触，又各自别开了。

不一会儿，两个男人就说着话出了大厅。

怀荆在工作的时候，或者在公司的职员面前，总是给人一种不苟言笑的英伦绅士感，让人移不开眼。

这样的怀荆，许星空很喜欢。但她看得更多的是他逗她时的模样，很幼稚。

虽然幼稚，但也幼稚得可爱。

"哇，怀总身边那个人是怀董的二儿子怀阳翰吧？怎么两个人都长得这么帅啊？"

两个人出去后，大厅里的人议论起来，多是些女人在说话。

"对啊，就是怀阳翰，听说是被怀董叫回来帮他的。怀董的大儿子好像因为林玮瑜的事被革职了。"

"林玮瑜的事情和怀阳平有关？那不也就说明跟怀董有关吗？"

"对，听说是怀董给咱们怀总下的绊子。"

"大儿子没法用了，就把二儿子召回来，怀董这是要压死我们怀总啊。"

许星空听着周围的八卦，想着刚才怀荆和怀阳翰说说笑笑走出去的样子。看上去两人关系不错，但真实的关系怎么样，外人哪里能看出来。

不过，怀昌朝的儿子走了一个又来一个，怀荆的处境确实越来越难了。

许星空胡思乱想的时候，手机收到一条短信，她拿出来看了一眼，是怀荆发过来的。

怀：今晚会有点晚，在家等我，我去接你。

手指摸着冰凉的屏幕，许星空抿了抿唇，敲了几个字发了过去。

星空：咪咪没吃饭，我直接去你家，要先喂它。

打了出租车，许星空直接去了怀荆家，输入密码的时候，咪咪已经在门内等着了。将门打开，咪咪迈着步子过来，许星空眉眼一柔，将它抱了起来。

到了咪咪的窝跟前，许星空半蹲着给它续了些猫粮，然后起身去了厨房，简单地给自己做了一顿晚饭。

一个人吃过晚饭后，许星空拿着碗筷进了厨房，将碗筷洗干净了。洗碗的时候，她抬眼看着窗外。窗外月亮快要变圆，月光皎洁清冷，将整个厨房都照透了。

洗完碗后，许星空进了客厅。

她吃饭的时候，天还没有黑下来，客厅里没有开灯。此刻月光洒满整个客厅，将客厅照得一片清透。

她站在厨房门口，看着空旷得只剩下月光的客厅，想起她第一次来的时候。那时候的客厅，比现在还要冷清，一丝人气都没有。

他平时只是在卧室休息，这个房子也不过是个房子，没有家的感觉，怎么会有人气？

不光这里，大宅也是。

现在看来，整个怀家都是破碎的。一个好好的家庭，怎么会将亲情维系到了如此地步？怀荆该是怎样的心境呢？

吃过猫粮后，咪咪走到许星空的脚边，仰头“喵呜”了一声。

低头看了一眼咪咪，许星空一笑，将它抱了起来。

怀荆说很晚才回来，许星空也没着急睡。她抱着咪咪去书房挑了本书，然后在客厅的沙发上学着怀莞教她的样子盘腿坐下。

今晚月亮虽然不圆，但月光很好，许星空只开了两盏灯，就着月光和灯光，心越来越静，见咪咪就坐在一边，她拿着书看了起来。

怀荆进门的时候，抬眼就看到了沙发上的女人。女人侧卧在沙发上，身段玲珑，月光本清冷，洒在她身上后，却被她感染得如水般温柔。

她手边放了本书，双手合十枕在头下，连睡觉都那么乖巧。

咪咪趴在沙发侧沿上，在怀荆开门进来时，抬头看了一眼门外，看到是他后，“喵呜”叫了一声。

怀荆视线一动，看了咪咪一眼，手放在唇边，轻轻“嘘”了一声。咪咪似是会意，没有再叫，低头舔了舔爪子。

怀荆走到沙发前，蹲下身。

女人睡得很熟，刚刚咪咪的叫声并未把她唤醒。月光在她脸上打了一层淡淡的阴影，使得她五官的轮廓都变得精致许多。

她是在等他吗？怀荆想。

只是这么一想，原本裹满风霜的心，像是被火舌舔了一下，风霜化为热雾，堆满了他的心房。

是什么时候开始在意她的，怀荆已经记不清楚了。就连现在，他回忆起与她的种种，脑海里也全是她红脸低头时羞涩的模样。

怀荆眉眼一柔，伸出双手，微一用力，就将她抱了起来。

怀里女人依然睡得很沉，怀荆抱着她，小心翼翼地上了楼。

在被放到床上时，许星空的意识稍稍清醒了一点。她微眯着眼睛，床头开着台灯，给身边的男人打了一层模糊又温柔的光雾。

她心中安定下来，说了一句：“你回来了。”声音里还带着刚刚睡醒的娇憨。

双臂撑在她的身侧，怀荆抬手将她耳边的刘海撩到一边，轻轻地应了一声：“嗯。”

男人声音里有些乏累，许星空思绪一顿，睁开了眼。

他俊逸的脸就在她的眼前，他脸上没有疲劳的神色，但心里应该是累的吧？毕竟现在怀家要将他赶尽杀绝，他孤身一人应付这些，心里该有多累呢。

许星空的眼神软了一下，抬眼看着男人，问：“很累吗？”

灯光下，男人的神色微微一动，他嘴角带了笑，修长的手指温柔地摸了摸她的脸，问道：“心疼了？”

许星空一怔，一时不知道该怎么回答。心疼谈不上，但比对普通人肯定是要在意一些。至于在意多少，她算不过来。

见她没有说话，怀荆嘴角微抿，说："最近一段时间我会很忙，可能没时间陪你。"

心里像是被偷走了一丝风，有点凉，有点空。许星空眨了眨眼，明白了他的意思，应了一声："嗯。"

两人鼻尖相触，彼此的呼吸交缠在一起，暧昧迷离。男人淡笑道："你会等我吗？"

涣散的眼神重新聚焦，她抬眼看着男人，喉头微动，脱口而出："会。"

男人眼中的笑意加深，像是寒潭中长出了花朵，他将唇贴在她的唇上，深深地吻了上去。

怀里女人的呼吸很快平稳下来，窗外海风肆虐，窗内温暖如春。

这是他心中最后的安宁。

他前途未卜，不能让她卷入这场纷争之中。现在他做不了她的铠甲，也不能让她成为他的软肋。

怀荆最近很忙，许星空便将咪咪接回了家。没了怀荆，一人一猫的生活似乎空荡了很多。而她以前这样，完全不觉得有什么。

吃过晚饭后，许星空抱着咪咪看了会儿书，房间小而温暖，却莫名让人觉得有些不适。她抱着咪咪，将手机拿了过来，打开了微信。

微信上没有新消息，她点开朋友圈刷了一会儿。刷着刷着，就刷到了陈婉婉发的一条："请问夏城有没有好点的美术工作室介绍一下，能收五岁小孩的那种。只要价格合理，对孩子耐心，老师长得帅（划掉）就行。求求各位叔叔阿姨帮帮忙，给我儿子成为大艺术家指条明路（别让他在家烦我了）。"

看着陈婉婉的朋友圈，许星空先是一笑，随后想起了在吾饮时看到的薇泉美术工作室的宣传单。

她退出朋友圈，切换到好友界面，找到了陈婉婉。

星空：我家店对面的佳廷公寓二楼新开了一家美术工作室，我看那老师画得不错。

一口大碗：真的？那费用怎么样啊？里面啥样啊？

星空：我只看了宣传单，其他的没看，周六我帮你去看一看吧。

一口大碗：不愧是康康亲妈啊，我周六有事没法去，麻烦康康亲妈先帮忙探探路啦。

星空：好。

接了陈婉婉的委托，周六一大早，许星空就去了和平街。周六的和平街，早上人比较少，只有一圈圈的外卖小哥扎堆在那里等着店铺开门。

和平街上的店铺晚上营业到很晚，早上一般是九点半以后才开门。吾饮算是开得早的，许星空去的时候，看到杜一哲正在开门，皇甫壹朵和阿金就站在旁边仰头看着。

皇甫壹朵今天穿了一套黑色的恶魔蓬蓬裙，裙子的裙摆和袖口还有领口处是大红色的镶边。虽然是小恶魔装，但是格外可爱。她头上还戴着恶魔的两个红角，连妆容也是恶魔妆。

与她相配的阿金背后装了一对黑色的蝙蝠翅膀，耷拉着大耳朵看许星空时，许星空才看明白，它扮演的是吸血鬼。

许星空看着看着就笑了起来。

阿金耳朵鼻子都灵，许星空刚到，它就小跑着过来了。皇甫壹朵随着它看过来，看到许星空时，眼睛一亮。

“姐姐！”皇甫壹朵叫了一声，小跑着过来抱住了许星空。

许星空被她抱了个满怀，笑着伸手捏了捏她的恶魔小角。

许星空一般是有事才过来，没事的时候只是偶尔来看一眼。她前两天刚来，今天又来，估计是有什么事情。

杜一哲问了一句，许星空看了一眼佳廷公寓的二楼，问道：“那个薇泉美术工作室现在开门了吗？”

“开了。”皇甫壹朵点头说，“我经常看到一群浑身都是颜料的人从公寓的电梯里出来。怎么了姐姐？”

“我朋友的儿子想学画画，我过来看看这家美术工作室合适不合适。”许星空笑着说道，“有没有小孩子啊？”

“有啊。”皇甫壹朵继续点头道，“有一群，大大小小都有，被老师领着送出来。对了，那个老师真的好帅哦。”

“多帅？”旁边杜一哲围着围裙，笑着问了一句。

皇甫壹朵回头看着他，笑嘻嘻地说：“不管多帅，在我眼里都没有阿哲帅。”

杜一哲眼睛一亮，看着她笑着说：“你带姐姐上去看看吧，现在光说也说不出什么来。”

皇甫壹朵点点头，说：“对，姐姐，我领你上去实地考察一下。”

“好。”许星空笑着说，“谢谢。”

皇甫壹朵对和平街可以说是非常熟悉了，她带着许星空轻车熟路找到了公寓电梯，按了二楼。

从电梯里出来后，许星空看了一眼宣传页上的房间号，206B。佳廷公寓的房间好像有三种户型，用 A、B、C 来区分。

B 户型是两室一厅，房间面积七十平方米，和许星空的公寓差不多大。

到了 206B 房间门口，许星空敲了敲门。里面有个人喊了一声，然后跑来开了门。是一个十五六岁的男生，长相挺清秀，额前是长长的刘海，十分日系。

“你们好。”男生眼神动了动，看了他们一眼后，说，“你们是来……”

“我们是来考察的，我姐姐朋友家的小朋友想要学画画。”皇甫壹朵笑着说明了来意。

“啊，请进请进。”男生笑着侧身让她们进去，介绍道，“我叫卓年，是白竹老师的学生，白竹老师有事出去了，一会儿就回来，你们先进来看看吧。”

“好的，谢谢。”许星空道了谢后，随着卓年一同进了工作室。

工作室的客厅是工作室里的人用来做其他工作的，而公寓的主卧则改成了一间小教室，里面放置着画板和桌椅，都不高。看来这里招收的学生是和康康年纪差不多大的。

主卧和客厅是一个朝向，上午阳光很好，将房间照得温暖明亮。教学用的桌椅和画板都挺新的，讲台上摆了一幅画。寥寥几笔，就能隐约看得出是一匹马，可见功力之深厚。

不知道白竹什么时候回来，许星空让皇甫壹朵先回去。她们是第一次来，不好带着宠物，就把阿金留在了店里。现在和平街上的人渐渐多了，杜一哲要卖奶茶，还要照顾阿金，许星空怕他忙不过来。

皇甫壹朵走后，许星空在小教室看了一会儿，然后走了出去。

让她们进来后，卓年就去客厅继续画画了。他叫白竹老师，应该也是白竹的学生吧。

许星空走到客厅，看了一眼卓年的画。他在画一幅素描，对面桌子上放着参照物，是一个苹果。

男生虽然年纪不大，但画工很扎实，一个苹果的素描，光影画得很好。

许星空只看了一会儿就没再看，怕耽误他画画。她走到阳台边，往下看了一眼。从阳台这里，能看到和平街，而且刚好能看到她的店。杜一哲在忙，皇甫壹朵在逗阿金玩。许星空笑了笑，收回了视线。

许星空扫了一眼阳台上的画板。在一堆画板中，有一块画板立在那里，上面是画了一半的油画。

画上是一个小女孩，手上握着蒲公英在田野里跑着。小女孩穿着亮红色的外套，扎着两条小辫，手上的蒲公英随风飘散。

虽然只画了小女孩的一个背影，但从这背影就能看出小女孩的纯真与快乐。

许星空想起了在宣传单页上看到的那幅画。

这幅画应该也是白竹画的。

想到这里，许星空抬头看了一眼刚画完的卓年，问了一句："你们白竹老师有孩子吗？"

卓年一笑，说："没有，白老师还单身。"

就在许星空的视线回到画上时，卓年突然喊了一声："白老师！"

许星空抬眼看向了门外。

门外站着一个身高一米八五左右的男人，他穿着一条米色长裤，上半身是白色的低领毛衣，脖子上围了一条浅灰色的羊绒围巾，外面则穿了一件暗色的格子大衣。

和卓年给人的感觉差不多，他也偏向日系，头发有点长，但没有盖住眉眼，看着清爽干净。

许星空追过日本的明星，这个男人给她的感觉，有点像年轻时的柏原崇，长相和气质都差不多，像是从漫画里走出来的。

他的眼睛很黑，像黑曜石，此时正盯着许星空，眼神有些复杂。

看到他站在门口，许星空一时有些尴尬。她刚刚问他有没有孩子的话，好像被他听到了。

问别人有没有孩子，不知道的还以为她要对他怎么样似的。

许星空抿唇笑了笑，说：“白老师，您好，我来是想咨询一下你们这边教孩子画画的费用。”

这个白竹，气质里有些艺术家的清逸脱俗，看上去很是高冷。

她问出问题后，他抬眸问了一句：“你的孩子？”

“不是。”许星空摇了摇头，笑着说，“我朋友的。”

听了她的话，白竹微微点了点头，指了指旁边的次卧，说：“来我办公室谈一下吧。”

了解了相关的费用后，许星空觉得不可思议。这家工作室的收费很低，几门课程加一起才两万块，这个费用不说在夏城这么高消费的地方，就是在佳廷公寓这一圈的美术工作室里都算是低的。

两人约了周日一起去卿平寺，陈婉婉开着车，惊讶地说：“两万？这么低？颜料费都不止吧？这个工作室是为爱发电不需要盈利吗？”

陈婉婉说这些，其实心里是觉得有些不太靠谱。有些美术工作室虽然学费低，但是杂七杂八的费用多，最后算下来，其实比其他地方高多了。

虽然陈婉婉这样认为，但许星空觉得这个工作室还可以。白竹没有孩子，却能将孩子画得那么传神，可见是很喜欢小朋友的。而且，工作室就在吾饮旁边，康康下课后，如果陈婉婉忙，还可以先在吾饮待着，等她去接。

“我觉得那个老师看上去挺厉害的，有种艺术家的感觉。”许星空说。

“艺术家？”陈婉婉大眼睛一瞪，问道，“帅吗？”

许星空有些无奈，诚实地说：“挺帅的，像柏原崇。”

陈婉婉的粉红心一下冒了出来，虽然她不确定康康去不去那里学习，但是……

“有时间我要亲自去考察一下。”

因为春节刚过，来祈福的人多，卿平寺比上次她们来的时候热闹了很多。

走出庙堂时，许星空抬眼看了看庙堂后方院子里的姻缘树。

即使在冬天，姻缘树的叶子依然很茂密，看上去蓬勃有朝气。

上次陈婉婉非要给她求姻缘，系了姻缘绳后被怀荆看了去，许星空才知道怀荆的母亲就在这卿平寺里清修。

下意识地，许星空朝着后方的院落走了过去。

陈婉婉看她这次竟然主动往姻缘树走去，赶紧追上来，问道："你这次怎么想通了？想求姻缘啦？"

陈婉婉声音不小，正站在姻缘树下的两人听了她的话回过头来。一个三十岁左右的男人，还有一个六十岁左右的女人，看模样应该是母子。

在两人转头的一瞬间，许星空看到那个男人微微一怔。而在许星空发愣的时候，陈婉婉一拍手，惊喜地叫了一声："杨老师，白竹学长！"

陈婉婉叫的杨老师，是许星空和她大学时的高级德语老师杨文瑜。高级德语是必修课，而且是专业课，课程排得很多，杨文瑜与当时德语班的同学都挺熟的。

许星空是认识杨文瑜老师的，也知道杨文瑜老师有个儿子，但她真不知道白竹就是杨文瑜老师的儿子。

和杨文瑜老师打过招呼后，许星空仍有些发愣，陈婉婉拍了她一下，有些恨铁不成钢地说："哎呀，白竹学长你忘了？他当时去教室等杨老师下课，就坐在你旁边啊。"

陈婉婉一说完，许星空面前伸过来一只手，手指修长，骨节分明。

她抬眼看向白竹，白竹垂眸看着她，黑亮的双眸中带着些淡淡的笑意。

"好久不见。"白竹笑着道。

昨天在工作室的时候，白竹表现得并不像是记得她的样子。而陈婉婉说他曾经坐在她旁边，他说"好久不见"应该是出于礼貌吧。

许星空回神，笑了笑后伸手与白竹一握，说："好久不见。"

杨文瑜站在旁边，脸上带着慈爱的笑。当年她教许星空那一届时虽然已经五十岁了，但看上去仍然精致年轻。这才几年没见，却显得苍老憔悴了许多。

她听到了刚刚陈婉婉说的话，看着许星空，笑道："你也想来求段姻缘？"

杨文瑜的话里带着家长般充满爱意的打趣。许星空心下一窘，红着脸摆手说："没有，老师……"

杨文瑜记得许星空以前就是个安静内向的女孩，学习特别认真，年年拿奖学金。她曾经以为这样岁月静好的女孩子，会有很多男人疼她惜她，倒没想到她现在还是单身。

而陈婉婉则抓住了重点，大眼一瞪，八卦地问道："也？难道白竹学长也来求姻缘？"

几个人说话的时候，白竹就站在一边。他今天穿了半高领的深灰卫衣，外搭了一件浅色的休闲风衣，站在挂满大红色姻缘牌的姻缘树下，显得气质脱俗。

他是那种典型的艺术家气质，纵使脸上带着笑，也有种不易亲近的高洁。

听了陈婉婉的话，白竹倒不觉得羞窘，淡淡地点了点头，说："嗯，祈福完了过来转转。"

杨文瑜看了一眼儿子，笑着说："你是没有这个心思，还不是我拉着你过来的。"

学生对自己老师的孩子，多少都会有点印象，尤其白竹这种出类拔萃的，更是让人难忘。

陈婉婉记得上大学那会儿，德语专业的大群里有人聊过白竹。说他很厉害，大学在英国皇家美术学院念的，上学那会儿他的画就已经参展，并且上了拍卖行，在国际上都算是比较有名的青年画家。

他一直是在国外发展的，怎么现在回国找起了姻缘？

不光陈婉婉，许星空也注意到了，但她更多的是注意到了杨文瑜。

看杨文瑜的气色，不只是苍老憔悴，还带了些大病初愈后的虚弱。她低头看着杨文瑜鬓角的白发，问了一句："老师的身体还好吧？"

杨文瑜微微一叹，没有说话。旁边白竹看了许星空一眼，说："前段时间病了一场，刚做完手术。"

第二章

她的快乐，好像被他操控了

“做女人真是太苦了，就比男人多了两个胸，还会产生癌变。唉，我说怎么杨老师看着老了好多。”上了车，陈婉婉边感叹，边系安全带。

“等有空了，我们去拜访一下吧。”许星空现在也还在想这件事，便提议了一句。

“嗯，应该的。杨老师以前对我们很好，只是毕业后工作忙了很少关注学校的事情。要不是今天碰到，还不知道这事呢。”陈婉婉发动车子，说道，“白竹学长也是为了陪母亲才回国的吧，以后估计就在国内发展了，真是有孝心。说起来，乳腺癌也不是小病，得了这个病，一般家庭都会元气大伤，也多亏了杨老师有个好儿子，赚钱多还有孝心，要是一般女人，估计早被压垮了。”

絮絮叨叨了一阵，陈婉婉在说完最后那句时，语气一顿。许星空明明没有孩子，她还在这里谈这个，真是笨嘴。

在陈婉婉自责时，许星空倒是笑了笑，说：“我不是一般女人。”

陈婉婉听她这么说，悬着的心终于放了下来，连忙接道：“对对对，你是独立自主的钻石小富婆，而且我们星空这么健康，才不会得病。”

两人又是一笑。

笑着的时候，许星空想起了薇泉美术工作室，对开着车的陈婉婉说：“那个薇泉美术工作室，就是白竹学长开的。说起来，也算巧了。”

陈婉婉一惊，说：“白竹学长开的？他那么牛，都可以直接开画廊了，现在竟然只开了一家小小的美术工作室？还每年只收两万块？果然是为爱发电。”

“哈哈哈！”许星空笑出声，问道，“你要不要把康康送去？”

“那必须的啊。”陈婉婉一脸欣喜的表情，“这工作室简直是为我量身定做的。”

许星空笑着问道：“价格低？老师喜欢孩子？老师绘画能力强？”

“不是。”陈婉婉认真地说，“是老师长得帅。”

说到这里，陈婉婉又激动起来：“许亲妈诚不欺我，真的太像柏原崇了！”

许星空：“你这个颜控没救了……”

陈婉婉随即八卦地说道：“你有没有发现你和白竹学长挺有缘的。大学坐你旁边，工作室在你店附近，就连去求姻缘都能求到一起，这或许是老天冥冥之中的安排。”

许星空在心里感慨，陈婉婉这张嘴真是太厉害了，分析起问题来，没有影的事也能给你掰扯得证据确凿。

她说：“你要这么说，菜市场卖鱼的大哥跟我更有缘。”

陈婉婉“咯咯”笑起来，看着前面的路，说：“不过说实话，白竹学长这么优秀，你就没有一点心动的感觉吗？”

许星空被问得一愣，她看着前方平坦的公路，笑着摇了摇头，说：“没有。”

许星空是个很慢热的人，对于感情，她不相信一见钟情，更喜欢水到渠成和细水长流。她是不会也不可能一下就喜欢上一个人，她只可能在深入接触后，一点点地接受，到最后爱上他。

而且经历过一次失败的婚姻，现在的许星空似乎比以前更加慢热了。她本来就小心，在伤过一次后，需要更多的时间和了解接触，她才会一点一点地打开心房。

见许星空渐渐没了动静，陈婉婉知道她又想起王舜生那个渣男了，赶紧换了个话题。

“我们出来的时候，我又看到了上次那个穿香奈儿的尼姑。不过这次她围了一条巴宝莉的披肩。我也好想做这样的尼姑啊，想买什么买什么，修行也阻挡不了我追逐时尚。”

如果没有猜错，那个披巴宝莉披肩的尼姑应该就是怀荆的母亲。听陈婉婉的描述，怀荆的母亲应该是个很有趣的人。

怀荆虽然工作的时候十分严肃，但平时和她闹的时候很纯真幼稚，应该是遗传自母亲吧？

许星空眉眼一柔，嘴角悄悄扬了起来。

许星空和陈婉婉约了一起去看杨文瑜的当晚，陈婉婉先在群里问了一句：“谁知道杨老师现在住在哪里？”

这个群叫“留夏”，是德语班大学毕业后留在夏城的同学建的。当年毕业分开很不舍，大家都说在夏城要互相帮助，经常见面。而实际情况则是大家平时工作休息时间不定，很少能聚到一起。后来各自有了各自的小圈子，这个群基本上就成了外卖互助红包群和亲子比赛拉票群。

在陈婉婉问了这么一句后，终于有点新鲜话题的死群，一下活跃起来。

流浪的猫：杨老师应该还住在夏大老校区的教职工宿舍吧。

无老公：问这个干吗？

一口大碗：老师前段时间病了，我和星空想去看看她。

李李李子酸：星空来夏城了？她不是在老家结婚了吗？

一口大碗：哎哎哎！看我，认真答题啊朋友们。

静竹归：在夏大老校区的教职工宿舍，我前些天见过。

一口大碗：靠谱，私聊！

无老公：什么啊？这就私聊去了？

一口大碗：我准备周六下午去看杨老师，有一起去的吗？

流浪的猫：想去哎，可是那天下午要陪我女儿去参加舞蹈考级。

李李李子酸：你女儿在哪个学校学的舞蹈？怎么样啊？我也想让我女儿去学。

话题成功被带歪，陈婉婉也没有在意，找人私聊去了。

大家聊天的时候，许星空只是看着没有说话。看他们的聊天内容，好像大部分人都结婚生子了。她往上拉着看历史消息的时候，陈婉婉的消息发了过来。

一口大碗：施初静要一起去，周六下午四点，咱们提前给老师打电话，问一下具体楼牌号。

星空：在哪里会合？

一口大碗：不会合，就是同一天同一时间过去而已。周六下午我去接你，乖乖在家等我。

星空：遵命。

和陈婉婉聊完，不一会儿，“静竹归”发来了好友申请。许星空看了一眼后，点了同意。

许星空对施初静的印象挺深的，两人在一个班，许星空高考成绩是班里第三名，除去班长和团委后，学委就成了她。

后来第二学期需要竞选，她当时怯场，没有去参加，最后施初静竞选成功。

施初静的成绩不错，人也很文静，看着就像学习好的样子，对任何人也都和和气气的。

因为她在同学里的口碑不错，所以剩下的三年，学委一直是她。

上学的时候，她就和杨老师关系不错，还去过杨老师家几次。

陈婉婉让许星空周六的时候在家里等着，而周六的时候，陈婉婉却放了她鸽子。

这段时间他们公司和 TIE 的合作渐渐忙起来，这周六三个正副部长都需要加班。

陈婉婉哀号来不了，许星空无奈，只能帮忙带着她买的东西，自己打车去了夏大。

现在还没开学，学校里只有零星几个老师和他们的小孩在散步，校园也空荡荡的。

许星空是在北门下的车，教师宿舍楼离北门比较近，就在操场的旁边，没有教学楼的阻挡，采光很好，也安静。

顺着操场旁边的那条路，许星空往宿舍楼走时，听到了操场上的传球声。

老校区的操场是近两年才翻新的，橡胶跑道内有人工草皮，两侧安了两个铁架子，做足球球门。

现在是下午四点，太阳即将到达地平线的时候，阳光斜照着大地，草坪上的人像是用影子在踢球一样。

许星空大学时选修了足球，考试内容就是用脚颠球或者是射门看进球数，和正规比赛相比要文静很多。

足球场上战得正酣，一个头发略长、束着白色发带、穿着白色球衣的高个男人，背对着许星空正在过人。

足球很小，像是黏在了他腿上一样，在他跑着过了两个人后，最后一击发力，将球踢进了球门。

进球后，几个人庆贺击掌，这时男人回过头来。

不经意间对上许星空的视线，两人皆是一愣。

那个踢球的男人是白竹。

许星空将视线收回，想着虽然是去杨老师家里，但白竹在踢球，她就不打扰了，而且白竹可能也不认识她。

许星空转身准备走，刚一转身，身后男人便叫了一声："许星空。"

完完整整的三个字，许星空听得身体一顿，回过头来。

操场外围是用黑色的栏杆围住的，白竹双手搭在栏杆上，微微俯身，垂眸看着她。

平时他穿的衣服都有些宽大，今天为了保暖，在宽大的足球服内穿了黑色的紧身运动服。似乎是常年踢球的缘故，他小腿肌肉的线条很好看。

他黑曜石般的眼睛里带着些不确定，见许星空没有回答，他又问了一句："是吗？"

没料到白竹不但认识她，还能叫出她的名字，许星空惊讶了一下，点了点头说："学长好，我准备去看杨老师。"

"我知道，我妈跟我说过。"白竹说着，看了许星空一眼，"等我一起。"

白竹说完，没等许星空回答，就回头和球场上的人挥了挥手。然后，他小跑着出了操场，跑到了许星空身边。

他站在斑驳的阳光下，看着清新健康，但仍掩饰不住他的高冷。他垂眸看着许星空说："走吧。"

"好。"许星空点了点头。

他身上都没出汗，应该是刚来踢球。许星空觉得有些打扰他，但他自己并不觉得，她也就没有多说。

白竹开了门，许星空先走了进去。进门就看到坐在沙发上的杨文瑜，还有另外一个穿着黑色连衣裙的女人。

女人看着挺小巧，但妆容精致，长得也很甜美，半长发散在肩边，冲着许星空笑着叫了一声："星空。"

几年不见，许星空倒有些认不出施初静了。

"你好。"许星空笑着打了声招呼后，看向杨文瑜，笑容加深，"老师。"

教职工宿舍算是老房子了，但杨老师家的装修很新，应该是最近重新装修过一次。

客厅摆着一张米白色的布艺沙发，前面放了一张桌子拼了两张矮凳，都是红木的。在沙发旁边，有个红色灯笼状的台灯，台灯旁边则是两把红木高椅。

整体看上去是偏向老年人的审美的，其中又透着些年轻人的古灵精怪，比如说吊顶上的花纹灯。

能将两种风格融合在一起，还融合得这么自然，白竹果然是艺术家。许星空在心里感慨道。

三个人寒暄的时候，白竹回房间将球衣换下了。他刚没有踢多久的球，身上也没有出汗，将球衣换下后，换了一条浅色的麻布阔腿裤和一件深亚麻色的宽大毛衣。

换好衣服后，白竹又走到客厅，从矮桌旁拿了套茶具出来准备泡茶。他手指在茶包间点了一下，抬头看了许星空一眼，问："想喝什么茶？"

"嗯？"正在和杨文瑜说话的许星空回过神来，对上他的视线，说，"都可以。"

施初静看着两人，视线落到了茶具上，对白竹说："我记得上大学那会儿来老师家里，白竹学长也是用这套茶具给我们泡茶。"

白竹浅浅地看了她一眼，点了点头。

施初静眼睛里的光芒微微一闪。

"你竟然还记得。"杨文瑜觉得有些不可思议。

"当然记得啦。"施初静笑嘻嘻地说，乖巧地抱着杨文瑜的胳膊，"来老师家几次我都记得呢。"

“记得以后就常来。”杨文瑜笑着说。

“肯定的。”施初静点头说。

“你也常来啊，星空。”杨文瑜回头看着星空，柔声说。

许星空笑了笑，点头说：“有机会一定过来。”

“星空以后就待在夏城了吗？”施初静问了许星空一句。

许星空以为这句问话不过是普通的寒暄，就点点头说：“嗯。”

听了她的话，施初静淡淡地叹了口气，一脸关心地说道：“你要是毕业就留在夏城，不回老家结婚的话，现在应该比咱们班大多数同学厉害了。”

施初静这话一说完，房间里的三个人一并看向了她。

许星空看着施初静，眉心微微一皱。虽然结婚不是什么不光彩的事情，但她向来不喜欢在别人面前提起自己的私事。

“星空结婚了？”杨文瑜诧异道。

白竹将茶包放进去，收回了落在施初静脸上的视线。

“嗯。”许星空淡淡一笑，说，“但是又离了。”

听许星空这么说，施初静似乎是不知道她离婚的事情，有些局促地看了她一眼，说：“对不起，我不知道……”

许星空抿了抿唇，说：“没事。”

似乎是为了弥补自己刚刚犯的错误，施初静说道：“来夏城是正确的，这里工作机会多，也更容易认识新的朋友。唉，我妈离婚后就一直待在老家，想再婚也找不到合适的。离了一次婚后，想再找个好的有点困难。”

许星空眉心皱得又紧了些，鼻间一声哼笑，没有回答。

白竹泡好了茶水，将茶杯往施初静身边一推，淡淡地开了口：“阿姨没有再婚是因为你吧。”

白竹主动找她说话，施初静的眼神跳跃了一下，她脸一红，说：“嗯，是的。”

其实白竹这话，细品有两层意思在里面。第一层是阿姨没结婚是怕对施初静不好，第二层是阿姨没结婚是因为带了施初静这个拖油瓶。

白竹拿着茶杯，递给许星空。许星空在接杯子时，两人视线对上，眼底都闪过一丝笑意。

他是第二层意思！

许星空和施初静都是吃过晚饭才走的，两人要走，白竹起身送客。开门出去，外面天已经黑了。

瞄了一眼黑漆漆的楼道窗口外，白竹看着许星空说："我送你们吧。"

施初静还没来得及说话，许星空就拒绝了："不用了，学校门口很好打车，而且我们都住得不算远，学长还是在家照顾杨老师吧。"

她说着看了一眼施初静，问道："对吧？"

许星空这话，完全将其他的可能堵死了，施初静瞥了许星空一眼，只好应了一声："对。"

既然两人这样说，白竹也没有坚持，将她们送到有路灯的马路上后，就先行回了家。

许星空一直走在施初静的前面，施初静抬眼看着她，笑着说："你性格比以前强势了，都能帮着别人做决定了。"

马上就要走到夏大北门门口，许星空转头看了一眼施初静，淡淡地说："我今天是来看杨老师的，不是来和你争执的。贬低我并不能抬高你，只会显得你很没有礼貌。"

听了这话，施初静倒对许星空刮目相看了，小野猫抓人也疼，更何况她还是在她的心尖上狠狠地抓了一下。

两人到了门口站定，施初静看着许星空说："我没有贬低你的意思，那些话都是我无心说出来的，你真的这么在意自己离过婚吗？"

许星空没有回答施初静的话，直接上了出租车，面色平静地说了一句："师傅，去禾枫公寓。"

从出租车上下来，还未往公寓内走，许星空就感受到一束光从她下方的路上照了过来。她下意识地眯了眯眼，回头往下方看时，那束光已经关掉了，只剩下了一辆车，还有车里坐着的男人。

怀荆坐在驾驶座上，双手随意地搭在方向盘上，领带和西装外套都没来得及褪下。此时，他正抬眸看着她。

周围的一切都是暗的，只有那车内的一小圈光芒将他照亮，就像是照亮了许星空原本黑漆漆的内心。

她微咬住下唇，一步一步朝着男人走了过去。

他们已经有一个星期没见面了，除了和TIE的合作，IO又和法国的一家公司准备建立合作，再加上在怀氏的事情……

他真的太忙了，她没想到在这么忙的时候，她还能见到他。

随着距离越来越近，许星空看清了光照下的男人。

尽管工作很多，他依然意气风发，带着慵懒和清冷，眼底还藏着一丝浅淡的笑意。

他的皮肤被灯光照得透明，五官看着却更精致了。长眉微挑，双眸深沉，高挺的鼻梁下，双唇微勾，在这夜里，诱惑迷人。

走到车前，许星空伸手打开了车门，随后上了车。

在她上车后，怀荆歪头看了她一眼，问道："今天去哪儿了？"

"嗯？"许星空扭头看了他一眼，反应过来后，回答道，"去大学老师家里了，她病了，去看看她。"

"老师逼着你做题了？"怀荆鼻间哼笑一声，手指轻点了一下女人微皱的眉心，柔声问，"怎么心事重重的？"

男人的手指温暖柔软，眉心被轻点一下后，许星空心中的郁结都化开了。

其实也不算郁结，只是有些不懂罢了。

施初静也是女人，她妈也离婚了，她为什么还那么贬低离婚的女人。

是，她是经历了一段失败的婚姻，可她离婚后发现自己很快乐，这些快乐是在和王舜生的婚姻里所没有的。

离婚又怎么了？

想到这里，许星空嘴巴小小地鼓了一下，问怀荆："离婚的女人就没人喜欢了吗？"

这是许星空第一次问这样的问题，即使这个时候，她的声音依然柔柔的，但语气里带着些不服气的小委屈。

怀荆的心像是被她一下攥在了手里，她的一举一动，都把他牵制住了。

"谁说的？"怀荆抬眸看着许星空，嘴角微扬，问道，"我不是人吗？"

许星空目光一动，心像是被电了一下，酥酥麻麻的。这和怀荆给她的身体上的愉悦相比，更能让她满足。

她的快乐，好像被他操控了。

许星空回家喂了咪咪后，便和怀荆一起去了他家里。怀荆仍然忙，去接她时还没吃晚饭。许星空在厨房给他做晚饭时，他还在房间里处理文件。

这么忙还要约她，他的生理欲望这么强吗？她不由得在心里腹诽。

许星空洗好菜，关上水龙头。临近正月十五，窗外的月光越发皎洁，照在她脸上，变成了粉色。

他一向是很强的，不管哪个方面。

但这一次，似乎与她想的不太一样。

简单吃过晚饭后，怀荆仍然去书房工作。许星空站在书房门口，透过门缝看向里面。男人似乎察觉到了她，抬眸时与她视线一对。

许星空心下一颤，转身就要逃跑，怀荆的声音从书房里传来，带着回响："进来。"

下台阶的脚尖一顿，许星空抿了抿唇，转身进了书房。

她已经洗过澡了，身上穿了一件粉色的卡通睡裙。睡裙是从家里带过来的，很有她的风格，该遮的地方全部被包住，只露出了修长光洁的小腿和纤细的脚腕。

怀荆视线微抬，看着站在书房中间的许星空，哼笑一声："无聊？"

应该把咪咪带过来的，怀荆心想，他工作太多，抽时间接她时又积压了一部分，这些工作都需要今天做完。

当时只想见她，却忘了没时间陪她。

许星空对上怀荆的视线，看着他手边的文件和电脑，点点头，说："嗯，有点。我能拿本书在这里看吗？不会吵到你。"

女人圆眼抬起，认真地看着他，像是在做保证。怀荆心下一动，忍了忍没将手上的文件放下，看着她柔声问："想陪我？"

女人的眼睛里闪过一丝局促，她慌乱地摇了摇头，耳垂悄悄变红，说："我还是……"

"陪我好不好？"在她转身要走的时候，男人说道。

许星空脚步一顿，低头看了看脚尖，咬住下唇应了一声："嗯。"

怀荆书房里的藏书很多，而且种类齐全，许星空随手拿了一本德语相关的书籍，低头看了起来。

书房里很安静，只能听到翻文件和翻书的声音。这让许星空想起了读书的时候，自习时教室里就是这种声音。

他上学那会儿，学习的时候也是这么安静吗？

许星空抬头看向怀荆。

他似乎没有察觉到她的目光，正蹙眉看着手上的文件。灯光在他脸上打了一侧阴影，让他的五官轮廓更加立体。

许星空喜欢怀荆工作时给人的感觉，有种斯文儒雅的性感，和床上的他截然不同，但都让人着迷。

刚才和他说话的时候，许星空看到他手上的文件是法文文件。她大学修了法文作为第二专业，毕业后不经常复习就渐渐忘了。

他是学医的，竟然还会这么多种语言。

这个男人，越深入了解，越觉得他强大得可怕。

不知不觉看入了神，许星空回神时，脸一下烫了起来。她将书往脸上一抬，盖住了看向怀荆的视线。

女人的小动作引起了怀荆的注意，他抬眼看了一下她的方向。沙发上，女人靠在沙发扶手边，双腿和双脚都放在沙发上。她正看着手上的一本书，书刚好盖住了她整张小脸，却盖不住她半截脖颈。

她看什么红了脸？

怀荆一笑，低头继续看文件。

今天因为早起去买拜访杨老师的礼物，许星回家就感觉有些疲乏，加上手里专业书的催眠，这时她的眼皮越来越沉。

待处理完所有的工作时，已经是午夜一点了。将邮件发出后，怀荆抬眼看向沙发。沙发上，许星空安安静静地侧卧着，不知什么时候已经睡了过去。

她只穿了一件睡衣，双膝微微蜷缩，似乎有点冷。灯光下，女人的睡颜恬静安然。怀荆眸色一动，起身走到了沙发旁边。

怕许星空着凉，怀荆小心翼翼将她抱了起来。尽管他的动作足够轻，许星空还是醒了，她睁开双眼，在看清是怀荆后，又将双眼闭上，小脑袋在他胸口蹭了一下，睡眼惺忪地问道："忙完了？"

"嗯。"男人被蹭得心下一痒，他抱着她，感受着她略凉的小腿。想到她等了自己那么久，他眼里的疼惜快要溢了出来。

到了卧室，男人一只手抱住许星空，一只手将被子掀开，最后单膝跪在床上，将女人放下。

放下之后，他将被子拉了过来，给她盖上，说了一句："睡吧。"

在他离开的一瞬间，衬衫的一角被一只手抓住了。怀荆动作一顿，低头看着床上的许星空，而她也在看他。

他回到家后，身上的衣服都没来得及换，只是脱了西装外套，摘了领带。他穿着浅灰色的衬衫和深色的西装裤，衬衫还工工整整地扎在里面，但领口已经敞开了。

敞开的领口露出了他的脖根和半截漂亮的锁骨，在灯影下，锁骨窝格外深。他的袖口也敞开了，简单地卷到小臂上，露出了漂亮的手腕。

"怎么了？"怕吵到她一般，怀荆轻柔地问了一句。

许星空在拉住他的一瞬间，脸已经红透。一双圆圆的眼睛像蒙了一层水光，清澈透亮。她看着男人，双唇微动，声音有些发颤："你……你不想吗？"

怀荆神色一震。

许星空向来内向羞涩，两人在一起这么久，尽管每次他都做了引导，而她依然是被动羞赧的。

今天，是她第一次主动邀请他。

怀荆眼底的情欲像压抑不住的滚滚乌云，他垂眸看着怀中的女人，摸了摸她的脸颊，沉声说："想，但你要休息。"

现在已经快凌晨三点了，许星空的眼睛里都有些雾蒙蒙的了。

她盯着怀荆，看着他眼中渐渐压下去的欲望，伸出双手，勾住了他的脖子。

第一次主动做这样的事情，许星空羞涩又慌张。在男人隐忍的目光中，她轻轻地吻上了他的嘴角。

在吻上的那一瞬间，她感觉男人的身体明显一颤。

许星空轻吻了一下就离开了，她怯怯地看着身上的男人，嗓音柔而轻："我……我可以白天休息的。"

在她说完的一瞬间，男人的吻就压了下来。

第二天许星空醒来时，怀荆已经走了。

抬眼看了看挂钟，已经上午十点一刻了。她抬头想拿手机，却看到手机下面压着一张字条。

许星空指尖一顿，将字条抽了出来。

“把咪咪带来陪你，我今晚会回来得很晚，但一定会回来。”

落款是“荆”。

怀荆的字她是见过的，像他的人一样漂亮精致，看着很有风骨。

许星空看着落款的那一个字，心下一动，有种奇妙的感觉从心口蔓延开来。她拿过手机，准备给怀荆发条微信。手机屏幕上显示了几条未读消息，许星空点开看了一眼，双眼渐渐睁大了。

一口大碗：哈喽，许亲妈，我今天和康康去薇泉看看，麻烦你给带带路呗。十一点准时到你家门口接你，爱你，么么哒。

十一点！

看到时间，许星空慌张抬头，钟表上的指针指向十点二十！

收回视线，许星空将手机放到一边，掀开被子下床。在起身的那一瞬间，她双腿一软，差点跌在床上。

好歹起来去了浴室，冲了个澡后，许星空穿好衣服跑着去沿海公路拦了一辆出租车，朝着家里的方向驶去。

紧赶慢赶到了家里，许星空拿着钥匙开门时，接到了陈婉婉的电话。她抿抿唇，先将门打开走进去，抱住走到她身边的咪咪后，才接了陈婉婉的电话。

“喂，我已经到门口了。”陈婉婉说。

压制着急喘，许星空给咪咪续了猫粮和水后，起身进了卧室。从衣橱里将高领毛衣拿出来，她应了一声：“我马上出去。”

“得嘞。”陈婉婉笑嘻嘻地说，“我就在你们公寓门口啊，出门就能看到。”

“嗯。”许星空应了一声后，挂掉了电话。

将手机扔到一边，许星空脱掉了身上的衣服，然后看了一眼镜子，身上有几个显眼的红色咬痕。

脸微微一红，许星空将高领毛衣套上，心想：到了夏天该怎么办？

想到这里，许星空又是一愣。

她想得太长远了，虽然过了年，但夏天好像还很遥远。他们两人，会一直好到夏天吗？那夏天以后呢？

许星空心里有点乱，套了一件大衣后，拿着包出了门。

急匆匆地出了公寓大门，就看到了陈婉婉的车。车窗开着，陈婉婉和康康一人扒着一个车窗看她。

母子两人的眼睛都很大，炯炯有神地看着她。许星空看到后笑了笑，走过去拉开车门上了车。

刚上车，坐在儿童安全座椅上的康康就伸开手臂朝着许星空撒娇："星空阿姨抱抱！"

许星空将包放下，将他往怀里抱了一下，松开后笑着捏了捏他的脸蛋。

"走了啊！"陈婉婉说道。

知道今天是要去看辅导班，康康看着给他折纸飞机的许星空，问道："星空阿姨，那个老师凶吗？"

康康是喜欢画画的，但上辅导班，小朋友关心的永远是这个。

将手上的飞机折好，许星空认真思索了一下，笑着说："不凶，那个老师很喜欢小孩子。"

"和星空阿姨一样吗？"康康接过飞机，笑嘻嘻地问。

许星空伸手捏了捏他的脸蛋，笑着说："嗯，和星空阿姨一样。"

陈婉婉把车停在了佳廷广场的地下停车场，两人牵着康康去了佳廷公寓。从佳廷广场出来就是和平街，许星空看了一眼吾饮门口，皇甫壹朵和阿金不知道在那儿玩什么。

阿金向来灵敏，许星空一进街口，它就察觉到了，摇了摇尾巴，撒着欢便要跑过来，拽得旁边的皇甫壹朵都抬起了头。

皇甫壹朵看到许星空后，脸上随即一笑。许星空笑着冲她摇了摇头，指了指佳廷公寓二楼。

皇甫壹朵点点头，表示明白了，赶紧拉住了阿金。

看着身材娇小的皇甫壹朵好歹将阿金拉住了，许星空笑着收回视线，跟着陈婉婉和康康进了佳廷公寓的电梯。

到了二楼后，许星空带着陈婉婉母子俩到了薇泉美术工作室的门口。房间门是闭着的，许星空轻轻敲了两下，里面传来了一个少年的声音。

“来啦！”隔着门喊了一声后，门应声而开，卓年的脸露了出来。小少年戴着帽子，穿着宽松的卫衣和长裤，青春阳光。看到许星空后，少年笑意加深，认出了她来，“您好，请进吧。”

“谢谢。”许星空笑着道谢，和陈婉婉一前一后进了工作室。

现在这个时间段没有课，工作室里只有卓年和白竹。卓年坐在客厅中间，仍然在画苹果。白竹则站在阳台上，面前支着画架，也在画画。

客厅里开着空调，很暖和，白竹没有穿外套，只穿了一件黑白条纹的薄毛衣，下面是米色的休闲裤。阳光下，男人黑亮的头发泛着光，侧脸轮廓深邃，长卷的睫毛下，一双黑曜石般的眼睛正盯着自己的画，骨节分明的手指拿着画笔，轻轻地在画布上勾勒着。

听到许星空的声音后，他停了笔，抬眼朝着客厅看了过来。

陈婉婉笑着叫了一声：“学长好。”

白竹淡淡地应了一声，对上许星空的视线后，微微笑了笑。

经历了昨天施初静那件事，许星空对白竹挺有好感的，对上他的笑容，她打了招呼后说：“这就是我那天说的我朋友家的孩子。”

说完，许星空蹲下身，对康康说：“康康，和白老师打招呼。”

或许是遗传了母亲的颜控，康康见到白竹，一点也不怯生，他大眼睛一弯，朝着白竹奶甜奶甜地叫了一声：“白老师好。”

白竹眸中闪过一丝柔软，将手上的画笔放下，右手拇指轻擦了一下左手虎口处不小心沾上的颜料，说：“你好。”

上次许星空来，白竹已经跟她介绍了一遍，这次主要是陈婉婉想了解，他们三个进办公室的时候，许星空没有跟着进去。

在工作室看了一圈后，许星空又站在了阳台边，阳台上，白竹的画没有收起来。

今天这幅画与她上次看到的已经不是同一幅了，这幅画里的孩子仍然只有一个背影。小男孩坐在粗壮的老树枝干上，仰头看着树上的一窝小鸟。

尽管只有背影，但能看出小男孩的快乐和纯真。

只是整幅画的配色，让许星空在看到孩子快乐纯真的同时，又有一种说不上来的压抑。她虽然是个外行，但看画时感觉不会欺骗人，这幅画真的很有水准。

她想起刚进门时，看到的白竹的手。

他的手很漂亮，尤其是拿着画笔的时候，手指微微弯曲，骨节十分好看。

真是双艺术家的手。她在心里感慨。

“白老师喜欢小孩子，所以画的都是小孩子。”卓年拿着苹果啃了一口，跟许星空闲聊。

看着他刚刚画着的那个苹果被他吃掉，许星空笑了笑，说：“看得出来。”

“这些画是准备在画展展出的。”卓年说，“展出后得到的门票收入，白老师会捐给这些画里的孩子。”

听到这里，许星空了然，怪不得看画的时候心里有一种压抑的感觉，原来画还表达了这一层意思。

“这些都是留守儿童吗？”许星空问道。

卓年咬着苹果的动作一顿，眼神复杂：“对，是被性侵过的留守儿童。”

许星空神色一震。

在白竹介绍完后，陈婉婉确定了康康来上课的时间。除了平时放学后可以过来，周末两天也会有课程安排。除此之外，一个月会组织一次户外写生。

小孩子跟着去户外，就只有白竹一个人看着，家长多多少少会有些不放心。想到这里，陈婉婉问道：“家长能陪同吗？”

家长如果能陪同的话，那就不是写生，而是郊游了。

这个问题，显然每个家长都问过。听了陈婉婉的话后，白竹从旁边码好的几个魔方里拿出一个，递给陈婉婉，说：“到时候会允许带一名家长助理，哪位家长解开了魔方，哪位家长就可以跟去。”

把魔方拿过来一看，陈婉婉一个头两个大，说：“这还是竞争上岗啊？”

康康站在边上问了一句：“妈妈，你下周六不是不能陪我吗？”

陈婉婉最近两个周六都在加班，下周六不出意外的话还会加班。她低头扭了两下魔方，说：“对啊，我想让星空阿姨陪你去。”

许星空天天在家闷着，就只有一只咪咪陪着她，有机会的话，她还是想让许星空出去走走。而且她帮忙照看康康，陈婉婉也十分放心。

在陈婉婉说完这话的时候，白竹目光一抬，看着陈婉婉手上的魔方，问了一句：“难吗？”

陈婉婉有些泄气，抬头看着白竹说：“超难啊。”

在她抬头的时候，白竹从那一摞魔方里，拿了一个已经排好的魔方，然后手指轻巧地扭了两下魔方，而后递到她面前，说：“用这个吧。”

这么明显的放水，陈婉婉要是再看不出来，那就枉费她在职场混了这么多年了。

她赶紧将魔方接了过来，喜笑颜开地对白竹说：“谢谢学长，我这就把它拼好。”

说完，陈婉婉根据刚才白竹拧的那两下，想把魔方拧回来。但她好像看错了排数，拧了两下后，魔方更乱了。

“唉……”陈婉婉皱着眉头，不服输地又要拧。

旁边白竹眉心略略一跳，他看着快要大乱的魔方，沉声道：“要不，你还是回家找个会解的解吧。”

……

“加油啊！你要是能解开这个魔方，下周六就有两大男神陪你了！”陈婉婉开着车，看着后面解着魔方的许星空鼓励道。

解着魔方的许星空一笑，她倒不在意什么两大男神陪着。想着卓年说的话，她现在心里还不怎么舒服。

白竹是个很有大爱的人，她真的挺佩服他的。

看着一边给自己加油的康康，许星空轻轻地叹了口气。

“你要让老詹试一下吗？”许星空到家后，趴在车窗边问陈婉婉。

“得了吧。”陈婉婉一脸嫌弃地说，“老詹连个麻将都码不好，这个魔方估计就指望你了。”

“行吧。”许星空一脸责任重大的表情应下了。

“对了，一会儿我把白竹的名片发给你，你加一下。解开后，先给他发过去啊。”陈婉婉叮嘱道，“这可是竞争上岗，而且竞争很激烈。”

“好。”许星空点头道。

和陈婉婉母子俩告别后，许星空回家喂了咪咪。她没有带着咪咪去怀荆家，因为怀荆现在在家时间不定，她带着咪咪来回颠簸对它也不好。

到了怀荆家，许星空坐在钢琴凳上，晒着太阳，开始解魔方。在大学的时候，她和陈婉婉一起参加过魔方社团。但两人在这方面好像都没有什么天赋，后来就退团了。

怀荆回家的时候，已经晚上十点了。他以为许星空早就睡了，但开门的时候，钢琴凳上坐着的许星空抬眼看了过来。

看到怀荆，许星空眼中闪过一丝笑意。

怀荆也笑了笑，关上门后朝着她走了过来。他刚从外面回来，还带着一丝凉气，到许星空身边站定时，她稍微清醒了些。

她终于明白为什么陈婉婉要让她解这个魔方了，这一下午加一晚上，魔方越解越乱，要陈婉婉那暴脾气，早就把这魔方摔了。

但她还好，虽然乱，但解着解着觉得打发时间也挺好的。

怀荆走过来后，也看到了她手上的魔方。男人眼梢微微一挑，伸手将魔方拿了过去。

“这是什么？”怀荆问道。

“魔方。”许星空抬眼看着他手上的魔方，解释道，“朋友的儿子参加了一个美术辅导班，这是美术辅导班的老师布置给家长的作业，说能解开的话，就能跟着孩子一起去户外写生。我朋友没时间，准备让我带着她儿子去。”

跟许星空在一起这么久，虽然两人的关系是个秘密，但对于对方的事情都渐渐了解了。怀荆知道许星空的这个朋友帮过她不少忙，结了婚有个儿子，她很喜欢那个小男孩。

“想去？”怀荆看了一眼许星空，淡淡地问道。她喜欢孩子，而且去写生还能顺便玩玩，这段时间他那么忙，也没时间陪她，让她出去走走也好。

“嗯。”许星空应道。

嘴角微微一压，怀荆身体斜靠在钢琴上，右腿搭在左腿上站住了。灯光下，他的神色变得认真了些，睫毛下是浅褐色的双眸，目光都汇聚到了魔方上。

他手指修长，手掌也大，小小的魔方在他手里好似缩小了一倍。而红绿黄蓝黑白色的魔方，色彩鲜明，将他的手指衬托得更加白皙。

他手指翻飞，将魔方来来回回地倒弄着，倒弄的时候，手指并未用力，手指骨节微微凸出，十分好看。

许星空看着他解魔方的手指入了神。

男人解魔方的动作并不快，慢条斯理地，带着些他气质中的慵懒。他在动脑子，并不是像她那样没头没脑地乱鼓捣。

五六分钟后，怀荆手上的魔方不同面上的色块面积越来越大。他双唇微抿，最后手指捏着方块旋转了两下，魔方拼好了。

“哇！”许星空惊讶地叫了一声，抬眼惊喜地看着他。

看着女人眼里跳跃着的喜悦，怀荆嘴角微勾，宠溺一笑。他一只手将魔方放到她手里，一只手压在她头顶轻轻揉了一下，沉声说：“去吧。”

接过魔方，许星空抬眼笑眯眯地看着怀荆。

女人的眼睛笑成了一弯月牙，黑漆漆的眸子泛着光，里面装满了开心。

怀荆低头看着她，眉眼中的笑意加深，沉声问道：“开心了？”

手上的魔方还有些男人掌心的温度，许星空将魔方晃了一下，轻轻应了一声：“嗯。”

“想不想更开心？”怀荆眉梢微挑，垂眸看着许星空，问道。

“啊？”许星空被他问得一蒙，不知道他想做什么，但谁也不能拒绝开心。她目光一动，抬眼疑惑地笑道，“想，怎么才……”

她还没说完，男人微一俯身，双手放在她的腰侧。许星空诧异间，男人手臂一用力，许星空双脚离地，直接被男人从琴凳上抱了起来。

她没想到会被这样抱着，像是失重了一样，她心下一慌，小腿微晃，双手紧张地扶住了他的肩膀，眼神慌乱地看着他。

男人一笑，一只手托住她的双臀，一只手将她的腿抬起，攀在了他的腰上。许星空双腿勾住他的腰，被男人托着臀部，好歹稳住了身体。

她双手扶着怀荆的肩膀，看了一眼他的身后，突然的腾空让她有些眩晕。许星空双臂抱住男人的脖子，乖巧地伏在了他的肩膀上。

“害怕？”女人就趴在他的肩边，怀荆一侧头，脸颊和她微烫的脸颊摩擦在一起。

男人说话时，唇就在她的颈间，温热的气息像游走的触手抚摸着她的皮肤，让她有点酥软。

“这样不怕了。”许星空怕痒一样，微微缩了缩脖子。

刚开始是怕摔倒，可男人的力量让许星空安心了，她甚至喜欢上了这种被腾空抱着的感觉。和公主抱不同，这样抱着有种更亲昵的宠溺。

许星空从没有被这样抱过，但她有看过别人的父亲这样抱孩子。小时候她看着也有过羡慕，可她父亲太忙了。

心里有种甜丝丝的兴奋，许星空果然比刚刚更开心了些。

听她说不怕，怀荆轻轻地哼笑了一声，抱着许星空转了个方向，离开了钢琴边。

看着一层一层被甩在后面的楼梯台阶，许星空微微仰了仰头。昨天他去接她的时候，都没来得及吃饭，今天呢？

“你吃过晚饭了吗？”许星空问道。

“没。”抬腿迈上最后一级台阶，男人伸手将卧室门打开，沉声道，“这不是正准备吃吗？”

原本挣扎着想下来给他做晚饭的许星空动作一顿，心跳缓缓加速，看着关上的卧室门，抱住男人的双手渐渐收紧了。

和他在一起变得越来越快乐了。她在心里说道。

周六一大早，陈婉婉就把康康送到了许星空家里。陈婉婉顶着黑眼圈说了一句：“玩得愉快，气死了，老娘又要去加班。”

许星空抱着康康，和他一起挥手送别陈婉婉。康康尤其高兴，搂着许星空笑眯眯地说：“妈妈好好赚钱哦。”

陈婉婉看着亲儿子和许星空相亲相爱送别自己，翻了个白眼，说：“你俩一起过吧。”

说完，陈婉婉踩了一脚油门，扬长而去。

许星空和康康大笑起来。

今天天气很好，在微凉的朝阳中，许星空抱着康康回到了家。

“咪咪！”康康一到许星空家，就蹲下找咪咪玩去了。

许星空笑看着一人一猫玩得开心，将窗帘拉开，阳光照进来，她微微眯了眯眼。

“早餐想吃什么？”陈婉婉赶在上班前将他送过来，因而康康还没吃早餐。

“土司、鸡蛋和牛奶。”康康甜甜地说道。

“好的。”许星空伸手捏了捏他的脸蛋，笑着应下后，转身进了厨房。

刚将油倒入平底锅，外面康康就喊了一句：“星空阿姨，你电话响啦！”

锅里还在热油，许星空赶紧将火关掉，拍拍手后走出来说：“来了来了。”

她以为是陈婉婉不放心，又打电话过来叮嘱什么，而当她看到来电显示的号码时，目光一动，望着窗外的骄阳按了接听键。

电话那边，传来一声清脆的翻文件的声响。许星空眉眼一柔，轻应了一声：“喂。”

“今天去写生？”听到她的声音，男人沉声问了一句，话中带笑。

“嗯。”许星空转头看了一眼咪咪和康康，笑着说，“康康已经过来了。”

听得出她声音里的期待和开心，怀荆轻声一笑，问道：“几点回来？我去接你。”

许星空双唇微张，垂眸看着地板上自己的影子，问道：“你今天不忙吗？”

其实很忙。

然而再忙也要见她一面，上周分开后，两人就没有再见面了，天知道他心里有多想她。

“忙到六点结束。”怀荆说，“我去佳廷广场的停车场等你。”

原本明媚的心情像是覆盖了一层软绵绵的棉花糖，甜丝丝的，让许星空微扬了嘴角，她点头应了一声：“好。”

挂了电话，许星空进了厨房开火继续煎鸡蛋。不一会儿，康康走到厨房门口，看着她，奶声问道：“星空阿姨，刚刚给你打电话的是谁呀？”

将鸡蛋放入锅中，油滋滋地响，蛋白渐渐凝固后，许星空转头看着康康，笑着说：“一个朋友。”

“好朋友吗？”康康追问了一句。

许星空看着他，笑意加深，说：“对啊，好朋友。”

康康歪着脑袋看着许星空，认真地问道：“那这个好朋友对你好吗？”

许星空一愣，将鸡蛋轻巧地翻了个面，点了点头后，柔声应道：“嗯。”

听了这个回答，康康的大眼睛眨了眨，小大人一样地松了一口气，笑眯眯地说：“那我就放心啦！”

许星空目光一动，看着站在厨房门口等待爱心早餐的康康，心里变得暖洋洋的。

许星空带着康康到画室的时候，白竹正在收拾画架。他穿了一件红蓝白粗格子的法兰绒衬衫，里面是一件白色的卫衣。他皮肤挺白，白色卫衣更衬他的肤色，在阳光下，平添了一股艺术家的忧郁感。

他俯身拿着画架，抬眼看到许星空，浓密的睫毛下，黑亮的双眸里闪过一丝笑意：“这么早。”

“想过来看看有什么可以帮忙的。”许星空笑着说。

写生是十点集合，她九点就过来，确实早了。但她既然是家长助理，早点过来帮忙也是应该的。

阳光下，白竹浅浅一笑，说：“那你去收拾一下小朋友的画架吧。”

“好。”许星空爽快答应，放下康康后，被他领着去了教室。

为了照顾小朋友的身高，他们的画架都是迷你画架，很可爱。想着小孩子们站在画架前认真画画的样子，许星空被萌到了。

将自己的画架收拾好后，白竹也进了教室。许星空站在窗边，正在康康的指挥下整理着画架。

孩子们的画架可以折叠起来放进包里，好像有重重机关，她第一次整理，手法不太熟练。但即使好几次都整理不对，她脸上仍然带着笑，没有丝毫不耐烦。

白竹睫毛轻颤，看了一会儿后，抬脚走进去，接过了她手上还未合上的画架。

阳光下，白竹的手指修长，白得发光。他手指灵巧地将那个扣子扣上，抬眼看着许星空，说道：“这样。”

有了白竹的亲自演示，许星空总算是弄明白了。她抬眼看着白竹，眼中带着接收新知识时的惊奇。

“我会了。”她说。

将画架打包好后，家长们也陆陆续续地将孩子送过来了。十点集合完毕，大家朝着写生的地点出发。

白竹开的是一辆奔驰商务，刚好坐下六位小朋友。许星空看着大家一一落座，康康也和旁边的小姑娘聊得开心，在她一脸无奈的时候，驾驶座上的白竹拍了拍副驾驶座的椅背。

“坐这儿吧。”白竹说。

“好。”许星空接受了邀请，笑着走到副驾驶座门前。白竹给她开了门后，许星空道谢一声，上了车。

“远吗？”系好安全带后，许星空问了一句。

看着她系好安全带，白竹发动车子，回了一句：“在远郊。”

“小朋友不会困吗？”许星空回头看了一眼正在玩闹的小朋友，担心地问了一句。虽然现在看着活泼，但一开车指定会睡觉。

抬眸看了她一眼，白竹将手机插在车上外连的数据线上。他在屏幕上点了几下，许星空正疑惑的时候，车上的音响里传来了音乐声。

“两只老虎，两只老虎，跑得快……”

车内音乐一响，后排的小朋友们立马嗨了起来，十分高兴地跟着一起唱了出来。

许星空看看兴奋的小朋友，再看看开着车的白竹，最后和他相视一笑。

他还真是有办法。

写生的地点在夏城的远郊，若不是这次跟来，许星空都不知道夏城还有这么山清水秀的地方。

两排高山之间有一条溪流和一片田野，靠近田野这边的那排山峦稍矮一些，山脚边坐落着一个小村落。

小村落的建筑是用青石堆砌而成的，古朴自然。不光房子，就连路上也铺着光滑的青石板，小孩子们叽叽喳喳地踩在上面，感觉趣味十足。

白竹好像经常来这里。走在青石板路上，偶尔会碰到几个村民，村民见到白竹，都会热络地和他闲聊几句。

和村民闲聊完，白竹和许星空领着一群小朋友出了村落，来到了青黄色的田野之间。

田野很平坦，只有高约三十厘米的野花野草，浅绿色的草和黄色的野花将整片田野点缀得清新而美好。

站在田野中间，抬眼可见对面墨绿色的远山和清澈见底的溪流，空旷的原野让人心旷神怡，身心舒畅。

许星空和白竹站在青草和野花中间，着手帮助小朋友们支起画架。许星空的速度要慢一些，最后那个还没支好，白竹迈过草丛走过来，俯身扶好画架，说："我来吧。"

"好。"说着，许星空站在了一边。

白竹娴熟地将画架支好后，将手上的笔递给了小朋友，伸手摸了摸他的头，温柔地叮嘱了一声："好好画。"

"好！"小家伙甜甜地答应。

小朋友们在车上的时候，还是唱着《两只老虎》的小恶魔。但在画架支起，白竹将画笔递给他们的一瞬间，几个小朋友皆安静了下来。

他们小小的身影都快隐入青草之中，春风吹过田野，掀起黄绿色的浪，像是将他们藏了起来。

许星空看着他们认认真真的样子，心里也安静下来。

在她看着小朋友画画的时候，身边又传来了支起画架的声音。许星空回头一看，白竹已经将画架支了起来。

男人的头发被风吹起了一些，更给他添了些洒脱不羁。但他的眉眼是温柔的，此时正看着她，笑着问道："要不要给你画一张？"

双眸微微一睁，许星空有些惊喜，笑着问："那我应该怎么站……"

她有些害羞，不知道怎么站好，脸微微泛了红。看着她泛红的脸颊，白竹手指间黑色的铅笔笔杆轻轻一转，在阳光中转出一道光晕来。骨节分明的手指握住笔杆，白竹轻笑着说："这样就可以了。"

"好。"许星空有些呆滞地站好。

在她站好后，白竹就开始画了起来。他逆着光，站在太阳下，小腿隐入青草间。虽然是在画画，但他依然站得笔直，像是草中矗立的一棵树。

田野间，清风拂过，男人的格子衬衫与清风纠缠，他站在那里，手指微动，像是融入了田野。

他倒是更像一幅画。

在许星空这样想着的时候，男人手指一顿，抬眸冲她说："好了。"

"这么快？"许星空一愣，脱口而出。

白竹点了点头，看着她走过来，说："画得多了，自然就快了。"

每个画家成名的背后都是无数张速写，比如卓年，现在还天天在画室画苹果呢。

以为白竹是这个意思，许星空笑了笑，说："天才不是一蹴而就的。"

说完后，她就已经站在了画架前，抬眼看到了白竹画的自己。许星空天天看到自己的模样，并没觉得多美，现在竟然被白竹画里的自己惊艳了一把。

画中的女人站在青黄色的田野间，发丝随着春风划过脸颊，她站在阳光之中，圆圆的眼睛里带着恬淡的笑意和一丝不易察觉的羞涩。

这张速写的光影画得很棒，笔触细腻娴熟，每一个细节都抓得很到位。而这么出色的一张速写，竟然画得那么快。

在许星空看着画的时候，白竹拿着铅笔，笔尖微动，在右下角签上了自己的名字。他的字好像是草书，虽然潦草，但有形有骨；虽是寥寥几笔，却遒劲有力。

将名字签好后，白竹将铅笔放在一边，把画从画架中拿了出来，递给许星空，说："送给你。"

许星空双眸一抬，眼里带着些不敢置信，但她还是赶紧接了过来，笑着道了声谢。

她低头看着画，阳光给她打了一层温柔的光晕。白竹微舔下唇，看着她手上的画说："我以前也经常给我妈画。"

他突然起了一个话题，让许星空从画中回了神，想起杨文瑜，她问了一句："老师现在身体还好吧？"

"嗯，挺好。"白竹点点头，看着许星空，淡淡地补充了一句，"不过在家有点孤单，有些学生说有时间去看她，也一直没有去。"

第三章

你煮的姜糖水很甜

她怎么觉得白竹这话是在说她？

当时她和杨文瑜说有时间就过去确实不是客套话，但也不能去得太勤了。毕竟她们只是师生关系，去得太勤，人家还以为她另有所图呢。

“我下周有时间。”许星空有些尴尬地说，“到时候一定过去。”

白竹听了她的话，问了一句：“周六？”

“啊？”没想到白竹会追问，许星空愣了一下，硬着头皮说道，“嗯……”

“我那天有画展。”白竹说。

许星空目光一抬，对上了白竹的视线。男人神色平静，似乎在说一件很平常的事情。但许星空听着，突然想起卓年说的话来。

她心下一紧，咬了咬唇，问道：“画展在哪儿？我可不可以……”

“想去？”白竹看着她，问道。

“嗯。”许星空真诚地点了点头，有些不好意思地说，“我也想尽点力……”

“周六早上来我家。”白竹看着许星空，说道，“到时候我们一起过去。”

写生结束后，白竹带着孩子们回了画室。画室里，除了卓年，孩子们的家长也来了，加完班的陈婉婉也在其中。

“那学长我们先走了啊。”抱着康康亲了两口，陈婉婉和白竹打了声招呼。

“好。”白竹淡淡地应了一声，和许星空点了点头。

许星空想起他的邀请来，笑了笑。

“我送你回去呗。”抱着康康，陈婉婉对许星空道。

想起早上和怀荆的电话，许星空“啊”了一声，推开门让陈婉婉先出了公寓的大门，然后她看了一眼不远处的皇甫壹朵和阿金，说：“我去吾饮看看，你们先走吧。”

许星空这是忙正事，陈婉婉倒也没坚持，说了一句：“那好吧，康康跟星空阿姨再见。”

“星空阿姨再见。”康康笑眯眯地道。

“再见。”许星空回道。

进了吾饮，和杜一哲他们闲聊了一会儿，许星空收到了一条短信。她低头点开，上面写了一个停车位的信息。

许星空眉眼一动，和杜一哲他们告别后，便进了佳廷广场。

等电梯的时候，许星空的心情有些迫切，她看着电梯慢悠悠地从三楼下来，到一楼时，她赶紧走了进去。

到了负二楼，许星空下了电梯，小跑着去了怀荆的停车位。

她跑得有些急，等走到停车位上看到车内的男人时，心脏拍打着她的胸腔。许星空微微定了定神，走了过去。

在许星空过来时，男人抬眸看了过来，眉眼间带着笑。

女人似乎是小跑着过来的，脸颊有些跑动后的微红，她圆圆的眼睛上睫毛轻颤，抬眼看着他，眼中带着笑。

车内的气氛变得温柔起来，怀荆垂眸看着她手上的那张纸，问：“手上是什么？”

“画。”许星空说着，将画递给了他。

怀荆接过后，将画打开了。

这是一张速写，而上面画着的人，正是许星空。她站在田野间，羞涩而恬静地笑着。在这幅画的右下角，用草书写了两个字，是这幅画的落款。

“白竹？”男人眉眼低垂，浓密的睫毛下浅褐色的眸子里带着些轻佻。

“你认得？”许星空有些惊讶，她看着那根本看不清楚的两个字，说，“这是康康的美术老师，这幅画是今天写生的时候他画的。”

怀荆垂眸看着许星空，眉心略微一皱，问道：“男的？”

“嗯。”许星空点点头，又补充了一句，“是我大学老师的儿子。”

不但是个男的，还和她有这么一层关系？

想着许星空去写生，还是他帮忙解的魔方，怀荆有些气恼，太阳穴突突跳了两下。他垂眸看着许星空，问道：“你当时怎么没告诉我他是男的？”

“啊？”许星空愣了一下，有些无辜地眨了眨眼，“你没问啊。而且是男的还是女的，有什么差别吗？”

这差别可大了！

怀荆突然的沉默，让许星空有点摸不着头脑，只以为他是累了，所以不太爱说话。但是他累了的话，怎么一到家就抱着她去了卧室？

许星空迎合着男人的吻，抱住他的脖颈，小声说了一句：“晚饭……”

男人的动作没有停下，他沉声说了一句：“不吃了。”

“可……可是……”许星空的声音渐渐变小，“我饿了。”

身上男人的动作一顿，抬头对上了她的视线。男人眼中如山雨欲来般深沉诡谲，许星空看得心下一烫。

“要不……先不吃了吧。”说着，许星空抬头就要吻上男人的唇。但在吻上的一瞬间，男人眼中的情绪一压，将她抱了起来。

怀荆好像喜欢上了她双腿缠在他腰上的抱法，在抱起她来时，许星空听到了男人鼻间的一声轻叹。

许星空也不知道他为什么叹息，低头看了他一眼。男人垂眸看着台阶，深邃的五官被灯光打上了一层暗影，他眉心微蹙，双唇紧抿，看着像一尊精美的雕像。

“你想吃点什么？”许星空站在冰箱前，抬眸看了一眼站在门口似乎在监视着她的怀荆。

一周不见，他似乎消瘦了些，五官变得更立体了。他站在那里，身姿挺拔修长，在灯影下，自带一股清冷。

他现在什么也不想吃，因为刚刚好像已经气饱了。怀荆看着在冰箱前站着的许星空，将她与画中的她重合起来。他抿了抿唇，回答了一句：“做你喜欢的，我随便吃点就好。”

怀荆不怎么挑食，许星空做的他都吃。看他有点不对劲，许星空想着做点好吃的给他。现在公司的事情这么忙，他还要应对怀氏那对父子，肯定身心俱疲。

想到这里，许星空没再和他说话，她拿出菜，安安静静地洗了起来。

许星空似乎自带安抚人心的特质，怀荆看着站在厨台边的她，身段窈窕，侧脸俏丽，气质恬静。

她这个宝贝，不可能只有他想要。

想到这里，怀荆的眉头又是一蹙。

很快，许星空做好了饭，怀荆帮忙端到了餐厅。她确实是饿了，刚坐下就开始吃。但吃饭的时候，她仍然是细嚼慢咽，腮帮子稍微鼓起一点来，闭着嘴巴一点点咀嚼着，像一只正在啃胡萝卜的兔子。

在她吃饭的时候，怀荆盯着她看着，漫不经心地问了一句："那个美术老师你认识很久了？"

"嗯？"许星空抬眼看着他，腮帮子还微微鼓着，听明白问题后，她想了一会儿，点点头说，"嗯。他是我大学时教高级德语的老师的儿子。"

接着，许星空添了一句："婉婉说他去等杨老师下课的时候，就坐在我身边。"

竟然还有这样的渊源？怀荆的太阳穴又突突跳了两下。

"不过我不记得了。"许星空补充了一句。

听她说不记得，怀荆的心情莫名舒畅了些，太阳穴也不跳了。

见怀荆对白竹感兴趣，许星空就着这个话题和他聊了起来。她将嘴里的米饭咽下去，喝了一口水后说："白竹学长很厉害，是有名的青年画家，在国际上也很有名的。他以前都是在国外发展，因为杨老师身体不好，所以才回国了。他很善良，画画很好，而且陈婉婉也喜欢他……"

在许星空滔滔不绝地夸奖着白竹的时候，对面的男人突然站了起来，一言不发地走到她的身边。

许星空一下住了嘴。

男人垂眸看了一眼她干干净净的碗，沉声问道："吃饱了吗？"

"嗯。"许星空点了点头，抬眼看着站在身边的男人，看着他双眸中的黑沉，一瞬间有些不安。

她答应了以后，男人微一俯身，一下将她抱了起来。许星空"哎呀"一声，在被他抱出厨房的时候，看着餐桌上的碗碟说："我还没洗碗。"

“一会儿我洗。”怀荆沉声说了一句。

男人趴在她的身上，许星空看着他近在咫尺的脸和他微蹙的眉心，突然反应过来。

伸手将他蹙起的眉心抚平，许星空声音哑哑地问了一句：“你不喜欢白竹学长吗？”

听她又提起白竹，怀荆的眉头又蹙了起来。他垂眸看着身下的女人，眼神发紧，声音也带了些疏离：“你刚刚像是在向我介绍你男朋友，让我不太舒服。”

许星空一愣，猛然想起她和怀荆的关系来。

他们两个是床伴，不管是向他介绍她男朋友，或者向男朋友介绍他，好像都不怎么让人舒服。

但是她和白竹不是那种关系，许星空见怀荆不喜欢，也就没有继续说，只是舔了舔下唇说：“那我以后不说了。”

听了她的话，男人眼尾一挑，脸色也好看了些。

但在许星空说了不提以后，他又问了一句：“他真的这么优秀？”

许星空看着怀荆，有些不太确定。说不优秀吧，她不能撒谎。说优秀吧，她又怕他不高兴，虽然她也不知道他为什么不高兴。

可能是男人的胜负欲在作祟吧，就像上次许智那次那样。

想到这里，许星空点了点头，讨了个巧：“嗯，很优秀，但你也很优秀。”

男人跳起的太阳穴，被许星空最后一句急转压了下去。他嘴角勾起，用鼻尖碰了一下她的鼻尖，笑着问道：“我哪儿优秀？”

他的优秀，是不用她说的。

他在父亲去世后保护好他的母亲和妹妹，能将IO做成上市集团，能守护好他自己的东西，还能对抗得了虎视眈眈的怀昌朝。

他有一张英俊的脸，他会弹钢琴，还会说德语、法语……

但这些都是别人眼中的优秀，在她这里……

许星空眼角一弯：“你煮的姜糖水很甜。”

听着许星空的回答，怀荆的心荡在了谷底，却是荡在了谷底的甜水里。

他笑起来，低头吻了一下她的嘴角：“等我忙完，再给你煮。”

“好。”许星空笑了笑，但意识已经有些支撑不住了，马上就要睡过去。

怀荆从她身上起来，将她抱在了怀里。听着许星空浅浅的呼吸声，他觉得自己有些草木皆兵了。她对自己是不一样的，区区一个白竹，不至于让他这么紧张。

正在他这样想着的时候，许星空突然想起什么一样，迷迷糊糊地说了一句："下周六学长邀请我去参加他的画展。"

“不许去！”怀荆当即道。

怀荆说不许去，自然是不算数的。周六一大早，许星空就带着东西去了夏大。她到杨文瑜家里时，是白竹来开的门。在开门的一瞬间，许星空就听到了施初静的声音，她的神色一顿。

沙发上，施初静看到许星空，神色未变，笑着和她打了一声招呼："星空。"

施初静今天穿了一件绿色的纱质连衣裙，头发也精心地挽在了一起，妆容精致妥帖，看上去明艳动人，似乎是精心打扮过的。

看着她自然大方地和自己打招呼，上次的事情似乎完全不记得，许星空也不能不礼貌，她笑着说："好巧。"

“不巧。”施初静笑着说道，“都是来看学长的画展的，你来晚了，大家都在等你呢。”

“没晚，时间刚好。”白竹淡淡地说了一句，然后对许星空一笑，“走吧。”

许星空笑了笑，点头说："好。"

施初静看着白竹对许星空笑着，唇边的笑意渐渐消失了。

白竹的画展在程思展览中心举行，展览中心是程思画廊的，白竹和他们画廊有合作。

程思画廊是全国数一数二的画廊，国内的画家挤破脑袋都想进去，却未必能进得去。一家好画廊的包装，能提升一个画家的知名度。但白竹声名在外，并不需要加入画廊。这次和程思画廊的合作，还是他们主动找来的。之所以这样，也是为了借他的东风。

展览中心在市西区夏城科技馆旁边，白竹开车载着她们进停车场的时候，外面已经有等待入场的人了。

白竹是青年画家，而且是长相英俊的青年画家。

在排队的一干人中，女人占了大多数。

为了避免混乱，白竹他们是由画廊的经理从 VIP 通道带进去的。

这个程思展览中心在科技馆旁边，有很多展厅。白竹这次开办画展，他们拿了最大的一个展厅出来。他们坐电梯直达三楼，外面的阳光透过展厅最顶端照射进来，照得人暖洋洋的。

现在观众还没有入场，展厅里只有几个工作人员，见白竹过来，几个人迎了上来。白竹个人的画展，自然也很多需要他忙的。在他忙着的时候，许星空和施初静还有杨文瑜先观赏了起来。

许星空看画很慢，进了展厅后，她就停在了展厅门口的那幅画跟前。

这幅画许星空见过，是上次她和陈婉婉去白竹工作室时摆在阳台上的那幅。小男孩坐在大树上，抬头看着树枝上一窝嗷嗷待哺的小鸟。

展厅的展位是一面白色的薄墙，墙面的粉白与画面上艳丽的色彩交锋，仿佛千军万马踏过，只留下无尽的压抑和沉重。

许星空看着这幅画入了神，白竹忙完后，来到这幅画前找到了她。

察觉到白竹过来，许星空看了他一眼。虽然开办画展，但他穿得很平常，一件白色的夹克套着一件浅灰色的卫衣，站在展厅的灯光下，与这些画融为了一体。

“这幅画我在你画室见过。”许星空对白竹说，“当时还是卓年告诉我画背后的故事。你为什么会想到做这些……”

似乎被很多人问过这个问题，白竹抬头看了一眼画后，面色平静地回答道：“没什么特别原因，只是想帮帮这些孩子。”

每年被曝出的儿童性侵案，曝光时就像熊熊燃烧的火焰，而曝光几天后，这些火焰就渐渐熄灭了，带着那些受到伤害的孩子，一并沉入了黑暗。

大城市尚且如此，更何况这些留守儿童。

那些孩子是被坏人的肮脏玷污了，人们只关注他们脏兮兮的样子，而白竹却安安静静地帮他们擦洗干净。

许星空看着白竹，眼里闪烁着光芒，由衷地钦佩道：“你真厉害。”

听了夸奖，白竹神色不变，只是一笑，说：“走吧。”

白竹忙着的时候，施初静和杨文瑜就站在展示厅最中间的展示位上等他。看着白竹和许星空一起过来，正和杨文瑜聊天的施初静的笑容微微一顿。

杨文瑜看到许星空，问了一句：“去哪儿了？”

刚刚施初静拉着她一直走，后来才察觉到许星空掉队了。

“在门口那儿看了一会儿。”许星空笑着回答道。

“是不是看得入了迷？”施初静站在一边说了一句，随即转身看向身后的画，夸赞道，“白竹学长画得太好了。”

“嗯。”这句话许星空倒是认同。

展厅最中央放的这幅画，画幅比其他的画要大，画里的细节也相应被放大了一些。

画中是一个趴在矮墙上看墙外风景的小女孩，她扎着马尾，穿着素色的长衣长裤。在她视线所到达的地方，是一个池塘。池塘边，着短裤短衫的孩子们正在玩耍。

池塘边还有一棵粗壮的垂柳，垂柳枝扫着水面，树干上有一只鸣蝉。

画中的风景是盛夏，女孩却包裹得严严实实。不知是别人让她穿的，还是她自己要穿的。但这样的背影，实在是讽刺至极。

“她的父母是不是都去世了？”杨文瑜看着画，叹声问道。

画中的孩子，白竹都认识，而这背后的故事，他也都知道。

“嗯。在工厂做工的时候出了意外。父母双亡，她现在和奶奶一起生活。”白竹说。

“太可怜了。”施初静听着这背后的故事，更是心酸，声音里带着哭腔说，“要是有人收养就好了……”

说到这里，施初静突然转身看了许星空一眼，说：“不过一般是不能生育的人才会收养。星空，你当时有过这种想法吗？”

施初静的话，让三人的视线又聚集到许星空的身上。许星空看着施初静，而施初静目光可怜地看着她，说：“我也是在大家聊天时知道的。”

杨文瑜似乎没反应过来，问施初静：“你是说星空……”

“其实也没什么。”施初静点点头后，对许星空说道，“现在收养孩子的人很多……”

要说上次提起离婚的话题还算委婉的话，那么这一次就提得太尴尬和刻意了。许星空不知道施初静是装傻还是真傻，但这次就算杨文瑜和白竹在，她也受不了这个白莲花了。

“那你要收养吗？”许星空抬眼看着一脸关心的施初静，问道。

“呃……”施初静被问得一愣，反应过来后说，“我自己能生。”

听了她的话，许星空问道：“你已经生过了？”

听出许星空话里的咄咄之意，施初静下意识地放软了声音，说：“你说什么呢？我还没结婚呢。”

“去查查吧。”许星空淡淡地扫了她一眼，“我没结婚前，连孩子的名字都想好了。”

许星空这一句，让施初静眉头一皱，她心下一急，说：“你怎么还咒人啊？”

施初静又对杨文瑜说：“老师，你还说星空性子软，她一点都不软。”

“软了好让你欺负吗？”在许星空准备说话的时候，一边的白竹突然插了一句。

施初静抬眸看着白竹，喉头一动，颤声说：“学长……”

“妈，我带星空去那边看看。”白竹看都没看她一眼，微皱着眉头，拉着许星空走了。

毕竟是在别人的画展上，虽然施初静出言不逊，可自己确实也不该跟她闹大，弄得两边都尴尬。

许星空被白竹拉着到了她第一次看到的那幅蒲公英画前，她望着画上的女孩，抿了抿唇说：“学长，对不起。”

“该说对不起的是我。”白竹站在她身边，垂眸看着她，“她不是我邀请来的。”

许星空无奈地笑了一下，说：“我只是不明白她为什么老是针对我。”

“她喜欢我。”白竹说。

许星空双眸一睁，扭头看向白竹，而白竹也正看着她。两个人站在亮如白昼的展厅灯光下，一个神色错愕，一个平静如常。

白竹看着错愕的许星空，眉眼温柔地说：“但我喜欢你。”

艺术家都是这么直白吗？

许星空活了这么多年，倒是第一次收到告白，还是从她敬佩尊重的男人那里收到的。因为是第一次，所以感觉有点奇妙。但也仅仅是奇妙而已，敬佩尊重和男女之间的喜欢是不能画等号的。

她虽然是个慢热的人，可在原则性问题上，向来拎得清，并且能快刀斩乱麻地处理，一如当时和王舜生离婚。

“学长，我……我不能接受。”许星空并不擅长拒绝别人，因而有些尴尬。

与她相比，白竹的神色倒是平静如常，听到她拒绝，也只是抿起嘴角微微一笑。

他太儒雅，太有修养，让许星空觉得自己直白得有些过分，而她也不知道怎样才是最好的处理方法。

许星空说完后，两人就一并沉默在了白竹的画前。还好，陈婉婉的电话打了过来，将她从这片水深火热中救了出来。

怕打扰到其他看展的人，许星空拿着手机抱歉地看了一眼白竹。白竹伸手指了指她身后，许星空回头，看到了有休息室字样的门口，赶紧拿着手机走了过去。

这间休息室是给看画展的人准备的，像个小型的茶话室，现在画展刚开始，还没有人进来休息。

休息室面积不大，正对着门的是两张沙发，中间一个茶几上放着一套紫砂壶茶具。沙发旁边则是两排书架，上面摆满了画册。

许星空走到沙发后面，站在了休息室的窗前。外面是展览中心的顶层阳台，铺陈着干干净净的玻璃，反射着阳光。

“喂。你真是我的救命恩人。”许星空接了电话，先说了一句。

这个周六陈婉婉还在加班，此时她正坐在办公室的茶水间，笑嘻嘻地说：“那是当然。哎，对了，你还在画展吧？那个施初静怎么回事啊？”

“嗯？”许星空被问蒙了，问道，“怎么了？”

陈婉婉喝了口苦咖啡提了提神，说：“在‘留夏’那个群里，她说话阴阳怪气的，我本来都屏蔽了群，突然被宁佰艾特了。说什么你的事是群里人曝出的，不是施初静说的。让你不要咒人不孕不育，很恶毒。哎，我一看，暴脾气就起来了。她又作什么妖啊？”

宁佰是施初静的闺密，许星空倒没想到施初静竟然可耻到倒打一耙的地步，真是让她见识了人心险恶。

“刚才她当着白竹学长和杨老师的面问我要不要收养孩子。”许星空简单地说了一下。

“她神经病吧？她为什么这样做啊？”陈婉婉喝着苦咖啡骂了出来。

抿了抿唇，许星空回答道：“她喜欢白竹学长。”

她这么一说，陈婉婉更不理解了。

“她喜欢白竹学长就去追，拉你无辜躺枪干吗？她这样做，白竹学长就喜欢她了？神经病啊！”陈婉婉骂道。

许星空听着陈婉婉一连串的骂声，沉默半晌后，说：“那个……白竹学长向我表白了。”

“噗！”陈婉婉被咖啡烫到了。

电话那边沉默了三秒，陈婉婉幽幽地说了一句：“你等我，我现在就去撕了那个狐狸精。”

看陈婉婉这士气高涨的模样，许星空有点不放心，她刚要提醒一下，陈婉婉已经挂断了电话。

她一打开微信，便看到了群里的聊天记录。

静竹归：我希望有人能和星空解释一下，当时群里真不是我先说的她。也希望解开误会后，星空能向我道歉。

施初静发完消息之后，陈婉婉的消息就发了出来，看着那一长串字，许星空真佩服她的打字速度。

一口大碗：道什么歉？你要不要脸？看画展就看画展，你当着白竹学长和杨老师的面揭人家伤疤，曝别人隐私，你要不要脸？告诉你，即使你能生孩子，白竹学长也看不上你。这世界上能生孩子的女人多了去了，白竹学长也不可能和她们生个地球村出来。白竹学长就喜欢星空，就不喜欢你。赶紧收起你的可怜样，有多远给我滚多远！

许星空看了陈婉婉发的这一段话，惊得脑子空白了半晌。

陈婉婉这一段话，杀伤力巨大，施初静半天没有回复，最后，还是宁佰发了一段话。

宁宁：还白竹学长喜欢许星空，谁告诉她的？我看不要脸的是她吧？胡思乱想也要有个限度，白竹学长怎么可能喜欢一个离过一次婚还不能生育的。白竹学长就在群里，撕破脸也不怕当事人知道。@白竹学长 这里有人说你喜欢许星空呢。

宁佰发完这段话后，聊天框内又是一片空白。不一会儿，接受了艾特的白竹出来了。

白竹：嗯。

白竹：离过婚、不能怀孕没什么，我喜欢的是星空。

屏幕背后的众人惊倒一片。

白竹的回复，让整个群都炸了，当然炸的还是屏幕后面的。聊天框内，依然风平浪静。半晌后，有人按捺不住，问了一句。

李李李子酸：那学长是和星空在一起了？

白竹：没有。

白竹：她拒绝了我。

白竹说完后，群里炸锅的时候，施初静退群了，宁佰也退群了。

许星空看着这变化，还没回过神来，陈婉婉就私发了消息过来。

一口大碗：哈哈哈，太爽了！

许星空对陈婉婉的反应有点无语，因为她心里其实有些不安，白竹学长是个有风骨的艺术家，而他表白的事被陈婉婉一下抖出来，然后他还说被自己拒绝了，面子上肯定过不去吧。

在许星空回复陈婉婉的时候，休息室突然走进来一个人。她抬眼看清来人，一把将手机屏幕扣在了自己腿上。

白竹站在门口，看到她的小动作，淡淡一笑："都看到了？"

"抱歉。"许星空有些尴尬。

她坐在窗边的沙发上，手机放在双腿上，老实得像个小学生。白竹笑了笑，走过去在她旁边坐下了。

"我担心有人和我抢你，这样能让他们知难而退。"

听白竹的意思，他似乎还没有放弃喜欢自己。许星空有些尴尬，抬眼看着旁边准备泡茶的人说："我没有那么好。"

"比如？"白竹将茶叶放入壶内，抬眸看了许星空一眼。

说话的工夫，热水已经泡上了茶叶，淡淡的茶香随着袅袅的水汽跑了出来。许星空看着他的手指在紫砂壶上来回，抿了抿唇说："我不能生育，还离过一次婚。"

在她说话的时候，白竹拿着茶壶柄，倒了一小杯茶水。他垂眸看着茶水入杯，静静地说："施初静说得对。"

许星空目光一动，抬眼时，白竹已对上了她的视线。许星空以为他是说施初静说她不孕不育且离过婚，不值得人喜欢，然而白竹说的完全是另外一层意思。

"不能生育可以收养。"白竹微微一笑，"至于离过一次婚，你有过婚姻经验，可以带带我。"

"可是我……"许星空一急，脸上泛了红。

"你有喜欢的人？"白竹冷不丁截住了她的话。

许星空被问了个猝不及防，她喉头一动，脑海中闪过一个人影。她的心跳一下变得不稳了，她摇了摇头，将人影晃模糊，像是在对自己说："没有……"

听到这个答案，白竹又是一笑，说："那就好，我还怕我追你会给你造成困扰。"

许星空发现白竹虽然是个温柔的人，但在某些问题上十分霸道，霸道得让她有些招架不住。

可她心里清楚，她对白竹没有感觉，既然拒绝了他，为了避免误会，以后还是少接触的好。

在许星空这样想着的时候，白竹把一小茶杯茶水递到她的面前，问道："下周末有时间吗？"

这明显是在约她。

许星空还没来得及拒绝，白竹抬眸看了一眼书架上的画册，说："画展结束，下周末我准备去李城看看那些孩子，要一起吗？"

白竹是懂她的，所以他提出一起去看孩子。她也确实想去，她想去一对一帮助那个父母双亡的女孩。

对于那个女孩，虽然经历不同，但她感同身受。从小生活在重男轻女、保守封建的淮城，很小的时候她便被灌输女孩子应该穿得正经保守，其实该穿衣服的，是他们的肮脏思想。

为了避嫌，她不该答应。可白竹喜欢她，并不能改变她敬佩他的事实。她很喜欢孩子，所以对白竹这样帮扶孩子的敬佩更深了一层。她也想像他一样，做一些对孩子们有帮助的事情。

要地址要电话自己过去，显然是个很莽撞的做法。她虽然觉得自己是去帮助孩子们，但那些孩子并不会开心地接受。

一来他们都是受过身心创伤的孩子，防备心会很强。二来，她贸然过去，处理不妥，只会再揭一次他们的伤疤。

如果有白竹这个他们熟悉的人带着，深入了解后，孩子们就会对她放松警惕并且产生信任。这样，下次她就可以自己去了。

李城就在夏城附近，不算远，来回一天就够了。许星空看着白竹，问："那需要人手吗？我想带着我朋友一起过去帮忙。"

她想带着杜一哲和皇甫壹朵去，一来人多好帮忙，二来可以避免和白竹直接接触。

这是目前来说最两全的法子。

她的心思，白竹自然是懂得的。他看着许星空，淡淡一笑，说："可以。"

许星空这次是来帮忙的，虽然因为施初静的事情，气氛很尴尬，但她并没有先走。

她和白竹找到杨文瑜的时候，她正独自一个人站在展位前观赏画作。白竹叫了她一声，她回头看了一眼，冲着白竹笑了笑。

看到许星空时，杨文瑜眼中满是关切地问了一句："施初静说有事先走了，你们俩没事吧？"

作为老师，虽然知道起冲突是其中一方的错，但她还是要充当和事佬的角色。

许星空有些抱歉，杨老师这么大年纪了，还让她操心着她们的事，还因为这些小事为难。她刚要道歉，白竹却先叫了一声："妈。"

杨文瑜看了儿子一眼，"哎"了一声后笑起来，握住许星空的手，说："她走了就走了，你可要陪着我看完画展。我自己在家太无聊，今天好不容易有人陪陪我。以后啊，施初静估计都不去我家了，我又会无聊了。星空，你可要常去我家，陪老师坐坐啊。"

看着母亲和许星空站在一起，白竹抿唇笑了。

看杨老师对自己的态度，好像和白竹一样，不在意自己离过婚，也不在意自己不孕不育。这说明杨老师是个很善良的人。想起以前王舜生父母在她生不出孩子时的嘴脸，许星空不得不感慨，同样是人，差距就是那么大。

杨文瑜大病初愈，许星空带着她逛了一会儿后，就带她去了休息室。而白竹也没有陪她们太久，早早地去忙了。

进了休息室，杨文瑜就坐在了沙发上。许星空怕她无聊，打算去书架上给她找本画册看。她刚走到书架后面，怀荆的电话就打了过来。

许星空站在最后一排书架前，看着正闭目养神的杨文瑜，往后倒退一步，退到角落里的一扇小窗边，看着外面展览中心顶部玻璃反射的阳光，接了电话。

"喂。"玻璃上反射的阳光有些刺眼，许星空微微眯了眯眼，"我在看画展。"

电话那端，一声清脆的翻文件的声音传了过来。男人手指摩挲着纸张的边沿，应了一声后，问道："什么时候结束？"

"下午结束就回去，估计要六点以后了。"许星空说道。

"我比你晚。"怀荆说。

“我等你。”许星空的声音小了些，她问道，“晚饭想吃什么？”

电话那端传来笔尖在纸张上滑动的声音，格外好听，男人声音里带了些不易察觉的笑意，他说：“做你喜欢的。”

“好。”许星空笑着应了一声。

怀荆那边突然传来了敲门声，男人轻声说了一句“先挂了”，就将电话挂断了。

电话挂断，办公室门应声而开，怀阳翰探进来半个脑袋，招手道：“哈喽！”

怀荆的视线都未抬一下，加快处理着手上的文件，问道：“什么事？”

见他这么冷淡，怀阳翰有些委屈，关上门后走进来，问道：“打断你和小情人聊天了？刚在门口看到你打电话的时候笑了，哎哟。”

笔尖一顿，怀荆抬眸看了怀阳翰一眼，说：“说正事。”

“哦。”怀阳翰顿时正经起来，他正了正领带，说，“今晚我大学同学从国外回来，就是那个官二代，女的，我攒了个饭局，你跟我一起去呗。”

怀荆垂下视线，嘴角一翘，说：“怎么追女孩子还要我帮你撑场面？”

“不是。”怀阳翰笑嘻嘻地说，“我想给你俩搭线。”

看文件的动作没停，怀荆眼都不眨地说：“不去。”

“哎。”怀阳翰见他拒绝得这么干脆，走过去坐在他办公桌上，拿了份文件看了一眼，“这么干脆啊？你不会真有小情人了吧？”

将手上的文件一合，怀阳翰轻笑一声，说：“我听何妈说，她每次去你家给你做饭，你冰箱里的菜都会变少。你又不会做饭……怎么，养了个田螺姑娘？”

微抿双唇，怀荆视线抬起，身体往后靠在了椅背上，他看着怀阳翰，眉梢微挑，淡笑着问道：“何妈都成你的眼线了？”

怀阳翰脸上的笑容一顿，随即解释道：“我这不是听她和奶奶说话的时候听到的嘛。”

鼻间一声哼笑，怀荆不动声色地将他手里的文件拿了过来，说：“没什么事先出去，我忙着呢。”

画展还没结束，许星空就收到了怀荆发来的短信，让她今晚不要去他家，两人见面的地点改成了她家。他还说他会到得很晚，让她等不及就先睡。

许星空看着短信，回复了一句“好的”。

画展结束，杨文瑜执意要让白竹送许星空回去，以感谢她今天照顾了自己一天。

许星空推辞不过，在知道杨文瑜也会一起时，才同意了。

不是和白竹独处，也能避免他误会。

她坐在车子后排，杨文瑜一路问着她来夏城后的生活，许星空挑拣着礼貌性地回应了几句。就算是在老师面前，她也很注意隐私，更何况前面还有白竹在听着。

到了禾枫公寓门口，许星空向两人道谢后，下车进了公寓。

她走进大门时，还想着冰箱里有什么东西可以做。初春的晚风吹过，冰冷中带着一些和煦，许星空走在大路中间，抬头看了一眼前方。

在看到前方站在白玉兰树下的男人时，她脚尖一顿，停住了脚步。

许星空眼睫微眨，转头看了一眼门口，公寓门口的车子刚准备离开，见她看过来，车内的白竹冲她一笑，然后开车走了。

她和怀荆的关系见不得人，不能让认识的人知道。

待车子离开，许星空才回过头。

过了元宵节，天气转暖，白玉兰已经开了。一朵朵白色花朵，被一层层绿油油的叶子簇拥着，柔嫩圣洁。

许星空喜欢白色的花，不管是白玫瑰、百合，还是白玉兰，她都觉得很美。当时她选择这个小区，也是因为一眼相中了这满院的白玉兰树。

六点多，天已经黑了，小区主路上的路灯全部开着。每两盏路灯中间，就有一棵白玉兰树。灯光下，白玉兰树的树影重合在一起，铺展在平坦的地面上。

男人站在树影重合的地方，微仰着头，看着面前那棵白玉兰树上那朵已经完全盛开的白玉兰花。

男人个子很高，身材挺拔修长，他仰着头的时候，似乎伸手就能够到那朵盛开的白玉兰花。两边的路灯同样将他的影子照成了重影，却将他的面庞照得更为明晰。

他的五官是无可挑剔的，他的气质是清冷出尘的，在明亮的灯光下，他似是要消失在这天地间。

然而他并没有消失，他似是察觉到了什么，转头看了过来。长眉之下，桃花眼中带着他特有的清冷和慵懒。他俊逸的脸被灯光打上了一层冷光，透着让人难以触及的疏离。

而这疏离和清冷，在看到站在不远处的许星空时，像是春暖花开，冰雪消融，都消失不见了。

他微微转身，微扬着下巴，垂眸看着她，眉眼中皆是温柔。

怀荆在看着树上的白玉兰时，看到了冒出的新芽。春回大地，新的一年开始了，该收网了。

每每想到怀家的事情，他的心情都是沉重而压抑的。

但这种压抑，在听到那熟悉的脚步声时，就消散了。

他回过头，转过身，看到了站在不远处的女人，看着她小跑着过来。

她的脸颊被还有些冷的春风吹得有些微红，但她眉眼间的温柔和嘴角的笑意说明她是快乐的。

怀荆这样想着，张开了怀抱。

女人跑过来，犹豫一下后，才自然地钻入他的怀抱之中。冷空气随着她一起闯进怀里，但他心里如壁炉般暖洋洋的。

她需要他的温暖，他需要她的全部。

许星空脸颊微红，抬头疑惑地看着他，问道："你不是说比我晚吗？"

"嗯。"怀荆用大衣将她包裹住，笑道，"想给你个惊喜。惊到了吗？"

"没。"女人微微低头，平静地说。

看着她的神色，怀荆眼尾一挑，略带遗憾地说："那失败了。"

"没有。"女人摇了摇头，抬眼看看他，又慌张地垂眸，最后抿唇轻声道，"我喜到了。"

心下一动，怀荆额头碰触着她的额头，鼻尖对着她的鼻尖，双唇对着她的双唇，将她吻住了。

两人刚出电梯，就听到了家里咪咪扒门的声音。许星空一笑，将门打开了。门一开，咪咪的小脑袋就从门后露出来，仰头冲着许星空"喵呜"了一声。

"我回家了。"许星空说着，俯身摸了摸它的脑袋。

在她俯身的时候，咪咪看到了站在她身后的怀荆，原本软萌的猫咪瞬间警惕了起来。

许星空先进了门，将客厅的灯打开了。灯光洒满小客厅，有了些与往日不同的温暖。她将包放下，把头发简单地扎起，然后对怀荆说："我先去做饭，你喂一下咪咪……"

她话还没说完，男人就拉住了她的手。肌肤相触的一瞬间，许星空心下一动。男人微一用力，她后退两步，最后停在了男人的胸膛上。

怀荆的双臂从后面抱住了许星空，在她没有反应过来时，他微一低头，吻在了她的后颈。

他的双唇温热柔软，像带着电，吻得她后颈酥麻。

怀荆感受到许星空身体的颤抖后，轻笑了一声。

这笑声是最撩拨人的，许星空的耳根悄悄泛红，她低头看着抱住自己的双手，小声问道："怎么了？"

这时，腿边有什么东西动了动，许星空垂下目光，看到了正凶巴巴地用爪子拍着怀荆裤脚的咪咪。

与此同时，怀荆又在她后颈落下一吻。咪咪"喵呜"两声后，抬起爪子又拍了他一下，男人又是一声轻笑。

看着一人一猫，一个兴致盎然，一个气势汹汹，许星空竟不知道说什么好。男人的气息还喷在后颈间，许星空微微缩了缩脖子，红着耳垂说："你别欺负它了。"

怀里女人的后颈已经变得粉红，柔嫩诱人。怀荆松开双手，将她的身体摆正，她的脸果然已经红透了。

"不欺负它，欺负你吗？"

许星空抬眸看着他，圆圆的眼睛水盈盈的，带着些怒意："你……你欺负得还少吗？"

怀荆嘴角一勾，看着怀里的许星空，他目光未变，认真而正经地问："怎么欺负你了？"

许星空眉头一皱，眼中一急，她刚准备控诉他，男人眉眼一柔，双手扶住她的脸颊，低头吻了下去。

双唇一触，两人身体皆是一颤，男人只在她唇上停留了片刻，离开时鼻间一声哼笑，问道："这样？"

唇上还有他留下的温热，许星空眼睫一颤，看着他的唇，没有说话。

男人的唇从她的脸颊边慢慢后移，移到她的耳垂上，轻碰一下后，嗓音低沉道："这样？"

许星空浑身一麻，身体有些发软。

怀荆双手扶住她的肩膀，吻上了她的下颌，又吻回了她的唇。怀里女人的身体在轻轻地发抖，他声音低哑地问道："饿吗？"

许星空被吻住双唇，脑子有些断片，看见他眸中翻滚着些她看不透的情绪，她嗓音一抖，说："不……不饿……哎！"

她还没说完，男人双臂一用力，将她抱了起来。他抬眸望着她，嘴角带着轻佻的笑意："那我先吃了。"

许星空双腿攀在男人的腰侧，扶住他的肩膀，垂眸看着他微挑的眼角，看着他浅褐色的双眸中布满的柔光，心都快融化了。她抱住男人，将脸贴在他的耳边，轻声应道："好。"

将衣服穿好，怀荆走到了客厅。许星空的家虽然不大，但每一次来都能让他感到从未有过的舒适。

咪咪的窝就在客厅，旁边放着半袋猫粮，怀荆看着仍凶巴巴地望着他的咪咪，走过去蹲在了它身边。

咪咪警惕地"喵呜"了一声。怀荆嘴角一扬，轻笑一声后，伸手抓了一把猫粮放进它的餐盒里。

他突然的好心让咪咪放下了戒备，毕竟也是饿了，咪咪踱着轻巧的步子走到餐盒前，低头开始吃猫粮。

看它吃东西时的模样，怀荆又是一笑，似是和它交流一般，说道："我不在的时候，好好陪她。等事情结束了，给你买最好吃的猫粮。"

咪咪听着他说话，抬头看了他一眼，蔚蓝色的眸子清澈如蓝天，轻轻地"喵呜"了一声，似乎在回答他。

怀荆嘴角一勾，伸手摸了摸它的脑袋。

许星空站在卧室门口，看着客厅里的一人一猫。男人蹲在猫旁边，灯影将他脸的轮廓打得很深刻。

怀荆的长相很精致，精致而高级，自带清冷和不易接近的气场。

而这个看上去遥不可及的男人，却垂眸看着面前的猫咪，修长的手指在它头上轻揉，动作温柔。

他已经穿好了衬衫和西裤，衬衫领口还未来得及扣上，露出半截被阴影盖住的锁骨，迷人性感。

许星空微抿了抿唇，问了一句："你要走吗？"

摸着咪咪的手指一顿，怀荆回过头来，眸中带着平静柔和的光芒。他看着许星空，嘴角一压，说："嗯。"

许星空站在门口，阳台上的风好像透过紧闭的门吹了进来，吹在她身上，让她一愣。她低下头，平静地说了一声："哦。"

怀荆从咪咪身边起身，走到许星空面前，他低头看着许星空，双唇微张，半晌后才说了一句："最近都不要去我家了，有时间的话，我会来找你。"

怀阳翰今天的话，明显有套。他很可能已经知道有许星空这个人存在，只是不知道她是谁罢了。

不光他的家，许星空这里他最近也不会来，两人如果想见面，也要找个僻静的地方。

他不能让她卷进来。

许星空抬眸，对上他的视线。想到他今晚突然来这里，应该还有惊喜以外的另一层意思。

她点了点头，应了一声："嗯。"

这次和 IO 合作的集团是法国的 CG，CG 集团是一家具有国际知名度的女性时尚公司，业务范围不仅涉及珠宝，还有高级女装、香水、彩妆、护肤品等。

其实 CG 集团与怀氏集团的业务范围是相仿的，这次 IO 和 CG 的合作，不过是抛砖引玉，为的是以后与怀氏的合作。

这次合作带来了巨大的工作量，翻译部忙得热火朝天。

除了加班，陈婉婉平时的工作量也不小，但再忙也不能阻止她八卦。中午在休息室休息时，陈婉婉和许星空聊起了周六发生的事情，说：“你知道吗？周六那件事，我一整天都好开心，哈哈哈哈！”

看着陈婉婉笑得前仰后合的样子，许星空有些无奈，她提醒道：“那天的事情，你当时不该把白竹学长牵扯进去的。”

将水杯盖子拧开，陈婉婉哼笑一声，道：“事情是因他而起的，为什么不把他牵扯进来？说起来，如果他不告诉施初静他喜欢你，她也不会针对你吧。你们俩的事都是学长弄出来的，所以他是避不开的。而且他就在群里，是个爷们儿的话，就算我不说，他也会站出来的。”

陈婉婉伶牙俐齿，许星空说不过她，只好又笑了笑。

看她笑起来，陈婉婉搬着椅子朝着她小小地挪动了一下，感慨道：“我们星空真是厉害，不鸣则已，一鸣惊人，竟然被知名青年画家白竹看上了。”

说到这里，陈婉婉想起白竹说的话来，推了推许星空，问道：“哎，你怎么拒绝了啊？不喜欢他啊？”

听陈婉婉这么夸自己，许星空有些心虚。她将下巴压在杯子上，说：“嗯，不喜欢他是一个原因，不相信又是一个原因。我骨子里自卑，白竹学长才认识我几天啊，就对我表白。我不太相信自己，也不太相信这突如其来的感情。”

而且他那么优秀，这么优秀的人怎么会喜欢她？就像……

脑海中闪过一个熟悉的人影，许星空眉头一皱，拧开杯盖喝了一口水，将浮躁的心跳压了下去。

他更是不可能了。

陈婉婉听着许星空的话，知道她是被王舜生伤过一次才更自卑的。她心里觉得王舜生和她在一起的时候都出轨了，怎么可能有比王舜生更优秀的人看上她。

陈婉婉知道这是许星空太软弱了，软弱得让人着急又生气。

但她不是许星空，任何人都不是许星空，所以谁都无法感同身受，也不能替她做决定。

对于这样的许星空，陈婉婉只能叹息一声：“你这样有可能会错过你喜欢的人。”

下午要和颜嘉琳出现场，许星空正在准备出现场的文件时，接到了许星远打来的电话。

“喂，姐，你没在忙吧？”电话一接通，许星远的声音就传了过来。青年声音清亮，带着些喜悦。

许星空将文件放好，眼角一弯，笑了笑说：“没有，什么事？”

许星远平时不怎么打电话给她，她和林美慧的通话比较多。

“哦。”许星远应了一声后，腼腆一笑，说，“我和童童的婚期定下来了。”

许星空心下一喜，问道：“真的？什么时候？”

听得出姐姐很高兴，许星远又是嘿嘿一笑，说：“清明节后两天，农历二月二十一，你能回来吗？”

“等我看看啊。”许星空说着，看了一眼旁边的日历。农历二月二十一号，是公历的四月七号，还有二十几天的时间。

许星空看着日历，说：“最近公司很忙，不知道那时候有没有忙完。下午我问问领导，如果忙过去了，我就多请几天假回家帮忙。如果还忙的话，可能不能提前回去。”

“你能回来就行了，其他的事情我自己都能办。”许星远笑着说。

听到弟弟的保证，许星空又是一笑。

她是相信许星远的，他马上就要成家立业了，肯定能办好婚礼的事。当时订婚，他就安排得挺好的。

和许星远聊完后，许星空挂了电话。这时，旁边办公室的颜嘉琳刚好拿了文件走出来。颜嘉琳抬眼看她时，许星空点点头，拿上文件跟上了她。

两人一起出了办公室。在等电梯的时候，颜嘉琳边看文件边叮嘱道：“这次会议记录做好，上面要看。”

“知道了。”许星空应了一声。

待进了电梯，颜嘉琳要交代的事情已经交代完了，她将文件一合，再次变得沉默寡言起来。她是个工作狂人，平时很少和许星空闲聊。

电梯很快到了负一楼，两人迈出电梯，朝着颜嘉琳的车子走过去。

颜嘉琳虽然是个女人，但骨子里很要强，今年换了一辆凯迪拉克 XT5。凯迪拉克外形设计十分硬朗，看着像机器人，颜嘉琳就喜欢这种。

许星空觉得她真的很酷。

“嘉琳姐，咱们公司和 CG 的合作，大约得忙到什么时候？”上了车，许星空系上安全带，问了颜嘉琳一句。

颜嘉琳听了她的话，扶着方向盘看了她一眼，淡淡地说：“不一定。这次和 CG 的合作，不但牵扯到 IO，还牵扯到怀氏。合作的事情是怀总牵的线，处理好了，皆大欢喜，处理不好，怀总会很难做。”

“哦。”许星空听着她的话，心里布上了一层忧虑。

她听过一些八卦，说这次和 CG 的合作是怀荆做给董事会看的。因为上次怀昌朝陷害的事，董事会已对他有些微词，而这次如果做好了，怀昌朝的地位将岌岌可危。

但这事其实很没有逻辑，毕竟公司里那么多事情，怎么可能一个合作就能把怀昌朝赶下董事长的位置。

怀荆硕士毕业就进了 IO，现在已经十年了，他应该还有其他的底牌。而且现在快到收网的时候了，所以公司里风声鹤唳。

许星空虽然只是个小小的翻译，但也能感觉到一些风吹草动。

他能成功吗？还是说会被怀昌朝父子反杀？

第四章

我想结婚了

颜嘉琳发动车子，一脚踩下油门，车子驶离了地下车库。出车库后右转进入主路，她们在一个路口停下等红绿灯。

“你问这个做什么？”抬眼看着红绿灯，颜嘉琳问了许星空一句。

许星空回过神，想起正事来，对她说：“我弟弟四月初结婚，如果公司忙过去的话，我想多请几天假。”

越是接触，许星空越觉得颜嘉琳没有表面上看起来那么不好相处。她现在和她说话，也没有以前那么拘谨了。

“可以。”颜嘉琳爽快地答应了。在答应的同时，她打开了车上的广播。

现在是下午三点，车内的广播正在播放情感类节目。接通听众专线后，一个姑娘啜泣着和主持人说着她的遭遇。

“我男朋友说公司最近很忙，都已经两个星期没和我见面了。以前刚在一起的时候，他恨不得天天和我黏在一起，后来变成半周见一次，一周见一次，这次都两周多了……”

许星空听着这个姑娘的话，觉得这个女孩和他男朋友有点像她和怀荆。他们俩现在因为怀荆工作忙，也很少见面了……

想到这里，许星空一愣，她和怀荆又不是男女朋友，她想这个干什么，别说怀荆两周不见她，就是这辈子不见她，她都说不着人家半点不是。

她心下一空，抿了抿唇，看着窗外路灯边的广告牌。

不会真的一辈子都不见了吧？

“有时候，不见面是为了保护你。”在许星空胡思乱想的时候，颜嘉琳冷不了冒出了这么一句。

许星空被这句话惊了一下，抬头看了她一眼。

这是在评价广播里那个姑娘的男朋友吗？

看着颜嘉琳妥帖的妆容和精致的侧脸，许星空没想到作为女强人的她，内心也有这么八卦的一面。

在她这样想着的时候，颜嘉琳突然又说了一句："我刚说的不是广播里那个，那个很明显是出轨了。"

那你说的是谁？

和颜嘉琳出完现场，到公司时已经是下班时间了。许星空拿了东西，就打车去了和平街。关于这周周末去李城的事情，许星空还没有和杜一哲、皇甫壹朵商量。

下午下班时的和平街永远是繁忙拥挤的。在这人群川流不息的长街上，皇甫壹朵总是最亮眼的那一个。

天气转暖，皇甫壹朵穿得更明艳了。上身一件大红色宫廷复古连衣裙，腰上绑着精致的蝴蝶结，领口处是大片白色的蕾丝。为了搭配裙子，她还戴了一顶红色的小礼帽。下身穿了白色的丝袜，脚蹬一双丝绒材质的红色高跟鞋，看上去像个中世纪的小公主。

而一旁的阿金穿了一件红色的骑士服，正蹲在她身边守护着她。在许星空走近的时候，阿金回过头，阳光下毛发金亮，起身冲着许星空跑了过来。

它一动，皇甫壹朵就察觉到了，抬头看到许星空后，眼睛一亮，和阿金一起跑了过来。

"姐姐！"皇甫壹朵跑过来给了许星空一个熊抱。

许星空伸手摸了摸她的头，笑着说："你跑过来，阿金就停下了。"

"嘻嘻。"皇甫壹朵冲着阿金招了招手，阿金过来后，她笑眯眯地摸着阿金的脑袋说，"阿哲训练的，我要第一个抱。"

许星空笑起来，摸了摸阿金的头。阿金傻乎乎地吐着舌头，眼角也弯了下来。

狗和猫还是不一样的，要是咪咪的话，如果怀荆比它先抱了自己，它八成会挠他。

想到怀荆，许星空脸上的笑容一顿，和皇甫壹朵带着阿金去了吾饮。

“李城？”许星空说明来意后，坐在一边的皇甫壹朵问了一句。

店里现在就只有他们三个，许星空和皇甫壹朵坐在高脚凳上，杜一哲则站在柜台内，给许星空做奶茶。

“嗯。”许星空点点头，解释道，“是薇泉美术工作室的白竹老师组织的，我也想一块过去，所以想带着你们两个过去帮忙，顺便还可以换换环境，换换心情。”

“白竹老师？像柏原崇的那个吗？”皇甫壹朵眼睛一亮，惊讶道，“你们两个现在这么熟悉啦？”

“不是。”许星空怕她误会，忙解释道，“他是我大学老师的儿子，我也是后来和朋友一起碰到后才知道的。”

“哦。”皇甫壹朵托着腮，笑眯眯地说，“那还挺有缘分的啊。”

缘分确实是有点，但不会太深。

杜一哲做好奶茶，插上吸管后，递给了许星空。与此同时，他顺便伸手给皇甫壹朵整理了一下头上的小礼帽，问道：“那去李城是帮什么忙？”

许星空喝了一口奶茶，温热的液体顺着喉间进入腹内，有些尝不到甜味。她抿了抿唇，说：“上周白竹老师举办了一个画展，是关于受性侵害的留守儿童的。这次去李城，就是想看看那些孩子。”

听了她的话，杜一哲和皇甫壹朵对视一眼，都沉默了下来。小小的奶茶店里，弥漫着一丝沉重。

“去吧。”皇甫壹朵的眼角都耷拉了下来，她看着杜一哲，说，“阿哲我们去吧。”

“去。”杜一哲摸了摸她的脸，安慰道，“我们去帮忙。”

见两人同意了，许星空笑了笑，说：“那就这么定了。”

去李城的时间定在了周六，因为李城不远，所以是当天来回。周五晚上，皇甫壹朵陪着许星空买了一些带给孩子们的礼物。

周日一大早，许星空就打车去了佳廷广场，然后在地下停车场找到了白竹的那辆奔驰商务。

除了他，车里还有两个女人。一个身材矮瘦，戴着眼镜，看上去四十多岁的样子。另外一个则有些微胖，小眼睛，脸上带着些雀斑，看着三十岁左右。

许星空出电梯的时候，白竹已经看了过来。他冲她一笑，走过来要接过她手上的东西。许星空没有给他，只是笑了笑，说："不重。"

白竹也没有坚持，走到车跟前，向许星空介绍了一下那两个女人。

"这是倪佳教授，这是她手下带的博士生冯诗婷。百闫村的孩子，都是她们两位在做心理辅导。"

白竹每个月固定去一趟百闫村，一来是去看望孩子，二来是带着心理医生去给孩子们做心理辅导。

这种心理辅导都是公益性质的，当时是白竹委托杨文瑜找的她们。倪佳和冯诗婷两人，都是夏大的。

"你们好，我叫许星空。"许星空一一与她们握手，对于两人，她心里也满是敬佩。

倪佳教授看上去不苟言笑，神色也带着些老师的严肃。冯诗婷则开朗很多，与其说是开朗，不如说是个话痨。

在她们互相打招呼的时候，杜一哲和皇甫壹朵到了。怕来回颠簸，他们没有带阿金，小两口一到，几个人就上车准备出发。

杜一哲和皇甫壹朵坐在后面。冯诗婷上车时，许星空也随着她一并上了车。最后，倪佳坐在了副驾驶座上。

上车后，冯诗婷也没停止说话。后面小两口开始还随着说两句，但因为起得太早，很快他们就睡了过去。

于是，冯诗婷聊天的对象就变成了许星空。而也正是两人聊天的时候，冯诗婷发现两人是同级的。

虽然同级不同系，但一起在夏大上了四年学，总是会有共同的回忆。

和许星空追忆了一会儿大学时光，冯诗婷突然问了一句："你还记得大二上学期期末考试那会儿，有个女生在男生宿舍楼下拉横幅告白吗？"

冯诗婷说的这件事情，在许星空的大学回忆里排得进前三名。

那时有个女生看中了播音系的系草，那天晚上拉了横幅在男生宿舍楼下表白，一时间轰动了全校师生。

当时，许星空刚好下晚自习回来，路过男生宿舍楼时看到了这一幕。但看热闹的人太多了，许星空和陈婉婉站在最后面，根本看不到里面的具体情况。

后来陈婉婉饿得肚子咕咕叫，说明天可以去贴吧看照片和结果，然后就拉着她去学校南门买酸辣粉去了。

第二天，学校贴吧爆了，全在讨论这件事情。

女生表白失败，不少系草的追随者还发了很多嘲笑的帖子，说什么女生长得又矮又胖，还一脸雀斑，简直是癞蛤蟆想吃天鹅肉。

想到这里，许星空看了一眼冯诗婷脸上的雀斑，惊讶地睁大眼睛，问道："该不会是……"

"就是我啊！"冯诗婷爽快而自豪地说道。

冯诗婷没因为被拒绝而觉得丢脸，也没因为这件事成为大家的谈资而觉得窘迫，反而还有些自豪。

许星空笑了笑，说："你真有勇气。"

"嗨。"冯诗婷一笑，说，"算不得勇气，我只是自信，我虽然皮囊一般，但我灵魂有趣啊。"

听冯诗婷这么说，许星空越发喜欢她了，感觉跟她在一起就会被她的快乐和自信感染。倪佳选她作为陪同，应该也是看中了这一点吧。

她们两人闲聊的时候，前面开车的白竹笑了笑，似乎也在听着。

"其实我和你聊了这么一会儿，感觉你有些逃避型人格。"冯诗婷看着许星空，说道。

"什么？"许星空一愣。

"你别紧张。"冯诗婷忙道，"每个人多多少少都有心理问题，不是有人说过，世界是一所精神病院嘛。"

她继续道："逃避型人格通俗来说就是逃避，不追求。你的表现方式是你喜欢什么东西，或者什么人，你不会鼓励自己去争取，反而列出一系列条条框框，让自己放弃。你这种情况，应该是生长环境造成的。"

冯诗婷说到这里，许星空才渐渐缓了过来。她仔细一分析，觉得冯诗婷说得很有道理。

因为是女生，许星空在许家并不受宠，在奶奶家的时候，有什么想要的东西，她从来得不到。

后来，父亲早逝，下面还有个弟弟，母亲抚养他们十分辛苦。有很多东西，她确实是喜欢的，但她从来不要，一来她觉得她不该要，二来她觉得她要了也得不到。

但实际上，说不定她争取一下，就能得到了。

可是，争取一下，真的能得到吗？

“那这个可以通过心理疏导进行治疗吗？”前面的白竹突然问了一句。

“啊？”冯诗婷抬头看了他一眼，说道，“可以。但星空这种自己调节就可以调节过来，需要她自己突破自己。”

车上突然沉默下来，许星空笑了笑，说：“谢谢，我会努力试试的。”

他们的最终目的地是李城的百闫村，连通外界的只有一条一人宽的小路，车子进不去。

几个人下了车，这几天李城下雨，地上十分泥泞，不太好走。许星空拿着东西，脚步有些不太稳。

有几次，白竹都伸手过来扶她，但她只有在快摔倒的时候，才让他扶一把。许星空知道自己这样很冷血很矫情也很刻意，但这样总比让白竹认为她在回应他的喜欢好一些。

百闫村是个古老而闭塞的村落，它坐落在两座山之间，只有一小片比较紧密的建筑群。

这儿的交通不便，想发展也不是那么容易，村里的年轻劳动力大部分外出打工了，所以留守儿童和留守老人很多。

虽然是一个落后的村落，但也存在贫富差距，这一点，从各家所住的房屋可以看得出来。

有些房子是青砖红瓦，有些则只是用石块垒砌，上面盖了茅草。许星空跟在白竹身后，看着前面破旧的院子，转头一看，看到了院子对面那一口已经蓄满水的池塘。

这个季节，还没有孩子在池塘边玩耍，倒是有个老人牵着一头黄牛在那里饮水。

池塘边，粗壮的柳树已经抽出了新芽，柳枝上一片绿意。

冯诗婷在前面带路，一打开那矮墙边半人高的木门，她就笑着叫了一声："彦安。"

许星空拿着粉色顽皮豹站在院子里，看到一个扎着双马尾的小姑娘从低矮的小屋里走了出来。

小姑娘在听到冯诗婷的声音时，眼睛里流露出惊喜的光芒。她正准备跑过来时，看到了冯诗婷后面的许星空，她一下就站在了门边，眼睛里闪过一丝警惕。

彦安不仅名字好听，长得也漂亮。许星空只看过她的背影，这是第一次见到她的模样。

大眼睛双眼皮，鼻子小巧，双唇水润润的，明眸皓齿，像从烟雨画中走出来的小人。

看出她眼神中的警惕与害怕，许星空心下一疼，蹲下身，将手上的顽皮豹递了过去，温柔一笑，道："你好，我叫许星空。我想和你做个朋友，这是我送给你的礼物。"

彦安看着她，双眸微闪，抬眼看了看站在一边的白竹。白竹接收到她的求助，笑着点了点头。

得到了白竹的确认，彦安开始往这边走，她走得有些犹豫，心里明显对许星空还是不信任的。

她走到许星空面前，伸手接过她手里的粉色顽皮豹，声音小小地说了一声"谢谢"。

许星空脸上的笑容加深，她控制着自己没有去触碰彦安，只是歪着脑袋笑眯眯地回了一句："不客气。"

受过的伤害太深，彦安是所有孩子里最为抵触陌生人接触的一个。许星空不想太过急切，以免让她产生更强的抵触心理。

几个人在屋子里和彦安的奶奶聊天时，彦安拿着粉色的顽皮豹又去了墙边。许星空不敢贸然过去，倒是白竹拍了拍她的肩膀，示意她一同出去。

对于如何和彦安相处，许星空心里拿不定主意，甚至看到她从墙边扭头看过来时，还有些局促。

或许是白竹在身边的缘故，彦安并没有跑开，而许星空也随着白竹走到了她身边。

白竹看着彦安，笑道："这个布偶是谁给彦安的？"

彦安和白竹是相熟的，她看了他一眼，又看了看旁边的许星空，说："阿姨。"

白竹一个眼神过来，许星空会意，问道："喜欢吗？"

低头看着布偶，彦安点点头，一双眼睛目光清亮："喜欢，粉红色很好看。"

许星空喉头一涩，看了一眼彦安穿的青灰色的长衣长裤，眉眼一柔，笑着说："对，粉红色很好看，阿姨下次给彦安带粉红色的衣服。"

彦安目光一抬，小手捏着顽皮豹的爪子，眼神雀跃了两下后，抿唇说："奶奶说粉红色不好看。"

"奶奶年纪大了，"许星空说，"不懂我们年轻人的潮流。"

听了许星空的话，彦安看着许星空，嘴角抿起了一个笑。

白竹的计划是当天往返，然而计划不如变化快，当天下午，李城下起了雨。

等他们辅导结束，天已经黑了。因为一下午的雨，百闫村通往外面的那条小路变得泥泞不堪，十分不好走。贸然往外走，说不定会有危险。最后，村子里的人劝白竹今晚先住下，等明天天亮了再走。白竹也不是第一次在这里住下，问过许星空他们的意愿后就应下了。

百闫村村主任家就在村头，算是村子里比较富裕的一家。他家有两间客房，白竹以前住过，还算舒适。白竹让许星空她们四个女人住在了村主任家，他和杜一哲则去了隔壁那家暂住。

许星空和皇甫壹朵住的这间是主客房，除了一张床外，还有一张木头做的高柜，柜子显然是村主任家里淘汰下来的，有些旧了。在这个柜子上，还摆着一台同样被淘汰下来的黑白电视。

皇甫壹朵胆子小，进门就将电视打开了。电视吱吱啦啦的，只能收到一个台，现在正在播放晚间新闻。

许星空洗过脚后，对皇甫壹朵说："你在这儿等着，我去给你打水。"

皇甫壹朵神色一紧，抓着许星空，接过盆子说："我自己去打，你陪着我好不好？"

看小姑娘害怕的样子，许星空觉得十分可爱，揉了揉她的头发，笑着说：

“好。”

陪着皇甫壹朵打来水，许星空上了床。看到床头上有一本杂志，她拿过来翻了翻。皇甫壹朵泡着脚，看着许星空低头看书的样子，问道：“姐姐，白竹老师是不是喜欢你啊？”

许星空翻页的手指一顿，抬头看向她，说：“我……”

“我知道的。”皇甫壹朵笑着说，“你不喜欢白竹老师吧？”

许星空抿了抿唇，没想到自己表现得这么明显。

脚丫在盆子里扑腾两下，皇甫壹朵过来人一样地说：“白竹老师是挺好的，但你跟他在一起的时候，像是跟你老师在一起。”

皇甫壹朵毕竟是谈过恋爱的，这方面的感觉还是很敏锐的。许星空听着她的分析，觉得她像个情感分析师。

“那和喜欢的人在一起应该是什么样子？”许星空笑着问道。

“你知道呀。”皇甫壹朵笑眯眯地说，“有好几次都被我看到了。”

视线从杂志上抬起，许星空对上了皇甫壹朵的双眼。

皇甫壹朵认真地说道：“姐姐，其实你有喜欢的人吧，所以才这么直接地拒绝了白竹老师。有好几次，你从店里离开，就像是去见你的爱人一样。那个时候，你特别开心快乐，像个小女孩。”

说到这里，皇甫壹朵微微叹气，看着许星空说：“但是姐姐你一直说没有喜欢的人，可能是你还没意识到自己喜欢上他了吧。姐姐，你每次那么开心地去见的那个人，是谁啊？”

许星空神色一震。

正当两人相视无言的时候，冒着雪花的黑白电视机里突然插播了一条新闻。

“国内知名珠宝集团IO集团陷入巨额诈骗，受骗金额可能高达数亿。据悉，此次诈骗案是由IO与法国时尚集团CG的合作引起。我方记者第一时间赶到IO集团大厦，而IO集团总裁怀荆对此并未做出回应……”

播音员播音完毕，放了一段录像。录像内容是在IO大厦门口，众多记者围堵中，一个男人在几个黑衣保镖的保护下，朝着门口停着的黑色轿车走去。

他身姿挺拔，眉心微皱，紧绷的下颌线，线条轮廓完美。他似乎并未被围堵的记者影响，周身散发着清冷强大的气场。

许星空看着他俊逸的侧脸，想起皇甫壹朵刚才的话，心中像是驶过了一辆列车，轰隆隆的声响，将她所有的防御都震碎了。

“姐姐，你脸色好差，身体不舒服吗？”第二天，皇甫壹朵关切地看着许星空，问道。

“认床，睡得不好。”许星空勉强笑了笑。

“那今天早点回去休息休息。”来叫她们吃早饭的杜一哲叮嘱道。

见许星空和皇甫壹朵已经起了床，杜一哲边往外走边说：“朵朵你去叫倪教授她们，我去叫白竹老师。”

“他没在家吗？”皇甫壹朵边扎着丸子头边问道。

“早上起了个大早去池塘边画日出了。”杜一哲给她正了正丸子，笑着说道。

“我去吧。”许星空突然说道。

杜一哲看了皇甫壹朵一眼，皇甫壹朵则看着许星空，叫了一声：“姐姐……”

许星空笑了笑，伸手捏了捏她刚扎起的丸子，转身出了门。

大山里晨起雾色很浓，昨天下了雨，天像是被仔仔细细地洗刷了一遍，格外干净澄澈。

视线所及的远山，薄雾环绕着黛绿色的山顶，让人仿佛置身于虚无缥缈的仙境。

这般仙境，马上就要被山顶那轮红日驱散。红日只冒出了一半，照亮了对面的大山。

太阳还未完全出山，小村庄却已经醒过来了。各家各户或新或旧的房屋上，袅袅炊烟升起，和晨雾融合在一起，最后消失在天地之间。

许星空顺着小路往池塘走，路上还碰到几个拿着农具的村民。小路因为昨天的雨变得更为泥泞了些，快走到池塘边时，许星空抬头看过去，看到了正站在池塘边画画的白竹。

白竹的衣服大多是浅色系，但很少会沾上颜料，永远都干干净净、清清爽爽的。

现在的白竹，正站在这初春蒙了层浅草的池塘边。他上身穿了一件奶白色的风衣，能看清里面蓝色的细格子衬衫，下身则穿了一条深灰色的登山裤，脚上是登山鞋。

他经常外出写生，这样穿会比较方便。登山装给人的感觉一般是硬朗的，但在他身上，像是被他感染了一样，自带一股高冷出尘的气质。

许星空刚到池塘边，白竹就察觉到了。他回头看了许星空一眼，脸上神清气爽，格外精神。

“早。”白竹打了声招呼。

晨起的薄雾贴在皮肤上，有些凉。而池塘上浮着一层水汽，比其他地方还要凉些。许星空走到白竹身边站定，看了一眼画板上的画，笑着说：“昨天没看到你带画板。”

“嗯。”用拇指擦了一下虎口处的颜料，白竹回答道，“我在村民那里放了一块。”

百闫村在每一个时刻都有不同寻常的美，每次过来，如果有时间，白竹都会画几幅画。后来，因为来回背着画板不方便，白竹就在这里放了一套。

他应该出来有一会儿了，风衣上有些晨露，凝结成水珠，顺着他的动作滚落到袖边。他手边的画也画得差不多了，画板上朝日出山，抚摸大地，色彩绚烂，蓬勃又有朝气。

大自然是美的色彩搭配师，尽管光影变幻，但每一次都是最美的。

许星空看了一眼画，又抬头看了一眼远山上快要跳出的朝阳，深深地呼吸了一下田间的空气，感慨道：“这里的日出真美，淮城的日出有时候看着像是隔着蒙了灰尘的玻璃。”

淮城是工业老城，空气质量不怎么好。

手上做着这幅画最后的收尾工作，白竹看着女人温婉娴静的侧脸，心也沉静了不少。

“夏城的呢？”他淡淡地问道。

似是回忆起了夏城的日出，许星空嘴角牵起，回答道：“夏城海边的日出也很美，不过，我更喜欢夏城的日落。”

“你喜欢看日落？”白竹抬眼看着她问了一句。

许星空目光一顿，转头对上白竹的视线，女人水润的双眸中映着些红日的光芒。

既是愉悦的，又是羞赧的。

“嗯。”许星空应道，眼底的温柔像融化的水一样快要溢出，“或许是喜欢和那个人在一起时的感觉，所以会觉得周边的景色也是自己见过的最美的。”

白竹神色一顿，眉眼间的笑意渐渐敛去。他看着许星空，黑亮的双眸也像是蒙了一层雾气。

被这么直直地看着，许星空没有躲闪。她来找白竹，就是想重新回答一次他上次问过她的问题。

许星空揪了一截青草，长长的草叶一圈一圈缠绕在手指上，微风吹动她的发丝，女人笑得如夏花般绚烂。

她看着渐渐变红的指腹，对白竹说：“我有喜欢的人了。”

回夏城前，许星空给陈婉婉打了个电话。陈婉婉因为这次IO陷入诈骗案的事情，还在公司加班。

一回到夏城，许星空就打车去了IO大厦。

刚从出租车上下来，她就看到三辆黑色的轿车开到了IO大厦的旋转门前。

轿车车门一开，几个西装革履的男人从车上走了下来。为首的那个男人长着一张娃娃脸，上次见到他时的嬉皮笑脸全然不见，变得认真而严肃。

这种神色的他，竟有了些怀荆的影子。

怀阳翰手上拿着文件，进旋转门前回头扫了一眼。看到许星空，他眸色未变，收回视线后，走进了旋转门。

透过旋转门，许星空看着一行人上了电梯，眉头渐渐蹙起。

这次诈骗案，是怀阳翰和怀昌朝搞出来的吗？在这种时候，他来IO做什么？

许星空脑子里一团乱，推门走进了大厅。正午的阳光直射地面，然而整个大厅冷冰冰的，平时无人的周末，偶尔会有一两个人行色匆匆地走过。这样的IO，有种暴风雨前的宁静。

许星空到了翻译办公室，办公室里有两三个资历较深的员工正在加班。她一进门，便直接去了陈婉婉的办公室。

她以为陈婉婉会忙得焦头烂额，谁知陈婉婉只是在看文件，丝毫不忙，只是眉眼间带了一丝焦虑。

见许星空进来，陈婉婉连文件也不看了。许星空走到她办公桌前的椅子上坐下，问道："公司现在什么情况？"

当时许星空打电话给她说要见她，陈婉婉以为有什么大事呢，没想到竟然只是关心公司的情况。

具体情况，陈婉婉一个副部长也不了解，只能把知道的情况告诉她。

"CG诈骗这事是假的，我们现在和CG的合作还在进行中，电视台不知道从哪儿收到消息就造谣。虽然是造谣，但影响还是很大的，要想阻止事态更加恶化，就要赶紧辟谣。"

"已经开始操作了吗？"许星空问道。

"没有啊！"关于这一点，陈婉婉也觉得不可思议，"上面完全没有指示。不过嘉琳姐已经飞去德国安抚TIE了，国内还没有动静。公司里人心惶惶的，可怀总好像一点都不急。"

危机公关必须争分夺秒。

他想做什么？许星空眉头紧拧。

"要想辟谣，只需要找比上次那个电视台受众更广的宣传平台发布辟谣文件就可以了。"陈婉婉看许星空担心的模样，以为她在担心自己会丢了饭碗。

陈婉婉叹了口气，说："不过也有些难度。现在主流媒体的风向都是受控的，要想扭转现在的局面，只能由政府出面。但怀阳翰外婆那边认识很多相关方面的人，现在的风向要想偏向怀总，很难。"

"这件事是怀阳翰为了陷害怀荆做的。"许星空说道。

听许星空直呼怀荆的大名，陈婉婉心里觉得有点奇怪，但没有在意。

按理说，如果这事真是怀阳翰为了陷害怀荆做的，那怀荆现在就是刀俎上的鱼肉，任凭怀昌朝父子宰割。

可怀荆丝毫没有动静啊。

"怀总一向是个有主意的人，他现在还没有任何动作，那此事应该是在计划内的吧？"说到这里，陈婉婉和许星空说了一点她听到的小道消息。

"听说，当初怀阳翰母亲去世，是因为怀昌朝出轨，所以怀阳翰对他父亲很不满。他明着在帮怀昌朝，其实是在和怀总合作。前些天有人看到怀总和怀阳翰一起进了隆宏商务会所，说是怀阳翰牵线让怀总认识省委宣传部部长的女儿。有了宣传部出面，IO这场危机，破解就是分分钟的事。我看怀总现在这么坐得住，这事八成靠谱。”

许星空神色一震。

陈婉婉合上手上的文件，抿嘴感慨道：“我们怀总这么优秀，要是真和宣传部部长的女儿结了婚，可要伤了一大片女人的心咯。不过怀总这样的男人，结婚的对象肯定是门当户对的。”

陈婉婉这段话里的每一个字，都像冰锥扎在了许星空的心口。她一遍一遍地回想着刚才怀阳翰进门时的神色，身体渐渐绷紧。

“对了，你找我就为了这事啊？”陈婉婉看着许星空，问道。

许星空抬眼看着她，心乱如麻。她下颌微颤，想着刚刚陈婉婉说的话，声音发抖地说：“我爱上怀荆了。”

“啊？”陈婉婉觉得有些莫名其妙，笑了笑说，“我也爱啊，可是我有老公了，他以后也会是别人的老公。”

像是最后一根弦被剪断，许星空眼眶通红地看着陈婉婉。她昨晚一夜未睡，眼球上全是红血丝，被蒙在一层水雾之后。

“我进公司不久，就和他有了关系，一直到现在……婉婉，我是真的爱上他了。”

听着许星空颤抖的声音，陈婉婉的双眼渐渐睁大了。

怀阳翰到怀荆办公室的时候，怀荆正在看文件。集团外面人仰马翻，他依然气定神闲。午后的阳光透过窗户照射到地面上，反射的光芒落在他脸上，显得他脸部的轮廓更为深邃。

伸手扯开领带，怀阳翰神色紧绷，门都没敲，直接走了进去。

待走到办公桌前，怀阳翰将文件放到怀荆面前，双手撑在办公桌上，语气平静地说：“我是来和你谈合作的。”

坐在办公桌前的男人眼都没抬，手上笔尖一划，说：“你现在没什么资格和我谈，如果有，你就不会主动来找我了。”

被怀荆拿捏到痛处，怀阳翰下颌一紧，他舔了舔下唇，抬眼看着窗外的太阳，而后低下头，语气仍然是冷硬的：“咱们半斤八两。你手上想要扳倒我爸的证据也不足，IO 现在处在水深火热之中，你就放任它这么下去？”

笔尖一顿，怀荆终于抬头看了怀阳翰一眼。但他依然神色平静，眸色清冷，似乎并没有被他的话影响到。

“IO 一开始就是让你们糟蹋的，上次林玮瑜的事情是，这次诈骗案也是。”

望着怀荆眸中的清冷，怀阳翰的心里像是过了一遍冷水，凉透了。

他低下头看了一眼桌面，再抬头时，眼神里已经透出一丝乞求。

怀阳翰眼眶通红，语气渐渐放低，声音里带着一丝颤抖：“你放我爸一条生路好不好？奶奶这么大年纪了，她现在就我爸这么一个儿子。你现在只需要娶了唐清绮，解决了 IO 这次的危机，做给董事会看。这些是这次我爸陷害 IO 的资料，我和董事会还有奶奶都会支持你接手怀氏。以后，怀氏就是你的了。等事情结束，我就回澳大利亚，再也不会插手怀氏的事。”

“娶了唐清绮？”怀荆抬眸看着怀阳翰，问道。

唐清绮就是一开始怀阳翰要介绍给怀荆认识的那个官家千金，他当时只是想试探一下怀荆是否有女人，没想到现在真把她列入了计划之中。

怀荆一开始就想到怀阳翰会调查许星空，而怀阳翰也确实查了。只不过他动作太慢，后来意识到的时候已经晚了。还没有查到现在和怀荆在一起的女人是谁，那个女人就被他藏起来了。

他知道怀荆是爱那个女人的，不然也不会如此谨慎地对待。

“唐清绮只要个名分。”怀阳翰解释道，“只是名义上的婚姻，结婚后，你和谁在一起都无所谓。”

鼻间一声哼笑，怀荆低头继续看文件，淡淡地说：“我不同意。”

喉头一紧，怀阳翰看着怀荆，说：“你就这么不想放过我爸？”

“嗯。”怀荆应了一声，手上的动作未停，补充道，“还有一点，名分我已经给出去了。”

“什么？”怀阳翰似乎没听明白。

眼睫一眨，怀荆抬眸看着怀阳翰，似乎想起什么，平静的眼眸里添了一抹温柔：“妻子的名分，我已经给出去了。”

“星……星空。”陈婉婉动了动身体，她还没从震惊中回过神来。许星空看着她，她有种做梦的感觉。

许星空和怀荆是怎么认识的？他们怎么走到现在这个地步的？如果她能对许星空上点心，提前将她圈住，或许现在她就不会陷入这种境地了。

可若许星空有意瞒着她，她能发现得了吗？

就算发现了，她能制止得了吗？

陈婉婉认识许星空这么多年，没想到她是这么极端的人，要么保守封建，要么离经叛道，中间连个过渡都没有，杀了她一个措手不及。

陈婉婉看着许星空，心里有千言万语，可最终都归为沉默。

许星空就只经历过两段感情，一段王舜生的劈腿出轨，让她变得脆弱敏感，好不容易重新爱上一个人，却爱上了只会给她更深伤害的那个。

陈婉婉没有及时拉住她避免开始，那就要及时制止她，不能让她陷入更深的痛苦之中。这对陈婉婉来说，是煎熬的，尤其是在看到许星空眼中期盼她支持的那一抹光，就像一束跳跃的小火苗。她希望自己鼓励支持她，让火烧得更旺，而她却用一盆水，把那火苗浇灭了。

"不可以，不可以的星空。"陈婉婉喉咙发涩，她重复了一遍后，直截了当地问道，"他爱你吗？若他爱你，那他会娶你吗？"

陈婉婉语气咄咄，两个问题，问得许星空目光一滞。她脑子又乱起来，阳光渐渐倾斜爬上了她放在桌子上的手指。她低头看着指尖的阳光，声音渐渐变小："我觉得……他对我是有好感的。"

不然，他不会给她买糖，不会带她见她的偶像，更不会给她做姜糖水。他们既不是朋友，也不是情侣。

待想清楚自己的心意，回忆起和怀荆在一起的点点滴滴，原来是那么美好。

"好感是不会维持一辈子的。"

许星空记忆回放的屏幕被陈婉婉的话像一记重拳敲碎了，她抬眸看陈婉婉。

一向笑嘻嘻的好友，此刻眼里装着心疼、无奈和决绝，她神色慎重地说："如果你喜欢白竹学长，我会鼓励你去追求他，甚至会帮着你去追。可是怀总……星空，我们都只是普通的老百姓，和他们追求的不一样，我不想让你受到伤害。就像这次……"

"别说了。"许星空打断了她。

陈婉婉作为局外人，永远比她理智得多，而理智往往是伤人的。许星空听了这些话，就已经想明白了，也不需要继续往下听了。

“白竹学长也知道，他让我来找我最好的朋友拿主意。你是我最好的朋友，我知道你劝我都是为了我好。”许星空笑了笑，看着陈婉婉说道。

她的话，让陈婉婉牙根一紧。

许星空抬眼看了看窗外的阳光，刺眼的阳光周围绕着一层更为刺眼的光圈，她心里突然放空，再也没有什么感觉了：“我知道该怎么做了。”

天气渐渐回暖，天也黑得越来越晚了。记得以前下班回家，怀荆在禾枫公寓门口等她时，天都暗了。

而今天太阳虽然已经落下，但天还泛着白，比灯光亮，但不如灯光暖。

许星空站在IO大厦前，刚拒绝了今天第六个问她去哪儿的出租车司机，陈婉婉的车停在不远处的停车场，她坐在里面，正看着她。

手机的电量还有百分之五十，那一串熟记于心的电话号码已经输入了手机拨号键盘。她喉间一紧，看看渐渐暗下去的天色，指尖轻颤，按了拨打。

电话没响两声，许星空的心渐渐悬起的时候，对方接起了。男人声音低沉磁性，像春风撩过田野，他似是有些惊喜，话里带着笑意：“怎么主动给我打电话了？”

回想两人在一起的时候，她确实很少主动给他打电话。

“嗯。”心脏的跳动捶打着耳膜，倒是心脏有了些绞痛，她对着电话那边的人说，“你有时间吗？我想跟你见个面。”

电话那端沉默了半晌，最后，对方直截了当地拒绝了：“不可以。”

越是到了关键的时候，越是更要谨慎。怀阳翰在他这里寻求合作失败，肯定还会找机会绝地反击，说不定就会从她身上下手。

从上次说要介绍唐清绮给他认识时起，怀荆就知道怀阳翰派人跟踪他，他不能和许星空见面。

最后这段时间，他一定要稳住。已经等了那么久，不能在最后关头被怀阳翰翻了盘。

“哦。”许星空嗓音有些紧地应了一声，然后，她笑了笑说，“我主要想告诉你我弟弟要结婚了。”

这是件让人高兴的事，她很开心，话里都带着喜悦。怀荆也被感染了，笑着说：“真的？那我……”

“你上次不还说我弟弟比我小都订婚了，我好意思吗？”许星空打断了他，看着对面大厦上的LED屏幕，笑了笑说，“确实挺不好意思的，我年纪不小了，也想结婚了。所以……”

女人声音一顿，接着又是一笑，笑得像是拿着一把刀插在了怀荆的心口上：“我们断了吧。我有喜欢的人了，我想谈恋爱，想结婚了。”

办公室没有开灯，天光透过落地窗洒进来，天边渐渐有星光闪烁。而怀荆像是掉进了暗无天日的地狱，目之所及一片漆黑，没有一丝光亮。

没等到他的回应，许星空徐絮絮叨叨地补充道：“不好意思啊，本来想当面跟你说的，但太着急了。我们的关系，对我喜欢的人……对我喜欢的人不公平，所以就这么仓促地……”

“是那个叫白竹的画家？”听着女人毫不知情地将一把一把的刀子掷过来，怀荆打断了她。

许星空愣了一下，沉默半晌后，轻声说：“是的，对不起。”

电话那端陷入沉默，许星空踩了踩地面上的一块小石子，轻声道：“喂？”

“嗯。”男人应了一声，沉声道，“祝你幸福。”

这么痛快地祝福，倒让许星空的心绞痛了一下。她一开始还在想他是否对自己有好感，想着是不是要试着争取一下，而现在，倒觉得没争取才是正确的。

她张了张嘴，喉咙酸涩，半晌后，回了一句：“也祝你幸福。”

许星空挂断电话时，天已经完全黑了，马路上的车子都开了灯，路灯也全开了，将原本黑漆漆的城市照亮了。

许星空站在这光亮之中，眼角干涩。她抬头看了一眼IO大厦最顶层，顶层的窗户反射着外面的光芒，里面什么都看不见。

这样，就彻底结束了吧。

或许是事情发生得太突然，许星空现在除了麻木，没有任何感觉。她走到陈婉婉的车边，打开车门上了车。

驾驶座上，陈婉婉回过头来看着她。

许星空对上她的视线，嘴角勾着笑，眼中带着空洞的哀求："送我去火车站吧。我想回家。"

天色已经彻底暗了下来，Leo 带着文件走进怀荆办公室的时候，却发现办公室里没有开灯。

没开灯的办公室，看着比室外还要黑很多。落地窗前，外面的光亮透进了一些，能让人看清窗边办公椅的轮廓。

男人坐在椅子上，抬头看着窗外，不知在想些什么。

Leo 拿着文件，走到办公桌前，将手上的东西放在桌子上。文件夹轻叩桌面，一声脆响，在这黑漆漆的办公室里有些突兀。

"怀总，证据齐了，周律师那边已经打过招呼，可以开始了。"Leo 说完，办公椅上的男人没有丝毫动静。

Leo 察觉到有些不对劲，又轻声喊了一句："怀总……"

"嗯。"男人似乎终于听到，应了一声后，沉声安排道，"先把证据拿去大宅给我奶奶看看。"

"好。"Leo 听从了他的安排，继续问道，"那下周的慈善晚宴，关于许小姐……"

这半年的时间，他不但计划好了如何把怀昌朝送进牢里，还准备好了接手怀氏的一切，而许星空……则是在最近才加进来的，所以准备得有些仓促。

"不用了。"怀荆说。

Leo 神色一震。

老板的事情他不好过问太多，Leo 眉头一皱，拿着资料准备去大宅。他刚准备离开，坐在椅子上的男人突然站了起来。

男人挺拔修长的身影似乎将窗外的光都挡住了，只剩下他周身散发的清冷，弥漫在这办公室里。

他背光而立，五官有些模糊。

Leo 神色一紧，拿着资料问道："您要一起回大宅吗？"

怀荆走到门前，Leo 看不清他的神色，他手放在门把上，沉声说了一句："我去看看我妈。"

说完，男人拉开办公室的门，走了出去。

他曾对怀尧说，你们这些小孩子才想妈妈，我们成年人想其他的。

现在，他已经没有其他了。

在脆弱的时候，他也不过是一个小孩子罢了。

在黑夜的笼罩下，卿平寺更显庄严肃穆。

香火缭绕，灯光明亮，大堂中央的佛祖慈悲安详，大堂下的僧侣神色虔诚庄重。

大堂没有关门，灯光从门口一直铺洒到了中央的佛像前。金色的光芒，像是佛祖的圣光，让虚浮躁动的心归于安宁。

怀荆站在这圣光之下，金色的光芒在他脸上镀了一层金影，五官轮廓也变得格外柔和。他一身黑色西装，站在金光之下，黑色的长影从他脚后一直延伸到灯光照射不到的黑暗之中。

他抬眼看着大堂内的僧侣，在第一排靠近门口的地方，看到了盘腿坐在蒲团上捻着佛珠诵经的母亲。

儿肖母。

怀荆精致的长相随了母亲。

何清如已经剃度，没有了头发的装饰，她的五官美得更加清晰。她微闭着眼，桃花眼眼梢上挑。高挺的鼻梁下，双唇红润。她是典型的瓜子脸，轮廓深邃。

美人在骨不在皮。

她的骨相当年在夏城也算是数一数二的。

尽管现在已过知天命之年，脸上也添了细纹，但骨子里的美，和大家闺秀的端庄，是这朴素的僧袍掩盖不住的。

母子连心。

在怀荆看向大堂内时，堂内诵经的何清如双唇微抿，睁开双眼看向了门外。

女人的桃花眼很美，眼型不需眼妆的修饰，眼尾微微上挑，浅褐色的双眸对上了大堂外怀荆的视线。

何清如朝着佛祖虔诚一拜，然后起身走出了大堂。

“我在外面等着就行。”怀荆见母亲披着金光出来，眸色微动，他像是影响了母亲工作的小男孩，解释了一句。因为他确实也没有什么事情，只是过来看看她，他不想影响了母亲诵经。

三月的夜风微凉，何清如抬眸看着一身西装的儿子，笑着说："去我房间吧。"

何清如走在前面，怀荆看看她的背影，又看一眼大堂内的佛像，微抿了抿唇，转身随着她走了。

何清如的房间在姻缘树后面的山腰上，寂静无声的黑夜中，夜风刮过，姻缘树枝丫摆动，晃动了上面的姻缘牌，木片撞击发出清脆的声响。

站在姻缘树下，怀荆抬头看了一眼姻缘牌，眼睛渐渐适应黑暗，却没有在上面找到他要找的那个名字。

怀荆到何清如的房间时，她已经点上了烛火。房内虽然也有电灯，但似乎烛火更能让人神思安宁。

微弱的烛光照亮了这个小小的房间。地上是木质地板，上面铺了一层草编的席子，怀荆脱掉鞋，走了进去。

房间内的陈设很简单，正中央是一张低矮的小方桌，上面放着烛灯和经书。小方桌两边，放着一个书橱和一个衣橱。房子空间不大，两个橱子都抵在了墙角。在两个橱子抵住的那面墙上，有一方小窗。

现在窗户被一根木棍支撑着，透过窗户，能看到外面的夜色。

房间里摆设简单朴素，一个人住倒也清静自在。

怀荆坐在矮桌旁边，抬眼望着窗外，听着母亲给自己倒了杯茶，不一会儿，茶香溢满整个房间。

房间内开着地暖，这几天天气转暖，地暖温度逐渐下调，隔着草编的席子坐在地板上，身心仿佛都被这温暖融化了。仿佛所有的苦都不再是苦，只不过是浮云一片梦一场。

"怎么今天突然过来了？"何清如拿过桌上的佛经，翻到今晚诵到的那一页，手上的佛珠又转动了起来。

佛珠轻轻地碰在一起，发出的声音厚重质朴，像一缕幽香，安抚了人心。

"等事情结束后，我想把莞莞接回国内来读书，以后也能经常过来看看你。"怀荆拿起茶杯，轻抿了一口茶。他对茶的品鉴，都是何遇教他的，何家人都喜欢品茶。

“真的？”何清如抬眸看了儿子一眼。

“嗯。”怀荆应道。

“她太聒噪了，”何清如如是说道，“会影响我清修。”

来自亲妈的吐槽，让怀荆笑了笑，他看着母亲诵经的模样，说着自己的安排：“您也回去吧。我在海边买了套房子，给您和莞莞住，咱们不住大宅。”

这样，七零八落的一家人，也算是团圆了。

“我不回去了。”何清如沉声说，她抬眼看了看自己的房间，说，“在这里清修挺好的。”

何清如一开始来卿平寺，一来是为了避嫌，她毕竟是何家大千金，留在大宅，会让梅老太太忌惮，而不愿意把IO交给怀荆；二来是怀荆为了保护她。

他每个月会定期往这里送新款奢侈品，他以为她心里还念着俗世，没想到她现在竟然超脱了。

怀荆看着何清如，灯光下，长长的眼睫在他浅褐色的眸子上浮了一层黑影。

“清修这么好吗？”

将经书翻了一页，何清如垂下视线，让人看不清她眼中的神色。

“嗯，心里宁静。来到这里后，很少会想到你的父亲了。”

她的话，让原本寂静的房间变得更为沉寂了。佛珠撞在一起的声音，似乎都被放大了。

怀荆看着用毛笔字写就的经书，眼中渐渐浮起了一层悲伤。但很快，这层悲伤就被笑意掩盖了。

“这么好啊？那我也皈依佛门吧。”

何清如抬起了头。

怀荆嘴角勾起一个笑容，连眼睛里都是笑，可这笑，不达眼底。

何清如看着儿子的眼睛，想起了他几个月前来时的模样。她已经好久没有见过那样的怀荆了，怀昌卓的去世让他隐去了全部的棱角，也让他隐去了全部的快乐。他如行尸走肉一般活着，只为给他父亲讨个说法。

这一蛰伏，就是十年。

十年的时间，他渐渐成熟，越来越会隐藏自己的心思。有时候，甚至连她这个做母亲的，都不知道他在想什么。

但不知从什么时候开始，他变得比以前鲜活了，像是被佛祖重新浇灌了生活的乐趣，他的目光也变得明艳起来。

而这种明艳，现在已经完全没有了。

怀昌朝的事快要结束，他给自己的父亲报了仇，他应该是快乐的。但他的快乐，好像被从根部彻底拔掉，现在没有人能让他重新笑起来了。

何清如看着怀荆，声音里带着小时候讲故事哄他睡觉时的慈爱："佛不要你皈依。佛要你欢喜。"

她仍在转动着手上的佛珠，似乎刚刚只是在念诵一段佛经。她眼神里带着慈爱，那种感觉，就像孑然一身的自己，重新被包裹在母亲怀里的襁褓之中。

怀荆浅褐色的眸子里盛着些水光，房间内的灯火微晃，像是将他眸中的水也晃了出来。

怀荆看着母亲，突然笑了。他转过身看向窗外，看向漆黑夜空中渐渐残缺的圆月，和满天的星星。

星光闪烁，映着他眸中的光。怀荆喉头一动，轻笑道："我的星空都暗了，还怎么欢喜。"

第五章

告诉你一个你不知道的秘密

这次回家，许星空坐的普通快车。几年过去了，夏城到淮城的列车时刻表依然没变。她今晚坐的这趟车，是她上大学放假回家时坐得最多的一趟车。

五六个小时的车程，以前归心似箭，却过得很慢；而今天，只不过是发了会儿呆的工夫，火车就到站了。

午夜一点的火车站，萧索冷寂。高高的站台上，只有和她乘坐同一列火车的旅客。

乘客们行色匆匆，背着大包小包到了出站口。出站口处，站着已经早早等候的亲友。

以前许星空回家，林美慧和许星远也会站在出站口等她。为了不影响第二天开摊做生意，林美慧通常是七点先睡下，等十二点再起来接她，接她回去后，给她温一碗鱼汤，再和她一起睡下。

放寒暑假时，正是一年最冷最热的时候，中途醒来起床外出，实在是一件煎熬的事情。

上大学时的许星空，还可以这样对家人予取予求。但是现在的她，已经不能这样了。

许星空走出出站口，听着周围拉客的吆喝声，她裹了裹衣服，去了火车站对面的一家连锁酒店。

开了一间大床房，许星空和衣躺下了。她闭上眼睛，脑子又开始杂乱起来。昨晚就一夜没睡，今晚又坐了一夜火车，精神已经熬不住了，她就这样迷迷糊糊地，不知是醒是睡地熬过了下半夜。

第二天早上六点的时候，许星空从床上起来，洗了把脸，退了房，然后出门打了辆车，去了林美慧的早点摊。

林美慧的早点摊开在老城，离她家不远。十几平方米的一个小铺子，根本坐不下几个人。所以外面也支了一些塑料的桌椅，擦得干干净净的。桌椅旁边，支着炉子，上面放着蒸屉，旁边还有一口煮馄饨的大锅。

早点铺的店面虽然不大，但是收拾得干净利索，生意十分红火。

来店里吃早餐的，多是在附近工厂上班的工人。小店桌椅不够，有些顾客就端着馄饨蹲在马路牙子上吃。馄饨锅和蒸屉冒出的热气，将早点摊装点得人情味十足，尽管生活贫苦，但每天有滋有味。

这就是普通人的生活，为了家庭，围绕家庭，家庭也给予他们动力和温暖。

来早点铺的多是老顾客，吃口小笼包烫得吸气抬头时，看到了走过来的许星空。吃下小笼包，那人还不忘提醒一句：“大姐，你女儿回来了。”

林美慧站在灶台边，小小的身体隐入刚掀开蒸屉时冒出的热气之中。水汽扑面，林美慧老实巴交地笑着说：“我儿子结婚的时候我女儿才回来。肉馅的小笼包好了！”

早上小笼包供不应求，这一声吆喝，几个人过来一人一笼抢走了。小笼包刚被抢走，身边的热气散尽，林美慧一抬眼，看到了站在她面前的许星空。

“星空。”林美慧愣了一下。

许星空看上去脸色不太好，毕竟两夜没睡，眼下有重重的黑眼圈，眼球上也满是红血丝。她的眼睛被周围的水汽蒸得有点酸。看着林美慧，许星空一笑，说：“妈，我提前回来帮忙。”

“哦，好。”林美慧回过神，看着许星空的脸色，心里觉得不太对劲，但她没有多问，只是应了一声，将一条洗得干干净净的围裙递了过去，笑了笑说，“别弄脏了衣服。”

许星空经常来早点摊帮忙，很快就上手了。这一帮就帮到上午九点，送走了最后一拨客人，许星空开始收拾桌椅。

这里只能摆摊到九点半，要赶在城管来之前将外面的东西收好。

“姐。”

正擦着桌子，身后突然有人叫了一声，许星空回头一看，看到了许明怡。

南方的三月还有点凉，许明怡只穿了一件宽大的毛衣和一双长筒靴，白花花的大腿露出来半截，看着有些冷。

许星空斜了许明怡一眼，回头继续擦桌子，语气淡淡地问了一句：“你来做什么？”

许明怡见许星空不搭理自己，眉头一挑，走到她正在擦的那张桌子旁边坐下了。右腿搭在左腿上，许明怡抬头看着许星空，笑道：“我听别人说你回来了，就过来了。”

她是来找许星空的。

许星空将桌上的醋碟收起来，漫不经心地问道：“什么事？”

许明怡也不在意许星空的态度，她现在心情很好。看着她将身边的桌子收走，许明怡连忙跟上扛着桌子的许星空，哼声一笑，说：“我怀孕了，是王舜生的孩子。”

“砰”的一声，许星空将塑料桌子重重地放在地上，回头看了许明怡一眼。

从许星空的表情里，许明怡看不出什么，她就暂且认为她是在嫉妒吧。她扬着下巴，看着许星空，说明了来意：“我们俩合作吧。他的老婆当时可是插足了你们的感情，是小三，你肯定很生气吧。你助我嫁给王舜生，我也算给你报仇了。你看，你不能给他生孩子，我给他生了。”

看着一脸得意的许明怡，许星空突然一笑，笑着笑着，心中涌起了一层悲凉。

怎么她怀个孕就那么容易？怎么全世界的女人怀个孕就那么容易？她和怀荆在一起那么久，几乎每天都做，为什么她就是怀不上？

如果她能怀上怀荆的孩子，现在就算和他分开了，她也不会这么痛苦。

这一切都是注定的。许明怡这种根本不负责任的女人都能做母亲，王舜生那种根本不负责任的男人都能做父亲，而她恨不得每天祈祷自己能怀孕，却始终怀不上！

第一次，许星空有了满腔的愤懑、悲凉和不甘。

许星空笑着笑着，下颌颤抖，眼角有什么冰冰凉凉的东西滑落了下来。

看着面前扶着塑料桌子的许星空，许明怡眉头一皱，不耐烦道：“你哭什么啊？你就说帮还是不帮吧？你当时不争气，没怀上王舜生的孩子，我现在怀上了。咱俩谁嫁给王舜生，不都一样吗，都是为了许家啊。”

林美慧清点完原料后从小仓库里出来，刚出来，就看到门口放置塑料桌椅的地方，许明怡双手抱胸得意地看着许星空。而许星空站在一边，哭得寂静无声。

许星空这次因为什么回来，她还不知道。而她刚回来，就被许明怡欺负得哭了。林美慧的心像是被黑瞎子拍了一爪子，血肉模糊，她眼眶一红，快步走到许明怡身边，“啪”地甩了她一巴掌。

“不准欺负我女儿，你给我滚！”林美慧气得浑身发抖，咬着牙喊出了这么一句。

林美慧虽然身材娇小，但她是体力工作者，这一巴掌用了十成的力量，甩得许明怡一愣，只能感觉到阵阵耳鸣，还有脸上火辣辣的痛感。

“怎么了？我说得不对吗？她自己生不出孩子，还不让人说了……啊……”许明怡疼得哭了起来，说话更是没了遮拦，而在她最后一句话说出来时，林美慧拿起旁边的扫帚，一扫帚打在了她的大腿上。

白花花的大腿上，瞬间出现了一条红色的血印。

“哇！”许明怡痛得大哭，见林美慧打红了眼，还要举着扫帚过来，一下怕了，踩着高跟鞋边瘸腿跑着边哭着大喊，“疯子！你们都是疯子！”

“滚！”林美慧将扫帚扔了出去。

然后，她一路快步走回了店里。刚到店里，林美慧就一把抱住许星空，以为她是受了许明怡的刺激，抱着她喃喃道：“妈妈在呢，妈妈在呢……”

眼眶里的泪，像是蓄满了水的堤坝，终于承受不住，决堤而出。许星空抱着林美慧，心里纵有万语千言，说出口的只有一句：“妈，我好想他。”

近日夏城最劲爆的新闻，当属怀氏集团现任董事长于十几年前雇用保姆利用食物相克杀死了怀氏集团上任董事长也是他亲兄长怀昌卓。

怀昌卓之子怀荆，不日前向法院提起诉讼控告怀昌朝谋杀。不过一周的时间，怀昌朝在怀宅被拘捕。

一向冷清的大宅经历了这番热闹后，变得更为冷清了。偌大的客厅里空空荡荡的，只剩下了两个人。

怀荆站在窗前，透过方格窗看着外面的庭院。今天天气略阴，太阳藏在云层后面，只透出了一点光亮。

庭院里的草坪刚刚翻新过，染了层新绿。青瓦白墙边的鸳鸯茉莉，也抽了新芽，开了新花。

今天一大早，他就到了大宅，并且亲眼看着怀昌朝被抓。然而从怀昌朝被抓走到现在，他的心情都极为平静。

就好像十几年前，在父亲去世的时候，怀昌朝就已经偿命了一般。

客厅里的人都走了，他没有走。和梅老太太之间的亲情，因为她对自己的所作所为变得淡薄了许多。若父亲在世，肯定不会让他母亲这般冷清孤寂。

他算是替父亲在陪她。

虽是陪着她，也是沉默地陪，两人都没有说话。这样也好，总比她又说什么家和万事兴要好。

梅老太太端坐在沙发上，感受着这个她努力维持最后却仍然七零八落的家。

丈夫去世，大儿子去世，二儿子被抓，现在在她跟前的唯一一个怀家人，就是站在窗边的怀荆了。

他的身份很复杂，既是怀家的长孙，又是何家的亲外孙，为了替丈夫守护住怀家的产业，她一直不信任他。

他母亲是何家大千金，在她儿子去世后，何清如随时可以改嫁，她不能把怀氏交到一个随时可能改嫁的儿媳妇生的孙子手里。

也正是这份不信任，让她和怀荆之间的隔阂渐深。

但她的这一切安排，都是在不知道怀昌朝杀了怀昌卓的基础之上。当怀荆将一条条证据摆在她的面前时，纵使经历过七十多年的风雨，她也不知该如何应对了。

她亲近自己大逆不道杀兄的二儿子，疏远了她受委屈而死的大儿子的亲生儿子。

梅老太太抬眸看着站在窗边的怀荆，隔了一辈，两人的交流似乎一直不怎么顺畅。她为了怀氏安稳，一直打压他。他心里委屈，这么多年硬扛着翻了盘。

“你想完完全全接手怀氏吗？”梅老太太神色不变，而她的话里，带着些试图与怀荆缓和关系的讨好，“我可以退出怀氏。”

她退出，代表怀氏的当家人就是怀荆了。

这是她最大的诚意了，而听了她的话，怀荆脸上的神情没有丝毫变化。他转过身，望着端坐在沙发上的梅老太太，淡淡地说："其实一开始，我只是想把曾经属于我父亲的东西拿回来罢了。"

怀氏不是她送给他的，是他自己抢过来的。

梅老太太目光一颤，对上了他的视线。男人眉宇间带着淡漠疏离，还有他的野心与霸道。她看着他，想象着他小时候的模样，想象着曾经怀家儿孙满堂、和乐融融的日子。

他为了他父亲，隐忍了十年，而他的隐忍，只因她对怀昌朝的助纣为虐。梅老太太端了一辈子，但现在愧疚和后悔像是蚂蚁群，将她的皮肉啃噬干净，她端不住了。

老太太眼眶微红，真切地看着怀荆，颤声说了一句："对不起。"

怀荆看着坐在沙发上日显苍老的奶奶，勾唇一笑，又转身望向了窗外。

窗外的庭院里铺陈着阳光，薄云浮动，阴影一点点从庭院里消失。怀荆心中关于庭院的回忆，又变得鲜活起来。

父亲在世的时候，经常带着他和莞莞在院子里玩。他曾想着，等以后娶了许星空，也带着她和他们的孩子在这个拥有他儿时回忆的地方玩耍。

但是一切都晚了，他和她就那么阴差阳错地擦身而过。

怀荆眼尾一挑，笑了笑。

许星空没有了，他以后再也不想在这里玩了。

怀氏集团换了掌门人，以怀氏为首、联合夏城其他三大家族举办的景谷慈善晚宴，由怀氏集团新任董事长怀荆主持。

晚宴的地点定在了银梓国际大酒店顶层宴客厅，参加此次慈善晚宴的都是夏城名流，宴客厅衣香鬓影，觥筹交错，十分热闹。

应酬一番后，怀荆拿着只剩了半杯的香槟，走到了宴客厅外的阳台。

银梓国际大酒店顶层是半露天性质的，宴客厅内人们言笑晏晏地推杯换盏，宴客厅外在卡座上休息的人则卸下了面具，面无表情。

怀荆一出门，与和他打招呼的几个人微点下头，将手上的酒杯放到侍者手上的托盘上，起身走到了阳台的围栏边。

他今晚喝了些酒，脸比往日更白了，在天台灯光的照耀下，有些透明。他微一俯身，双手撑在阳台的围栏上，扬起下巴，浅褐色的眸子看向酒店对面的佳廷广场。

夜晚的佳廷广场，灯火通明，商场和公寓之间夹着一条细窄的长街，像是一条金龙。

这个时间，长街上全是人，熙熙攘攘，摩肩接踵。

这么多人，怀荆仔细看了两眼，也没看出个什么来。

在他盯着长街发呆的时候，何遇走了过来，看了一眼他看着的方向，问道：“看什么呢？”

怀荆俯身握住围栏，身材颀长高大，面容精致俊逸。他穿了一套剪裁合身的暗色西装，贵气又斯文。

他最不喜欢这样的应酬，现在竟然还没扯掉领带，也真是难为他了。

怀荆收回视线，侧眸看了一眼何遇，伸手想要扯领带，手指碰到领带时，微微一顿，只是动了动脖子，又将视线转向和平街，淡淡地说：“没看什么。”

何遇也没有再问，他也趴在围栏上，看着对面长街，问道：“你现在怎么喜欢把地点定在银梓了？以前不是不太喜欢这里吗？”

往年的慈善晚宴，都在郊外的白杭商务会所举办。那里地方大，也比这里清净。

但最近但凡是怀荆组织的宴会，好像都定在了银梓。

侧脸被光照着，男人的轮廓更加深邃明晰。他垂眸看着对面，睫毛在下眼睑处打下了一个半圆的阴影。

何遇的问题，让他微微挑了挑眉，心中百转千回，却只勾唇一笑，说：“现在喜欢了。”

这个回答，让何遇轻声一笑。

怀荆是什么人，他最清楚。他心思深沉，也很长情，一旦不喜欢什么，就很难喜欢上。而喜欢什么，则会喜欢一辈子。

何遇笑着，一抬眼看到了正坐在卡座上休息的男人。他叫了怀荆一声，说：“介绍个人给你认识。”

怀荆收回视线，转头，顺着何遇的视线看了过去。

视线内，坐着一个身着淡色西装的男人。他头发有些长，但看着很清爽，气质儒雅斯文，但眉眼间带着些淡泊名利的高冷。

似乎察觉到了他们的目光，那人微一抬眸看向了这边。他是认识何遇的，所以在看到他们后笑了笑，起身走了过来。

何遇带着怀荆往他那边走，三个人在卡座和阳台中央的位置会合，何遇伸手指了指身边的怀荆，笑道："介绍一下，这位是怀氏集团现任董事长怀荆，也是这次慈善晚宴的发起人。而这位是知名青年画家白竹，也是一名慈善家。"

何遇介绍完，白竹伸出手，对面却没有动静。白竹眸色一顿，抬眼看向怀荆。

男人盯着他，喃喃重复着他的名字："白竹？"

"对。"白竹大方地应了一声，"我叫白竹。"

怀荆的双眸像是凝固住了，盯了白竹半晌。然后他抬眼扫了一眼白竹刚刚坐着的卡座，沉声问："一个人来的？"

这个问题，让白竹有些莫名其妙。他眉心一皱，疑惑地问："什么？"

怀荆并没有回答他的问题，他胸腔有些闷，嘴角一压，稳住自己的心神，说："我认识一个女人，她说她很敬佩你，她……"

说到这里，喉间一酸，怀荆眸中闪过一丝悲伤，他舔了舔下唇，说："抱歉。"

怀荆转身就走，而他刚走了两步，身后的白竹便说了一句："许星空？"

男人的身形一顿。

白竹看着他的背影，眉心微蹙，心中模糊的记忆变得清晰起来。

他认得他的背影，上次画展结束送许星空回家，他远远地看到他站在白玉兰树下。他本以为那个背影是陌生人，许星空回头看他时，他向她点点头就开车走了。

而现在看着怀荆的背影，他顿时明白了怀荆今晚的反常，也明白了那晚许星空的回眸。

他就是许星空喜欢的那个男人。

那日在百闫村池塘边，许星空和他说的话，再次回响在耳边。

"他在外人眼里很优秀，但在我眼里，他的优秀是他煮的姜糖水很甜。"

"别人都说他成熟稳重，但其实他很幼稚。那么温顺的咪咪都被他逗急过好几次，还有我……我也跟他急过。急过我就忘了，就只记得开心的时候了。"

"我说不出来具体喜欢他哪里，可能是因为他哪里我都喜欢吧。"

白竹站在原地，神色平静地复述着许星空的话。

“她说她是逃避型人格，但她会为了喜欢的人突破自己。可是她不知道她的喜欢，是否会对他造成困扰，所以最后她还是有可能会逃避。然而这一切，都是因为她爱你。”

白竹话音一落，怀荆猛地转过身，他背着光站在众人之间，眼眶幽幽变红。

许明怡被打了那一顿后，没有来找他们的麻烦。许星空想起了许星远订婚时，他们一家的谈话。

侯京芳是不同意许明怡和王舜生有关系的，明眼人都知道王舜生是个渣男，她不会把自己的女儿往火坑里推。

他们知道不能把许明怡往火坑里推，却在王舜生出轨她准备离婚的时候劝她忍忍不要离婚，以免自己的儿子工作不保。

许明怡为了钱和王舜生勾搭在一起，就是他们的报应。

这不光是许世凡一家的报应，也是王舜生的报应。许明怡怀孕了来找她，意思很明显，是想上位嫁给王舜生。

王舜生去年刚把别人肚子搞大离了婚，今年又搞大了一个，还是前妻的堂妹。在淮城这种民风传统的小城，这种事情如果传出去的话，王舜生可以不用做人了。

在母亲怀里哭过一通后，许星空将情绪收起，开始操持许星远的婚礼。对于她突然回来，许星远疑惑又高兴。虽然婚礼只有一天，但他们全家一起忙，会觉得更有意义。

距离婚礼还有十天，结婚用的房子在婚礼前要收拾好。先前林美慧做的新的被褥，还有买的红盆、红镜、红梳子等婚礼相关的物品，也要一并放在新房里。

东西归置好后，许星空拿了钥匙锁门，准备离开。刚一出门，她就碰到了在门口玩的聂耿清父女。

说起来，这还是她回来后第一次见到他们呢。

糊糊家的橘猫，比上次见到时胖了不少。十只橘猫九只肥，还有一只特别肥，现在它就朝着那特别肥去了。

门口的盆栽已经支撑不住橘猫的身材，它钻了半天，都没钻进去。

糊糊有些着急地想要伸出小胖手去帮忙，而站在一边的聂耿清则小心地提醒了一句：“糊糊，不可以。”

听到父亲的话，糊糊扭脸看他，聂耿清一笑，大眼睛里带着温柔的坚决。他伸出食指在她面前摇了摇，说：“它自己可以，你帮它会被它抓到。”

听了聂耿清的话，糊糊似懂非懂，她扭头看向橘猫，小胖手握成拳头，奶声奶气地说：“肥肥，加油！”

许星空惊了一下，这么些日子不见，糊糊说话进步好大，小孩子真是太有趣了。

在许星空观察着糊糊的时候，聂耿清也看到了她。两人对视一眼，聂耿清笑了笑，打招呼说：“回来了。”

许星空回了个笑容，说：“嗯，星远过几天结婚，我回来帮忙。”

说话的工夫，许星空走到糊糊身边蹲下身。糊糊抬头看着她，一双大眼睛里闪着光，特别漂亮，像黑葡萄。

三四岁的小孩子已经开始认人了，糊糊显然对许星空有印象，但没有想起她是谁。她扭头看了一眼站在一边的爸爸，寻求帮助。

聂耿清收到女儿的求助，眉眼一柔，笑着介绍道：“这是星空阿姨，过年那会儿她还帮你拍过小视频。这么漂亮的阿姨，糊糊都忘了？”

聂耿清的情商很高，提醒糊糊的同时还夸奖了许星空，让人丝毫不觉得尴尬，还对他好感倍增。

糊糊似乎想起来了，回头看着许星空，笑眯眯地叫了一声：“阿姨好。”

这次的“好”没有上扬，压住了。

小姑娘长着圆圆肉肉的脸蛋，宽宽的双眼皮，睫毛长长，还有一双遗传了聂耿清的漂亮大眼睛，真的是太可爱了。

许星空被叫得心里一热，伸手轻轻地拍了拍她的小肩膀，笑着说：“糊糊好。糊糊长大了好多，说话也比以前清楚了。”

糊糊不明白具体意思，但知道自己被夸奖了，一个劲地笑。而一边的聂耿清则接了许星空的话说：“对，这个阶段的小孩子成长特别快，一不留神说不定就错过了什么。”

许星空没有养孩子的经历，看着聂耿清这有女万事足的模样，心里又是一阵羡慕。

聂耿清看得出她笑容不复刚才，便换了个话题：“筹备婚礼很忙吧？”

“对。”许星空深有感触地点点头。结婚事情很多很杂，而且有些事情怎么都处理不好。

聂耿清一笑，很自然地问了一句：“这两天在忙什么？”

许星空抬头看着他，觉得和他聊天很舒服，笑了笑，说道：“昨天找了几个婚礼摄影师。”

“几个？”聂耿清惊讶地问道，“风格不喜欢吗？”

“嗯。”许星空点了点头，说，“感觉技术不够好，不像是学过摄影的。”

淮城是座小城，婚礼摄影师的风格都偏向乡土。而且说是摄影师，不过是婚庆公司随便找了个人拿着单反相机拍拍罢了。

“那我可以毛遂自荐吗？”聂耿清笑着说，大眼睛里带着真诚，“我的摄影技术还不错。”

他突然的毛遂自荐让许星空愣了一下。她记得以前听许星远讲过，聂耿清是得过很多奖的那种专职摄影师。他的专业性确实不用怀疑，但是这么厉害的摄影师来拍婚礼，是不是有些大材小用？

许星空觉得有些不好意思，而看聂耿清的神色，不像是开玩笑。她有些犹豫，说：“可以是可以，但不会耽误您的时间吗？”

“不会。”聂耿清说，“我最近在做一个有关淮城婚礼的摄影专题，做星远的婚礼摄影师，工作、帮忙两不耽误。而且离家也近，方便我照顾糊糊。”

听聂耿清这么一说，好像还真是。许星空低头看了一眼糊糊，小姑娘还在给橘猫加油呢。她没有再客气，笑着说：“那麻烦你了。”

晚上一家人吃饭的时候，许星空端着菜出来，提了一句今天下午的事情：“婚礼摄影师定下来了，你们家邻居聂先生说要来帮忙。”

刚坐下的许星远吓了一跳，睁大眼睛确认道：“真的假的？他可是超级厉害的，我和童童去过他家，那照片拍得，太美了！”

“对啊对啊！”周童童也有些激动。

看着两人惊喜的表情，许星空递了筷子过去，笑着说：“真的，他说最近要做一个婚礼摄影专题，这次刚好一边帮忙一边工作。”

“哇，太厉害了！”许星远和周童童对视一眼，笑着说，“咱们婚礼可是著名摄影师拍的，棒不棒？”

周童童笑眯眯地说：“棒棒棒！”

看小两口兴奋的样子，许星空笑着给周童童夹了一块排骨。

“他那么有名，价格肯定很高吧？到时候给多少钱合适啊？”林美慧担忧地问道。

虽然聂耿清说是来拍婚礼摄影专题，但也确实来帮忙了，不能欠着人家的。

“到时候给糊糊包个大点的红包吧。”许星空看着林美慧，说道，“直接给钱说不定倒把关系弄尴尬了。”

能买得起那里的房子，又是知名摄影师，想来聂耿清应该是不差钱的。这种邻居的恩情，要适当地受着，但也不能白拿白用。

“好，这样好。”林美慧听了许星空的话，笑着点了点头。

许星远看了一眼林美慧，说：“聂先生人真是太好了，长得不错，性格也好，还有孩子。妈，你找个人撮合一下他和我姐吧。”

许星远语出惊人，许星空一下呛到了。她朝着桌子外面咳了一声，脸都咳红了。周童童赶紧给她倒了杯水，许星空接过水，看着许星远，急道：“你胡说八道什么呢？可不准胡来，最后搞得邻居关系都不好了。”

被姐姐说了一通，许星远不以为意，说：“我怎么胡说了？我就是觉得他挺好的啊，老实、踏实。反正你如果再找，别找那些开公司的有钱的，那种男人都靠不住。”

许星空一愣。

周童童看许星空神色不对，眉头一皱，对许星远说：“你觉得他好你嫁给他啊，拉着咱姐干吗？”

许星远也察觉到许星空情绪不对，赶紧说道：“我嫁给他，那谁娶你啊？”

周童童脸一红。

许星空看着小两口斗嘴，回过神后，脸上也浮起了一层笑意。

林美慧见气氛缓和，犹豫了一下说：“今天你姑给我打电话，问我婚前的祭祖怎么安排，估摸着，是你奶奶让问的。”

在淮城，新人婚前七天要去祭祖，告知子孙成家立业。这算是婚前的一件大事，祭祖需要准备的东西也是有讲究的。

这件事情，确实需要有许家人的参与，许老太太托了许世婷来问，而不是自己亲自打电话，应该是因为许星空拒绝了她介绍的相亲对象，现在还在生气，还端着呢。

一提到许家人，许星远的脸就拉了下来："就带着童童去我爸坟前磕个头，让他知道他有儿媳妇了就行，非要和许家人一块干什么。"

"这是风俗。"林美慧为难地说，"你奶奶既然让你姑问了，她肯定是要去的。要是不带着她，她指不定要怎么样呢。"

而且就算这次祭祖不见许家人，过几天许星远结婚，也还是要见面的。是福不是祸，是祸躲不过。

"那就按照风俗来。"许星空说。

"姐！"许星远眉头一皱。

许星空笑了笑，柔声说："听妈的。"

许星远的眉头皱得更紧了。

他倒是不在乎和许家人一起去祭祖，但一想到许老太太对他姐做的那些事就气不打一处来。而且这次见面，她还指不定怎么冷嘲热讽呢。

祭祖这天，因为要带去墓地的祭祀用品比较多，小姑许世婷专门派了儿子杨志豪开着面包车过来帮忙。

面包车直接开到单元楼前，杨志豪打开面包车尾门后，许星空和许星远便开始往车上搬东西。

这次许世凡一家也来了，但只带着儿子许明辉过来，许明怡上次好像被林美慧打怕了，这次直接没来。

许明辉比许星远还有杨志豪都大，今年二十五岁，不高，但很胖。他穿着花衣服，留着锅盖头，脖子上挂着大金链子。

他和许星远不同。许星远学习不好，脾气也不好，属于别人把他惹急了，就会把人揍趴下那种。许明辉则是那种你不惹他他也惹你，就是在街上混的小混混。

好吃懒做不说，还蛮不讲理。以前在舜星公司仗着是舜星公司老板娘的堂弟横行霸道，而许星空和王舜生离了婚，让他在舜星公司待得不快活，连带着现在看许星空也没个好脸色。

在小辈们都在忙着往车上拿东西的时候，他就坐在自己刚买的新别克车的驾驶座上，抽着烟看网上的小视频。

祭祖是件严肃的事情，他却笑得一脸痞气。而在后面的许世凡，还有已经下车和侯京芳一起清点祭品的许老太太丝毫不管他。

结婚前的这次祭祖是件大事，小区聊天的几个大妈在一边看着，笑着问了一句："今天祭祖啊？"

许老太太虽然看不起许星空家，但对别人倒是和和气气的。听她们这么一问，许老太太笑了笑说："对啊。"

"哎哟，我们可都是看着星远长大的，这几天的工夫，他就要成家了。"一个胖乎乎的大妈客气道。

"对啊，小孩子大了，我们也老了。"说话的工夫，许老太太看到许星空抱着一箱酒走了过来。

自来到这里，许老太太对许星空就没有半点好脸色。而许星空倒好，直接不搭理她，让她更加生气了。

她一开始给许星空介绍对象，许星空都没去，导致现在人家见了她还说她吹牛，说什么她连自己的孙女都管不了。

想到这里，许老太太气不打一处来，看着许星空将酒箱子放在面包车的后备车厢，冷哼了一声，说："这次去祭祖，我是没脸见列祖列宗了。"

侯京芳看了一眼许老太太的脸色，又看看许星空，说："怎么了妈？昨天晚上就因为这事没睡好？儿孙自有儿孙福，你出心出力地为了孩子好，孩子不领情，列祖列宗也怪不到你头上。"

后面东西摆满了，酒箱子有些放不下，酒瓶都是玻璃的，又不能放在上面，许星空只好面无表情地听着两人唱着双簧，然后将铺在下面的鱼往旁边挪了挪。

"怎么怪不到我头上？"许老太太冷哼一声，翻了个白眼，看着许星空弓着身子在那里弄鱼，"离了婚还不快点再嫁出去，怎么着？死了还想埋在许家祖坟里啊？许家人的脸丢也就丢了，许家祖坟可丢不起这脸。"

将鱼往旁边一拉，许星空把酒箱往车上一放，她放下的力道有点大，面包车身一晃。许星空没穿外套，脸因为跑上跑下也变得白里透红，她面色平静地看着翻着白眼的许老太太和看好戏的侯京芳，道：“那要嫁给你给我介绍的那些歪瓜裂枣，就不给老祖宗丢脸了？”

许星空说这话时，口气格外硬实，许老太太还从没听她这样跟她说过话呢。她看着许星空，有些不敢置信，气得抖着手指指着她说：“哎哟，你们可给评评理啊。我费心费力地给她找相亲对象，让她嫁出去，这是为她好，她还不领情呢。”

几个邻居大妈也都是些碎嘴，背后没少说许星空的不是。看许星空这样，也觉得她这样说自己奶奶有些大逆不道。

有个瘦瘦的大妈说道：“你奶奶也是为你好。”

另外一个大妈说：“对啊，你离婚后也不能一直住在娘家啊，这样你妈在外人面前都抬不起头来。”

有了几个大妈的支持，许老太太瞬间有了底气，脸一板，对许星空说：“你还好意思说人家是歪瓜裂枣？嫌人家长得丑？人家不嫌你就不错了。你也不看看你什么货色，不能生孩子还被人休了，这在古代就是下堂妇。你这个样的，有男人要你，你就谢天谢地吧。怎么，你觉得你条件很好啊，你觉得你还能找个长得像明星那样的啊？”

许老太太这连珠炮一样的话说出来，倒真把许星空惹恼了，她的脸更红了，刚要说话，突然听到了一阵急刹车的声音。

她转头看向声音发出的方向，不光她，许老太太还有几个大妈，就连车子里正看视频的许明辉也看了过去。

许明辉望着不远处的那辆车，惊得眼珠子都快瞪出来了：“我去，玛莎拉蒂啊！”

在他说完的时候，波尔多红的玛莎拉蒂里下来一个西装革履的男人。

男人下车后视线一扫，看到了站在面包车前脸色微红的许星空，他清冷的眸中闪过一丝笑意，信步走了过来。

男人身高足有一米九，身材高大挺拔，丝毫不亚于模特。而他的五官，更是俊逸精致到无可挑剔，长眉桃花眼，高鼻薄唇，一身贵气。

上午十点，太阳照透树叶，他走在树影中间，步伐稳健，气质出尘。长卷的睫毛下，浅褐色的双眸中浮着一层浅淡的笑意。

许星空看着男人一步步走来，觉得自己像是在做梦。

男人腿长，一会儿的工夫就走到了她的身边。面包车尾门的高度有些低，他一只手扶住尾门，微微俯身站在许星空的面前，垂眸看着她。

许星空感受到男人身上熟悉的气息，鼻间有些酸，想伸手摸一摸他。但怕是梦，一摸就碎了。

她眼眶干涩，双唇微张，声音都在发抖："你……你怎么来了？"

她语气里带着不确定。

男人背光站着，阳光在他的肩侧打了一层光圈，将他的五官照得有点模糊。在许星空以为他要消失时，男人鼻间一声哼笑，眼尾一挑，声音低沉磁性："来告诉你一个你不知道的秘密。"

阳光微微有些晃眼，许星空听着他的声音，喉间一涩，嗓音一紧："什么秘密？"

怀荆嘴角勾起，眸中带着她第一次见他时的轻佻与张扬。他伸出手，放在了女人的脸侧，说："我爱你。"

当众人还处于震惊中，楼道里传来了一阵脚步声，许星远抱着一箱鞭炮，从楼道里走了出来。

他看了一眼尾门那儿的情况，眉头一皱，语气冷硬地问道："你干什么呢？"

许星空的眼泪掉了下来，她伸手一抹，带着哭腔对怀荆说："这是我弟弟。"

许星远看着许星空又哭又笑的样子，神色紧绷，问道："姐，他谁啊？"

怀荆是第一次来许星空家，她的房间很小，但布置得很有她的风格。她总是能将很小的地方利用起来，把东西摆得整整齐齐，既温馨，又有生活气息。

他四下打量着，许星空看了他一眼，开口道："祭祖的时间不能耽误，我……"

怀荆收回视线，看着许星空，打断了她："你糊弄我呢？"

被怀荆说得双眸一睁，许星空站在门口，摇头否认："没，没有啊。"

她的房间不大，床尾几乎挨着门边。怀荆走到床尾，站在许星空的身边，垂眸望着她，沉声说："那我刚刚的表白，你的回应呢？"

男人这次比以往直接，许星空心下一跳，她红着脸去开门，语气慌乱道：“他们都等着呢……”

许星空还没打开门，男人又是一声哼笑。他将手放在门上，拦住了她的去路。

看着女人渐渐变红的耳垂，怀荆嘴角一扬。他是知道她的心意的，她不说，八成是因为害羞。但他追到这里，想要的不只是她的心意，他想要她说出来。

“你要是不说，我就跟着你一起去见你的列祖列宗。”怀荆眼尾轻挑，浅褐色的眸中带着放肆张扬，“我不但找到了你的老窝，还找到了你家祖坟，你活着或死了，我都能找到你。”

许星空当然会回应，怀荆带着这么大的勇气来找她，她也该回以同样的勇气。

抬眸望着男人，许星空问道：“你家里的事情，忙完了吗？”

听了她的话，怀荆眼睫一眨。他看着许星空，知道她心里的担忧。半晌后，他将另外一只手放在许星空的身侧，将她圈在怀里。

他微俯身，与她的视线平行，神色中带着男人的霸道和笃定：“许星空，你知道我们在一起在我这里最大的困难是什么吗？就是你不喜欢我。你现在给我一个确定的答案，哪怕毁天灭地，你也是我怀荆要定的人。”

许星空定定地看着怀荆，完完整整地听完了这段话。如果一开始听到“我爱你”时，她恍惚了，那现在的她则是清醒的。

“我喜欢的。”她对上他的视线，一字一顿地重复了一遍，“我喜欢的。”

男人眼中的紧张彻底放下了，像是满是波纹的水面终于安宁了下来。他又是一笑，笑得温柔深情。他伸手摸着许星空的脸，触手是熟悉的温软，一如最初的感觉。

一下子，空荡荡的心房就被填满了。

“阴差阳错”是世界上最糟糕的词，“失而复得”是世界上最幸福的词，他都体会过了。

怀荆低下头，朝着许星空的唇吻了上去。在将要吻上的时候，许星空背后的门发出了“砰砰”的声响，许星远的声音在门外响起：“姐，你好了没啊？”

许星空一慌，嘴角擦过男人的唇，温热的触感让她浑身一颤，脸更红了。她赶紧应了一声：“好，好了。”

看着许星空手忙脚乱地去开门，怀荆直起身，握住了门把手。他看着木门，仿佛能把门盯穿了一样，说："我怎么感觉你弟弟好像不太喜欢我？"

看着怀荆疑惑的样子，许星空没有说话。他的感觉是对的，许星远不是不喜欢他，而是非常不喜欢他。

"我要走了，不然会耽误了时间。"许星空有些着急地说。

看着女人像小仓鼠一样慌乱无措的样子，怀荆眉眼一柔，将手拿开了。许星空刚打开门，就看到了站在门外的许星远和林美慧。

许星远的脸色说不上好，眉头皱得紧紧的，眼神里带着些警惕。林美慧则一脸忧心忡忡，像是他把许星空怎么着了一样。

看来，他在许星空这一家子眼中，印象一般。

被母亲和弟弟这么看着，许星空脸一红，她看了一眼怀荆，说："你先回酒店，这里结束了，我就过去找你。"

他们一家三口显然还有事要说，怀荆十分识时务，朝着林美慧礼貌地一点头，便离开了。

房间里就剩下了一家三口。

脾气最急的许星远先憋不住了，他看着许星空，确认道："姐，你要跟他在一起啊？"

她刚刚是答应了怀荆的，两人互相表明了心意，就没什么好藏着掖着的了。

"嗯。"许星空看了一眼林美慧，轻声应道。

"我听许明辉说他是开着玛莎拉蒂来的。"许星远说到这里，皱起眉头，"那不是比王舜生还有钱啊？"

"啊？"许星空看了一眼弟弟，见许星远一脸担忧，许星空抿了抿唇，模糊地回了一句，"他是有点钱。"

林美慧听着儿子女儿的对话，视线一直放在许星空的身上。她看得出许星空有些害羞，这些表情是她以前没有的。

许星空高兴，她也高兴，但她也有和许星远同样的担忧。毕竟，他们已被有钱人伤害过一次了。

这么优秀的男人……林美慧心里又浮起了一层愁云。

"妈。"许星空看着林美慧，叫了一声。

"嗯。"林美慧应了一声，抬头看着她。

许星空看着母亲，微微一笑，脸更红了，她说："我挺喜欢他的，他和王舜生不一样。"

看着女儿脸上幸福明艳的笑容，林美慧目光一颤，点了点头，应了一声："哎。"

怀荆先许星空一步下楼，刚出楼道，门外许老太太和许世凡一家的视线就聚焦在了他身上。

许星空家里亲戚们的那档子破事，怀荆还不怎么了解。但刚才他停车时，明显看到了面前的老太太和大妈合起伙来欺负许星空，把她欺负得脸都气红了。

她们当时对着许星空白眼翻上天，到他这里倒无端地客气，这凌弱暴寡的嘴脸……

怀荆没有马上走，他站在楼道口，看着几个人对着他笑。

见怀荆站在那里没走，许老太太笑着道："你是星空的朋友吧？我是星空的奶奶，旁边是她二叔还有二婶，这是她弟弟。"

"哎，对对。"侯京芳和许世凡笑着应了一声。

看着怀荆，许明辉也收起戾气，觍着脸叫了一声："姐夫。"

怀荆本就高，看着他们的时候，微垂着眼睫，没人看得清他眼里是什么情绪。

"新买的车子？"怀荆看了一眼那辆别克，淡淡地问了一句。

"对。"提到车，许明辉眼睛一亮，应了一声后，不好意思道，"比起你的车差远了。"

"嗯。"怀荆应了一声，眼尾一挑，问道，"你喜欢我的？"

"当然喜欢了。"许明辉兴奋地答道，"玛莎拉蒂超跑啊，谁不想要啊。"

"你姐夫这么有钱，这样的车肯定不止一辆。"侯京芳意有所指地说。

"车库里十几二十辆。"漫不经心地看了一眼自己的车，怀荆看着他们说，"我很有钱的。"

听说他有十几二十辆跑车，许明辉羡慕得眼珠子都快掉出来了。许星空虽然没用，但找的男人真是一个比一个厉害。

听怀荆这么一说，许明辉挑挑眉，笑着说："钥匙给我，让我试驾一下呗。"

"不行。"怀荆面色平静地拒绝了。

许明辉的神色当即僵住了。

侯京芳见儿子被拒绝，脸一拉，说：“你不是有钱吗？这么有钱，让你弟弟试一下车都不行啊？”

看着侯京芳，怀荆眸色清冷，神色淡漠，幽幽地说了一句：“我有钱，跟你们有什么关系？”

许星空不知道怀荆和许家人说了什么，去祭祖的路上，几个人脸色都不好看。但不好看归不好看，倒没有爆发，而是有些敢怒不敢言。

祭祖结束后，许星空要去嘉如酒店找怀荆，这是他们两人一直住的那家酒店。

她刚出门，许星远就跟了出来，说：“咱妈让我跟你一块去。”

看着弟弟坚定的神色，许星空心里一叹。

怀荆去她家的时候，搞得那么声势浩大，一上午的工夫，这事就传遍了整个小区。

作为被谈论了大半年的许星空，现在她的一举一动都牵着大妈们的视线。淮城民风保守，可不兴她还没和怀荆结婚就和他在酒店过夜，这得让人把脊梁骨都戳穿了。

许星远要跟着，一来是这个原因，二来是因为他不喜欢怀荆。

许星远对怀荆存有莫名的敌意。说实话，怀荆这个人，许星远一看到，就觉得他优秀得过分。而优秀的人，往往是很危险的。

不管他对怀荆是什么想法，归根究底，他还是不想让他姐吃亏，不想让他姐重蹈覆辙。

但怀荆和王舜生是不一样的。

许星远现在对怀荆的印象停留在“有钱、开公司”上，四舍五入就是和王舜生一个货色。到了嘉如酒店，许星远看了一眼时间，说：“别待太久了，半个小时啊，咱妈还等着咱们回家吃晚饭呢。”

“行。”许星空应了一声，转身进了酒店。

许星空走得很快，进了酒店后，她直接走到电梯那里，坐电梯上去了。

看着许星空对这个酒店熟悉的模样，许星远想起了过年那会儿，她说要陪公司同事工作的事。

那个时候就在一起了？

从来不撒谎、从来不夜不归宿的许星空，那天为了这个怀荆什么都干了。许星远忧心忡忡，对怀荆的印象更差了，因为他把自己乖巧的姐姐带坏了。

这个时间酒店里没什么人，走廊里空荡荡的。许星空走到2024房间门口，伸手敲了一下门，门就开了。

怀荆站在门内，他已经把西装换下了，穿了一身家居服。黑色的宽松长裤，白色的圆领上衣，衣服是棉质的，看着很柔软，像是把男人的棱角都磨平了，看着斯文有礼。

见到许星空，怀荆一笑，张开了双手。

许星空心跳加速，她脸微微变红，看着怀荆，张开手抱住了他。在她抱住怀荆的一瞬间，他双臂一用力，将她完全抱了起来。

许星空双腿攀在他的腰上，脸贴着他温热的脖颈，笑了起来。

“想我吗？”男人轻咬了一下她的耳垂，关上门后抱着她到了客厅，将她平放在沙发上。

客厅的窗帘拉开，午后的阳光将身上的男人照得有些透明，许星空看着他，说：“想。”

这还是许星空第一次这么直接地说想他，怀荆沉声一笑，俯身压在她身上，在她耳边说了一句：“我也想你。”

男人的呼吸喷在她的耳后，像一阵电流蔓延至全身，这种久违的点燃欲望的感觉，让许星空的双眼瞬间迷离。

怀荆的动作有些急促，从她耳边吻向了她的下巴，手上也在动作。

许星空感受着他的急促，颤声说了一句：“我弟弟……还在楼下等我。”

男人眼中是丝毫不加掩饰的欲火，他动作未停，一口咬住她的下巴，问道：“等你多久？”

许星空浑身都在颤抖，她轻哼一声，声音破碎地说道：“半……半个小时。”

怀荆的动作戛然而止，他双手撑在许星空的身侧，压抑住眸中的欲火，微舔了舔下唇，淡淡地说：“他故意的吧？”

看着怀荆微蹙的眉心，许星空脸一红，嘟囔了一句：“一般人半个小时足够了。”

被许星空这么不着痕迹地夸了一下，怀荆刚刚压下去的火又有冒头的迹象。他闭上眼，冷静半晌，然后低头亲了一下她的唇，说：“走，我跟你回家。”

说着，他便去拿行李。

这次来淮城，他不但要拿下许星空，还要拿下她的家人。

许星空这个弟弟实在有些难以对付，不让他接受自己，他是别想和她睡一块了。

在许星远准备给许星空打电话的时候，就见她带着一个拉着行李箱的男人走了出来。

男人穿着休闲服，比今天上午看到的时候随和了些。但他的双眸仍然清冷淡漠，还是让他有些不舒服。

和怀荆走到车前，许星空对许星远说：“把后备厢打开一下。”

听从姐姐的安排，许星远按了开后备厢的按钮，“砰”的一声，后备厢一开，怀荆提起行李箱就塞了进去。

许星远从车上下来，看着怀荆面不改色地将后备厢车盖盖住，有些迷茫地问道：“你干吗呢？”

怀荆比许星远高了半个头，许星远过了年也才二十四岁，身材单薄，在怀荆面前完全没有优势。

怀荆垂眸看着许星远，他和许星空长得有些像，所以对他，他讨厌不起来。

既然要拿下许星空的家人，许星远便是最难啃的一块骨头，怀荆一笑，尽量让自己看上去纯良些，说：“我住在这儿不安全，保不齐晚上就想去找你姐。所以，还是跟你住在一起最让你放心。”

许星远听怀荆这么一说，脑子里打了个结，还没反应过来，竟然阴差阳错地说了一句：“好啊。”

……

林美慧正烧着鱼汤，门口传来开门声。她脸上带着笑，走出厨房，说了一句：“回来了？”

说完之后，她就看到了自己的儿子、女儿，还有站在女儿身边的怀荆。

林美慧看到怀荆，脸色一变，眼神中带着些犹豫地看了许星空一眼。

许星空把手上的东西放下，对上母亲的眼神，解释道：“他今晚和星远一起住，现在带他过来是吃晚饭的。”

听了许星空的解释，林美慧放下心来。怀荆叫了她一声“伯母”，她点了点头，应下了。

饭菜很快就好了，四个人围在客厅的桌子前开始吃饭。许星空和林美慧坐在沙发上，怀荆和许星远则坐在桌子另外一边摆着的塑料凳子上。

怀荆个高腿长，坐在凳子上屈起腿，膝盖比饭桌还高。

许星空看着他，问道：“要不要换一下？”

“不用，在这里坐就可以。”怀荆十分好打发，接过她手中的饭碗，调整了一下凳子与桌子的距离后坐下了。

林美慧准备的晚餐很丰盛，他们家虽然不太富裕，但在吃饭上从没有省过。四菜一汤，整齐地摆放在不大的桌子上，看着十分美味。

怀荆很久没有这么热闹地吃过饭了，狭小的客厅，狭窄的餐桌，四个人围在一起，挺温暖的。

“怎么了？”许星空给他递过去一碗鱼汤。

怀荆接过，笑着说道：“没事，只是我爸去世后，好久没有这样吃过饭了。”

听到怀荆的话，林美慧和许星远的目光都落在了他身上。林美慧只见了他一面，没有深入了解。听他说好久没有和家人围在一起吃饭，作为母亲的怜悯心就被勾出来了。

“那你母亲和兄弟姐妹呢？”林美慧关心地问道。

怀荆抿了抿唇，回答道：“我母亲出家了，我妹妹在国外读书，一家人一年见不了几次面。”

林美慧看着怀荆，他表面上看着光鲜亮丽，没想到竟然是孤身一个人。他们家虽然穷，但亲人还是在一起的。

想到这里，林美慧看着怀荆说：“这几天你想吃什么就和我说，我要是会做，就给你做。”

“谢谢伯母。”怀荆感激一笑，看着桌上的饭菜，说，“我不挑食，这些都挺喜欢的。怪不得星空做饭那么好吃，原来是遗传了伯母的手艺。”

林美慧听着他的夸奖，心里对怀荆有了些改观。这个年轻人虽然看着贵气，但不端架子，彬彬有礼，还会说话，比那个王舜生好多了。

听着林美慧和怀荆的聊天，许星空抬眼看了一眼怀荆。后者对着她勾了勾嘴角，许星空收回目光，抿唇笑了笑。

今天祭祖忙了一天，家里人都累了，许星空让许星远先去休息，她端着碗筷进了厨房。刚一进去，怀荆就跟了过来。

他本来就高大，小小的厨房一瞬间被他占去一大半。许星空看着他挽起袖子，眼里闪过一丝震惊："你……"

"我来帮忙。"怀荆说着，将碗筷放入洗碗槽，拧开了水龙头。

怀荆站在洗碗槽边，开着水龙头，冲刷着已经洗干净的一个白碗。他皮肤很白，修长的手指微微弯曲，在水中露出因为用力而泛白的骨节，格外好看。

他就是洗个碗，也让人心动。

想到他向自己表白的心意，许星空脸上浮起了一层燥热。她伸手接过怀荆洗好的碗碟，放在自己身前的台子上，整整齐齐地摆放好。

两人分工合作，有条不紊，夕阳斜照进来，将小小的厨房晒得暖洋洋的。

"我以前没洗过碗。"怀荆将最后一个碗递了过来，突然说了一句。

他手背的筋骨因为用力而凸起，手指分散在碗沿边将碗口抓住，放在了许星空面前摆放好的碗碟上。

他身体因为放碗而前倾到几乎贴着她，许星空抬眸，看着他俊逸的脸，脸微微变红。在她以为怀荆要说出什么话来的时候，他眉眼一柔，伸出湿漉漉的食指，敲了敲旁边刚洗过的碗碟，说："你得夸夸我。"

第六章

洗碗的怀先生

许星空和怀荆洗碗的时候，林美慧和许星远两人虽然坐在客厅，但视线一直往厨房那边飘。

看着高大的怀荆在厨房里低头认真洗碗的模样，林美慧叮嘱了许星远一句：“人家是客人，今晚去你家的时候，你可不能没礼貌啊。”

许星远看着厨房里的怀荆和许星空，收回视线，看了一眼手机，说：“知道了。”

洗过碗，怀荆和许星远就准备去许星远新家了。许星空有些不放心，开着车一起跟了过去。

婚期临近，许星远一直住在婚房，他住主卧，怀荆就住在了次卧，以前许星空也在这里住过。

今天阳光很好，早上的时候，许星空将次卧的被褥拿到阳台上晒了晒，这床被褥是以前她在这里睡的时候用过的，今晚刚好可以给怀荆用。

许星远刚到家，就接到了周童童的电话，他便回自己的卧室去了。

没人跟着，怀荆便随着许星空去了次卧。

许星空先他一步到了阳台，阳台上的挂绳有点高，她站在夕阳下，仰头伸手拉着被角往下扯。

三月底，夕阳也是温暖的。

许星空的脸上被夕阳铺了一层柔光，看着格外美。

怀荆心里一动，起身走到了阳台。

许星空见他过来，脸因为拉被子变得有些红，她看着因为她刚才拉动而折叠起来的一角，扯了两下没扯动，视线落到男人身上，说：“帮我一下。”

怀荆会意，走到她身边，伸手刚好碰到挂绳。他将折叠起来的被子解开，许星空往下扯的时候便好扯了很多。

在她快将被子扯下来的时候，男人突然伸手，握住了悬在挂绳的被角。

许星空一扯没有扯动，在她疑惑间，怀荆轻笑一声，用另一只手捏住她的下巴，吻了上来。

柔软的唇瓣一碰，许星空的心脏像是停止了跳动，暖融融的夕阳下，这个吻也是暖的，带着些阳光的味道。

这个吻只有温柔的缠绵，许星空望着眼前男人的眉眼，差点溺死在他的深情之中。

“姐？”许星远站在次卧门口，看了一眼阳台，叫了一声。阳台上只有一床快被拉下来的被子，没有人。

“去哪儿了？”许星远疑惑地嘀咕了一声，去了另外一间卧室。

许星空紧抓着被角，脸红到了脖子根。怀荆看着她害怕又害羞的模样，伸手揉了揉她的头发，将被子扯下抱住，握着她的手进了房间。

许星空和怀荆正在合力铺床的时候，许星远找了一圈又回来了。看着两人在铺床，他问了一句：“你们刚去哪儿了？”

“就在这儿。”许星空嗓音一紧，说道。

“哎？”许星远疑惑地摸了摸后脑勺，看了一眼神色坦荡的怀荆，便离开了。

帮怀荆铺好床后，许星空就离开了。偌大的房间里，只剩下了两个男人。

许星空走后，许星远就回了自己的卧室，也不知道干什么去了。到晚上七点多的时候，他打开卧室门走了出来，看到了在客厅里坐着的怀荆。

怀荆坐在沙发上，身体后靠着沙发垫，客厅青白色的吊灯灯光将他的肤色照得更为白皙。他微抬着头，长卷的睫毛下，浅褐色的双眸正盯着电视。

他身上带着一股贵气和慵懒，侧脸轮廓深邃而精致，像雕刻家一刀一刀精心雕刻出来的。

他的气质是凌驾于客厅的风格之上的，将原本有些乡土的装修风格，衬托得真带了些中世纪欧洲皇家的贵气。

许星远在现实生活中从没有见过这么好看的男人，他像是活在云端上的人上人，与他们家格格不入。

但他和许星空站在一起的时候，眼睛中的清冷如同浮云被清风吹散，取而代之的是一层温柔。这样的两人，又是十分般配的。

见许星远站在门口，怀荆抬眸看了他一眼，嘴角一勾，道："聊聊？"

许星远抿了抿唇，走到冰箱前，拿了两罐啤酒后，在沙发上坐下了。

电视里播放着篮球赛的重播，在解说声中，许星远开了罐啤酒，喝了两口。

许星远酒量一般，喝了酒后，也没矫情，看着电视屏幕，问道："你和我姐是从什么时候在一起的？"

眼眸一眨，怀荆侧过头来，对上了许星远的视线。

许星远的眼睛长得像许星空，圆圆的，又黑又亮，若不是一只眼睛残疾，该是个十分俊俏的小伙子。

或许是因为眼睛残疾，心态发生了变化，他整个人看着有些乖刺。但这种乖刺，只有在他面前时才表现出来。在许星空面前，他就是只听话的小绵羊。

这样听姐姐话的小舅子，怀荆还是挺喜欢的。

"去年七月份认识的，九月份她去夏城后，我们就在一起了。"怀荆沉声答道，说完，他看着许星远一笑，"你讨厌我？"

怀荆的问题非常直接，许星远也是个直来直去的爷们儿，他点点头，说："不喜欢。"

"为什么？"怀荆倒是想问出个一二来。

"因为王舜生。"许星远喝了一口酒，说，"我姐嫁给王舜生，和他一起创业。他有钱后，许家那些八百年不联系的人都觍着脸往我姐身上贴。王舜生出轨，许家人为了自己的利益，让我姐不要和他离婚。我姐坚持离婚，他们便冷嘲热讽。后来知道我姐有房有车有钱，他们就收了别人的钱来给我姐介绍对象，有年过半百的，有秃顶的，有拖家带口好吃懒做的……我姐是为了躲避这些相亲才去夏城的。"

说到这里，许星远有些激动："她现在好不容易好了点，我不想让她再走一遍老路。她活得太苦了，小时候在许家受苦，后来在王舜生家受苦，我希望她以后活得高兴点，简单点。我虽无能，但我会养好我姐。我们就是普通人家，攀不上你们这些人。你们有钱人离婚后可以再找，我姐离婚后，脊梁骨都快被人戳烂了。”

许星远眼眶通红，一只坏眼睛连泪都流不出，另外一只眼睛里则带着祈求。他看着怀荆，哑声说：“我看得出我姐喜欢你，刚才我说不想让她走一遍老路，那只是我的想法，我没权利管她喜欢谁，更没权利阻止她和你在一起。所以，我求求你，如果不能和我姐结婚，你就放过她，行吗？”

怀荆对许星远的了解不深，但从和他见过的这几次面来看，他其实是个自尊心很强，且沉默寡言的人。

许星远今天和他说这么多，并且那么卑微地求他，可见他心里对许星空是多么在乎。

许星远最终还是将眼泪憋了回去，眼球上都憋出红血丝来。怀荆回想着他刚刚说过的话，嘴角微微一压。

“我和王舜生不一样。”怀荆垂眸看着许星远，浅褐色的眸子里布着一层浓雾，“我比他有钱多了。”

因为第二天要早起摆摊，晚上八点多许星空就准备收拾收拾睡了。她刚拿了洗面奶准备洗脸，手机便响了。许星空拿过手机一看，是怀荆打过来的。

“喂？”许星空拿着手机，有些紧张地问，“怎么了？”

“我在你家楼下。”电话里，怀荆说道。

许星空眉头一皱，套上外套后，说：“我马上下去。”

许星空以为怀荆和许星远起了冲突，赶紧下了楼，她刚出楼道，就看到了站在不远处的路灯下的男人。

怀荆站在灯下，他穿着白色的连帽卫衣和黑色的运动长裤，卫衣外套了一件军绿色的外套。

他来淮城后，确实放松了不少，穿衣的风格都偏向休闲运动。虽然已经三十岁了，但他还是满满的少年感。

“你……你怎么来了？”许星空走到怀荆身边，闻到了他身上一股淡淡的酒气，有麦香味。

他喝酒后，脸会越发白，橘黄色的灯光都掩不住的白。

见她过来，怀荆目光一垂，长卷的睫毛下，双眸深如寒潭。他刚刚似乎是在思考什么，看到她后，眸中的深沉散去，浮上了一层笑意。

“我把你弟灌醉了，过来和你约会。”

许星远的酒量确实不好，一旦喝醉了酒，情绪就容易激动。

许星空心下一紧，着急道：“那他……”

看着许星空紧张的神色，怀荆眉眼一柔，伸手压在她的头顶，揉了一下，安抚道：“我把他安顿好了才过来的。”

听了他的话，许星空这才放了心，看着怀荆说：“那你呢？难受吗？”

“我没喝多少。”怀荆就喝了一口，听了许星远说的那些事情，除了想见许星空，其余什么心思都没有了。

许星空看着怀荆，觉得他情绪有些不对，问道：“星远和你说什么了？”

“说你小时候被许家人欺负。”怀荆说，“你爸爸送你的埙都被你堂妹打碎了。”

提到这个，许星空目光一动，笑了笑，说：“这都是多少年前的事情了，而且……”脸微微一红，她道，“你不是又送了我一个吗？”

她刚刚因为洗脸，头发扎了起来，露出了俏丽的脸蛋。她笑起来时，眼角弯弯，黑亮的眸子里盛着星光，似乎将这些回忆都看淡了，忘记了。

怀荆张开手，许星空抱住了他。她埋在男人的胸口，听着他的心跳声说：“星远虽然脾气不好，但很善良，他要是说话不好听，或者脸色不好，你不要生气，他没有恶意。”

“嗯。”怀荆淡淡地应了一声。

不过，作为姐姐来说，许星空对许星远未免好得太过分了。许星远的房子、车子，甚至连结婚的费用，全部是她掏的。

这些，都是许星远絮絮叨叨跟他讲的。

似乎知道他心里的想法，又似乎是为了让他多忍让些许星远，许星空埋在男人的怀里，说：“他的眼睛是小时候为了保护我炸伤的。”

怕林美慧担心，许星空和怀荆聊了一会儿，就给怀荆叫了辆车让他回许星远家。

第二天，许星空刚起床，怀荆就给她电话，说自己有事要忙，中午再过去找她。想来怀荆在淮城，也不能闲着。

挂了电话，许星空收拾了一番后，就和林美慧去了家里的早点摊。

现在才早上五点，店里已经有帮忙的阿姨开了门，并且在准备材料了。

林美慧的手腕已经好了很多，但许星空仍不同意她每天来太早，宁愿多花点钱请个早起开门的人。其实她本来不想让母亲继续开这个早点摊了，但林美慧忙惯了，闲不住。而且这些顾客有很多是老顾客，平时来吃早点，还能和她聊聊天，比她们小区那些只会戳人脊梁骨的大妈强得多。

忙活到了六点，小笼包蒸熟了，馄饨也包好了，第一批客人陆陆续续地往小摊来了。

此时太阳还没出山，天边雾蒙蒙的，看着格外舒服。一大早空气清凉清凉的，像被水洗过一样。

“来两笼肉的。”一个拿着收音机的大爷喊了一声，这是早起准备去不远的小广场晨练的。

“来了。”许星空应了一声，拿着两笼小笼包走了过去。

将小笼包放下，许星空叮嘱了一声：“有点烫。”

刚说完，大爷的收音机里就传出来一段播报：

“现在插播一条最新新闻。据知情人爆料，舜星有限公司总经理王舜生其女非其亲生。爆料人称，王舜生的妻子在与王舜生结婚前就已怀有身孕……”

“哎哟，王舜生，不是开运输公司那个吗？怎么广播里还播这个消息啊？”大爷想听小曲来着，没想到插播了这么条消息。

“哎，我还以为是假的呢，报纸上也写了。”旁边一个穿着工衣吃着馄饨的大哥抖了抖手上的报纸。

“王舜生，这不是先前星空的……”刚从小店里盛了咸菜的大姐走出来说了一句。

林美慧听到他们议论，从蒸屉后走过来，许星空也走到了吃馄饨的大哥那里，看到了报纸上的新闻。

淮城虽然闭塞，思想封建，但人们也不是不辨是非。这些顾客，几十年来每天早上都在林美慧早点摊吃东西，都是看着许星空长大的。当年王舜生出轨后再婚接着有了孩子，大家没少呛过王舜生。

虽然他们也觉得不孝有三，无后为大，许星空不能生育确实怨不得王舜生，但许星空这么老实一女孩，陪着他度过了创业最难熬的时候，他刚成功就出轨了，这就是个人品性的问题了。

“这就是报应。”大姐吃着萝卜干，哼笑一声，“他当时嫌星空生不出孩子就出轨，现在找了个能生出孩子的，结果孩子不是他的。”

大姐一说完，大家一阵乐呵，小摊上的气氛顿时热烈起来。

“恶人自有天收。”大姐和许星空说，“你现在是不是感觉气都顺了？”

大姐说话逗，许星空跟着笑了笑。王舜生这样的人，不值得她郁郁寡欢那么久。从认识怀荆之后，她就已经从离婚的阴影中走出来了。

有了怀荆，谁还会管别的男人怎么样？

不过，就算是看到电视剧里坏人得到了报应，心里都会暗爽一下，王舜生落得这么个结果，许星空心里还是挺舒畅的。

报纸上和广播里只说了是有爆料人爆料，但并没有证据证实，可就算没证据证实，这么一出消息，大众多是八卦的，相信的人还是居多。

一大早，就让全淮城的人知道王舜生戴了绿帽，这摆明了是有人在背后整他。

经商的人，交的朋友不如交的仇人多，虽然这次不是生意场上的抹黑，但这则消息一出来，王舜生不管是去参加商会还是出席活动，肯定会被不少人耻笑。

想想自己刚离婚时被人戳脊梁骨的场景，许星空嘴角勾了勾。

“这事是真的吗？”林美慧端着蒸屉问许星空，她还有些不敢相信，但眼睛里闪烁着光，明显还是开心的。

许星空收拾着刚刚吃完早点的那桌，说：“保不齐就是真的。”

她算了下时间，王舜生七月出轨，今年二月孩子满月，若孩子早产还好说，若不是，那时间还真有些对不上。

当然，也有可能是七月之前王舜生就已经出轨了。

林美慧一听，顿时笑开了，喃喃地骂了句：“他活该，活该。”

两人忙活了一早上，九点的时候收摊完毕。距离许星远结婚还有四天的时间，剩下的几天，早摊铺准备先不开了，专心忙他的婚事。

锁了门，许星空和林美慧准备去菜市场买菜做中饭。林美慧心情好，走路也有劲，边走边和许星空商量："那个怀先生今天中午还在我们家吃饭吗？他喜欢吃什么？"

"随便做点就行。"许星空说，"他不挑食。"

听许星空的语气，看来两人已经一起生活了一段时间，对彼此的了解也挺深的。

"这样也好。"林美慧说，"以后你做饭就不用费心思。"

许星空一愣，看着走到菜摊前的母亲的背影。

看来，她心里已经默认了怀荆这个女婿。

两人买了菜回家，刚进小区，几个大妈看着林美慧和许星空，眼神都变了几变。她们八成也听了广播，知道了王舜生的事。

许星空和林美慧没搭理她们，直接回了家。

到家后，许星空和林美慧忙着整理许星远结婚时的宴请名单，还要根据宴请名单来安排食宿。

正在整理的时候，怀荆的电话打了过来。

他今天起得很早，早上五点就给她打了电话。看来虽然来了淮城，但该忙的工作还是要忙。

"忙完了？"许星空接起电话，笑着问了一句。

"嗯。"怀荆应了一声，听着女人掩饰不住的笑意，问道，"心情很好？"

"啊？"许星空没想到自己表现得那么明显，她脸微微一红，说，"你今天看新闻了吗？王舜生被人爆料，孩子不是他的。"

许星空去菜市场的时候才知道，王舜生戴绿帽子的事情，不光广播和报纸，连淮城的地方台也播了。

广播、报纸还有电视台都是淮城本地的，想来怀荆应该是不知道的。

她说完后，电话那端的男人轻笑了一声，问："因为这个高兴？"

其实也不算，他给她电话，她就挺高兴的。

但许星空脸皮薄，自然说不出这样的话来，她应了一声："嗯。"

说完之后，许星空想起正事来，问道："你从新城过来对吗？你走青田路，星远在安亮汽修厂，你路过那里时，他应该快下班了，你带他一块回来吧。"

因为上班有直达公交，为了省油费，许星远一般不会开车去上班。

“好。”怀荆应了一声后，挂断了电话。

淮城是座小城，几条主路纵穿新老城。怀荆进入青田路后，不多一会儿，就看到了安亮汽修厂。

汽修厂在汽配城里，许星远所在的那个汽修厂是周围几个汽修厂里最大的。

门口和门面上都竖着“安亮汽修厂”的牌子，大中午的，人不多，门口摆了几辆车。

汽修厂一般顶部都很高，所以回声也大。站在门口，就能听到里面金属撞击的清脆声音，还有几个人的聊天声。

这个时间人不多，只有几辆车正在修理。两个穿着浅蓝色工装的修理工开着前车盖边修理着一辆白色的奥迪 Q5 边闲聊着。

“他根本不算个男人。房子是他姐的，车子也是他姐的，要结婚的媳妇也是看中他的房和车才嫁给他的，有什么好羡慕的？你要羡慕，让你姐也去找个王舜生那样的啊。那你姐得能生孩子，不然说不定也被休了呢……”

他声音很大，好像故意想让人听到一样。果不其然，他还没说完，对面一辆黑色马自达车下，迅速地爬出来一个人。

在那人爬出来的一瞬间，有个东西比他先了一步，“砰”的一声砸在奥迪 Q5 的车前盖上，将原本撑住的车前盖一下砸合上了。

车前两个修理工没注意，车前盖合上的时候，差点夹了他们的手。两个人吓得魂飞魄散，抬眼看向了门口的方向。

卷帘门口，站着一个穿着西装的男人。他背光站着，看不清他的长相，但只看着他的身影，就能看出些贵气来。

不是个好惹的主儿。

刚刚被他扔出去的篮球在地上“砰砰”响了两声，他垂眸看着滚落到一边的篮球，神色平静地说了一句：“砸偏了。”

刚从马自达车下钻出来的许星远看着门口站着的怀荆，愣了一下后问道：“你怎么来了？”

将视线从篮球上移开，怀荆看向许星远，嘴角微微一勾，笑道：“你姐让我接你回家吃饭。”

怀荆这次开了一辆银色的保时捷 911turboS，奥迪车主来谈赔偿问题的时候，那两个修理工什么话都没敢说。

怀荆是顺手拿篮球砸过去的，力道掌控得刚刚好，奥迪车也只是擦了一点，没什么大问题，奥迪车主并没有要求赔偿，只说了句就当交个朋友。

既然没什么大问题，怀荆就带着许星远上车回了家。

昨天晚上喝醉酒，是怀荆安顿的他。今天有人这样说他，也是他替他出的气。人心都是肉长的，许星远对怀荆的印象已经改观了不少，渐渐察觉出了他与王舜生的不一样。

最先察觉出的不一样，也是他昨天说的，他比王舜生有钱。

“不应该砸那车，那车不便宜。”许星远回想着当时的场景，若角度稍微偏一点，砸到挡风玻璃上，今天他们赔定了。

“对我来说还好。”怀荆开着车，做了一个生动形象的比喻，“就算真赔偿，也不过当买瓶水了。”

因为刚才的事情，许星远不怎么想说话。他靠在副驾驶椅背上，扭头看着车窗外。

正午的阳光晒得大地都有些懒洋洋的，高大挺拔的行道树像是连成了一片。

“他们一直这样？”怀荆开着车，漫不经心地问了一句。

许星远将视线收回，看了一眼怀荆，动了动身体坐好，说：“他们也只能这样了。”

来修理厂工作的人，尤其是底层的人，家庭条件都很一般，赚钱也不多，想要和他一样有车有房结婚很难。

他一个瞎了一只眼的残疾人，现在都有车有房要结婚了，他们心理肯定不平衡。而且他技术好，很多车主会直接点名让他修，他工时费赚得也就比其他人多。

这一来二去的，阴阳怪气的人就多了。

“你从车下跑出来，是要跟他们打架吗？”怀荆问道。

眼睛微微一动，许星远再次看向车窗外，懒洋洋地应了一声：“嗯。”

许星远向来不是憋得住的性子，他们阴阳怪气，那他就跟他们干。但他也不敢和他们起太大的冲突，毕竟修理厂是用来修车的，不是让他们打架的。

他们好像也知道他不敢跟他们起太大的冲突，现在说话是越来越过分。今天要不是怀荆一篮球砸过去，说不定他真会跟他们打起来。

听许星远应了一声，怀荆侧眸看了他一眼。他虽然眼睛残疾，但四肢健康，常年从事体力劳动，身子骨也很健壮。年轻的身板和血气方刚的年纪，那两个人未必打得过他。

“没想过换个工作吗？”怀荆淡淡地问了一句。

许星远又扭头看了他一眼，他看着怀荆的侧脸，嘴角微动。眼中复杂的情绪卷成一团，最终，他目视前方，简短地回答道：“不想。”

他眼睛残疾，可选择的工作有限。而且他在职高学的就是汽修，汽修是他的本职工作，也是他做得最好的工作。

安亮汽修厂虽然有那么几个不好相处的，但工资比其他地方给得要高。

许星空当时虽然说是把房子直接过户给他，其实相当于直接送给了他。但他还是遵循着一开始的约定，每个月都会打房贷过去。

他马上要成家了，生活中的柴米油盐，到处都要花钱，他不能辞职。

想到这里，许星远笑了笑，他将下巴缩进领口，微眯着眼睛望着前方的路，淡淡地说：“他们说得也对，我确实挺没用的。房子车子都是我姐给我的，没有我姐，我也跟他们一样，什么都不是。”

车里寂静无声，然后到了一个路口，停下了。

听了许星远的话，怀荆抬眼看着刚转黄的绿灯，沉声道：“你比他们有用，毕竟不是谁都能做星空的弟弟。”

说完，怀荆回头看了许星远一眼，浅褐色的眸中平静如水：“他们倒想有你这么好的姐姐，但他妈还生不出来呢。”

这话虽然在夸许星空，但许星远也渐渐有了些精神。看他盯着自己看，怀荆一笑，伸出手，问道：“要不要击个掌？”

许星远看着他，一笑后，伸手与他击了下掌。

他也觉得他姐姐是世界上最好的姐姐。

车子行驶在马路上，路过了一片被铁皮圈起来的空地。宽大的铁皮开了一个两米长的口子，里面放的废品都露了出来。

淮城有很多这样的空地，因为发展太慢，又建了新城，所以这些地就闲置了。

杨志豪的养鸡场，还有许世凡家的废品厂，都是开在这样的地皮上。然而，杨志豪是租的，许世凡家是直接赖在那里。

看了一眼许世凡家门口放置的“世凡废品厂”的牌子，许星远眉头一皱，说：“走错路了……”

“这块地皮地段一般。”怀荆突然说了一句，他扫了一眼“世凡废品厂”的牌子，“不过近来淮城发展得很快，过几年这里应该会变得不错。”

“什么？”他这番话让许星远一时间摸不着头脑。他看着怀荆，一只眼睛毫无光彩，另外一只眼睛里则闪过一丝疑惑。

怀荆看着他的双眼，沉声问道：“你想不想自己开家汽车修理厂？”

怀荆和许星远到家的时候，许星空和林美慧正在厨房做饭。怀荆走到厨房门口，闻到了香味。

饭菜的香味飘荡在小小的厨房里，散都散不开。怀荆看着林美慧，笑着说了一声：“我又来了，麻烦伯母了。”

“不麻烦，不麻烦。”林美慧看到怀荆，还有些羞窘，她走出厨房，嘱咐许星空，“你先帮我看着锅，我去买瓶酱油。”

“好。”许星空应了一声。

林美慧刚出来，怀荆就走了进去。

见他就这么走进来，身上还穿着西装，许星空急道：“别弄脏了衣服。”

“没事，看看有什么可以帮忙的。”怀荆说。

林美慧拿了钱包就要出门，坐在沙发上的许星远看了一眼厨房，又看了一眼林美慧，也起了身。

“妈，我跟你一起去。”

林美慧回头看了一眼儿子，点点头后，开了门。

母子俩出门后，小小的房子里就只剩下了许星空和怀荆两个人。许星空站在厨台边，看着锅里炖的汤。男人双手抱住她的腰，将下巴搁在她的肩膀上。

正午的阳光透过厨房的小窗户照射进来，将两个人都笼罩在一片温暖之中，锅里滚着浓汤，锅下开着小火……整个厨房都带着一股平淡却能天长地久的温馨。

林美慧和许星远一起出去，摆明了是给他们留独处的空间。林美慧的看法好扭转，但许星远这么快也被拿下，许星空有些吃惊。

“我本来今晚能跟你一起睡的。”怀荆歪着脑袋，垂眸看着许星空的侧脸说道。

许星空脸一红，抬头看了他一眼后，迅速收回目光：“什……什么啊？”

“星远一开始同意了。”怀荆看着她渐渐变红的耳垂，笑道，“可是后来我跟他有了些小摩擦，他对我不服气。”

“你俩吵架了？”许星空吓了一跳，赶紧回过身来，看着怀荆，担忧道，“你俩吵什么了？”

许星空靠在厨台上，男人就站在她面前，双手就撑在她的身侧，微微俯身，视线与她平行。

“他当着我的面夸你。”怀荆眼尾轻挑，沉声道，“开玩笑，他哪儿能夸得过我。”

林美慧下了楼，瞄了一眼像小时候一样跟在她身后的许星远。

“你看新闻了吗？王舜生的女儿不是他亲生的。”恶人有了恶报，而他们一家现在生活得和和美美的，林美慧就觉得特别开心。

许星远是从几个同事那里听来的，这个消息在淮城本地传得挺广的。过年那会儿，王舜生上电视台还说自己离婚是因为许星空不孕不育导致他们两个感情破裂，现在可倒好，他的老婆是能生，但生的孩子不是他的。

想到这里，许星远心里也是一阵爽，他笑了笑，跟上林美慧说：“看到了。”

看着比自己高了一大截的儿子，林美慧心里暖融融的。想着家里的女儿，还有突然出现的怀先生，觉得日子真是太美了。

“你现在不讨厌怀先生了？”林美慧笑着说道。

他前几天还对怀荆一肚子不满，恨不得天天监视着怀荆，就怕许星空跟他在一起让他占了便宜去，今天态度却变了。

母子俩在人行道上走着，旁边都是行道树，树影覆盖在许星远的脸上。他一只眼睛是漆黑的，另一只却十分明亮。

残疾虽然让他性格变得有些乖刺，但在这样的家庭里长大，许星远本性仍是善良柔软的。

有时候他的思维固化，会偏执地不去接受，但长时间相处下来，他也会根据自己的所见所闻改变对一个人的看法。

地上树影重重，许星远抬脚踢走一颗小石子，对母亲说道："他和王舜生不一样。"

并不是有钱人就是坏人，或者有钱就会变坏。他谈过恋爱，就像他爱周童童，所以他会一心一意对周童童的家人好，这是因为爱。

同样，怀荆也在一心一意地对他和母亲好，这是因为他爱许星空。

相比王舜生，他不只是有钱，他更有修养。和他相比，王舜生顶多算个只有钱没有品行的暴发户。

林美慧低头走着，许星远刚刚的话让她笑了，她看着路砖，说："是不一样，不然你姐姐也不会这么喜欢。"

母子俩回去的时候，许星空和怀荆已经将饭菜都做好了。看着桌子上做好的午饭，林美慧看了一眼厨房。怀荆端着最后一个菜出来，许星空跟在他身后，看到母亲和弟弟后，笑了笑说："我在厨房的柜子里找到了一瓶酱油。"

提到这个，林美慧突然想起来什么似的，点头说："对，我怎么把这瓶忘了。"

厨房里的调味品，一般会提前备一份放在柜子里，以免正做着饭的时候发现缺了什么调味，耽误吃饭。

"星空把饭菜都做好了。"怀荆望着站在门口的两个人，说道。

"哦。"林美慧赶紧应了一声，"那吃饭吧，吃饭。"

林美慧去沙发那边坐下，许星远则拿着刚买的酱油去厨房放好，怀荆侧眸看了许星空一眼，许星空抿唇笑了笑。

拿了塑料板凳，怀荆动作熟练地坐下了。林美慧看着他两条长腿那么憋屈，想要跟他换位置。

他们家没有大高个，以前就只有星远坐在凳子上吃饭，他的个头坐凳子刚好，所以家里的家具也从没换过。

现在怀荆过来，让他这么屈就，林美慧心里有些过意不去。

"伯母，不用。"怀荆看着桌上的饭菜，轻笑一声，说，"吃饭的时候光想着饭菜好吃了，也不觉得坐着不舒服。"

看着怀荆一身贵气却毫无架子的模样，林美慧心里对他是越来越满意了。

午饭过后，怀荆还有事要忙，便先离开了，一直忙到晚饭的时候，才又回了许星空家。

吃过晚饭，许星空跟着许星远和怀荆一起去了许星远家。距离婚礼还有两天的时间，婚房也要开始布置了。

结婚是一个女人的终身大事，每个女孩都希望自己的婚礼漂漂亮亮的。在婚房布置上，许星空问过周童童的意见，尽量做到完美，让她满意。

虽然有些麻烦，但真正布置的时候，看许星远拍着照片发给周童童时高兴的模样，就觉得一切值了。

布置完婚房，已经是晚上八点了。许星远将最后的成品拍照发给周童童，看着许星远像个孩子一样上蹿下跳的，许星空心里也挺开心的。

以后成家立业了，这种孩子的模样就越来越少了。

“我送你回去。”怀荆将刚才帮忙时粘在食指指腹上的胶带撕掉，抬眸看着许星空说道。

林美慧还在家等着，她也不能在这里待到太晚。

看着怀荆，许星空心里变得更加柔软了。她拿起包，点了点头说：“好。”

两人刚到电梯口，电梯就在他们这层停下了。电梯门一开，只见里面一个大眼睛的男人抱着一个大眼睛的小女孩。

看到许星空，男人笑起来，说：“许小姐，晚上好啊。”

父女俩刚从外面回来，聂耿清一只手抱着糊糊，一只手还拿着一个包。看那鼓鼓的一袋子，估计都是给糊糊用的东西。

“晚上好。”许星空笑着回了一句，然后看向糊糊，笑容加深，“糊糊晚上好。”

“阿姨好。”现在这个天气，糊糊只穿了一件蓝黑色的法兰绒格子衬衫和一条浅蓝色的牛仔裤，脚上穿着紫色的小皮鞋、一双蕾丝边的袜子。

她本来就胖乎乎的，牛仔裤又是紧身的，像洋娃娃一样可爱。

说话的工夫，聂耿清看了一眼许星空旁边的怀荆。这是他第一次见怀荆，不认识，也不太好直接打招呼。

意识到聂耿清的视线落在怀荆身上，许星空脸微微一红，笑着介绍道：“这是我男朋友，怀荆。”

许星空这么落落大方地介绍，让两个男人的神色俱是一变。

许星空介绍得落落大方，甚至介绍完后，也仍温和地笑着。而她终究还是个容易害羞的性子，怀荆垂眸看着灯光下她露出的一截渐渐变红的后颈，浅褐色的眸中闪过一丝笑意。

在聂耿清的印象中，许星空是个温和的女人，没想到介绍起男朋友来，倒是挺爽快。他吃了一惊，而后笑了笑，伸手与怀荆握手，说："你好，我叫聂耿清，是许星远的邻居。"

"你好。"怀荆伸手与他握了一下。他在这里住了一天，倒第一次见到许星远家的邻居。

"阿姨，握手。"糊糊也不甘寂寞，把肉肉的小手伸到了许星空面前。

糊糊这么主动地要和她握手，许星空惊讶地一笑。她的手太大，糊糊的手太小，最后，她伸出一根食指，被糊糊握住了。

小孩子的手指软软的，像是没有骨头，因为穿得暖，手心还有一丝丝汗意。许星空的手指被糊糊握着，十指连心，她的心都变得柔软了许多。

"你好啊。"许星空晃了晃手指，带着糊糊的小肉手动了动。她手背还有小肉窝，握着的时候像个肉乎乎的团子。

"今天小托班的老师教的。"聂耿清看着许星空和孩子的手握在一起，笑着解释道，"见到漂亮阿姨就要握握手。"

糊糊"嘿嘿"一笑，往爸爸脖子里缩了一下，大眼睛里满是天真可爱。

看着父女俩互动的样子，许星空眼睛里的羡慕之色都掩饰不住。站在一旁的怀荆侧眸看着女人笑着的模样，压了压嘴角。

"糊糊妈妈去世了，她现在和爸爸一起住。聂先生人很温柔，把糊糊教得好乖。"和聂耿清父女告别后，两人坐电梯到了车库，许星空还在说着他们父女俩。

听了她的话，站在车门前的怀荆神色一顿，抬眸看着许星空，问道："他自己养孩子？"

"嗯。"虽然聂耿清把糊糊养得很好，但女孩子还是有个母亲方便一些，想到这里，许星空系好安全带说，"我听星远的意思，聂先生应该还会再婚。"

一开始许星远说让母亲撮合她和聂耿清，想来也是聂耿清有再婚的意思，他当时才那么说的吧。

“我是谁？”怀荆靠着驾驶座，侧眸看着许星空，沉声问了一句。

“啊？”话题突然一转，许星空有些跟不上怀荆的思路。她抬眸看了一眼怀荆，地下车库的灯光照透了挡风玻璃，将男人的脸部轮廓照得清晰而精致。

他眼尾轻挑，浅褐色的双眸里带着些促狭。

许星空突然想起她当时在聂耿清面前对怀荆的介绍来。

脸微微一烫，许星空往车门边一靠，缩在了车座上。刚刚介绍时被她压下去的羞耻心，被怀荆这一挑，全都冒了出来。

许星空视线躲闪地看着车窗外，有些语无伦次地说：“那……那你自己不知道你自己是谁吗？”

女人把头扭向一边，只露了侧脸和左耳的耳垂，车窗外的灯光刚好可以照到，白皙的耳垂一点一点充血变红。

怀荆的心都变得甜丝丝的了。

他伸出手，捏住了许星空的下巴，将她的头转过来。

女人眼中仍有羞赧，但也有开心和幸福，他很喜欢她在看他的时候是这样的眼神。

“我不只是你男朋友。”怀荆的眉眼温柔如水，声音低沉磁性，像是玉玺盖在了圣旨上，“我还是能给你家的那个男人。”

睫毛一颤，许星空双唇微抖，眼里无数情绪闪过，最后回归安定平和。

“嗯。”她笑着应了一声。

怀荆回到许星远家时，许星远正吃着苹果看电视。见他回来，许星远起身，问道：“你要不要吃苹果？我给你洗一个。”

“你姐很喜欢你邻居家的女儿？”脱掉西装外套，怀荆垂眸看着许星远，沉声问道。

“对啊。我姐本来就喜欢孩子。”许星远拿着苹果进了厨房，说道，“你们碰到聂先生了？他人很好，我婚礼的摄影师就是他。”

“他是搞摄影的？”怀荆问道。

“对。”许星远洗着苹果，又是一阵兴奋，“他摄影很厉害，得过很多大奖，我姐当时说他要做我们婚礼摄影师的时候，我和童童都高兴坏了。”

说到这个，许星远把苹果放在一边，看着正在解袖扣的怀荆说：“对了，我那时候不知道我姐跟你的关系，还想让我妈撮合他和我姐来着。”

正在解着袖扣的男人动作一顿，侧眸看向了许星远。

许星远丝毫没察觉到，拿着遥控器边换台边说：“聂先生性格开朗热情，还有个女儿，职业也好，跟我姐挺般配的，所以我……”

许星远的话戛然而止。

原本温暖和煦的客厅，突然变得冷飕飕的。许星远全身寒毛倒竖，拿着啃了一半的苹果，幽幽转过头。

玄关处，只着衬衫和西裤的男人抬手解着袖扣，俊逸的脸上神色平静，却又带着一股肃杀之气。长卷的睫毛下，一双浅褐色的眸子深如寒潭。

许星远莫名有些心虚，看着怀荆，声音渐渐变小：“你怎么了？”

将最后一颗袖扣解开，怀荆看着许星远，下巴微扬，慢条斯理地将袖子一点一点卷起，露出白皙精壮的小臂。

最后，他微舔下唇，眸色深沉地说：“我想打你。”

因为小贩都是下午才带着收了一天的废品来废品站，所以上午的废品站很清闲。

一大早，被大铁皮围住的世凡废品厂连个人都没有。今天天气很好，院子里的废品晒着太阳，一丝丝风吹过，吹得门口边那一堆塑料薄膜簌簌作响。

说是院子，其实就是用一堆堆废品划了一方天地出来。在院子最里面，是三间平房，看得出是刚刚翻新过，外墙面还是白色的。

正中间的平房内，人影晃动，侯京芳正在熬粥。

许世凡一家住的虽是平房，但家里的家电家具都是最好的牌子，都是许世凡买的。他虽然收破烂，但家里吃穿用度从来不用破烂。因为在许世凡看来，自己可是有钱人。

“要不是王舜生的女儿不是他亲生的，我早就押着你去打胎了。”侯京芳用勺子搅动着粥，抬眼瞪着坐在一边的许明怡，“那王舜生根本不是个东西，说不定哪天又看上哪个女的把人家肚子搞大了，到时候你哭都没地方哭。”

“当年他出轨，不就是因为许星空不能生孩子吗？”许明怡嚼着口香糖，满不在乎地看着自己的肚子说，“我现在已经怀上了。”

说到这个，侯京芳稍微顺了顺气，语重心长地道：“你可得生个儿子，生了以后抓紧问王舜生要房子要钱。你别觉得你能生孩子就能怎么样，男人最不靠谱，钱才靠谱。”

“行行行。”许明怡不耐烦道，“王舜生那么有钱，我肯定多要。”

斜躺在沙发上的许明辉边打着游戏边懒洋洋地说：“王舜生哪算有钱？有钱的多了去了。现在许星空又找了一个，开的那可是玛莎拉蒂。”

“说不定是租的呢！”许明怡呛了自己哥哥一句。

祭祖那天回来，侯京芳他们就把怀荆去找许星空的事情跟许明怡说了。他们越是夸怀荆，许明怡心里越是不服气，她长得漂亮又年轻，还比不上一个生不了孩子的离婚女？

“真有钱的，谁能看上她啊？”许明怡翻着白眼不屑道。

“哼！”许明辉不屑地一声冷哼，翻了个身说，“去年王舜生和许星空离婚，许星空才分了两套房子和两百万，他要有钱，许星空能就分这么点东西？”

“那是许星空傻！”许明怡冷笑一声，“舜生当时早就想跟她离婚了，所以钱都买了房子转到他爸妈名下了。她傻子一个，当然分不到东西。我现在只怀了孕，舜生就给了我一套房、一辆车了。”

听许明怡一说，不光许明辉，连一边正在看报纸的许世凡都来了精神。

“王舜生这么有钱啊？”许明辉坐直身子，看着许明怡，兴奋道，“那让他给我买辆玛莎拉蒂呗。”

“滚！许明辉，你再提玛莎拉蒂试试！”许明怡现在就烦玛莎拉蒂。

许世凡看着女儿，将报纸一收，和颜悦色道：“小怡啊，你问问舜生，让他把咱们家废品厂这块地皮买下来呗。又能投资，我和你妈也不用整天担心被人赶走。”

“哎哟，爸。”许明怡看着许世凡，笑道，“你和我妈都在这里开了十几年废品厂了，这块破地皮，谁买啊？”

“那玛莎拉蒂……”许明辉又问了一句。

许明怡拾起旁边的一个塑料瓶子砸到许明辉身上，恶狠狠地说：“玛莎拉蒂玛莎拉蒂，你看到那辆车上写了许星空她相好的名字了吗？他要真那么有钱，许星空家还能住那小破屋里？”

“你别动气！”侯京芳瞪了一眼许明辉，赶紧叮嘱了许明怡一句，“小心肚子里的孩子。”

听了侯京芳的话，许明怡翻了个白眼，冷哼一声后，继续道：“你们说那男的长得不错，说不定是个小白脸呢，说不定租玛莎拉蒂的钱，还是许星空出的呢。”

许明怡刚说完，外面突然传来了机器轰鸣的声音。

一家人齐齐看向门外，透过门窗，只见一台巨型挖掘机，对准他们的废品厂，一铲子挖了下来。

废品像是土堆一样，被挖了个七零八落，外面泥土满天飞，许世凡一家都蒙了。

这个废品厂可是他们一家人的饭碗，许世凡着急忙慌地往外跑，跑到铁皮外时，看到了一排挖掘机和推土机。

许世凡吓得找不着北，看到穿着工衣、戴着安全帽的负责人正在指挥着动工。他赶忙跑过去，抓住那负责人就问：“你们这是干什么啊？”

见到许世凡，负责人扫了他一眼，眉头一皱，不耐烦道：“早就说让你们搬走了，怎么还没搬走？今天下最后通牒啊，再不搬走，就把你们家整个铲平了。”

这个人就是这片地的负责人，许世凡一家一直赖在这里不走，他早就烦透了。

向来都是他们在外面称王称霸的，这还是第一次被人这么不当人看。许明怡看着那些推土机和挖掘机，心里想着刚刚许世凡说的话，大声道：“你们不就是要钱吗？我们买下这里还不行吗？”

“买下这里？”对于面前这个大言不惭的小丫头片子，负责人报以冷笑，“你知道这片地值多少钱吗？”

许明怡刚要说话，便被许世凡拉住了。这片地非常大，就算是在淮城，没个上千万也是买不下来的。

见许世凡拉住了许明怡，负责人低头看着手上的规划图，边看边说：“而且，这里已经被人买走了。”

怪不得一大早就来赶人，竟然被人买走了？这片地十几年都没人动过，怎么会有人买这里？

负责人一说完，抬眼时正好看到一辆黑色轿车在不远处停了下来。他脸色一变，堆满笑容小跑着到了黑色轿车边。

司机下车开门，一个男人走了下来。

男人身姿挺拔，一身西装，气质贵气清冷。阳光下，男人五官俊逸精致，即使远远看着，也让人移不开眼。

他和负责人简单一颔首后，抬眼扫了一眼这边的工程进度，似乎在安排着什么，旁边负责人拿着笔一一记下了。

“是他买了？”许明辉看着男人，激动地指着他说，“他不是那个谁吗？”

许明怡看着男人，看到他的长相，刚才她恍惚了一下，她长这么大，还没见过长得这么好看的男人呢。

“他是谁啊？”许明怡问了一句。

“就许星空……”许明辉话都说不利索了，“他就是许星空的男朋友啊！”

他们一家四口看着怀荆的时候，负责人刚好说到他们，同时指了指这边。

怀荆的视线往这边一掠，浅褐色的眸子如琉璃珠般透亮，却让人看不透他的情绪。许世凡赶紧拉了侯京芳朝着他挥了挥手，然后带着一家老小往那边走。

怀荆收回视线，和负责人说了两句，在许世凡一家走到一半的时候，他转身上了车。黑色轿车发动，眨眼的工夫就消失了。

许明辉盯着车尾的车标，颤抖道：“劳斯莱斯啊！”

身后挖掘机轰隆隆地在他的废品厂上作业，许世凡现在也顾不得什么劳斯莱斯了，赶紧走到负责人面前，着急道：“这片地是刚刚那个老板买了吗？我是他亲戚，算起来他还要叫我一声二叔呢。你现在马上让那挖掘机先停了……”

看到他们一家，负责人的笑容已经收起来了，听了许世凡的话，他当即冷笑起来：“那您亲自和怀总说去吧，他给我的指示可是先铲你们家这片。”

这块地是他们家强占的，现在就算挖掘机和推土机把他们家铲平了，他们也没处说理去。听了这话，一家人也顾不得其他了，先去抢救家里的东西。

越是临近婚礼，越是忙得不可开交。许星空一家人忙活了一上午，吃午饭的时候已经快下午一点了。吃过午饭，许星空和怀荆正收拾着餐桌，门外响起了敲门声。

许星远回头看了一眼门口，起身说：“我去开门。”

走到门口，许星远喊了一句“谁啊”，外面没人说话，他将门打开，看到了站在门外的几个人。

许世凡一家除了许明怡都来了，除此之外，还有许老太太。

自从他父亲去世后，这些人还从没来过他家。看着面前的稀客满脸堆笑，手上拎着大包小包的礼品，许星远眉心拧成一个疙瘩，回头看了一眼许星空和林美慧。

“星远。”许老太太一脸慈祥，“快让我们进去啊。”

客厅里，许星空看了一眼林美慧，林美慧不知道他们今天为什么过来，一脸疑惑地从沙发上站了起来。

见许星远堵在门口，林美慧说了一句：“星远。”

许星远这才让开，几个人连说带笑地进了屋。

不知道许家人葫芦里卖的什么药，许星空将手上的碗筷递给怀荆，说：“先把这些拿到厨房去，过会儿我再洗。”

这显然是许家人的事情，怀荆不想过多掺和，尽管几个人一进来，视线就放在他身上没移开。他接过碗筷，沉声道：“你帮我挽一下袖子，我把这些洗了。”

他今天上午一直在忙，回来后就吃午饭，一身西装都没来得及换下。

听怀荆要亲自洗碗，刚坐下的许老太太惊了一下，连忙道：“星空你去洗，让小怀过来坐。哪有让男人进厨房洗碗的道理。”

许老太太这一句话，弄得林美慧紧张，许星远嫌恶。许星空倒是神色淡淡，看了怀荆一眼。

男人浅褐色的眸子里看不出情绪，只是将袖口往许星空手边递了递，对她说：“帮我挽一下，我只听你的。”

许星空心里像浸了蜜汁，脸颊微红，笑了笑，替他挽好袖口。

第七章

整个世界都是甜的

看着小两口旁若无人的模样，许老太太一时间面子绷不住。在淮城这种传统的老城，老人就是天。被怀荆莫名顶了这么一句，许老太太也不敢发作，只是尴尬地笑了笑，说：“这样挺好的，挺好的。”

许家人无事不登三宝殿，这次不但登了，还带了不少礼品。

进门后，林美慧让出了沙发最中间的位置给许老太太，她和许星空坐在了沙发一边。剩下的许世凡和许明辉还有许星远，则坐在塑料凳上。

坐下以后，几个人面面相觑，相顾无言，只能听到厨房里的流水声，还有瓷器碰撞在一起的声音。

怀荆洗碗洗得认真而缓慢，而许家人的心却是焦急又焦灼。

几个人这么干坐着也不是办法，林美慧看了一眼许星远，说：“星远，去泡壶茶吧。”

“对，星远啊，泡我拿来的那盒。那可是好茶，我前段时间跟着保险公司去文城买的。”许世凡说完，看了一眼许明辉，说，“快给你弟弟拿来啊。”

许明辉赶紧起身。许星远看了一眼那些东西，已经将茶叶倒进了茶壶，面无表情地说：“我们家就这茶，喝了解渴就行。”

许星远这一句话，让许家人的脸色一顿。

许明辉的脸明显拉下来了，坐在旁边的许世凡将他拉住，小老头笑得一脸褶子，说：“解渴就行，解渴就行。”

刚刚说话的工夫，气氛也活跃开了。许老太太看着林美慧，笑着说：“我们今天来也没什么事。星远不是快结婚了吗，就想着过来问问看有没有什么事情要帮忙的。”

许老太太十分感慨地看着许星远，欣慰地道：“星远有出息，马上就能为我们老许家传宗接代了，他可是孙子辈里第一个结婚的，我还有世凡都挺上心的。”

“呵。”许星远没忍住，冷哼了一声。

林美慧着急地看了许星远一眼。总归是许家的子孙，不能和许家闹得太僵。

知道他们此行的目的绝对不是来问星远的婚事，许星空笑了笑，看着几个人说：“不用了，该忙的都忙完了。”

“哎，总归有帮得上的地方。”侯京芳热情地道，“明辉，那天起早点，帮忙去周家接接亲戚。明辉和星远，你们俩可是许家最亲的兄弟了，以后啊，要多走动。”

侯京芳这么一拉扯，许星远听得有些恶心，许明辉还真像那么回事似的拍了拍他的肩膀。

这么尴尬地聊着，不一会儿，厨房里的水流声停下了。最后一下瓷器碰撞，“叮”的一声脆响。结束后，厨房里的男人走了出来。

他真的太高大了，从厨房里走出来时像是从小矮人家里走出来的王子。他站在厨房门口，堵住了厨房外照射进来的阳光。

他背光站着，袖口挽起，露出好看精致的手腕。双手下垂，漂亮的手指骨节分明，根根长而有力。手背连接着手指的骨头凸起，上面还闪着水滴反射的光芒。

他拿了一张厨房用纸，简单粗糙地擦了一下手上的水。在他出门的一瞬间，客厅里的许家人几乎都站了起来。

慢条斯理地将手擦干净了，怀荆视线微微一垂，眼神里带着丝慵懒。

看着客厅里的人，他目光未变，看向许星空。

许星空对上他的视线，笑了笑。她坐在林美慧身边的沙发最边沿，看到怀荆的眼神，知道他是什么意思。她拿了一把塑料凳子，放在了沙发旁边，笑着说：“坐这儿吧。”

她一说完，男人眼睫一抬，浅褐色的眸子清澈带笑，走过去坐下了。

他一坐下，一脸紧张的许家人也都坐下了。

客厅里有短暂的沉默。但不过半分钟，许世凡就按捺不住了。他看着坐在许星空身边的怀荆，男人的长腿屈起，因为腿长，显得膝盖很高。他将胳膊搭在沙发扶手上，尽管和许星空没有亲密的动作，但仍看得出两人之间的亲昵。

他真的太优秀了，越是观察越觉得像神仙一样，透着股什么都无所谓的清冷高雅。就算只是坐在塑料凳上，也有种说不出来的仙气。

"说起来，怀先生今天去没去同明路的那块空地啊？"许世凡试探性地问了一句，"我当时看到一个人长得挺像你的，没敢认。"

兜兜转转这么久，他终于表明了来意。

怀荆这两天很忙，但应该是忙公司的事情吧，怎么会去许世凡家那片空地？许星空侧眸看了他一眼，而他抬眸对上了她的视线，沉声应道："嗯。"

他一承认，侯京芳视线一挑，看了许世凡一眼后，连忙说了一句："嗨，你看，我就说是吧。怀先生这万里挑一的长相，我怎么可能看错嘛。"

许明辉附和着自己的母亲："就是就是。"

不看长相，看车也能看出来啊。

"你去那儿干什么？"许星空看着怀荆问，她不太想让怀荆和许世凡一家扯上关系。这一家人，有便宜赚的时候像狗皮膏药，没便宜赚了就跟踢皮球似的把人踢走，势利得很。

"买了块地。"怀荆笑了笑，和许星空说道。

"对对对。"许世凡赶紧道，"就我们家那块地。"

他这么一说，不光许星空，连许星远和林美慧都朝着怀荆看了过来。许星远睁大眼睛看着怀荆，当时他以为怀荆就那么一提，还真买下来了？

"那么大一片地呢。"许老太太眼睛里精光一闪，身子往怀荆这边凑了凑，问道，"花了不少钱吧？"

怀荆看都没看老太太一眼，抿抿唇，说："还好，我钱比较多。"

许老太太又要说什么，旁边侯京芳拉了她一下，给她使了个眼色。

"哦，既然都是亲戚，那就好说了。"许老太太会意，和颜悦色地说，"你可能不知道，你二叔家就住在那片地上。今天挖掘机动工太快了，把你二叔家的东西都铲坏了。这要是别人买的话，可是要告到他们赔偿的。"

"你们白占着那块地，人家赶都赶不走，铲坏了也不是人家的责任。"许星远皱眉说了一句。

“怎么没有责任？”许明辉忍不下许星远了，语气一硬。

在许星远要说话的时候，怀荆抬眸看了许明辉一眼，神色淡淡地问道：“都铲坏了？”

见怀荆开口，许世凡赶紧拉住许明辉。他们确实是想要赔偿，但也知道可持续发展的道理。有怀荆这只肥羊在，搞好了和他的关系，想占便宜什么时候不能占？不能和他闹僵了。

“没有没有，就铲坏了一点，没什么大问题。”许世凡赔着笑说道。

听了许世凡的话，怀荆的神色稍微有了些变化，他轻轻地“哦”了一声，道：“那可惜了。”

似乎被他这个回答震惊了，许家人半晌没回过神来。许世凡盯着怀荆，急道：“你……你故意让人铲的？”

看着许世凡急得脸都憋红了的模样，怀荆双眸静如寒潭，说：“对，当时负责人没告诉你们吗？”

听到这话，许世凡一下站起来，想发火，但又不敢发，眼睛都急红了。

“我们好歹是一家人，你为什么这样啊？”

不光许世凡，侯京芳也有些激动。那毕竟是他们生活了十几年的地方，被这样一铲，就跟端了老窝一样，连个落脚的地方都没有了。

看着几个人跳脚的样子，怀荆仍然面色不变。他似是不想再应付他们，神色慵懒而清冷，说出的话直接而简短：“图个高兴。”

许家那些人走的时候，还带着些敢怒不敢言，就像上次去祭祖时一样，估计怀荆当时也说了些什么让他们心里不舒服了。

他们心里不舒服，许星空心里可舒坦了。

林美慧应付了许家人后累了，先回了房间休息。客厅里就剩许星空姐弟和怀荆三个人。

许星空坐在沙发上，端了杯茶递给怀荆，问道：“你买那么一大块地干什么？”

就算他有钱，也不能这么糟蹋。那块地十几年来无人问津，现在一下全盘买下，若就为了赶许世凡一家走的话，有点太不值当了。

但怀荆是个商人，做事向来有分寸，他心里应该早有打算了。

接过茶杯，怀荆抬眸扫了一眼正看着他的许星远，喝了口茶后，说："还没想好。"

今天怀荆一个人就将那群亲戚怼得敢怒不敢言，许星远心里爽着呢。他没再去想那块地，看着怀荆，犹豫再三，问道："你以前是不是做脱口秀的？"

骂人不吐脏字，怼人也是云淡风轻的，真是个中高手。

听了许星远的话，许星空眼里也浮上一层笑意。

"嗯。"看许星空高兴，怀荆伸手揉了揉她的头发，看着许星远说，"你再乱给你姐拉郎配，下次就轮到你了。"

许星远摸了摸鼻子，心虚地嘿嘿两声，保证道："不了不了。"

经过这么一次，许家人到底算是明白了。他们现在别说从怀荆那里赚什么便宜了，当务之急是夹紧尾巴做人，不要引起怀荆的不满，免得对他们家做出什么来。

他们跟怀荆完全不是一个级别的，想跟他作对，那简直是不要命。

许家人一辈子都欺软怕硬，现在许星空家有怀荆在，只能忍气吞声。

他们忍气吞声，偏偏有那初生牛犊……

许星远的婚礼定在了一海阁。

婚礼当天，许星空忙得像个陀螺。怀荆从公司调派了些人手过来后，她才算是歇了口气。

她本想再去忙，却被怀荆拉住了。

怀荆就站在一海阁大厅，他面前摆了一张桌子，桌子上铺了一层红布，红布上放置了两本红色硬壳册子。

他的任务是接待，桌子后面有两把椅子，椅子旁边是许星远和周童童的婚纱照海报，上面写着婚礼具体的厅厢。

"让他们忙就行了。"怀荆拉开椅子示意许星空坐下，他今天穿了一身暗色的西装，领带则是和许星空的礼服一样的浅蓝色。

这身西装偏休闲，男人坐在椅子上，微垂着头，正在红色的礼金册子上记录着刚刚收到的礼金。

休闲西装中和了他身上的精英气，但多了些少年气，看着精神阳光。他脖子上还挂着一个蓝色挂绳的牌子，上面是二维码。许星远和周童童的同学都是年轻人，有些人不带现金，会选择转账。牌子正面是微信的二维码，反面是支付宝的二维码。

一般挂着牌子，看着会更像服务人员，但怀荆不像。他自带贵气和清冷，永远像是被服务的那种高层人士。

几个小姑娘看着怀荆，交钱时脸都红了。怀荆面不改色地登记着，伸手拉住许星空的手，让她坐下。

这么一个动作，让许星空的脸微微一烫，她低头侧眸看了怀荆一眼，抿唇笑了笑。

只坐了一会儿，许星空就起身去了卫生间。

一海阁的大厅往里面走，有专门的卫生间。许星空刚进卫生间，就察觉到了有人跟着她。等她从卫生间出来，门口早有人等着了。

许明怡站在门口，抱臂斜靠在卫生间的门上，抬眸看着许星空，一脸的鄙夷。许世凡一家上次在怀荆那里碰了壁，现在全成了缩头乌龟。明明被欺负得那么惨，这次还来给许星远送了一大笔礼金。

搞笑，怀荆有那么可怕？再说了，就算他可怕，他们一家也不用那么怕许星空一家，毕竟在她心里，许星空这样的，怀荆顶多就是跟她玩玩。

许星空看到许明怡，面色未改，直接无视她，拧开水龙头开始洗手。

“这么得意啊？”她不理许明怡，许明怡也不以为意。她知道许星空是什么性格，她是个有什么事情都装在肚子里的人，今天她在这里说话恶心她，她是不会告诉怀荆的。所以，她才把她堵在了卫生间。

她跟许星空也没什么大仇，但就是看不惯她明明比自己差那么一大截，现在还活得这么滋润。她一辈子顺风顺水，在许家称王称霸，现在他们家却得看许星空的脸色行事，她咽不下这口气。

她不能对许星空怎么样，但说几句让她心里难受恶心的话，还是可以的。

“你和那男的，能在一起多久啊？”许明怡假睫毛一翻，嗤笑一声，道，“他要是知道你连个孩子都生不了，还愿意跟你在一起吗？”

许明怡说完，许星空走到了她的身边。许星空面色不变，伸手按在许明怡的肚子上，动作迅速到她完全没有反应过来。

刚洗过手，她的手上沾满了水，冰凉的感觉透过薄薄的衣衫，渗透到许明怡的肚皮上。许明怡浑身起了一层鸡皮疙瘩，吓得往后一退，却被许星空扶住了肩膀。

许明怡比许星空矮了一些，一向温和的许星空此时神色冷硬，她压制着许明怡不让她动弹，手在她的肚子上轻轻地旋转了一个圈。

她力道不大，但把许明怡吓得脸都白了。

看许明怡这副模样，许星空哼笑一声，松开了她的肩膀："你们家是开垃圾场的，你也非要在垃圾场找个垃圾，祝你们百年好合。"

许星空说完，转身出了卫生间，许明怡立马跟了出来。她疾步走到许星空身边，咬牙切齿地说："许星空你别得意！你连个孩子都生不出来，你以为那个男人会一直爱你？他爱你的话，他给你什么了？你们家现在还住在那个破房子里呢！我告诉你，他就是下一个王舜生，你这一辈子都不会有男人要你……"

许明怡的话，让许星空脚步一顿，她正准备说话，迎面突然走来了三个穿制服的人。

为首的是一个中年男人，男人先做了一下自我介绍，而后看向许明怡道："你是许明怡吗？"

一看这阵仗，许明怡吓得大气都不敢出。

"你好，我们是工商管理局的，舜星有限公司涉嫌偷税漏税和商业诈骗。王舜生已被司法机关收押，他名下的资产全部被冻结。另外据其交代，他前些日子给你转了一套九十平方米的公寓，这也属于他非法所得。现在，需要你跟我们走一趟。"

完全没料到事情的发展走向，别说许明怡吓蒙了，许星空都愣了一下。

周围都是围观的人，许明怡吓得眼泪直往下落，她无助又惊恐，拉着许星空哀求道："姐姐，姐姐，他们要干什么啊？"

"带你回去调查。"许星空挣开她的手，冲着她笑了笑，道，"现在，看看王舜生还能给你什么。"

一海阁大厅这么一番动荡，加上许明怡的鬼哭狼嚎都没有引得怀荆往这边看一眼。许星空走到桌子前，想着刚刚发生的一切，心里觉得不可思议的同时，又莫名暗爽。

王舜生竟然偷税漏税，还被司法调查，账户下的资金也全部被冻结了！

当时离婚，他把钱全部买房转到了他爸妈的名下。他以为自己做得滴水不漏，其实许星空只是懒得再跟他纠缠。

没想到，现在遭报应了！

许星空的心跳都有些加速。

桌子前站着两个人，怀荆正在统计，她连忙拿了另外一个本子，拿着笔问另外一个人的名字。

“王卓祎。”那人报名字。

“哪个祎？”许星空拿着笔，笔尖一顿。

“就是那个形容美好的……”那人刚要说话，许星空身边的男人站了起来。

许星空还没反应过来，男人就已站在了她身后，他微微俯身，双手撑在她身侧，像是将她抱在了怀里。

他右手握住她的手，拿着笔放在刚才写了一半的名字边，笔尖轻触红纸，黑色的墨水从笔尖流淌而出，在红色的纸张上，写下了一个“祎”字。

男人的胸膛就在她的头顶，她能闻到他身上淡淡的属于他的味道。多少个日夜，她都是在他的怀中入睡的。

许星空的脸一下烫了起来。

怀荆松开手，低头在她头顶吻了一下，大手压在她的头顶，轻轻一揉，说：“不会写再来问我。”

对面站着的两个人，已经因为怀荆刚刚的动作快炸了。

许星空心跳不稳，看着一边正在翻着红册子的怀荆，有些口干舌燥。她脸红到脖子根，衬得浅蓝色的礼服色彩都鲜艳了些。

“王舜生被抓了。”许星空看他一直在忙，想他肯定不知道刚才发生的事情，“因为偷税漏税，许明怡都被带走了。”

许星空说完，男人略一抬眸，对上了她的视线。

他的眼睛真好看，长长的睫毛又黑又浓，下面浅褐色的眸子像是阳光下的玻璃球一样清澈耀眼。

就在对上他视线的一瞬间，许星空脑子里突然闪过一个念头，从一开始王舜生戴绿帽子全城媒体报道，到现在许明怡被带走，像是一串鞭炮串起来，噼里啪啦地在脑子里炸开了。

“你……你做的？”许星空轻声问道。

怀荆看着她不知因为害羞还是因为兴奋而变红的脸，像刚盛开的花一样娇艳而又朝气，他眼尾一挑，沉声道：“开心吗？”

男人没有直接回答，但她知道这是确定的答案。

“开心。”许星空笑着，眼睛更明亮了。

这时，刚好有人过来交礼金。

男人低头垂眸，白皙修长的手指拿着笔写了个名字，嘴角淡淡地勾了一个笑。

开心就好。

许世凡一家听说许明怡被带走，全部下了楼。一到大厅，许世凡焦急的目光逡巡一周，看到怀荆时，急匆匆过去就要拉住他。然而他还没碰到怀荆，怀荆一个眼神，跟在他们身后的人就将手忙脚乱的许世凡一家拉住了。

侯京芳被拉住，哭得稀里哗啦，眼泪和哭声混合在一起，哀求地看着怀荆说：“怀先生，怀先生，求求你救救我们家明怡吧！”

他们平日嚣张威风，但终究只是平头小老百姓，真遇到事了，除了慌张和害怕，连想解决方法的意识和脑子都没有。

怀荆坐在桌子前，阳光透过旋转门照射进一海阁的一楼大厅，光滑的地板将日光反射到他的脸上。纵使是四月份的阳光，也未将男人的神色照暖。他眸子微垂，浅褐色的双眸里透着淡淡的慵懒。

“把房子退给王舜生就可以了。”

王舜生因偷税漏税、商业诈骗被抓，许明怡只是因为牵扯到了财产问题被波及，将房子交出去后，她自然就没事了。

可问题就出在这个房子上。

自从上次怀荆带着挖掘机队把他们家铲平了后，他们一家四口就挤在那套九十平方米的小房子里。要是把房子还回去，那他们就真要睡大街了。

许世凡还算冷静，他愤愤地说：“这都已经给了，怎么说要回去就要回去？”

许星空抬头看着许世凡一家，听了他的话后，嘴角一压。合着他们来求怀荆，重点在那套房子，不在许明怡。

听完许世凡的话，怀荆慢条斯理地看了他一眼，气定神闲地说：“现在不回家，从挖掘机下抢回来的东西，也会被查封。”

许世凡家三人皆是一愣，眨眼间便跑走了。

有了这个插曲，婚礼的气氛一下就热了起来。所有参加婚礼的人，包括来一海阁吃饭的人，都知道王舜生被抓了。

来一海阁吃饭的，多是淮城生意场上的人，都知道王舜生这次被抓，不只是冻结财产那么简单，还会被判几年刑。

这几天的工夫，钱没了，人没了，未来也惨淡无比，王舜生这辈子在淮城是别想再出头了。

在大家讨论王舜生的时候，有人品出些不对来。王舜生被抓，怎么还牵扯到许明怡？他们两个是怎么搞到一起的？

虽然许星空已经和王舜生离婚了，但是许明怡和王舜生搞在一起，还算是乱伦。如果王舜生没离婚的时候，他们就搞在一起，更是插足别人婚姻，不知礼义廉耻。

什么锅配什么盖，许明怡也不是什么好东西。

但凡来参加许星远婚礼的，都是和许星空家关系好的。今天这一出闹剧，让整个婚礼多了一种扬眉吐气、大快人心的味道来。

而这种扬眉吐气和大快人心，在看到许星空身边站着的怀荆时，被无限放大。

怀荆是整场婚礼中除了许星远和周童童，获得关注最多的人。

所有人都知道他是许星空的男朋友，所有人也能从他的穿着和气质看出他的不凡来，再对比一下王舜生……所有人又把关注点放到了许星空身上。

整个婚礼有序地进行着，许星空站在台下，看着许星远和周童童小两口穿着西装婚纱，美好得像是梦中的场景。

他们拿着茶杯，正在恭恭敬敬地给林美慧奉茶。穿着一身新衣的林美慧，拘谨开心得像个孩子。

看到这番场景，许星空的心里像是升起了一轮太阳，将她照得四肢舒展而有力。

她看着正在进行的婚礼，而怀荆却在看她。

她微微侧身，只留了一个侧脸。浅蓝色的礼服将她的身段衬托得玲珑可人。这身礼服颜色清新，款式仍然有些保守，旗袍领带着一个领扣，将她白皙修长的脖颈锁住，像一只白天鹅。

舞台上的灯光落在她脸上，像是给她铺了一层蜜粉，好看又好闻。她眼睛里带着满足和愉悦，虽然婚礼让她兴奋，但她的气质仍然是温和娴静的，像是交响乐中被轻轻拨弄的竖琴。

真是太美好了，美好到想拥她入怀，然后亲吻她，让她属于他。

台上到了新人互换戒指的时刻，大家抬手鼓掌，呼啦啦的鼓掌声和音乐声交杂在一起。

在这片声音中，许星空的耳边传来一丝濡湿的热气，像是被蒸腾的露水，温柔而撩人。

男人的声音，像花瓣入水，带着花香，也带着花瓣入水时溅起的水珠。

“今晚我要和你睡。”男人说。

声音低沉而沙哑，明明淹没于鼓掌声和音乐声之中，又偏偏像那树根一样，钻入刚刚被雨水打湿的泥土，最后钻入了她的心底。

许星空鼓着掌，而脸颊却慢慢红了。红色慢慢侵蚀着她白嫩嫩的脸皮，最后，爬到了她的耳垂上，娇艳欲滴。

婚礼在一片祝福声中圆满结束，结束时已经是晚上了。许星空忙前忙后，送一对新人去了新房后，又将林美慧送回了家。

老太太很久没有这么高兴了，她今天好像把一年要说的话都说完了。等回到家时，坐在沙发上都困得打瞌睡，后来许星空给她擦了擦脸，送她回了房间。

从林美慧的卧室出来时，许星空看到了站在客厅里等待着的怀荆。

夜晚灯光如纱，铺在男人挺拔修长的身上，将他的轮廓像剪纸一样拓印在地上，变成了一抹长长的黑影。

他在等着她，因为今天他对她说的话。

可是不知道为什么，以前习以为常的事情，现在想到要去做，许星空的心脏像是被上了发条一样，跳个不停。

她很紧张。

怀荆则要放松得多，而且他也看出了她的紧张。

女人站在门口，抬眼望着他，一双水灵灵的眼睛像雨后浮了一层薄雾的水面，好像他一撞，就能撞出波纹来。

“害羞了？”怀荆问道。

被这么一问，许星空的嗓子微微有些干涩，她颤着声音说：“没……”

他浅浅一笑，走到她身边，只是站在她身边而已，就像是将她笼罩在怀里。

她闻到了他身上好闻的味道。

不是香水，是男人身上独有的味道。

强势、霸道、刺激、清冷……让她格外安心。

“走吧。”怀荆伸手扶住她的脸颊，他掌心的温度将她的脸一点点烫热了，“你妈忙了一天，咱们在家会吵到她。”

两人到了嘉如酒店，仍然是2024房间。

夜里没有开灯，窗边纱帘大开，月光洒了进来，铺在沙发上。灯一打开，柔和的灯光和清冷的月光交汇，最终还是柔和的灯光赢了。

怀荆先去洗了澡，许星空才去把澡洗了。洗过澡把头发吹了个半干，许星空从浴室出来，怀荆不在卧室。

她抬眼往客厅一看，见怀荆正坐在沙发上，双臂搭在沙发靠背上，微仰着头。月光爬在他好看的额头上、鼻梁上、嘴唇上、下巴上，最后爬上了他滚动的喉结……

男人只穿了一件睡袍，领口大开，露出精致的锁骨，锁骨下胸肌饱满紧致，甚至再往下能看到腹肌的沟壑。

许星空正看得入神，怀荆往她这边淡淡一瞥，他眼尾挑起，目光变得轻佻张扬：“过来。”

许星空撞上他的眼神，顿时心乱如麻。

她走到沙发边，怀荆伸手抱住了她，男人的气息一瞬间将她包裹住。她坐在他的双腿上，背对着他。男人离她很近，她的后背能感受到他的呼吸，这让她后背的汗毛都竖了起来。

“今天开心吗？”怀荆的手放在她的腰上，将她抱在怀里。

客厅里十分安静，男人的声音也被放大了。许星空听着他低哑的声音，脚趾微微蜷缩，脚尖轻轻踮起：“开心。”

身后男人轻哼一声：“你结婚的时候会更开心。”

其实说到这个，许星空倒没有特别的感觉。她已经结过一次婚，还真没有许星远结婚让她开心。

似乎是察觉到了她心中的想法，男人的唇一下咬住她的耳朵后，说：“跟我结婚，会比任何时候都开心。”

身体和心理的双重攻击，让许星空的心底和眼前都炸开了烟花。

他们会结婚吗？就算他们两个人得到了林美慧和许星远的同意，但是他们家里人呢？怀氏那么大的家产，梅老太太为了保住，甚至交给怀昌朝，同时打压怀荆。她又不能怀孕，她和怀荆能走到最后吗？

许星空渐渐有些心凉和焦灼，这些都是前些天所体会不到的，这让她出了一身冷汗。

“在想什么？”男人的吻在她的发间游走。

许星空感受着他火热的胸膛，轻轻摇了摇头说：“没……”

“我知道你在想什么。”怀荆眼底闪过一丝笑意，他伸手轻轻捏了捏女人的脸颊。

“啊？”被捏着脸，许星空回头看了他一眼。

怀荆下巴微扬，对上了她盈盈的双眼。

“不用想太多。死了以后的事情，我都不愿意想，也没精力想。我只想活着的时候，能天天跟你在一起就足够了。你知道了吗？”

嘴角淡淡地牵起一个笑容，她将脸靠在他的脸上，笑着说：“知道了。”

听着他的情话，感受着他的温度，许星空突然什么都不担心了。

儿子结婚，林美慧显然是累着了，精神虽然依然好，但体力已有些跟不上。婚礼结束后，许星空怕林美慧忙不过来，就又在家里帮了几天忙。等家里彻底安稳下来，许星空和怀荆便准备回夏城了。

回夏城那天，林美慧边絮絮叨叨地叮嘱着，边往他们行李箱里塞特产。许星空这次回家没带行李箱，林美慧就都塞到了怀荆的箱子里，塞得满满的。

正收拾着行李的时候，有人敲门。许星空走过去打开门，见许世婷站在门口。

看到许世婷，许星空笑着叫了一声：“小姑。”

“哎。”应了一声后，许世婷进了门。她先看了一眼正忙活着的林美慧，又抬头看看许星空，问道，“这是要回去了？”

“嗯。”许星空走到茶几跟前，将茶几里的茶具拿了出来，边应着边泡茶，“不能请太长时间的假。”

算起来，她这次请的假也是够长的。

倒好茶后，林美慧也收拾好了，许星空便将行李箱拉好。怀荆有些事情要和许星远交代，两人一大早就出去了，不知道忙什么去了。

林美慧坐下来，拿了杯茶，和许世婷道：“志豪那边忙完了？”

现在正是出小鸡仔的时候，养鸡场忙得不行，许世婷很少有时间过来。

“还在忙呢，这一忙得到五月多。”许世婷说道。

这么忙还来他们家，八成是有事。

林美慧将茶杯放下，问道：“有什么事吗？”

犹犹豫豫了一会儿，许世婷叹了口气，说道：“就是咱妈，她想着就以前的事情跟你们道个歉……”

说起许老太太，许星空嘴角微微一压。

她让许世婷过来，是知道他们不会赶许世婷走，想曲线救国。而且她不知道怀荆在不在，便不敢过来。许世凡一家现在那个样子，她自己心虚了，要来道歉了。

“她道什么歉？没继续跟二叔他们一家在一起吗？”许星空拿起茶杯，喝了一口茶后说了一句。

提到许世凡，许世婷动了动唇，说：“他们家现在乱成一团……”

说到这里，许世婷叹了口气，对许星空说：“明怡怀了王舜生的孩子。王舜生被抓后，你二婶就拉着她去打胎。因为王舜生被抓那天，许明怡也被带去调查，现在淮城人都知道她和王舜生乱搞，但大家还不知道她怀了孩子。为了她以后能嫁人，所以找了个小诊所，谁知道……大出血了。大出血后，被送去医院抢救了。”

许星空一愣，婚礼上还在她面前活蹦乱跳的许明怡落得现在这样，让她有些恍惚。

林美慧软弱惯了，心底也是善良的，可听说许明怡大出血，她心里竟没有一丝一毫的疼惜。想当初，她可是指着鼻子说自己的女儿是不能下蛋的母鸡。

“最后怎么样了？”许星空问了一句。

许世婷看着她，不太确定地说：“抢救过来了，没死，至于有什么后遗症，就不知道了。”

“报应。”林美慧淡淡地说，“一报还一报。”

这次回夏城，许星空和怀荆一起坐的飞机。

在淮城待了那么久，许星空都快忘记夏城什么样子了。从古老的小城，回到了现代化的大城市，仿佛头顶的蓝天都变得开阔了。

天空万里无云，像是生了触手一样抚摸着夏城庞大而又清新的建筑物。

许星空呼吸着夏城的味道，心里满是归属感。

她还是喜欢夏城的，不然也不会在陈婉婉邀请她的时候就过来了。

两人下了飞机就上了怀荆停在机场的车，仍然是那辆欧陆。上车后，怀荆开始说着安排：“先去你家，把你东西收拾一下，然后搬到我家里去。”

许星空收回视线，回头看他。

说起来，两人现在是情侣了，可以光明正大地同居了。

阳光透过车窗照在脸上，许星空脸颊微微发烫。她没有拒绝，也没有同意，只是说了一句：“要先去接咪咪。”

驾驶座上的男人眼尾一挑，嘴角抿成一条线。他以为摆脱了许星远，他和许星空的二人世界就开始了，没想到回到夏城后还有一只猫呢。

咪咪，到处都是咪咪！

之前许星空急于离开，也没来得及将咪咪送去宠物寄养中心，只是把钥匙给了陈婉婉，让她把咪咪接去了她家里。

许星空掏出手机给陈婉婉打电话，陈婉婉接了以后，劈头盖脸就是一顿臭骂，骂完了之后，阴阳怪气地说了一句：“你还知道给我打电话啊？”

许星空心里也觉得抱歉，她只在到家后给陈婉婉打过一次电话，后面要么忙要么激动，都忘了给她打电话了。

“对不起啊，星远婚礼太忙了。”

提到婚礼，陈婉婉问道：“星远婚礼怎么样？”

听着好友心情变好，许星空笑了笑，说道：“挺好的。”

“那你还回来吗？”陈婉婉赶紧问正事，“公司这边我给你请了长假，你要是想回来就回来，要是不想回来的话，就直接给你办离职。你请假这几天，我也给你报上去，让你临走再宰姓怀的一笔。”

正在开车的那个姓怀的，意味不明地抿了抿唇。

“啊？”许星空有些慌乱地看了怀荆一眼，也不知道他有没有听见陈婉婉的话，她干咳一声，说，“我、我回来了，不辞职，我还继续工作。”

“回来了？继续工作？”陈婉婉不可思议地反问道，“你干什么想不开？我告诉你啊，一开始我可都跟你说清楚了，你们俩没有未来……”

陈婉婉还在那边絮絮叨叨，旁边怀荆的脸色越来越不对了。许星空头皮一麻，赶紧说道：“我跟他在一起了。”

陈婉婉脑子卡壳，问：“哪个他？”

哦？还有好几个他？

怀荆的下颌线都绷紧了。

“怀荆！”许星空赶紧道，说完后，脸一下就红了，“我和他在一起了。他追到了淮城，我们俩就在一起了。我这段时间都跟他在一起，现在……现在也跟他在一起。”

电话那边静默三秒，再说话时，陈婉婉的声线明显发紧：“那你们……”

“我们现在要去你家接咪咪。”许星空说道。

挂掉电话，许星空悄悄看了一眼旁边的怀荆。他目视前方开着车，神色依然慵懒而浅淡。

“咱们过去吧，她在家。”

怀荆应了一声：“嗯，当时怎么想着把咪咪放在她家？”

“啊？”许星空愣了一下，随即解释道，“哦，我当时着急走，她送我去的火车站……”

想起那一天，仿佛就是昨日，心还是凉的疼的，怀荆勾了勾嘴角。

许星空本想自己去陈婉婉家接的，但陈婉婉怎么敢让老板和未来老板夫人去她家接猫，更何况她刚刚得罪了老板。

陈婉婉拎着咪咪下来，怀里还抱着康康给自己壮胆，刚一下楼，就看到了站在车前的许星空和怀荆。

现在是上午，太阳斜穿过树叶的缝隙照在地上一片斑驳，带着春天蓬勃的朝气。在这种朝气下，许星空和怀荆就站在那里。怀荆低头看着许星空，听她讲着什么。他嘴角微勾，眼尾轻挑，脸上似乎带着温柔的笑。

现在的他和工作的时候是完全不同的。原本的冷硬和刚毅变得温和而柔软，甚至自带的低气压和清冷也全然不见。

这样的他，是专属于许星空的。

陈婉婉心底突然羡慕起许星空来。

有这么一个男人，为了她，放下了所有的棱角，成了一个只能温暖她的小太阳。

羡慕的同时，她心里更多的是高兴。

许星空终于熬过了最难熬的那一段时光，有了一个最爱她，也是她最爱的男人。

好友幸福，她怎么能不开心呢？

“星空阿姨！”刚一下楼，康康就高兴地叫道。

树荫下，两人齐齐回头。男人神色慵懒轻佻，女人温柔娴静，真是般配。

“康康。”许星空见到康康，已经张开了怀抱，小家伙像个小皮球一样，一下撞到了她怀里，将她抱住了。

笼子里的咪咪在见到许星空时，已经开始上蹿下跳了。然而，它没有康康那么灵活，只能被陈婉婉拎着来到了怀荆身边。

毕竟是自己的大老板，就算是好友的男朋友，陈婉婉还是头皮发麻，先叫了一声：“怀总……”

刚刚上蹿下跳的咪咪，在看到怀荆后，蔫了吧唧地趴在笼子里，抬起眼皮扫了他一眼，湛蓝色的眸子里带着些许嫌弃。

怀荆垂眸看着它，伸手接过猫笼，对陈婉婉勾了勾嘴角，说：“谢谢。”

看怀荆这么一笑，陈婉婉浑身出了一层冷汗，笑着打哈哈：“应该的，我和星空是最好的朋友嘛，哈哈哈哈！”

“哦？”怀荆意味不明地道，“原来你就是她最好的朋友啊？”

白竹说许星空当时是要来跟他表白的，但是不太确定，让她去问问她最好的朋友。而许星空见了她最好的朋友后，二话不说，斩断情丝，回了淮城。

冤有头债有主，他也算找到了当时让他们俩那么痛苦的那个“最好的朋友”了。

见怀荆笑得一脸客气，陈婉婉身上的汗毛都竖了起来。

救命！

接了咪咪，两人便开车回禾枫公寓收拾东西。

许星空没把咪咪放出笼子，而是把装它的猫笼卡在后车座上固定住，以免刹车时猫笼晃动让它受到惊吓。

许星空想起半个月前的情景，仿佛还在昨天，一回首，好像心尖都还在颤。

她歪着脑袋靠在座椅上，看着开车的怀荆。男人侧脸线条精致俊逸，在阳光下有些耀眼。

“你不喜欢婉婉吗？”许星空想着怀荆和陈婉婉说的话，总感觉他话里有话。在车上的时候，他问咪咪为什么放在陈婉婉家，而且他追去淮城，是因为白竹告诉他，她要对他表白，谁料半途中被她“最好的朋友”拦下了。

爱人和好友的关系，有时候并不需要多亲密，但不能有隔阂。毕竟，陈婉婉和怀荆一样，都是她生命里很重要的人。

车子停在一个路口，黄灯跳红，两侧的车辆开始聚集。

“没有不喜欢。”怀荆回头，今天阳光很烈，他戴着墨镜。黑色的墨镜和他白皙的肤色反差极大，让他整个人显得更为清冷，更让人心动。

许星空望着他，脸不知是被晒的还是被他看的，有些发烫。她悄悄捏着自己的手腕，像是在测算自己的心跳，轻声替陈婉婉解释：“她也是为我好，她觉得我们俩各方面都相差太大，而且我受过一次伤。从好朋友的角度出发，她是为了保护我，所以……”

男人看着她的小动作，嘴角抿成一条线，他靠在驾驶座上，问道：“你被她劝动，是因为你心里也这么觉得。”

许星空抬头，圆圆的眼睛水润润的，像是装了一汪池水，似乎还能看到瞳孔里倒映的莲花。

怀荆把她看得很透，许星空有些心虚。

而在她心虚的时候，怀荆看着她却是一笑。他笑起来时，像是万里浮云一下散开，嘴角微微上扬，带着些轻佻和帅气。

“你对自己太没信心了。”怀荆笑道。他扫了一眼红绿灯，大手抬起，在她头顶轻轻一柔，掌心的温度透过头发传递到了她的心底。

“在我这里，公司丢了，我能用十年的时间就抢回来。但是你丢了，我耗尽一生都没法得到了。”

男人话说得很满，像是将她视为最想得到的人，像是永远都不会变。

听着这话，许星空回头望了一眼笼子里的咪咪，看着它湛蓝色的眸子里带着的兴奋和愉悦，觉得整个世界都是甜的。

有怀荆，有咪咪，许星空就觉得自己像是有了一个家，格外安心。

刚到家，许星空就跪在地上将猫笼打开了。只见阳光下一道白光闪过，咪咪一个跳跃，落到了许星空的怀里。

“对不起啊，咪咪。”许星空向咪咪道歉，这次因为自己感情的事情，把它留在陈婉婉家这么多天。她不是个称职的主人，许星空心里很愧疚。

不过陈婉婉将咪咪养得很好，咪咪和半个月前相比没什么变化。

一人一猫在客厅里玩得无比开心，为了让咪咪晒太阳，许星空还跑到客厅中央。阳光被菱形格子窗切割，最后落在了他们身上。

怀荆站在一旁，看着女人脸上的笑，看着猫咪眼中高兴的神情，下巴微微一歪，浅褐色的目光沉如夏雾，眼尾微微一挑。

在许星空准备用脸去蹭咪咪的时候，他捏住许星空的下巴，将她的脸转了个方向。微一低头，男人吻住了她。

午后的阳光温暖而美好，两人的视线撞在一起，眼睛里都是化不开的浓情蜜意。

然而……

在两人吻住的时候，只听一声猫叫，怀荆的胳膊挨了一爪子。

许星空回头看着咪咪，它龇牙咧嘴的，满脸不高兴。而身边的男人则微挑着下巴，一脸得意。

唇上还有男人的温度，许星空将微红的脸蹭在咪咪毛茸茸的毛发间，粉红的脸颊和白色的毛发在阳光下显得十分柔软。

“你别闹了。”许星空轻斥，嗓音里却带了笑。

伸手捏了捏她的耳垂，怀荆的心像是被高温熔化的棉花糖，甜而不腻。

和咪咪亲近了一会儿，许星空便开始收拾自己的行李。这间公寓装修不错，她个人没有添置什么东西，所以行李收拾起来，两个行李箱就够了。

许星空并没有把所有的东西都收拾带走，这间公寓是她来夏城后租住的，留有很多她和怀荆的回忆。她想找个时间，找房东问一下，看能不能将这套房子买下来。

尽管和怀荆确立了关系，但她还是想留有一个独立的小空间，就像是她作为一个女人，必须要有独立品格那样。

收拾好东西，怀荆开车载着许星空和咪咪回到了沿海的别墅。

别墅太大了，半个月不住，就感觉原本积攒下的人气也都跑光了，像是与大海融为一体，变成了自然的一部分一样。

开了门，海风和阳光一同泻入，带着些自然爽朗的味道。

怀荆家与许星空的公寓是完全不同的风格，一个空旷清新，一个狭窄温馨，但只要两个人在一起，不管在哪个房子，都是暖洋洋的。

四月的天气正是一年里最舒服的时候，风从凉转暖，还未变热，吹得人的毛孔都舒展开了。

有钱人家的好处就是，就算怀荆不在家，也有人按时来收拾房间。家里虽然半个月未住人，但仍然干净得纤尘不染，像一件被悉心照料的艺术品一样。

许星空将行李放置好后，就被怀荆抱住了，两人忙活了一上午，现在还没吃午饭。

许星空着急忙慌地扶住男人抱住她的手，两人脸颊一贴，她的脸是温的，男人的脸是凉的，像四月的风。

“饿了吗？我去做饭，我妈塞在你行李箱里的东西，你想吃什么？”

卧室里的窗帘也敞开了，太阳斜照进来，参差不齐的阳光洒满了房间。怀荆咬了咬她的耳垂，问道："能吃人吗？"

许星空心一提，脸红得更厉害，挣开他的手，说："不行，我去做饭。"

男人在她走出去之前，拉住了她的手。许星空低着头，和他十指紧扣，拉着他下了楼。

两人吃完午饭，怀荆延续了在淮城养成的优良习惯，主动去洗碗。许星空抱着咪咪，靠在厨房门口的门框上，看着男人挽着袖口，白皙修长的手指在水流的冲刷下，变得如白玉般好看。

若是他在工作的时候，想到他要洗碗，会觉得那个画面很违和。但真到他洗碗的时候，又会觉得，人长得好看，做什么事情都不会违和。

正在她看着的时候，怀荆微一侧眸，与她的视线撞了个正着。

偷看被抓，许星空心下一虚，怀里咪咪逃跑，她赶紧红着脸追了过去。

现在已经下午三点了，正是海边最舒服的时候，阳光和煦，海风温暖。咪咪跑走后，蹲在落地窗前，懒洋洋地晒着太阳。

这个落地窗有两扇推拉门，许星空望着海面，也觉得无聊。她将推拉门关上，然后双手举到耳边的高度，整个人贴在玻璃上，像春天刚发芽的小草那样晒着太阳。

怀荆刚洗完碗，一出厨房，就看到了在晒太阳的咪咪和许星空。

她穿了一件裸粉色的衬衫，下面是白色的长裙，脚上穿了一双矮跟的小皮鞋，脑后扎了个丸子头，看上去温柔娴静，又带了些俏皮。

许星空趴在玻璃上，腰肢略凹，后臀翘挺。她的身材玲珑有致，看着视觉刚好，摸着手感也不错。

她下巴微抵着玻璃，眼睛也微微闭着，玻璃门外的风似乎刮到了她的睫毛上，让她的睫毛轻轻颤动了一下。

女人脸上覆盖着温柔的阳光，将她照得透明发亮，像是要消失了一样。

怀荆眉眼一柔，走了过去。

听到他的脚步声，许星空刚要扭头看过来，但她还没来得及转头，双手就被一双手压住，身体也被一个高大的身体压住了。

他的力道刚好，不轻不重，刚好将她覆盖住。

将她压住后，男人下巴微微下压，搁在了她的头顶上，随后用下巴揉了揉她的发。

感受到身后男人身上的温度，许星空微微动了动身体，红着脸问道："你干什么？"

她动着的时候，男人搁在她头顶上的下巴也在微微动着，两人懒洋洋地磨蹭着，男人声音低沉中带着笑，问道："那你在干什么？"

许星空有些害羞，她觉得自己这样当小草晒太阳的行为其实挺傻的。她声音变小，回答道："我在晒太阳。"

听了她的话，怀荆心下一柔，双眼微眯看着不远处的大海。

"我也在晒太阳。"

"那你去那边趴着。"许星空安排道，"你在我身后晒不着。"

怀荆移开下巴，低头在她发间一吻，然后沉声一笑，重新将下巴搁在她的头上，道："晒得着，你就是我的太阳。"

许星空原本紧绷的身体，在男人说完的一瞬间放松下来。

她微眯着眼睛，望向远方。

碧海蓝天，海鸥在天空中划过一道线。

这样的生活，真美好啊。

怀荆去找许星空前，已经接管了怀氏。他毕竟是一个集团的董事长，和许星空一起在淮城待了一周，集团的工作也压下了不少。

两人正晒着太阳，外面门解锁，Leo 抱着一堆资料应声而入。

刚一进门，他就看到贴着玻璃站着正齐齐回头看着他的两个人。

许星空一看到Leo，当即身体往后一撤，手忙脚乱中，脸差点砸在玻璃上。怀荆似乎已经料到，伸手护住了她。在她撞上来后，他还伸手捏了一下，被许星空红着脸拿开了。

相比许星空的慌张，Leo 很快淡定了下来，他将公文包一提，说："我来送文件。"

怀荆在淮城的这段时间，一直是 Leo 在帮忙处理工作，他每天都会来怀荆家里送文件，这次也习惯了，直接开了门。

“嗯。”怀荆应了一声，看着怀里耳垂红到快滴血的许星空，说，“去书房吧。”

怀荆和 Lec 去了书房，许星空站在窗边，脸才渐渐退去了热度。

他家的密码，怎么谁都知道啊？

想想以前两个人在客厅沙发上、钢琴边做的事情，许星空的脸再次变红了。

第八章

她的男朋友

“这段时间是老夫人管着集团，您回来后，她会把手下股份逐渐转到您名下。”Leo 把文件放下后，说道，“她好像知道许小姐的存在了，您看……”

“嗯。”怀荆看着手上的文件，丝毫不在意地道，“早晚是要知道的。”

Leo 见他心里有数，也就没有再说什么，详细说了一下最近集团的一些情况，还有怀昌朝父子的情况后，便离开了书房。

“对了。”Leo 临走前，怀荆抬起头道，“以后进来前先敲门。”

说完，男人低头继续看文件，边看边补了一句：“下次再吓到她，我扣你工资。”

Leo：“好的……”

Leo 下来的时候，许星空正在阳台的泳池边上逗咪咪，听到他下楼的脚步声，她回头看了一眼。Leo 冲她礼貌一笑，许星空也回了一个笑。

Leo 走后，怀荆就留在书房处理文件，许星空没去打扰他。她心里也觉得挺抱歉的，怀荆又不是她这种工薪族，他手上的事情堆积如山，但还在淮城陪了她一个星期。

想到这里，她心里又是一阵甜蜜。

许星空逗了一会儿咪咪，就拿了本书坐在沙发上看起来。不一会儿，楼梯上传来脚步声，她回头一看，怀荆下楼来了。

“处理完了？”许星空问道。

其实没有。

但是书房太安静了，安静得让人觉得孤独。他曾这样生活了十年都没觉得有什么，而和她在一起后，半刻也受不住。

他走到沙发后面，双臂搭在沙发上，俯身想要去吻她。

双唇一触，许星空眼睛微微睁大，往门口看了一眼，身体往后缩了缩。

“吓到了？”怀荆眸中带笑，看着她身体往缩后，渐渐凸起的锁骨。

许星空抿唇看着他，干咳一声后道：“咱们还是别在客厅……”

这次是Leo，下次要是怀莞怎么办？她可还未成年。

听了她的话，怀荆鼻间一声哼笑，伸手拉住她的手，将她带到了门边。

现在已经下午五点了，阳光被海雾遮挡，蒙了一层红红的影子，将风都晒凉了。

门一开，怀荆垂眸看着密码锁，手指在上面按了两下后，将密码修改成了“002024”。

许星空看着上面的数字，愣了一下后才反应了过来。

“2024”是他们两人在淮城第一次见面时，住的那个房间。

“这下就只有我们俩知道了。”怀荆说着，将门关好，把许星空拉到门前，低头吻了上来。

吻着的时候，许星空微微眯着眼，望着落地窗外的晚霞，就像草莓味的棉花糖，好甜好甜。

怀荆的晚饭，最终是吃到了人。

许星空被男人圈在怀里，听着他的心跳声渐渐有了困意。今天是周日，明天就要回公司上班了，她要养精蓄锐。

在她入睡之前，怀荆说了一句：“我现在都在怀氏大厦工作。”

许星空迷迷糊糊地睁开眼，圆圆的眼睛里被他撞出的波纹还未平息，她想起来，对，怀荆已经是怀氏集团的掌门人了。

看她傻里傻气的样子，怀荆一笑，抱着她：“你呢？你想在哪儿工作？”

有了他这个靠山，许星空想去哪里工作都可以，她可以选择怀氏任何部门、任何职位。

但许星空是个有职业道德的人，她也知道自己有几斤几两，而且她觉得她的工作和怀荆的工作不冲突。

“我想继续在IO做小翻译。”许星空哑着声音说，说完后，眼睛微微一亮，“我会好好努力做大翻译。”

她也是有自己的人生，有自己的职业规划的。

看着她眼睛变亮，怀荆的心口像是被她的舌尖碰了一下，他低头吻住她，柔声道：“好，明天先送你去上班。”

怀荆说到做到，第二天果然开车送许星空去了IO。但临到IO大厦前，许星空还是让怀荆把车停下了。

她骨子里还是个安静低调的人，让怀荆这样直接送到公司门口，有些太扎眼了。她知道她和怀荆在一起的事情，大家早晚都会知道，但她现在还有些不适应。

怀荆一直是尊重她的，不管是她的工作，还是她的各种意愿。这一点，让许星空心里挺舒服的。

这么长时间没来上班，大家都以为她是回家忙弟弟结婚的事情，也没有多问。许星空带了一堆喜糖，分给了办公室的同事。

分完以后，许星空坐在自己的位置上，看着面前堆起的密密麻麻的德文文件，感觉生活又重新鲜活起来。

IO深陷诈骗门的事情，最后政府方面做了澄清，挽回了损失后，与法国公司的合作继续。

她请假的几天，恰好是公司工作最繁忙的时候，现在重新开始工作，许星空觉得自己都有些跟不上了。

颜嘉琳出差了，要明后天才回来，没有现场出，许星空就在办公室里帮忙做书面翻译。

她不在的这段时间，工作上没少让同事们帮忙，现在她主动揽了一部分工作，开始埋头苦干。

忙活了一上午，快到下班吃午饭的时候，陈婉婉走了过来。看着她面前的一大摞文件，陈婉婉拿着手上的文件拍了拍那一堆，问道：“谁给你的？”

许星空抬头看了她一眼，笑了笑说：“我请假的时候大家帮我忙，回来了分担点是应该的。”

“可是……”陈婉婉刚要说话，细高跟踩地的声音就传了过来。

李妙雪穿了一身紧身短裙，短裙内是肉色的丝袜，前凸后翘，令人血脉贲张。她化着浓妆，眼影下的假睫毛忽闪忽闪的，红唇一开，阴阳怪气地说：“在公司最忙的时候请了半个月假，现在回来装什么勤奋啊。”

“跟你有什么关系？”陈婉婉扬着下巴，皱眉说道。

李妙雪正要反呛的时候，旁边一个女同事突然发现了什么一样，惊喜道：“哎，你们俩的项链是同款哎。”

听了她的话，不光周围的女同事看了过来，就连两个当事人也低头看了一眼自己的脖子，又看了一眼对方的脖子。

两人脖子上都挂着一条白金的粉钻项链，粉钻堆砌成一颗爱心，看着又闪又有少女心。

“不太一样哎，星空的好像大一圈，尤其是中间那颗钻。”有女同事发现了不同，说了一句。

另外一个女同事也像想起来什么一样，眼睛一睁，道：“这不是年会表演第一名奖励的那套珠宝吗？”

她这么一说，大家瞬间了然了。

本来同事说许星空项链上的钻石比她的大，李妙雪还气得吹胡子瞪眼的，但一见有人看出她这个是当时年会表演的奖品，瞬间有底气了。

许星空今天穿了一身 OL 的套装，粉蓝色的衬衫上，这条项链璀璨耀眼，确实比她搭配得要好。

但是，好有什么用。

“你这是从哪儿弄的？”李妙雪笑着问道，那笑里带了些鄙夷。

许星空丝毫不在意，笑了笑说：“男朋友送的。”

在翻译部，许星空向来低调，但大家也都知道她独来独往一个人住，没想到请了半个月的假后，连男朋友都有了。

许星空一说完，李妙雪就笑了起来，笑得格外爽朗：“男朋友送的？你别开玩笑了，你别是当时输了以后咽不下那口气，所以买了款 A 货戴着吧。买了 A 货尺寸还不对，这款珠宝根本没有这么大尺寸的。哎呀，真是笑死人了。”

李妙雪自顾自地笑了起来，而周围的同事因为许星空被李妙雪戳穿，而替她感到尴尬。

说起来，大家都是工薪阶层，确实有不少人会因为虚荣心买A货戴。但是被这样戳穿，肯定也不好受吧。

许星空被李妙雪这样嘲笑，一向要奓毛的陈婉婉这次竟然忍住了。她看着李妙雪，笑着问道："你知道她男朋友是谁吗？"

李妙雪冲着她们翻了个白眼，问道："谁啊？"

此时，翻译部门口突然传来了敲门声。

已经到了午饭时间，大家都站了起来，见这里有热闹可看，几乎都围在了这边。此时听到有人敲门，一圈人都看向了门外。

翻译部的办公室在这层楼最边上，旁边有个小阳台，阳光从阳台的玻璃穿过，洒在了走廊上。

现在，门口的那截阳光被一个男人堵住了。

身上虽然有阳光，但他的气质仍然透着清冷淡漠。他身材高大颀长，穿着一身得体的西装，五官精致俊逸，在阳光下美好得耀眼。

怀荆垂眸，视线掠过翻译部所有人，最后定格在许星空身上。

他清冷的目光渐渐变得温柔起来："一起吃午饭吗？我让何妈做了你最爱吃的鱼。"

翻译部众人："哇……"

怀氏大厦和IO大厦相距不远，开车十分钟就到。怀荆成为怀氏董事长后，办公室也搬到了怀氏大厦。但IO大厦里他的办公室仍然保留着，怀荆和许星空的午饭就是在他曾经的办公室里解决的。

怀荆的办公室可以算是半个家，除了办公场地，还有休息室和餐厅。餐厅不大，一张餐桌桌面干净整洁，反射着日光，白瓷瓶内插着两束百合。

这是小型餐厅，餐桌旁边只有两张椅子，另外还有半边书架和一张沙发，是个很私人的地方。

圆形的餐桌上放了何妈做的菜，有两道鱼。怀荆拉开椅子，让许星空坐下。

忙活了一上午，许星空也饿了，她拿了米饭开始吃，边吃边看着怀荆。

男人坐在她对面，修长的手指拿着筷子，阳光将他的手切割开，手背是暗影下的凉白，手指是日光下的亮白，像是被阳光照透了一样，透明泛光。

他没有换衣服，仍然一身西装，长而浓密的睫毛下，一双浅褐色的眸子像琉璃珠一样清澈透亮。他拿着筷子，慢条斯理地处理着鱼刺，像是做惯了这个动作，他的速度很快。

处理完后，他将鱼肉放入许星空的碗里，并将鱼刺归置到了一边。

将鱼肉夹过去的时候，怀荆抬眸看了一眼许星空，问道："不喜欢我去办公室找你？"

从翻译部办公室到怀荆的办公室，许星空一直沉默着没说话，看脸色也是心事重重的。

话题一打开，许星空像是被看透了一样，她将鱼肉塞进嘴里，咬了一口后，摇了摇头。她吞下没有鱼刺的鱼肉，将自己的想法说了出来："我怕以后大家怕我。"

身份的悬殊会造成隔阂，在以后的工作上，同事们和她在一起时可能会不如以前自在。她不想因为自己把整个办公室的气氛搞僵，也不想给大家带来太大的压力，这会给他们造成困扰。

怀荆目光微抬，看着坐在对面的许星空，道："你关心他们怕你，怎么就不关心我怕你跑了？"

许星空抬眼看了看剔着鱼刺的男人，对上了他的视线，然后脑袋一歪，嘴角一翘，说："你害怕我不承认你是我男朋友？"

怀荆手上的动作未停，神色未变，否认道："没有。"

"那你今天为什么去找我？"许星空像是偷了腥的小猫咪，圆圆的眼睛里闪过一丝狡黠。

圆桌上，百合花香似乎盖过了鱼香，透着丝清清淡淡的舒爽。

怀荆对上她的视线，眼尾微挑，沉声道："我去找我女朋友一起吃午饭，天经地义。"

空荡荡的小餐厅似乎有凉风吹过，刮着她的发丝挠了她的脸颊，让她心里痒痒的。许星空一笑，轻轻说了一句："我不信。"

许星空回到办公室后，同事们忙碌如初，大家似乎已经将上午发生的那一段小插曲忘记了。对许星空来说，唯一的变化就是桌子上堆成小山的文件没了。

她刚一坐下，陈婉婉就拿了文件过来，和往常一样，一屁股坐在她桌子上，把文件一抛，接住后放在她的桌子上，说：“给我翻译一下。”

“是，陈副部长。”许星空笑着拿起文件。

陈婉婉看许星空心情不错，看来爱心午餐吃得挺甜蜜的。以前和许星空在一起的时候她都没发现，原来一个女人谈恋爱后，是那么容光焕发啊。

陈婉婉笑起来，托着腮扫了一眼办公室黑压压的人头，说：“大家现在都怕你了。”

怕也没办法，她和怀荆的关系，大家早晚都会知道。她能想到的处理方法就是，把自己的本职工作做好。

抬眼看着陈婉婉，许星空笑着问道：“那你怕吗？”

似乎听到了一个天大的笑话，看着面前小绵羊一样的好友，陈婉婉拍了拍胸脯说：“开玩笑，我陈婉婉从小到大怕过谁？”

想起他们从淮城回来去接咪咪时，陈婉婉那畏缩的模样，许星空笑着说：“你怕怀荆。”

虽然被许星空一秒戳穿，但陈婉婉死不承认，推了她一下，说：“连你我都不怕，怕你男朋友？”

“男朋友”这个称呼让许星空心里一甜。她放下心来，低头打开文件：“那就好，我还害怕你怕他。”

“不怕。”陈婉婉确认一句，起身就要离开。

她刚转过身，许星空就叫住了她，说：“周六一起吃个饭吧，带着老詹和康康，算是正式认识一下。”

陈婉婉一脚迈出去，差点崴了。她回头看着许星空，瞪着自己铜铃般的大眼睛，问道：“认识谁？”

“我男朋友啊。”许星空说。

许星空之所以想约陈婉婉他们一起吃饭，也算是为了怀荆。她从没想过怀荆这么缺乏安全感。在外人眼里，别人都是怕怀荆不要她。而在怀荆这里，却是他怕她跑了。

想到这里，许星空心里像是刮过一阵小风，又暖又柔又安心。

陈婉婉一直没有回答，许星空看着她，笑着问道："怎么了？"

"我周六可能会拉肚子。"陈婉婉说。

许星空一笑，说："那就周日。"

"周日我感冒。"陈婉婉道。

被她逗乐，许星空转着手上的笔，圆圆的眼睛里泛着莹亮的水光："我们俩可是会一直在一起的，你要躲一辈子吗？"

听了这句话，陈婉婉没再推却，看着许星空笑着说："行，周六，你们请，挑个贵点的地方啊。"

怀荆上次出现在翻译部后，不光IO，现在整个怀氏都知道他们老板的女朋友在怀氏下属公司的翻译部。

虽然大家都知道，但平时接触不到，所以许星空在翻译部的生活并没有发生多大的变化。

她本来大部分的工作就是和颜嘉琳出现场，而颜嘉琳在知道她和怀荆的关系后，并没有什么变化。对待她，也和以前一样。

对于这一点，许星空心里挺感激的。

因为在她看来，颜嘉琳不但是她的领导，还是她职场的领路人。颜嘉琳能像以前那样对待她，她也可以更自在地学习工作。这对她来说，十分有帮助。

话说回来，许星空一直觉得颜嘉琳是知道她和怀荆的关系的。她是Sophia的朋友，而Sophia是怀荆的助理，她应该能看得出一些蛛丝马迹。

这种想法，在她坐在颜嘉琳的车上，听着今天新一期的情感类广播时，得到了确认。犹记得当时，颜嘉琳模棱两可地点拨过她。但当时她心思单纯，没往这方面想。

颜嘉琳出差半周，再加上许星空这段时间请假，她交代的事情比较多，直到上了车，还在说。

外面阳光明媚，女人下颌线绷紧，妆容精致，红唇耀眼，戴着一副墨镜，仍然高冷精致，但又让人觉得亲切。

"记下了吗？"车子停在红绿灯路口，颜嘉琳淡漠地扫了许星空一眼。

副驾驶座上，许星空正在标注着文件，笔尖勾勒而过，清清楚楚。听到她的问题，许星空圈好最后一个重点，抬头冲着她说："记下了。"

"嗯。"颜嘉琳神色未变，回头看着红绿灯。

该交代的都交代了，车内的气氛又陷入了沉默。这个路口的红灯很长，现在还有九十多秒。

许星空翻看着文件的时候，一向沉默寡言的颜嘉琳倒开口与她闲聊起来。

"尽管你是我老板夫人，但我是你上司，平日的工作该怎么样还是会怎么样。"女人声线清亮，语气里带着公事公办的冷淡。

许星空从文件上抬头，笑着说："应该的。"

既然她开了头，许星空索性将文件合上，问了一句："我和怀总的事情，您是什么时候知道的？"

颜嘉琳直视着前方的红绿灯，回答道："Leo 知道的时候，我和 Sophia 就知道了。但知道怀总喜欢你，是圣诞节的时候。Sophia 半夜被怀总叫起来，说要买个埙。Sophia 盯了做埙的师傅大半夜，我去陪的她女儿。"

想起去年圣诞节，许星空醒过来时埙已经做好了。她以为是怀荆提前准备好的，没想到是 Sophia 半夜盯着师傅做的。

那时候，怀荆就喜欢她了吗？

颜嘉琳并没有看许星空，她继续说道："圣诞节过后，我和 Sophia 打了个赌。"

"啊？"许星空一愣，问道，"什么赌？"

"赌你们两个最后会不会在一起。"

"Sophia 赌的是不会，我赌的是会。"说到这里，颜嘉琳的眼睛微微一抬，"我当时已经和你一起工作了一段时间，你各方面都挺好的，怀总不可能不喜欢你。"

许星空从没想到自己在颜嘉琳心里有这么高的评价。她有些受宠若惊，脸微微一红，说："谢谢。"

"我该谢谢你。"颜嘉琳说，"我们俩打赌那么多次，这是我第一次赢。"

许星空目光一抬。

"别误会。"颜嘉琳解释道，"怀总是个很自律的人，他来 IO 后，身边没有过女人，我和 Sophia 打的是其他的赌。"

红灯转绿，颜嘉琳发动车子。许星空看着车窗外的车流，想起她和怀荆在酒店2024房间的第一次。

她紧张得发抖，他如鱼得水。

她当时以为他是个纵横情场的浪荡子，没想到，竟然连个女人都没有。

许星空半靠在车窗上，阳光晒得她微微眯了眯眼："嘉琳姐，我能和你做朋友吗？"

颜嘉琳开着车，视线往许星空这边轻轻一瞥，神色依然高冷："我一直把你当朋友的，不然今天也不会跟你说这些。"

许星空微微一愣。

颜嘉琳出差回来，攒了一些工作，两人加班到很晚。怀荆接了许星空回家，吃过饭后洗了澡，她就抱着枕头睡了。

怀荆洗完澡出来时，许星空已经眯起了眼睛。夜色如水，女人像一株娴静的睡莲。

走到床边，怀荆双臂撑在她的身侧，俯身在她嘴角印下一吻。

嘴角的温度和触感让许星空睁开了眼，她抬眼看着怀荆，虽只是模模糊糊的人影，但仍然精致耀眼。

她伸出双臂，将他抱住。怀荆托住她的腰，盈盈一握，怕她冷，他直接压在了她身上。将她放在床上时，男人揉了一下她的头发，沉声道："睡吧。"

许星空咬住了他的耳垂。

怀荆浑身一震。

他垂眸看着许星空，眼中那些原本被压抑下去的东西，翻涌奔腾起来。

许星空没有躲闪，她脸颊渐渐漫上一层粉色，眼睛里透着最直接的渴望。她还舔了舔自己的嘴角。

像是伺机而动的猎豹终于找到了追捕猎物的最佳时机，男人眸中的压抑释放，他喉间一声低叹，将她压在了身下。

她像是一株花骨朵，每一次都能在他的引导下盛放，而结束后又会将花瓣重新合拢，让人甘之如饴，意犹未尽，又欲罢不能。

尽管她主动得笨拙又青涩，怀荆却有些招架不住。许星空咬住他的胳膊，颊边发丝被汗水浸湿，弯了一个特别柔美的弧度。

“还行吗？”怀荆抱着许星空，嗓音沙哑地问。

许星空身体发虚，但她仍然抱紧身上的男人，两个人的身体贴在一起，她轻轻应了一声。

怀荆抱着她去冲洗了一下，给她擦洗干净，将她放在床上。许星空脑袋一沾枕头，意识就迷迷糊糊的了。她今天很累，但现在她还不想睡觉。怀荆上床后将她拉入怀中，她将脸埋在他的胸前，耳边男人的心跳声还未完全平静下来。

“今天嘉琳姐和我聊了一些你以前的事情。”许星空的嗓音有些哑。

怀荆眼睫一颤，长睫毛下的眸子清澈透亮，问道：“聊什么？”

许星空觉得自己像是打探男朋友的隐私一样。她的脸微微一烫，道：“说你以前一直一个人，没有找……”

卧室已经熄了灯，只有床边的小夜灯散发着淡淡的光芒。灯光下，男人的五官更加精致深邃，像是打了一层暗影的雕像。

“家里一团乱麻，不想找，也没精力。”

“啊？”许星空眼睛一睁，“那……那我呢？”

她问出来后，脸就红了，往他怀里钻着，像小仓鼠把自己埋进了木屑。

怀荆看着她，对于第一次见面时的场景已经有些模糊了。只记得那天她一身红裙，像是沙漠里盛开的一朵曼陀罗。

他低头吻了一下许星空，沙哑的声音在寂静的夜里尤为性感：“就算是神仙，也有动凡心的一天。”

许星空觉得自己浑身都被注入了糖浆，甜得她每个毛孔都舒张开，每根汗毛都竖了起来。

她听着男人的心跳声，觉得庆幸，又觉得满足。他不是刚好碰到她才动的凡心，他是只要碰到她就会动凡心。

“我约了婉婉周六晚上带着她老公、康康一起吃饭。”许星空声音很轻，似乎意识有些不清了。

女人的话像一缕清风，吹得怀荆眉眼一柔。他伸手捏了捏她的耳垂，说：“这是要带我打入你的亲友团内部了？”

“嗯。”许星空应了一声，她犹豫了一下，红着脸絮絮叨叨地说，“我介绍我最好的朋友给你认识。”

她抬眼看着怀荆，说道：“为什么你会害怕我跟你分开？你看我，都没有在怕的。”

许星空最后一句，说得笃定认真。

怀荆看着她黑亮的双眸中闪烁着的自信，伸手捏了捏她的脸蛋，说：“那是因为你太优秀，我怕我配不上你。”

许星空眨了眨眼，觉得怀荆有些扯。在外人来看，是她配不上他吧？

“你哪儿配不上我？”许星空想要问个清楚。

怀荆嘴角微挑，眉眼里尽是温柔：“你可是白手起家的企业家，而我不过是个一无是处的富二代。”

许星空呆滞了一下，问：“我有什么企业啊？”

怀荆将她颊边的发丝撩到耳后，提醒道：“你开了一家奶茶店。”

许星空：“哦……”

怀荆成为怀氏集团的董事长后，平时很少来IO，除非过来找许星空。

所以当许星空和颜嘉琳出现场回来，在电梯里遇到正在看文件的怀荆，还有站在他身边的Leo时，她还微微惊讶了一下。

怀荆在她进来时，似乎感应到了一般，从文件中抬头。看到许星空，他眼里闪过一丝笑意，抿了抿唇。

“怀总好。”颜嘉琳打了声招呼，声音里带着尊敬。

“出现场了？”怀荆看了一眼许星空，沉声问。

许星空穿了一件白色衬衫，下面是黑色的阔腿裤和裸色高跟鞋，看着精神干练，但扎在后面的低马尾和颊边的发丝，又让她看上去秀丽温柔。

这是她工作时的样子，认真负责，透着对职业的热爱和归属感。

“嗯。”许星空应了一声。

怀荆应该是来IO开会的，他穿着一身暗色西装，领带扎得工工整整，浑身上下透着矜贵斯文。

这条领带，还是她早上亲自给他挑的。

“今晚几点下班，我过来接你。”怀荆垂眸看着手上的文件，手指压下一页，旁若无人地与许星空闲聊。

在工作时间被这样问，许星空脸一红，抬眼扫了扫旁边的颜嘉琳，轻声说："我今天有点忙，可能会很晚。"

手指微微一顿，怀荆嘴角微压，语气淡淡："没事，我也加班等你。"

正说话间，电梯门打开，翻译部办公室的楼层到了。颜嘉琳和怀荆道别后，出了电梯。许星空也赶紧跟上，临出电梯前，她马尾被轻轻抓了一下。她回过头，男人从文件中抬起头，手上文件一合，眉眼温柔："加油工作。"

许星空心里一热，圆圆的眼睛黑亮清澈，她抿起一个笑，冲怀荆点点头后，小跑着跟上了颜嘉琳。

电梯门合上后，怀荆的声音回归清冷浅淡："今晚跟我一起加班。"

Leo："好的……"

IO 和 TIE 的夏季合作款开始筹备，颜嘉琳出差回来后，许星空就一直陪着她出现场。不光现场，办公室的工作也很多，这个星期她几乎每天都加班。

今天周五，许星空要将下周需要的材料准备好。她怕今天加班太晚，怀荆等她太久，回办公室后就忙得脚不沾地。

尽管忙得连喝水的时间都没有，但等到下班时，她的工作还有一堆没做。她看了看时间，准备给怀荆打个电话，抬眼时，颜嘉琳走了过来。

颜嘉琳很少来找她，通常是站在办公室门前扫她一眼，她抬眸看见，便主动去她办公室听安排。

颜嘉琳走到她身边，神色依然高冷，看了一眼她电脑上的表格，说："你先下班吧。"

许星空没料到颜嘉琳来找她竟然是让她下班。

她"啊"了一声，看着桌子上的文件，说："还有很多没完成。"

"这些不着急用。"颜嘉琳说着，将几本文件抽了出来，嘱咐道，"你周末抽时间把这几本处理一下就好。"

许星空看着颜嘉琳，她妆容精致，戴着钻石耳钉，款式低调，做工精巧。

她突然想起今天在电梯里的对话来。

她这几天下班都挺晚的，怀荆该不会是因为这个，今天才特意来 IO 的吧。

许星空有些无奈，她抿抿唇，红着脸道：“你不用管怀……总，这是我的工作，我会尽快做完下班的。”

“我没管他。”颜嘉琳看着许星空，神色淡淡，“他要不下班，他身边的人也别想下班了。”

身边的人？谁？Sophia？她不是出差了吗？那难道是……Leo 吗？

许星空准点打卡下了班，她还记得上一次经历过暗无天日的加班后准点下班时的场景。那时候，她刚刚和怀荆在一起，他只是提点了她一下，她便依靠自己的努力，摆脱了李妙雪的压制。

这一次，怀荆直接给颜嘉琳施压，让她放她准时下班。

虽然准点下班，但许星空依旧念着工作。颜嘉琳让她周末准备的几份文件，她也会按时整理好。

怀荆还是有分寸的，不然她这周连续加班几天，他不会最后一天才让颜嘉琳让她准时下班。

回到家，许星空做了晚饭，两个人一起吃了。

许星空边喝鱼汤边说：“我感觉嘉琳姐好像喜欢 Leo。”

Leo 今年才二十九岁，颜嘉琳今年三十五岁。

颜嘉琳和 Sophia 是好友，Leo 和 Sophia 是直接同事关系，两个人说不定已经在一起了。

怀荆看着许星空，问：“那你感觉我喜不喜欢你？”

许星空将汤碗一放，对上了他的视线。她眼底星光跳跃，像是一条从手中溜掉的小金鱼，在水面上翻滚一下，泛起一层金光。

“不喜欢。”许星空笑着说。

男人听了这个回答，也没动怒，他眼尾轻轻一挑，浓密的睫毛下，浅褐色的双眸像宝石一样莹亮。

“那你的感觉不准。”怀荆说。

许星空笑起来。

周六和陈婉婉一家的聚餐，按照陈婉婉要求的标准，定在了湘竹轩。

四月的湘竹轩，正是一年中最美的时候。怀荆和何遇经常在这里吃饭，湘竹轩甚至专门为他们两个人准备了一间房。

湘竹轩建在半山腰，怀荆的房间是视野最好的一间。

站在落地窗外的木栏杆边，抬眼是干净清透的蓝天，远眺是薄雾笼罩的青山，低头望去则是一望无际的绿野。

之所以说这里视野好，还因为旁边有一道清泉短瀑，溅开的水流落在岩石上，将岩块磨平，发出潺潺水声。

因为是他们两个的主场，许星空和怀荆先到了。他们刚在矮桌上泡好茶，陈婉婉就到了。

她是自己先到的，许星空看了一眼她身后，问道："康康和老詹呢？"

他们约的是晚饭，现在才五点多，陈婉婉是自己一个人过来的。她盘腿坐在他们对面，和怀荆打过招呼后，解释道："康康今天出去写生，耽搁了一些时间，老詹还在那里等，我就先过来了。"

自从在白竹那里报了名，康康就一节课不落地跟着白竹学画。他确实有些天分，看陈婉婉在朋友圈发的新画，进步很大。

当然，仅仅依靠天分是不够的，还需要好老师的引导。

在儿子学画这方面，陈婉婉对于白竹简直感恩戴德。

说起来，许星空和怀荆在一起，也有白竹的帮忙。他喜欢许星空，却成全许星空，他是个君子。

从淮城回来后，许星空去过一次吾饮，给皇甫壹朵和杜一哲送喜糖。她也给白竹带了些，顺便想道声谢。但那天只有卓年在，卓年告诉她白竹去了李城。

当时许星空随着白竹去李城，想一对一帮扶彦安。事情忙完后，她也该找时间去趟李城看看彦安了。

"是跟着白先生学吗？"许星空和陈婉婉刻意没有提白竹的名字，怀荆眉眼低垂，骨节分明的手指擦了一下紫砂壶，淡淡地问了一句。

"啊？"陈婉婉愣了一下，抬眼看看他，又看看旁边的许星空，干笑一声，说，"对，当时交了一年的学费。"

许星空看了一眼怀荆，只见他慢条斯理地给她续了杯茶，浅褐色的眸子中看不出什么情绪。他不着边际地夸了一句："白先生画画挺好的。"

听他这么一夸，陈婉婉眉头一跳。白竹喜欢许星空，在座的三个人都知道，所以她俩刻意没有提白竹的名字，没想到他倒先提起来，不仅如此，还夸了白竹一句。

陈婉婉觉得自己对怀荆的判断有些误差，没想到他竟然是这么大度的人。

空气中氤氲着淡淡的清茶香气，陈婉婉最后说了一句："怀总真是……心胸豁达。"

她一说完，怀荆将紫砂壶放到一边，淡淡地瞟了一眼窗外的远山，理所应当地说了一句："那是当然。"

詹良庭在服务员的引领下，抱着康康到了房间。刚一进门，詹良庭就道了声歉："不好意思，我来晚了。"

詹良庭穿了一件格子衬衫和一件黑色马甲，下半身则搭了一条牛仔裤。他今年也三十多岁了，但陈婉婉喜欢小鲜肉，给他搭配的衣服都很减龄。

好在詹良庭浓眉大眼小平头，看着也不违和。

詹良庭是一路小跑着过来的，康康跟不上他的步子，直接被他抱了过来。他怀里除了康康，还有一个印着恐龙图案的书包。

许星空发现，现在好多小孩子都喜欢恐龙这种远古动物。星远结婚的时候，糊糊也抱了个恐龙玩偶。

"星空阿姨！"康康脚一沾地，就撒着欢跑到了许星空身边，一下撞进了许星空怀里。

小家伙比上次见面时长高了一些，这么冲过来，许星空被撞得往后仰。怀荆赶紧伸手扶住她，缓和了小家伙冲进她怀里时的力道。

怀荆扶这一下十分自然，像是下意识保护许星空一样。陈婉婉接过书包放到一边，看着两人一个抱着孩子，一个给詹良庭斟茶，刚刚的一幕只是一瞬，却让人感觉格外温馨。

陈婉婉感慨完后，声音一抬，说："你长这么大了，星空阿姨都快抱不住你了，下次记得慢点。"

康康被许星空抱着，有些抱歉地看着她，小胳膊一下将她圈住了。他趴在许星空的怀里，抱歉道："星空阿姨对不起，刚才我太想你了。"

"没事。"许星空伸手捏了捏他红扑扑的耳朵，笑着说，"阿姨还能抱得动。"

康康一乐，抬眼时，看到了旁边的怀荆。他一双大眼睛滴溜溜一转，身体直立起来，趴在许星空的耳边，和许星空说悄悄话：“星空阿姨，他是你男朋友吗？”

怀荆似是心灵感应一般，抬眸看了一眼康康。康康对上他的视线，大眼睛赶紧移开了，眼角还带着笑。

康康长得可爱，性格开朗，一双大眼睛随了他妈，看着古灵精怪。怀荆对他最直接的印象，是上次他送给许星空的那幅画。

小家伙年纪不大，倒是挺暖的。

康康的话让许星空脸微微一红，她抬眼看了一眼怀荆，男人也在看她。他姿态慵懒地坐在那里，桃花眼微微上挑，浅褐色的眸子里装着些探究的笑意。

“嗯。”许星空看了一眼康康，笑着问道，“你喜欢他吗？”

康康笑嘻嘻的，奶声奶气地说：“星空阿姨喜欢我就喜欢呀。”

小家伙的话让许星空心里一热，就连旁边的怀荆，眉眼也是微微一挑。

这小家伙真的挺讨喜的。

怀荆这样想着的时候，康康突然想起什么一样，从许星空怀里离开，到陈婉婉旁边将自己的书包拉链拉开了。

他的小手捏着书包，不一会儿就从里面掏了一张画出来。掏出来后，他跑到许星空身边，一双大眼睛兴奋到发光：“星空阿姨你看，这是白老师给我画的恐龙。我说要来和你一起吃饭，他还在旁边画了一只阿姨恐龙。”

随着许星空的目光，怀荆的视线也停在那幅画上。

画上是一片草地，草地应该是康康画的，有些稚嫩，但看着青青一片，朝气蓬勃的。在草地上，画了三只食草性恐龙。

胖乎乎的很可爱，笔触十分细腻。

“白老师画得很好对不对？他超级厉害的，我好喜欢他呀。”康康丝毫不掩饰自己对老师的崇拜，而且急于寻求许星空的肯定。

就事论事，白竹的专业就是画画，他画的画怎么可能不好。

“嗯，很厉害。”许星空点了点头，表示同意。

怀荆听了许星空的回答，看了一眼画上的三只恐龙，眉眼低垂，声音有些低沉：“你喜欢恐龙？”

小家伙眼睛里还闪烁着崇拜的光芒，这崇拜，是对白竹的。他听了怀荆的问题，天真地点了点头，说："对呀，我最喜欢恐龙了。"

望着小家伙眼中的光芒，怀荆眼尾一挑，说："我家有整套的恐龙模型。"

话题一下朝着恐龙的方向发展，除了怀荆以外，三个大人的表情意味不明，而康康则将眼睛睁到了最大。

其实说起来，康康崇拜白竹，是因为他能将恐龙画得很好。小孩子的崇拜很单纯，只要和他喜欢的东西沾边，那基本上就上了他的偶像名单。

可以说，怀荆这句话一抛出来，康康眼珠子都瞪圆了。

他眼睛里对白竹的崇拜，瞬间转化成对怀荆的崇拜。他不可思议道："真的吗？有很多吗？三角龙、霸王龙、翼龙……都有吗？"

怀荆看着靠过来的康康，嘴角微微一挑，说："对，都有。"

"哇！"康康发出了惊天一叹。

怀荆看着小家伙眼中冒出的光，问道："那我和白老师，谁厉害？"

康康随着怀荆的话题走着，听了他的话，十分笃定地点头："你厉害！"

听了小家伙的评价，怀荆伸手揉了揉他的头，对其余三个大人说了一句："你们看，小孩子天真又诚实，最不会骗人了。"

其余三人："你说什么就是什么吧……"

本以为第一次吃饭会有些拘谨，没想到因为有康康在，气氛非常和谐。康康俨然将怀荆当成了新晋偶像，最后趴在他的怀里看起了动画片。

男人身材高大，就算席地而坐，上半身也比一般人看着宽大。康康像个小弥勒佛一样坐在他身前，怀荆身体微微撤开，给他留了足够的空间。

灯光下，男人下颌线紧绷，侧脸精致俊逸，康康时不时问他一句什么。他垂眸看着屏幕，长卷的睫毛在灯光下被打了一层暗影，将他浅褐色的眸子都染黑了。

他神色淡淡，眼中却带着些关心，骨节匀称的手指时不时在屏幕上指着，解答着康康的问题。

窗外春风拂过，带着丝夜间的清凉和白日时储存下的花香。

许星空望着怀荆和康康，在脑海中反复拓印着这个画面，像是永远也不会忘掉一样。

吃完饭，怀荆和许星空回了家。

许星空似乎有心事，一路上不怎么说话。等到了家，她去浴室洗完澡出来，怀荆正拿着刚从书房找来的恐龙相关书籍给 Leo 打电话：“嗯，恐龙模型，最全的一套。”

许星空一愣，想起今天他在康康面前夸下的海口来。

怀荆家很大，许星空现在都没有看过每个角落。她以为怀荆真的有一套，没想到竟然是为了让康康夸他厉害而骗他的。

“你要买一套？”许星空看着他笑着问道。

“嗯。”怀荆起身走到女人身边，将领口的扣子解开了，灯光在他的锁骨上打下一圈暗影，男人神色淡淡，“即使长大了，也要保留孩子的纯真。”

他为自己的行为圆着场，许星空却一下将他揭穿了。

她看着怀荆，问道：“你不是还夸白竹学长画得好吗？怎么康康夸了一句，你就……”

许星空说话的时候，怀荆已经走到她身边。他双手支在她的身侧，脸上并没有被戳穿后的窘迫。他低头吻了一下女人的唇，眼尾轻轻一挑，沉声道：“我夸白竹可以，别人当着你的面夸他不行。在别人眼里，我一定要比他强，因为你最后选择的是我，我不能让别人质疑你的眼光。”

没想到他吃个醋，都吃得这么考究。

许星空心里甜丝丝的，笑得眼角一弯，抬头碰了碰男人的鼻尖，问道：“你喜欢康康吗？”

她今天话不太多，问了这么一句，怀荆心里大致就明白了。他想起她看着康康的眼神，抿唇道：“还行。”

“我挺喜欢的。”许星空目光一闪，她低下头，笑了笑说，“我喜欢小孩子，我也想……哎……”

在许星空说话的时候，怀荆将她推倒在了床上。他半跪在她双腿间，微微垂眸，白皙修长的手指轻轻地将衬衫的扣子解开了一粒：“光想是没用的，要付出行动。”

“啊？”许星空还没反应过来，怀荆低头吻下，将她的睡袍扯开了。

许星空迷迷糊糊的，眼睛都眯成了一条线，像小猫咪一样，乖巧地被怀荆抱在怀里，呼吸轻轻地喷在他的胸膛上，温暖湿热。

听着她匀称的呼吸，怀荆将她耳边的发丝撩到耳后，在她耳垂上轻轻咬了一下。

“嗯？”许星空头一歪。

“你带我见了你的朋友和家人。”怀荆在她耳边轻声笑道，“接下来，该我带着你见我的朋友和家人了。”

像是滚滚乌云下突然响了一记闷雷，原本昏昏沉沉的许星空，一下清醒了。

什么？

周日许星空还要完成颜嘉琳交代的工作，再加上怀荆突然提出带她见家人让她有些措手不及，所以怀荆将带她见家人的计划推迟到了下周。

一到周六，怀荆就开车载着许星空去了卿平寺。

四月中旬的清九山，叠着一层浅翠色。山峰高耸入云，天空蓝得发亮，像是和山峰连在了一起。

今天天气很好，空气似乎都被太阳晒得稀薄了些。青山绿水间，钟鸣在寺庙里响起，悠长沉重。

春天的九仙湖没有了冬日里萦绕在湖面上的那层水汽，湖面有人撑舟而过，舟底漾起一圈涟漪，涟漪四散开来，透过水面，能看到湖底的圆润石块。

清九山像一幅轻描淡写的山水画，卿平寺则像是山水画中最浓墨重彩的那一笔。

刚一下车，许星空就嗅到卿平寺里飘出来的檀香，像一缕烟抚平了她心中的不安。她随着怀荆一同进了卿平寺。

今日虽是周六，但人不多，也可能是因为他们来得比较早。此刻，寺庙内的僧侣正在念佛堂诵经。

僧人们的念诵声，像他们手上的佛珠一样，透着浑厚而沉静的力量。许星空站在阳光下，心里渐渐安宁了下来。

“去她房间等着吧，晨诵还有一会儿。”阳光下，怀荆扫了一眼念佛堂诵经的僧侣，神色淡淡地说了一句。

许星空看了他一眼，怀荆对上她的视线，说：“我父亲去世那年，我母亲就出家了。怀莞那时候才五岁，天天吵着要妈妈，我几乎每天带她过来，知道这里晨诵的时间。”

怀莞五岁，他也不过才二十三岁，刚刚硕士毕业。父亲去世，母亲出家，集团里的亲人如狼似虎，他抱着年幼的妹妹来找母亲……

怀荆那钢筋铁骨般的意志，就是这么锤打出来的。

他们普通家庭有普通家庭的苦恼，而怀荆的家庭里，又何止是苦恼那么简单。

怀荆站在院子中央，周围香火被阳光照透，缠绕在他的身侧，他浅褐色的眸子里装着淡然，似乎已经将这一切看透了。

“知道我妈晨诵的时候我都带着莞莞做什么吗？”怀荆浅笑着问道。

看着他云淡风轻的模样，许星空也笑了笑，摇摇头说：“不知道。”

她一说完，手被男人拉住，十指相扣，怀荆牵着她进了厅堂旁边的小院。

小院里，姻缘树上挂着红色的姻缘牌，红色的丝带像雨水一样往下垂着。微风拂过，姻缘牌发出清脆的声响。

春天的姻缘树已经郁郁葱葱了，像一把绿色的大伞，将地面笼罩住。

他们在姻缘树下站定，怀荆指了指上面的姻缘牌，眼尾微挑，说：“仔细看，能找到不少怀莞的名字。”

随着时间的推移，姻缘树上的姻缘牌多如牛毛，许星空看着被阳光晒透的树叶，脸上映着斑驳的阳光。

“没找到？”怀荆见她找得认真，问了一句。

脖子仰得有点酸，许星空看了怀荆一眼，脸颊泛着一层淡淡的粉色，说：“我在找你的。”

怀荆眉梢微微一挑。

“没有你的吗？”许星空抬头继续找。小时候和怀莞一起扔，不可能只扔了怀莞的吧？

许星空正找着，面前突然出现了一只手，白皙修长。后面三根手指被拇指压住，只有食指伸出，指向了某个方向。

许星空顺着他的手指看过去，看到了密密麻麻的姻缘牌中间的两个。

一个姻缘牌上写着许星空，一个姻缘牌上写着怀荆。

许星空的视线缓缓涣散开，她记得那个姻缘牌是第一次来时陈婉婉让她扔的。她自己都忘了扔哪里了，怀荆竟然找到了。

他的这个姻缘牌，还是她回淮城那天，他从母亲房间出来后，趁着月色找到许星空的姻缘牌后扔上去的。

已经记不清那晚找了多久，怀荆视线微垂，对上许星空的眼睛，淡笑道："姻缘树下求姻缘还是挺灵验的。"

喉间像是窜起了小火苗，撩拨了一下她，让她喉头一哽。许星空笑了笑，望着满树的姻缘牌，说："那莞莞该有多少男朋友啊？"

"莞莞有男朋友了？"小院门口，一个女人震惊的声音传了进来。

姻缘树下的两人，皆转头看向小院门口。

门口站着一个约莫四十岁的女人，她穿着一身青色长袍，长袍长而宽大，丝毫看不出身段。虽然穿着这么粗糙的僧袍，但女人的那张脸依然精致绝美。

她脸上未施粉黛，已经剃度，却仍十分漂亮。长眉桃花眼，翘鼻樱桃唇，标准的鹅蛋脸下脖颈修长。

她虽上了年纪，却没有女人苍老后的那种苍老颓败感。她一双浅褐色的眼睛格外有神，还透着些超脱后的天真无邪，像雨后初开的百合。

看着她的眼睛和眉形，许星空就认出她来。怀荆将手搭在她的肩膀上，冲那人叫了一声："妈，这是许星空。"

许星空脸一红，低头叫了一声："阿姨好。"

何清如刚刚晨诵完，手上还戴着一串佛珠，她虽长得美，却没有攻击性，看着柔美娴静。看着许星空，她桃花眼一亮，说："你好，我听怀荆说过你，你们在这儿等久了吧，去我房间吧。"

何清如说话时，像个小孩子一样，纯真又爽朗。许星空渐渐放下了紧张，跟着她去了她的房间。

卿平寺后山上基本是三四十平方米的小屋，青瓦白墙，透着些古朴和古风的韵味。

小屋是一居室，许星空进去后随着母子俩脱了鞋。房间内开着窗，木窗被一根木头撑起，一片方形的阳光落在正中央的小桌子上。

小桌子上放着一盏灯，灯旁边是用布包住的经书。旁边还有一个笔筒，笔筒里装着几支笔，旁边放了一个小本。

除了这些，还有一套茶具。茶具是紫砂壶，看着古朴，不起眼。

一般这种紫砂壶是用好茶煨出来的。有些看着不起眼的壶，煨的时间越久，价值就越高。

三个人坐好后，怀荆打开茶壶开始泡茶。茶壶盖子一打开，许星空先嗅到了一股茶香，似乎是茶壶自带的香味。

怀荆泡茶的时候，许星空扫了一眼桌子，这才看清楚了何清如这一桌子的名牌。

灯是古驰的，装书的格子布包是巴宝莉的，笔筒是普拉达的，笔筒旁边的小本是香奈儿的……

看着这一切，许星空想起了上次陈婉婉看到的那个浑身名牌的尼姑，看来真的是怀荆的母亲。

“我喜欢收集这些。”见许星空打量，何清如笑起来，说，“这些东西都不贵，但是挺好看的。”

不……不贵吗？

不过也是，何清如在何家就是公主，嫁给怀荆的父亲后也一直被宠着。名牌对于有钱人来说，都是唾手可得的东西。

像何清如，她根本不在意牌子是什么，只是觉得东西好看，所以就买了来用。

印象中，浑身名牌的女人都是高贵冷艳的贵妇，而怀荆的母亲……

怀荆泡了茶，何清如和颜悦色地递了一杯给许星空，像是小孩子推销自己吃过的棒棒糖一样告诉许星空：“这个茶可好喝了，是何遇做的，好喝极了，你快尝尝！”

看着她脸上的笑，许星空不自觉也被传染，她接过茶杯，礼貌地点点头说：“好的，谢谢阿姨。”

怀荆的母亲，挺可爱的。

因为何清如的性格，见家长的氛围变得十分亲密祥和。

何清如不但是大牌鞋包的爱好者，还是护肤品爱好者。许星空刚喝完茶，闲聊几句后，不知道怎么就扯到了护肤上。

她盘坐着，屁股微微抬起，双臂像小学生一样搭在桌子上，一双漂亮的桃花眼在许星空脸上认真看了一圈后，开始给她分析她的面部肌肤问题。

那如数家珍的样子，堪比商场的推销员。

她分析完后，挑了支钢笔，在一个小本本上列了一张单子递给许星空，说：“你以后护肤品换成这些……”

许星空看着纸上列的一堆大牌，不光护肤品，何清如连香水品牌和型号都列好了。

“不用你花钱，怀荆能赚钱。你买，听到了吗？”何清如修得干净整洁的指甲指着儿子，像是安排他去买瓶酱油一样。

怀荆眉尾一挑，轻车熟路地拿过单子，神色淡淡地应道：“嗯。”

看来何清如平时没少这样差遣他。

见家长无非就是闲聊，互相了解后，话题就聊到了她们认识的纽带——怀荆身上。

“怀荆挺像他爸爸的，听妻子的话。但就是一点不好，解决问题简单粗暴，一点也不浪漫。”

听她这么一说，许星空抬眼看了看坐在她旁边的男人。怀荆坐在靠窗那一边，他双手撑在身侧，身体微微后仰，姿态慵懒闲散。

他在她和何清如面前，似乎格外放松，阳光下睫毛泛着光，浅褐色的眸子里透着笑，神色也轻松自然，和平时完全不一样。

他平时像一块冰，现在像一杯草莓味的沙冰。

在她看着他的时候，男人似乎察觉到了，眼眸往她这边一侧，眸中笑意加深。

许星空收回视线，脸微微一烫，喝了口茶，说：“他还可以。”

怀荆看着她阳光下渐渐被晒得红透的耳垂，嘴角微微勾起。

“真的？”何清如有点惊讶于许星空的回答，而后，她不无感慨地做了一个总结，“多亏我这优秀的基因中和了一下。”

和何清如聊天，气氛一直都是轻松愉悦的，就像晒着冬日的阳光，不刺眼，很舒服。何清如是个很容易满足且心思单纯的人，看上去乐呵呵的，什么事情都不放在心上。

这一点，怀莞完完全全遗传到了。

提到怀莞，何清如忧心忡忡地问了一句："你们说莞莞有男朋友了？真的假的？"

想来她把他们的玩笑话当了真，许星空刚要解释，旁边怀荆下巴一抬，说："对。"

许星空一愣，看了怀荆一眼，旁边何清如的脸色已经变了几变。

"你们兄妹俩，一个一大把年纪才找女朋友，一个小小年纪就找男朋友，真是让我操碎了心。"

也不知道她哪里操过心，怀荆腹诽，但他只说："她这个学期结束就回国了，你可以回家好好管教她。"

许星空这才明白了他的意图。

何清如当时是为了避嫌才出家的，现在事情已经结束，她也可以还俗了。

望着儿子，何清如神色沉敛，半晌后说："算了，让她找吧。我把她生得那么漂亮，找男朋友怎么了？"

有些时候，遗传真的很强大。

中午，怀荆和许星空在卿平寺里吃的斋饭，何清如在寺里挺有威望，到斋堂的路上不少僧侣双手合十与她打招呼。

许星空看着她回礼时虔诚而又谦卑的神色，感觉她以后可能都不会还俗了。

人人都以为她因避嫌而出家，或许，在她心里，其实是出于对怀荆父亲深深的爱与忠诚。

吃过饭，怀荆接了公司里的电话先一步出了斋堂，许星空和何清如随后走了出去。

第九章

我喜欢你这个宝宝

斋堂立在寺庙的最高处，正是阳光最盛的地方。出门时，何清如站在一侧，遥望着清九山对面的那座高山，半晌后，笑了笑说："你的名字很好听，怀荆小时候就喜欢星空。"

怀荆小时候喜欢的星空，和她自然不是同一个。但何清如的话，仍然让她有些羞涩。

"他是个长情的人。"何清如声音低沉，浅褐色的双眸淡然如水。但在这层淡然深处，又悬着厚厚的思念。

许星空望着她的神色，双眸微抬。

她刚要说话，何清如又是一笑，恢复了往常的样子，笑眯眯地说："我儿子就交给你了。"

许星空喉头一动，看着何清如，淡淡一笑，点头道："好。"

何清如现在是在修行，怀荆和许星空不能打扰太久。吃过斋饭后，两人便准备启程回去。临行前，何清如将提前准备好的礼物给了许星空。

礼物她准备了一大箱，全是各个品牌的定制与各种经典款的包、珠宝。

许星空从没见过哪个人送大牌珠宝和名牌包，像送馒头一样这么豪放的。她一时有些无措，抬眼看了看怀荆。

怀荆垂眸扫了一眼箱子里的东西。东西都是新的，珠宝都是何清如以前在怀家的时候就买下的。

他神色镇定，看着一条彩钻的吊坠，问道："这不都是你的宝贝吗？"

"对啊。"何清如爽快地承认了，她看了一眼许星空，眼睛里满是喜爱，"星空也是我的宝贝，我把宝贝送宝贝，怎么了嘛！”

怀荆嘴角微挑，看着一边的许星空，淡淡地说了一句：“没怎么。”

将东西放到车上后，知道他们母子俩有事情要谈，许星空先上了车。

待许星空上了车，何清如将视线收回，眼睛里还带着笑，说：“带着星空去趟大宅吧。”

垂眸看着母亲，怀荆的回答简短而利落：“不去。”

“你带给老太太看看。”何清如说，“她不同意是她的，我是你妈，我同意就行。”

何清如抿抿唇，说：“带去给你奶奶看看，就当是给你爸爸看的。”

怀荆看着何清如，她脸上的神色没什么变化，但手上的佛珠停止了捻动，干净的指甲上反射着阳光。

怀荆打开车门上了车，许星空与车外的何清如挥手道别，待车镜里的人影看不到了，她才收回目光。

“我妈让咱们去趟大宅。”见许星空收回视线，怀荆和她说了他与母亲的对话内容。

许星空目光一动，看了一眼旁边开车的怀荆。男人坐在驾驶座上，神色平淡。

说实话，许星空是理解何清如的想法的，就像她妈，也总想让她和星远不要离许家太远。

怀荆这话虽然是陈述句，但其实是在询问许星空的意见。许星空没有意见，点了点头说：“好。”

侧眸看了女人一眼，怀荆嘴角一勾，说：“那现在过去。”

这么快？

两人从卿平寺赶到大宅的时候，已经下午四点多了。怀荆一进门，一个五六十岁的胖乎乎的妇人就走了过来。看到他和许星空，妇人脸上一喜，说：“太太在院子里修剪花草。”

春天一到，客厅别院的花花草草都是梅老太太亲自修剪。

大宅和卿平寺的气氛完全不同，许星空来过一次，记得上次来时的冷清与空旷。而这次来，似乎比上次更为孤寂了，透着浓浓的冷漠。

两个人穿过走廊，到了上次许星空见梅老太太的那个客厅，客厅里没人，怀荆打开侧门，两人到了客厅的别院。

梅老太太穿了一身墨蓝色的旗袍，脖子上戴了一串上好的珍珠项链。她的头发梳得一丝不苟，脸上还化了淡妆，给她添了些气色。

怀荆进门的时候，她正在修剪山茶花。听到开门声，梅老太太转身，看到怀荆和许星空后，脸上漾起一抹笑容，笑着说："你们来了？"

她将手上的修剪刀递给旁边的园丁，迎上来后看着许星空，问道："你就是怀荆的女朋友？"

梅老太太面色温和，带着老年人特有的慈祥，许星空不自觉地放松下来，点点头，说道："是，您好，太太。"

"叫我奶奶就好。"梅老太太亲切地说着，握住了许星空的手，她刚刚拿过修剪刀，手心有些凉。她抬眼看着怀荆，"既然是怀荆的女朋友，就要随着他一起叫的。"

既然梅老太太这么说，许星空脸微微一红，看了一眼怀荆后，叫了一声："奶奶。"

"今晚就在这里吃饭吧。"梅老太太说，"你喜欢吃什么，我让何妈给你准备。"

"她喜欢吃鱼。"怀荆替许星空答了一句。

听到许星空喜欢吃鱼，梅老太太一脸了然，笑起来说："怪不得你每次都让何妈做鱼，我记得你小时候不怎么吃鱼的。"

她望着院子里，笑着说："你小时候经常和小翰他们在这里玩，一转眼，你也要成家了。小时候，你爷爷跟我说你们眨眼就长大结婚生子，以后我们就看着你们的孩子在这个院子里玩。不过，你们成家后都搬出了大宅，就算生了孩子，也不会在这里玩了。"

她说得无心，可许星空还是敏锐地听到那句"你们的孩子"。

或许是她多心，或许是她敏感，许星空刚刚温暖起来的手，像她的心那样变得冰凉。

"走吧，进房间吧。"梅老太太似乎没察觉到许星空的变化，拉着她的手，往客厅走去。

怀荆看着老太太的背影，嘴角微压，眸色沉沉地跟了上去。

现在距离晚饭时间还有一会儿，何妈在厨房里准备，他们三个人坐在客厅里喝茶。到了客厅以后，许星空就被怀荆拉到了自己身边。她还在想刚刚的事情，男人握住她时，才给她渡了些温暖过来。

许星空抬眼看怀荆，他坐在那里，神色慵懒而清冷，这与他在卿平寺时的样子完全不同。

家里的保姆帮忙倒了茶，梅老太太和许星空聊了些家常。她似乎只知道许星空的名字，其他的一概不知，问了许星空老家哪里，家里有几个兄弟姐妹等问题。

看着她眼里透露出来的关心，许星空都一一回答了，手也渐渐回暖。

老太太端着茶杯，问了一句："你们准备什么时候要孩子？"

一句话就戳到了许星空的痛处。

许星空手抖了一下，茶水洒到了身上，她慌忙放下茶杯。

男人微微低着头，拿着纸巾一下一下擦着她衣服上的茶水，他神色淡漠，长而浓密的睫毛下，那双浅褐色的眸子里情绪不明。

在给许星空擦完衣服后，他抬手摸了摸她的脸，示意她别紧张。随后，他将手上的纸巾攥在手里，抬头望着梅老太太："今天这饭，还想吃的话，就吃；不想吃的话，我们就走。"

梅老太太是个人精，外表看着和气，其实早就查清楚了许星空的底细，知道许星空是因为不孕不育和前夫离的婚。

他不想来大宅，是因为梅老太太为了怀家的这份产业，对亲孙子都能那么无情，更何况许星空这么一个女人。

在庭院里的时候她如果住嘴不提，今天他为了父母亲忍忍也就算了，但现在她说得这么直截了当，他也就不打算忍了。

怀荆明显动怒了，而梅老太太却神色平静，用十分理性的口吻道："那怀氏怎么办？"

怀荆抿了抿唇，看着老太太，沉声说："能怎么办？捐给不孕不育机构呗。"

今天这顿饭，最终是没有吃成。

回去的路上，相比许星空，更沉默的倒是怀荆。回到家，许星空去厨房做饭，怀荆则打电话给 Leo。Leo 来后，两人就去了书房，不知道在讨论什么事情。

许星空做好饭后，便去叫怀荆。

书房里，Leo 已经走了，怀荆坐在桌子后面，骨节分明的手指敲着键盘，长眉下，一双桃花眼轻挑。

咪咪趴在他旁边的桌子上，湛蓝色的眸子望着电脑屏幕发呆。

她一进去，咪咪就察觉到了，冲着她“喵呜”一声，从桌子上跳下来，跳到了她怀里。

电脑后，男人微一抬眸，认真严肃的神色在看到她后就消失了，他手上动作一顿，许星空抱着咪咪走了过去。

怀荆正在起草一份文件。

“股权转让书？”怀里咪咪的毛发挠了一下她的脸，许星空右眼微微一眯。

“嗯。”怀荆淡淡地应了一声，轻描淡写地说，“我想把我在怀氏集团的股份转让一半给你。”

何清如送奢侈品像送馒头，怀荆送股份像送水果，他们家真是一脉相承。

许星空有些反应不过来，抱着咪咪坐在了男人的怀里：“你是要报复你奶奶吗？”

梅老太太把怀氏看得那么重要，而他却将她看得那么重要的东西送给了一个外人。

“聘礼。”怀荆伸手捏了捏她的耳垂，笑着说，“当时我爸娶我妈，也是这样。”

只不过后来，他父亲去世后，何清如将她手里的股份转让给了他。而他父亲的那一份，被梅老太太收回去了。

与其说是聘礼，倒不如说是怀荆给她的安全感。

显然，今天梅老太太说的话，怀荆受到的刺激更大。他害怕许星空因为梅老太太的一番话，变得敏感自卑，索性用这份“聘礼”将她的后顾之忧解决了。

许星空喉间有些酸涩，她抬眼看着怀荆，再想到这些股份是他用十年的时间抢回来的，心中的感觉更为复杂了。

她笑了笑，看着怀荆，说：“你不怕转给我后，我卷着这些股票跑路了吗？”

灯光下，男人五官俊逸精致，他眼尾一挑，问道：“你带着股份跑了，能经营好吗？”

许星空一愣。

男人嘴角微勾，眉眼带笑，柔声说：“带着我一起跑，我还能帮你经营公司。”

眼睫微颤，许星空望着怀荆，轻轻叹了一声。

不管是股票还是其他什么东西，许星空都不需要。现在她最需要的，就是怀孕，她想生个属于她和怀荆的孩子。

然而，孩子没有来，许星空的月经来了。

这次月经，依然伴随着疼痛。甚至在来月经前几天，她就感受到了小腹的坠痛。但这种疼痛不强烈，而且时间短，她也没有往月经上想。

没想到半夜的时候，她被痛经痛醒。许星空翻了个身，感到自己双腿间有些凉，在她准备起身查看时，旁边怀荆越过她，打开了卧室的大灯。

灯光下，男人神色认真，蹙眉盯着她，伸手摸了摸她的脸，掌心的温度传递到脸上，许星空也渐渐清醒过来。

“我肚子疼。”许星空说了一句，声音里还带着些刚睡醒的迷糊。

怀荆抱起许星空，让她躺在了自己刚才躺的位置。他刚睡过的地方很热，烫着她的腰，让她舒服了不少。

将她放好后，怀荆拿过一边的衬衫套上，扣子随便一扣，便忙活了起来。

给她整理干净后，怀荆将她连被子一同抱了起来，像是抱了个被裹住的蚕蛹，把她抱去了隔壁的次卧。

被子上还有主卧床上的温度，到次卧后，许星空倒没觉得难受。小腹传来阵阵坠痛，还伴随着疲劳，她昏昏欲睡的时候，往往又被疼醒。

痛经真是要人命啊。

怀荆安顿好她后，就出了卧室。一刻钟后，许星空嗅到了姜糖水的味道。

只是闻着味道，她就觉得痛经好了大半。

许星空抱着白瓷碗开始喝姜糖水，烫口的姜糖水带着辛辣从嘴巴一直暖到肚子，许星空觉得舒服了不少。

在她喝姜糖水的时候，怀荆就坐在她的身边看着。他双手撑在身后，侧眸盯着许星空将姜糖水喝完，问：“舒服点了吗？”

脸被姜糖水的水汽蒸得潮红，许星空出了一身汗，接了怀荆递过来的热水，喝了两口冲了一下嘴里的辛辣。

“嗯。”她回答得有些虚弱。

怀荆望着许星空又累又痛的样子，将东西收拾好后，脱掉衣服上床，把她抱在怀里。

他身上暖，许星空的后腰靠在他的腹部，男人的腹肌紧致结实，像块热石头。与此同时，怀荆把手掌放在她的小腹上，一下又一下地轻揉起来。

“嗯，不用了。”许星空被揉得很舒服，她眯着眼睛，有些困。

她刚说完，怀荆就咬了咬她的脖子，许星空痒得缩到了男人怀里，耳边男人声音低沉似水：“你先睡，不然我也睡不着。”

嘴巴里似乎还留有姜糖水的甜味，一直甜到了心底，许星空浑身上下暖烘烘的，她对怀荆说：“虽然痛经，但我还是喜欢来月经。”

怀荆吻了吻她的耳垂，问道：“为什么？”

“来月经才能怀宝宝。”许星空说。

男人的动作微微一顿。他沉默半晌，然后对怀里的女人说：“我宁愿你不怀宝宝，也不想让你痛经。”

“啊？”许星空愣了一下，抿唇道，“你不喜欢宝宝吗？”

“喜欢。”怀荆说，“你看我多喜欢你这个宝宝。”

许星空原本揪着的心，像是被他温柔地解开了，她在他怀里蹭了两下，脸上带着笑，心满意足地睡了过去。

痛经只持续了一天，等到周一上班的时候，许星空已经好了，只是干活的时候身体有点虚。怀荆可能提前打过招呼，颜嘉琳两次出现场都是带着陈婉婉去的。

出完现场回来，陈婉婉找到许星空，问道：“你身体不舒服啊？”

许星空没跟着出现场，但办公室的工作也不少，她看着陈婉婉，笑了笑说：“大姨妈来了。”

对一般女人来说，来例假是件稀松平常的事情，但对许星空来说，这简直是新闻。

陈婉婉听她一说，“哦”了一声后，随即反应过来，她吃惊地看着许星空，说：“哎，这次周期短啊。”

“嗯。”许星空笑着点头，说，“我约了彭中医，她这周周六有时间。”

上次彭中医说，让她经期稳定后再过去，许星空显然是等不及了。但陈婉婉理解她的心情，毕竟盼了那么久，终于有点好转，她不知道多开心呢。

不光许星空开心，陈婉婉也开心。她盘算了下时间，说：“这周六有季末集团会议，怀总没时间陪你吧？我陪你去吧。”

“啊。”听了陈婉婉的话，许星空抿了抿唇，说，“他把集团会议推迟到周日了。”

陈婉婉：“告辞。”

再次来到彭中医所在的小镇，许星空觉得有几分亲切。

春天过来和冬天过来的感觉大不相同，小镇旁边的两座山上一片生机勃勃，像是重新泼了一层新绿色的颜料。

山脚下那条溪流的水位相比冬天也涨了些。今天天气很好，气温不高不低，小溪旁边，几个女人正在石板上搓洗着衣服。

“这里空气很好。”许星空打开车窗，望着路边的绿化带，笑着和怀荆说。

“喜欢这里？”怀荆眉眼间带着笑，问了一句。

她点点头，回头望着怀荆，黑曜石般的眼睛里闪烁着星光：“嗯，来这里心情很好。”

从上次来月经到现在，许星空的心情一直很好。怀荆知道她心情好的原因，他虽然不在意最后的结果，但看着许星空怀着希望，他就想不顾一切地让她愿望成真。

中医院门口依然是小镇最热闹的地方，停了不少车。在横七竖八的车子中间，有两块开辟出来的小绿化坛。上次和陈婉婉来时，绿化坛里只有几根枯树枝，现在里面种了一些无名小花。

刚进中医院，他们就闻到了一股熟悉的草药味。医院里仍然有很多正在排队挂号看医生的人，熙熙攘攘的。

他们直接约的彭中医，许星空带着怀荆，熟门熟路地去了二楼。

和一楼的热闹不同，二楼很安静，走廊里空荡荡的。到了走廊最里面的房间，许星空敲了敲门，里面说了一声“进来”，怀荆推开门，许星空走了进去。

与上次见面时相比，彭中医的模样没什么变化。她穿着一身白大褂，戴着眼镜，看着手上的书。听到有人进来，她眼睛抬起，从眼镜上方看向门外，看到了许星空和怀荆。

“彭医生好。”许星空笑着打招呼。

彭中医的气质是有些冷淡的，但不知是上次她说王舜生的孩子不是亲生的，还是说这次她因为喝了药身体变好，许星空总觉得她很亲切，像自己的奶奶一样。

在许星空打过招呼后，怀荆也礼貌地点了点头，打了声招呼。

彭中医看着六十多岁的年纪，一头花白的头发，脸上有些许的皱纹和老年斑。虽然皮肤里透着苍老，但她的双眼犀利有神，这也让她看着年轻不少。

见到两人，彭中医淡淡地应了一声。

“拿椅子过来坐下，我把把脉。”她吩咐道。

“好。”许星空应了一声，怀荆已经将椅子移到了彭中医的办公桌前。

彭中医在小两口动作的时候，抬眼扫了一下怀荆，她将手上的书放在一边，拿了旁边的白布垫在桌子上，让许星空把手搭在白布上。

“这次月经周期多久？”彭中医把着脉问了一句。

许星空盘算了一下时间，回答道：“四十几天。”

比起先前一年来两次月经，四十几天对许星空来说已经是很大的进步了。她心里雀跃又激动，彭中医倒是神色淡淡：“还痛经？”

“嗯，只有第一天。除此之外，来月经前小腹会坠痛，不过不厉害，而且时间也短。”

听了许星空的话，彭中医微微动了一下手指后沉默了。半晌后，把完脉，她将手收回去，说：“继续调理，这次换药方，量也要加大。”

“苦吗？”在许星空兴奋时，怀荆问了一句。

彭中医看了一眼怀荆，像是才看到他一样，她扫了一眼许星空，许星空介绍道：“他是我男朋友。”

“比上次苦得轻些，这次主要调理宫寒。”

从彭中医那里回来，许星空还带了一车的中药。因为看到了希望，尽管中药很苦，许星空还是喝得甘之如饴。这些怀荆都没办法帮她，只能买了些她喜欢的糖，放在厨房里，等她喝完药时给她塞两块。

许星空将药喝完，嘴里被男人塞了一颗糖，甜橙的香气在嘴里化开。她睁开眼睛，眼睛里带着惊喜，像一轮圆月倒映在了她的眼底。

“这次的药真的没那么苦。”

怀荆周日要开一天会，他为了怀氏忙碌的时候，许星空也想起了自己的企业。在家逗了一会儿咪咪后，她拿了些零食，去了和平街。

和平街的周末永远是熙熙攘攘的，许星空刚到街口，就看到了一身浅紫色小洋装的皇甫壹朵。

皇甫壹朵今天穿的小洋装，外面是浅紫色吊带蓬蓬裙，里面是粉色娃娃领衬衫。衬衫上绣着一个大大的粉色绸缎的蝴蝶结，蓬蓬裙上则围了一圈蕾丝边。

她头发染成了粉灰色，扎了两个丸子头，戴着许星空去年圣诞节送她的发箍，眼角处画着几颗小星星。

从远处看过去，真像小精灵一样。

许星空刚到街口，趴在地上的阿金一下抬起头，皇甫壹朵看到它这样，也随着一起转头看向了街口。

许星空边往这边走，边冲他们笑。

“姐姐！”皇甫壹朵像只花蝴蝶一样跑了过来，小皮鞋在和平街的地砖上嗒嗒作响。

许星空笑着抱住她，将手上的零食递了过去。皇甫壹朵接过零食，高兴坏了，带着许星空就往吾饮走。

吾饮里，杜一哲刚做好最后一杯奶茶，他穿着绿色的围裙，清爽干净。

“姐姐，你自己一个人过来的吗？”待许星空坐定，皇甫壹朵还扒着门往街口看，似乎在等着谁。

“嗯。”许星空点点头。

皇甫壹朵脸上闪过一丝失望，说：“要是姐夫一起来就好了。”

两人确立关系后，怀荆专门带着她请杜一哲小两口吃过饭。

杜一哲正在给许星空做奶茶，他手指轻轻敲了敲皇甫壹朵的脑袋，不满道：“你老想着姐夫干什么？”

皇甫壹朵抓住他的手指，笑嘻嘻地说：“我新写的那本漫画，画手马上就要开始画了，我看看姐夫找找灵感嘛。对了，那本小说我让姐夫做主角。”

她说的做三角的意思，是用怀荆做人设。

抽回手指，杜一哲挑眉看着她，问道：“那我呢？”

拆了许星空拿过来的酸奶条，她塞了一根到杜一哲的嘴里，笑眯眯地说：“你是我人生的主角呀。”

年轻人的爱情，带着香草冰激凌的气息，清爽又甘甜。

杜一哲笑起来，伸手揉了揉她的头发。

许星空看着两人打闹着，心情也变好了。

三个人说话的时候，皇甫壹朵突然“呀”了一声，看着门外说道：“白老师。”

听了她的话，许星空一愣，顺着她指着的方向看了过去。佳廷公寓的门口，白竹和卓年正说着什么往外走。

三四点的阳光斜照在长街上，男人和少年在阳光下显得干净明朗。他们师徒俩的风格都偏日系，格外养眼。

经过上次一起去李城，皇甫壹朵小两口和白竹已经很熟悉了，平时碰到也会打招呼。似乎听到了皇甫壹朵的声音，白竹往吾饮的方向看了过来，看到了坐在那里的许星空。他和旁边的卓年交代了一句什么，便转身朝着吾饮走了过来。

这是上次分开后，两人第一次见面。

看白竹往这边走，许星空也起身，朝着他走了过去。最后，两人走到了街道中间的位置，站定了。

再见许星空，白竹的神色里带了些云淡风轻。他眉眼间依然是艺术家的高冷，但嘴角勾起，带着和煦的温柔。

“要去忙什么？”许星空看了一眼卓年，先开了口。

白竹回答道：“五月初卓年要开画展，我和他去看看场地。”

没想到卓年小小年纪，就要开画展了。许星空惊讶了一下，不过她很快了然，笑着说道：“名师出高徒。”

听了许星空的夸奖，白竹淡淡一笑，不置可否。

两人站在街中央，周围是来来往往的人群，他们之间的关系似乎又回到了当初刚刚认识时那样，不咸不淡，距离刚好，如老友一般。

沉默了一会儿后，许星空开口说了一句：“谢谢你。怀荆说他去淮城前，碰到了你。”

剩下的话，许星空没说，但也不用说。

白竹目光微垂，黑亮的眼睛如漆黑的夜空，没有点点星光，却透彻明亮：“我希望你幸福，我给不了你，他能给得了。”

心下一叹，许星空笑了笑，没有否认。

话一说开，气氛比刚刚自然了很多。

白竹看着许星空，道：“上次我去李城，彦安问起你了。”

没想到自己才去了一次，就被彦安记住了，这让许星空有些受宠若惊，她似是有些不信，问道：“她记得我？”

“嗯。”提到孩子，两人似乎又有了共同话题，白竹一笑，“粉红阿姨。”

听到彦安给自己取的名字，许星空也是一笑。

“我五月中旬会再去一次，你要一起吗？”说完，白竹补充了一句，“带着怀先生。”

他邀请得很自然，为了避嫌，还加上了怀荆。

白竹是个很淡然又很激烈的人。

在许星空单身时，他追得猛烈；在许星空有男朋友后，他又将他们之间的界限划得十分分明。

许星空很欣赏白竹，那种带着尊敬的欣赏。

“好。”许星空点头答应。她也确实该去看看彦安了，这次如果带着怀荆去，有白竹在，彦安也不会太过抵触。

约定好后，听到卓年有些着急地叫了一声“白老师”，两人就这么分开了。

许星空在吾饮陪着皇甫壹朵和阿金玩，五点半的时候，怀荆开车来接她，她便去了佳廷广场的地下停车场。

男人的车子依然停在E区，许星空走过去，车里的怀荆似乎感应到了一般，微一抬头，对上了她的视线。

女人眼中带笑，见到他后，笑容加深，快步走到车前，打开车门上了车。

这几天她的心情都不错，但今天的心情明显更好。怀荆伸手捏了捏她的脸，笑道："这么开心？"

"嗯。"许星空笑着说，"碰到白竹了，约好五月中旬去趟李城……"

许星空还未说完，身边怀荆淡淡地说了一句："我也去。"

话被打断，许星空微微张了张嘴，说："本来就是带着你……"

许星空解释到一半，扭头看了一眼怀荆，地下停车场的灯很亮，灯光将男人的下巴照得有些透明。

她嘴角一扬，歪着脑袋看着怀荆，语气里带着淡淡的笑："你为什么也要去？你在吃醋吗？"

女人眼睛里反射着灯光，随着她眨眼的动作，一闪一闪地闪到了他心里。

怀荆面色未变，手指轻敲了一下方向盘，双眸下垂，浅褐色的眸子里带着些淡然："没有。不过你在做的事情，我都想参与一下。"

许星空眼尾一弯，笑得甜滋滋的："我不信。"

看着她的笑容，男人眼尾一挑，鼻间一声哼笑。

不信就对了。

五月中旬，夏城的夏季已经露出了小尾巴。

去李城的日子定在了周六，集合地点仍然是佳廷广场的地下停车场。

怀荆和许星空到的时候，远远就看到白竹和两个女人站在那里，一个是冯诗婷，一个是倪佳。

上次一起去李城，两人在车上闲聊培养出了感情，冯诗婷已经把许星空当成了朋友。见她过来，冯诗婷笑着挥手和她打招呼。

她发现许星空这次不是一个人来的，身后还跟了一个男人。

男人个子很高，目测有一米九，但一点也不单薄，身姿挺拔修长，宽肩窄臀，黄金比例，像从杂志上走下来的模特。

他不光身材出众，长相也十分耀眼。五官清隽深邃，皮肤白皙透明，气质矜贵清冷。他长了一双桃花眼，本该潋滟的眼睛，眸色是浅褐色，像昂贵的猫眼石，透着贵气与疏离。

他和白竹的风格完全不同，白竹像是高山流水的山水画，他则是笔触精细的人物画，每一笔每一画都透着造物主的巧思。

冯诗婷打量着怀荆的时候，许星空已经走到了她身边，她看着冯诗婷，先笑着向怀荆介绍道："这是夏大心理学系的倪佳倪教授，这是倪佳教授的得意门生，也是我同级校友，冯诗婷博士。"

介绍完两位，许星空语气一顿，脸微微一红，指了指身边的怀荆说："这是我男朋友，怀荆。"

他们一前一后地走过来时，冯诗婷就已经猜了个八九不离十。第一次见面的时候，冯诗婷便看出白竹对许星空有意思。但许星空很注意避嫌，她也猜到两人没什么希望。

当时冯诗婷还觉得挺可惜的，毕竟白竹是个很优秀的男人。

但现在看到怀荆，看到许星空在怀荆面前的样子，冯诗婷了然了。

一厢情愿和两情相悦，差了一个人的真心，总是不那么圆满。

现在看着怀荆和许星空郎才女貌站在一起的样子，心情都会被感染。冯诗婷笑起来，和怀荆打了声招呼："你好。"

冯诗婷说话的时候，旁边倪佳依然神色淡淡，只是点了点头。

来这里的路上，许星空把他们去李城的情况都和怀荆说了。除了他们，白竹还会带两个心理学方面的专家，一起去给孩子们做心理辅导。

在几个人打招呼的时候，白竹也对怀荆点了点头，两人均礼貌客气。

怀荆和白竹不是第一次见面了，但见面时的氛围，在许星空看来，总透着些不对劲。

可两个人，一个矜贵一个淡然，竟然就这么旁若无人地聊了起来。

"你们自己开车吗？"白竹看了一眼怀荆的车，是一辆越野。

"嗯。"怀荆眉眼微垂，神色淡淡地说，"要带吾饮的两个小朋友一起，星空说你车子坐不下。"

然而实际情况是，上次也带着杜一哲和皇甫壹朵，白竹的车子是可以坐下的，这次多了一个怀荆，才坐不下的。

两人说话的时候，皇甫壹朵和杜一哲来了。

大家集合完毕，准备上路。

白竹和冯诗婷、倪佳坐一辆车，怀荆他们和杜一哲小两口坐一辆车。

冯诗婷上车后，想起什么一样“啊”了一声，问前座的白竹：“星空的男朋友是不是怀氏集团的新任董事长啊？上周财经周刊上有他的专访。”

作为心理学系的博士，冯诗婷对财经类的杂志没什么兴趣，但对美男有兴趣。当时在咖啡厅的时候，她偶尔扫到了，还专门拿过来看了一眼。

“嗯。”白竹淡淡地应了一声。

话题到这里戛然而止，冯诗婷能成为倪佳钦点的博士也不是没有道理的，看眼色水准一流。剩下的话，她只能自己在肚子里感叹了。

白竹车上的交谈，多以这次心理辅导为主，而怀荆的车上有两对情侣，气氛中就带着丝甜兮兮的味道。

杜一哲和皇甫壹朵在后座上甜甜蜜蜜地闹着，前面怀荆开着车，许星空和他闲聊。到了两人的年纪，对于爱情的表达没有那么高调，却比他们更为浓烈。

现在正值五月中旬，沿途的风景比上一次见到时新鲜了很多。透过玻璃窗，看着平原上大片大片的青绿色，似乎能嗅到属于暮春和初夏交接的清新味道。

大家一路上说说笑笑，很快就到了李城。

百闫村处于两座高山之间，十点的时候，太阳刚刚照透百闫村所在的山谷。空气中还飘浮着湿漉漉的味道，阳光穿透薄雾，细小的水滴反射着阳光，让田野布上了一层金黄。

进了村子，一行人直接去了彦安家。

两个多月不见，彦安似乎没什么变化，见到熟悉的人时，眼睛里都是信任，见到陌生人时，一脸警惕。

与上次不同的是，许星空这次也成了彦安熟悉的人。她和彦安打招呼，小姑娘抬眼看了看她，抿唇应了一声。

征询了倪佳和彦安奶奶的同意后，许星空给彦安换上了粉色小裙子。

这条裙子是皇甫壹朵陪着她挑的，是一件粉色背心裙。裙子右边绣了一只白色的兔子，可爱又乖巧。

彦安换裙子的时候，身边只有许星空。一大一小两个人，在储物间里折腾了半晌。将衣服换好后，彦安用小手摸了一下裙子。

裙子是雪纺材质的，摸上去凉凉的，夏天穿也会很凉爽。

“喜欢吗？”许星空看着彦安的手，问道。

她手指甲好像是自己咬的，参差不齐，摸着裙子的时候，也小心翼翼的。

听到许星空的话，彦安抬头看着蹲在她身边的女人，将手收回来，眼睛眨了眨，长睫毛像扇子一样：“喜欢，谢谢粉红阿姨。”

小女孩眼中的信任和喜欢，像一片柔软的羽毛挠过她的心底。许星空笑了笑，伸出手轻轻地将她的刘海拨到耳后，笑着说：“不客气。”

彦安奶奶靠着做草编为生，手上全是老茧，给彦安梳头发时会勾到她的头发，所以现在她都是自己梳头发。

她梳得挺认真，但胳膊短够不到后面，所以用皮筋扎起来后，还有一堆毛茸茸的碎发搭在后脖颈上。

领着彦安出去后，许星空拿了梳子，开始给她梳头发。

她平时打扮朴素，只会梳马尾和丸子头，没什么花样。拿着梳子，许星空准备给彦安扎一个马尾，旁边怀荆突然说了一句：“扎两个。”

许星空和彦安一起抬头看他，怀荆扫了一眼彦安，对上许星空的视线，神色淡淡地说：“从中间将头发分开，扎成双马尾，编麻花辫，缠在一起。”

怀荆说话时退开了一些距离，毕竟他是男性。他虽然不能上手帮忙，但指挥许星空还是可以的。见许星空看他，怀荆长睫下的双眸中带着笑意：“我给怀莞扎过两年。”

怀荆指挥的时候，许星空愣住了。她看着一米九的大男人说着怎么扎头发的样子，心里某个地方被戳得软软的。

根据他的指挥，许星空最后给彦安扎了两个玫瑰花瓣样的丸子头，清新可爱，小姑娘很喜欢。

一行人的午饭，是在上次许星空她们住的村主任家里解决的。

去吃午饭时，许星空和怀荆走在后面，两人十指相扣，田野间吹过带着青草味的风，许星空偷偷看了怀荆一眼。

怀荆正低头看着路，他的侧脸被阳光照到发光，轮廓精致好看。长卷的睫毛下，一双眼睛盯着地面，眼睛里带着些散漫。

他睫毛很长很密，微微卷起。许星空想起彦安的睫毛，也很好看。

如果他们两个生个女儿的话，模样会不会随了怀荆？

许星空看得走了神，旁边男人侧眸看过来时，两人视线一对上，许星空像被看透了一样，脸一红，收回了视线。

“想什么？”怀荆看着她移开视线，嘴角勾笑。

“啊。”许星空愣了一下，随后“哦”了一声，说，“我以前都不知道你会扎头发。”

男人眉眼带笑，淡淡地说：“以后我天天给你扎。”

心尖像滴了一滴蜜，许星空笑起来，问道：“以后要是生了女儿，你会给她扎吗？”

“不会。”怀荆扫了一眼地面，回答得干脆利落。说完后，他嘴角一抿，看着许星空，“她自己以后会有老公，占用你的老公干什么。”

许星空眼角一弯，笑了起来。

吃过午饭，一行人收拾东西准备走了。许星空到村主任家的院子里，用葫芦瓢舀了些水，冲洗了一下手。

怀荆刚刚接了个电话，已经出了院子，杜一哲和皇甫壹朵也一起出去了。

清凉的水浇在手上，自己洗总归不太方便，白竹看了许星空一眼，起身走过去，接过了她手里的葫芦瓢。

“谢谢。”许星空抬眼看着白竹，也不觉得尴尬，自然而然地将双手并在一起，接他浇下来的水。

白竹找许星空是有事情的，看着她将手洗干净，白竹最后又舀了一瓢水，给她冲洗了一下后，说道：“我今天不回夏城，倪佳老师明天有个座谈会，能搭一下你们的车吗？”

怀荆的车是五座，能坐得下。许星空点点头，说：“可以。”

她轻轻地甩了甩手上的水滴，问白竹：“你在这里还有事情吗？”

“嗯。”舀了些水冲了冲自己的手，白竹笑着说，“诗婷负责的齐齐今晚过生日，我和她在这儿陪她。另外，我想给我妈画一幅白岩山的夜空做寿图。”

提到寿图，许星空脑海里隐隐有了些印象。杨文瑜老师好像是五月末过生日，记得上大学那会儿，班上同学还一起给她过过生日。

“杨老师六十岁了吧？”许星空凭着记忆问了一句。

“对。”没想到许星空还记得，白竹惊讶了一下，说，“今年她大病初愈，又是整十的生日，我想大办一下。她平常在家，念叨得最多的就是教过的学生。所以她生日那天，我想邀请一些她曾经教过的学生给她祝寿。”

说到这里，白竹一笑，问道：“五月二十九日，你有时间吗？”

这显然是白竹今天找她谈话的另外一个主题，许星空笑了笑，刚要说话，察觉到身后有个人走了过来。

许星空回头，看到了已经打完电话的怀荆。怀荆没有说话，神色淡淡，嘴角抿成了一条线。

见到他，许星空眼睛微微一睁，对他说道：“我和学长在讨论杨老师六十大寿的事。”

“讨论得怎么样了？”怀荆望着她，问道。

男人脸上没什么表情，许星空摸不透他心里在想什么，说道：“老师五月二十九日生日，我想去给她祝寿。”

说完，许星空收回视线，脸微微一红，问白竹：“能带家属吗？”

她话音一落，两个男人的目光都落在了她身上。

怀荆眼尾一挑。

白竹看着她，笑了笑，回答道：“当然可以，本来就是同学聚会性质的，图个热闹。”

“好。”许星空低着头应了一声。

与白竹分开后，今天回夏城的一行人三三两两地往村口走。杜一哲和皇甫壹朵走在前面，中间是倪佳教授，许星空和怀荆走在后面。

经过一上午的日照，百闫村空气中的湿度降了一些。坑坑洼洼的小路边，柳树都抽了条，微风吹过，拂在脸上，挠得人痒痒的。

许星空的手被怀荆握着，刚刚和白竹告别后，她就有些沉默。

至于为什么沉默……怀荆看到了她微红的耳垂。

眼看着她要撞到树枝上，怀荆伸手将树枝挡开，眉眼一垂，问道：“你要带我去参加你老师的寿宴吗？”

许星空的耳垂又红了些，她“嗯”了一声，低头盯着地面，抬脚越过一块凸起的石头后，说：“带你见见我的老师和同学。”

其实老师和同学没什么可见的，毕竟接触得不如朋友和家人多，许星空刚刚之所以问那个问题，其实是想……

“我只是想告诉你，别人再优秀，我也最喜欢你。”

许星空这句话说得不着边际，但怀荆听懂了。她是担心，她刚刚和白竹说话，他吃醋。

田野里微风吹拂，带了些野花的香气。

怀荆悄悄勾起嘴角，沉声道：“那你的意思是我不优秀？”

很明显，怀荆曲解了她的话，而许星空信以为真。

“不是的。”她连忙否认，索性停住了脚步，抬眼看着他。

午后的阳光有些刺眼，但怀荆将它挡住了。她站在他长长的影子里，看着他脸颊边偷偷透过来的阳光，十分心安。

许星空恍惚了一下，这种似梦非梦的朦胧感，让她握紧了怀荆的手：“你很优秀。我最喜欢你，就是因为你在我心里是最优秀的。”

她解释得认真而笃定，黑亮的眼睛里倒映着他的身影。

耳边柳枝拂过，怀荆微低着头，褐色的双眸中爱意浓烈而炽热。

他鼻间一声哼笑，伸手捏了捏她的耳垂，柔软，微烫：“害羞了？”

被这么一问，许星空的脸红得更厉害了。她轻轻“啊”了一声，低头承认道：“有点。”

“我想吻你。”怀荆说。

“不行，这么多人呢。”许星空有些慌。

许星空正害怕怀荆真吻下来时，突然听到了一个老人的叫声。她循着声音看过去，只见村子里的小路上，一个老人和一个小女孩正往他们这边跑来。

小女孩穿着粉色的小裙子，漂亮得像是桃园里盛开的桃花。

“彦安。”许星空回过身，朝着小姑娘走了过去。

彦安挎着一个草编的小篮子，她跑得很急，颊边的发丝被汗浸湿了些。小脸也跑得红通通的，像是被夕阳染红的晚霞。

许星空蹲在她身边，将她的发丝撩到耳后，笑着问道：“怎么了？”

“果子，给你的。”彦安说着，将小篮子递到了许星空面前。

小篮子下面铺了一层翠绿色的叶子，叶子上有一小堆鲜红色的浆果。不知名的浆果在阳光下晶莹剔透，像红玛瑙。

这是彦安和奶奶刚采的，是这个季节特有的果子，她对许星空道：“果子很甜。”

看着小姑娘莹亮的眸子，许星空的心仿佛塌陷了一块，她温柔一笑，将小篮子接过来，说：“谢谢彦安。”

她现在会去山野里采野果，证明肮脏的事情已经被她埋葬，许星空希望她永远保持着她的童真，一直这样下去。

“阿姨过段时间再来看你。”许星空和彦安保证道。

彦安还有些轻喘，她看着许星空，眉眼间带着认真：“下次会带着小弟弟一起来吗？”

“嗯？”许星空一愣，问道，“什么小弟弟？”

彦安一笑，露出白白的牙齿，可爱又纯真。

她伸出手指，指了指许星空的肚子。

许星空打开门上车，带进了一缕清风。

草编的篮子还带有青草的香味，和红色的浆果味道混合在一起，甜丝丝的。

关上车门，许星空将小篮子递到后面，给了皇甫壹朵和倪佳。皇甫壹朵接过篮子，阳光透过车窗，照着篮子里的红色浆果，她惊喜道：“好漂亮的果子，这是什么啊？”

旁边倪佳看了一眼，淡淡地说道：“茅莓。”

倪佳经常来百闫村，对这里已经很熟悉了。许星空看了一眼倪佳，笑了笑，说：“彦安采的。”

说着，许星空拿了两颗，先递了一颗给开车的怀荆。他注视着前方，姿态慵懒地开着车，似乎并没有被她的话影响到。

许星空将手上另外一颗果子塞进嘴里，咬开后，甜兮兮的汁水在味蕾上绽放开。迎着外面渐渐西斜的太阳，许星空的眼睛微微一眯。

皇甫壹朵坐在中间，刚好看得见副驾驶座上许星空的神色。女人微绷着下颌，侧脸线条被阳光照得透明，耳垂微微泛红。

她望着前方，睫毛在下眼睑打了一圈半圆的阴影，格外温柔。

“姐姐？”皇甫壹朵递了一颗茅莓给她。

许星空眼睫一颤，回头看她。皇甫壹朵一笑，将果子递到了她嘴边，问道：“怎么了？”

她这话一问出，怀荆的视线就落在了许星空身上。许星空抬眼撞上男人浅褐色的眸子，“嗯”了一声，吃掉了皇甫壹朵递过来的浆果，咬开后，笑眯眯地说：“没事。”

听到她的回答，怀荆的眉心小小地蹙了一下。

许星空认为，任何事情发生前都是有征兆的。

她想着彦安的话，总觉得小孩子的话暗示着什么。

一路上，许星空都有些蒙蒙的。等回到家，她才渐渐缓了过来。像是一开始掉进了糖堆，舌头麻痹到尝不到味道，而事后才品出了甜味。

当晚，许星空洗过澡后，躺在床上望着天花板发呆，灯光在她眼睛上蒙了一层淡金色的雾影。

怀荆从浴室走了出来。他刚洗过澡，身上只围了一块白色的浴巾，系在了精致漂亮的人鱼线上。

怀荆的肌肉线条很匀称，带有一种自然的男性美感。似乎是他气质使然，虽然他身材完美，但没有夸张的荷尔蒙气息，反而带有一种撩人的禁欲感。

他头发半干，有些杂乱，黑色的发和白皙的皮肤对比鲜明。浅褐色的眸中，透着慵懒与性感。

许星空看他时，男人下巴微微一扬，修长的脖颈上喉结轻滚，他手臂一动，将头发上的毛巾挂在脖子上，走到床边后坐在了许星空身边。

双手撑在许星空身侧，怀荆的视线对上她的，俯身时，发上带着的水汽清爽又干净，迷了许星空的眼睛。

她脸微微一红，黑亮的眸中带着笑意，看着怀荆渐渐靠近，最后，还有些凉意与涩感的唇落在了她的唇上。

他唇上的涩感来源于未擦干净的水，女人柔软的唇瓣渐渐温暖了他的唇，最后，温暖了他全身。

怀荆的吻渐渐深入又热烈起来。

许星空被吻得有些迷糊，她感受到男人的唇朝着她的耳垂边移动，最后，男人的牙齿轻轻一咬，许星空的神经像是被折断了一样，等他吻到她的耳后时，她的感觉才渐渐恢复。

这样下去，显然是要失控。

许星空一下慌乱起来，她抱住怀荆，有些慌乱地说："不……不行。"

男人缠绵的吻停下了，他微一抬头，舌尖在下唇上轻轻一舔。浅褐色的双眸中，欲望似火，烧得许星空脸都烫了起来。

"怎么了？"怀荆嗓音低沉，带着些压抑的沙哑。

抬眼看着他，许星空咬住下唇，伸手摸了摸肚子。她声音小得几不可闻，像在说一件自己都不确定的事情："彦安……彦安说有弟弟。"

他眸中欲火未消，只是在那火焰上添了一层宠溺而无奈的笑意。

"我明天要验一下。"许星空有些语无伦次。她没有经验，如果真怀了……

许星空眼睛一亮，有些不确定地问道："你说我是不是真怀上了？"

怀荆将许星空捞进怀里，让她躺在自己身上。被角微微掀起，他目光微垂，能看到她平坦的小腹。

他没再继续刚才的事情，只是捏了捏她的脸，笑道："嗯，说不定是真的。"

得到了怀荆的确认，许星空似乎得到了最大的支持。

"是吧。"许星空絮絮叨叨地说，"小孩子的话很准的。"

说完后，她激动起来，这种心情有些奇妙，虽然还没确定，却像真怀上了一样。她回过头，坐在男人的双腿上，看着怀荆问道："你开心吗？"

抬眸看着她双眼里跳跃的光芒，怀荆微微侧头，眉宇间一片温柔，道："你开心，我就开心。"

许星空的眼睛笑成了月牙，对他说："我超级开心。"

怀荆又是一笑，将乱动的她从自己的双腿上抱下来，她再这样动下去，他可就受不住了。将许星空抱到身侧，怀荆给她弄好枕头，手肘撑在她耳边，笑道："睡吧，明天早上测一下。"

"好。"许星空眨眨眼，听话地闭上了眼睛。

怀荆一笑，躺下后准备睡觉。

不一会儿，许星空滚到怀荆的身边，戳了戳他，轻声说："我睡不着。"

女人的手指头都是软的，一句"我睡不着"带着些撒娇味道，他的骨头一下就酥了。

怀荆微一抿唇，眼角微挑，沉声问道："那要不要运动一下再睡？"

说话的工夫，他捏了一下许星空的腰。

许星空痒得扭了一下，笑起来，抱住男人的脖子，脸埋在他的耳边，说："不行。"

怀荆伸手抱住许星空，摸了摸她的头，低头在她发上吻了一下，柔声道："怀孕要保证充足的睡眠。"

"对。"一语惊醒梦中人，许星空说完，闭上眼睛努力睡了过去。

第十章

你注定是我的

因为心情激动，许星空不知道自己是几点睡过去的。第二天早上，她感觉脸上痒痒的，以为被太阳晒着，伸手抓了抓，刚一抬手，就被另外一只手抓住了。

许星空迷迷糊糊地睁开眼，只见怀荆的脸近在咫尺，正冲她笑着。

天已经大亮，清晨的海风从窗外吹进来，透着些湿漉漉的潮气，将旁边的白色纱帘都卷了起来。

阳光照亮了整个卧室，因为墙壁的阻挡，阳光被切割成不规则的形状，落在床上。男人穿着白色的 T 恤和浅灰色的棉质长裤，一眼看过去，身上带着朦胧的光芒。

五月真好，阳光清澈，海风清爽，整个卧室暖洋洋的，明亮又干净，让人的心情也变得轻盈了。

许星空有点呆，好像还没睡醒，她将脸埋在枕头里懒洋洋地蹭了一下，柔顺的长发盖住了她的脸颊。

怀荆将她的头发撩到耳后，低头在她耳垂上轻轻一咬。女人“嗯”了一声，回头看他。

“我买了验孕试纸。”怀荆对上她的视线，笑着说了一句。

原本呆呆的双眼，像是被洗刷了一样，瞬间变得明亮清澈。想起昨天的事情来，许星空一下坐了起来。

见她兴奋的样子，怀荆将她往怀里一抱，低头吻了吻她的发，将手上的试纸递过去，说：“去试试？”

“好。”许星空接过来，慌里慌张地掀开被子，踩着拖鞋进了洗手间。

看着她急匆匆地进了洗手间，怀荆也站了起来，双手抱臂靠在洗手间门口。

他抬眼望着窗外，太阳斜斜升起，将海风的湿气都晒得干燥了些。

许星空洗完手后，打开门走了出来。

她手上没拿东西，湿漉漉的，没有擦干。许星空刚一出门，就看到怀荆站在门口。男人斜靠在门上，垂眸淡淡地望着她。

“没有。”许星空笑了笑。

望着她的笑，怀荆嘴角一抿，张开了双臂。许星空看着他，走过去，被他抱在了怀里。

伸手摸了摸她的头，怀荆低头吻住她的发，说：“距离上次月经才一个月，有可能还没到能测出来的时候。”

“嗯。”许星空淡淡地应了一声。

其实经过一晚上，昨天那没来由的激动已经淡了。她现在心情不算很差，毕竟她已经用过无数张验孕试纸。

她抱着怀荆，脸上带着笑，仰头看着他说：“会越来越好的。”

周一上班的时候，许星空和陈婉婉聊起去百闫村的事情来。她把彦安临走前的话和陈婉婉说了，陈婉婉激动地一拍桌子，瞪大眼睛说：“真的？这种事情，小孩子说得很准的。”

看她这么笃定，许星空一笑，说道：“对吧。”

“对啊。”陈婉婉猛点头。

许星空喝了口水，说：“但我这两天测了好几次，都显示没有怀孕。”

听到这个结果，陈婉婉一愣，她看着许星空云淡风轻的模样，拍拍她的肩膀说：“嗨，你刚从彭中医那里回来，哪能这么快就怀上，慢慢来。”

其实不用陈婉婉安慰，许星空已经看开了。

“对了，五月二十九日是杨文瑜老师的六十岁大寿。”许星空看着正吃着小饼干的陈婉婉，问道，“白竹学长说邀请了一些杨老师的学生去贺寿，也邀请我了，你要不要去啊？”

塞了块巧克力饼干给许星空，陈婉婉说：“真的啊？当然要去啊，上次说好要去看看都没去，我心里挺过意不去的。”

“嗯，那就一起去吧。”许星空笑着说，“刚好那天是周日。”

两人闲聊的时候，颜嘉琳从办公室走了出来，看了许星空的方向一眼。许星空现在和颜嘉琳十分默契，几乎她一出来，她就能察觉到。

又拿了一块小饼干，许星空说：“这饼干真好吃。”

陈婉婉一乐，将剩下的饼干一包，说：“都给你，我偷拿的康康的。”

许星空笑了笑，说：“我先过去了，嘉琳姐找我。”

她起身的时候，颜嘉琳刚好看向这边，两人视线一对上，许星空笑了笑，颜嘉琳也点了点头。

颜嘉琳找许星空是谈今天下午出现场的材料，许星空一进办公室，颜嘉琳就将文件递了过来：“你先看一下，TIE 代表团两点半过来，我们要去接待。”

许星空拿着文件点了点头：“好。”

她刚刚吃饼干吃得急，嘴角还有些巧克力屑，颜嘉琳递了张纸巾过来，示意她擦一擦。许星空接过来，笑着擦干净了。

“两人聊什么呢？”颜嘉琳看她心情不错，随口问了一句。

上次两人说开后，就真做了朋友，平时有什么私事，也会交流一下。她这么一问，许星空也没藏着掖着，笑着将彦安的话还有周末发生的事情说了一下。

看她似乎并没有受结果的影响，颜嘉琳也没多说，只是道：“这种事情急不得。”

颜嘉琳很少安慰人，就连安慰人的时候，也惜字如金。但她的安慰都是发自心底的，许星空听了一笑，点了点头。

从五月中旬到五月底，也不过两周的时间，眨眼间，杨文瑜的六十大寿就到了。

跟白竹确认过可以带家属去，所以许星空肯定会带着怀荆过去。然而，六月快到了，年中各种事情接踵而至，怀荆被工作绊住，会晚到一会儿。

许星空怕错过祝寿的时间，坐着陈婉婉的车，到了举办寿宴的酒店。

五月底的夏城，已经有些炎热。陈婉婉把车停在地下车库，一出门，热浪扑面，陈婉婉热得急匆匆地带着许星空就往电梯赶。

电梯门口已经站了两个穿着时尚的女人，正在聊天。许星空和陈婉婉还没跑到电梯门口，电梯门就开了。

看那两人进了电梯，陈婉婉喊了一声："等一会儿！"

快到电梯门口时，许星空看到了电梯里的两个人，她微微讶异了一下。

一个是她前段时间见过的施初静，另外一个应该是她的好朋友，上次在留夏群里和陈婉婉吵架的宁佰。

电梯里，宁佰有些不耐烦地看着她们两个，显然是没认出她们来。而旁边的施初静看到许星空后，"啊"了一声，看口型应该是叫了一声许星空的名字。

旁边宁佰一听是许星空，当即冷笑一声，二话不说，将电梯门关上了。

待两人跑过去，按着上行的电梯按钮时，已经晚了。

许星空小跑着出了一层汗，陈婉婉"哎"了一声，无奈道："就不能多等两秒吗？"

许星空微喘着气，眼睛眨了眨，看着电梯上了十五楼，说："刚刚那两个人是施初静和宁佰。"

陈婉婉很久没有见过施初静和宁佰了，所以一下子没有认出来，一听许星空的话，瞬间奓毛了："她们是故意关电梯门的？她们两个怎么有脸来？"

按照许星空对白竹的了解，他不可能会邀请施初静和宁佰。很有可能是群里有人说起这件事情，然后她们两个人就过来了。

她们是来祝寿的，白竹也不能不让她们来。

上次在群里被那样说，这次她们还是来了，看来，施初静还没有放弃白竹。

不过，不管她怎么努力，白竹都不会跟她在一起。这个结果，也是她自己作的，这样一想，她也挺可悲的。

等电梯再次下来后，许星空和陈婉婉进了电梯，按了十五楼。电梯里还残留着酒店里的冷气，陈婉婉焦躁的心好歹被抚平了一些。

"那两个坏女人，看我上去怎么收拾她们。"

陈婉婉是个急脾气，有时候很冲动，做事不顾后果。许星空听了她的话，拉着她说："今天是杨老师生日，还是算了吧，以后再说。"

杨文瑜的寿宴是中国传统的筵席，白竹包了整个宴会厅，有十几桌。除了亲朋好友，学生占了一大半。

许星空和陈婉婉她们那一级，被安排在了距离杨文瑜那桌不远的地方。

一进门，她们就看到白竹站在宴会厅看筵席名单。他穿着一件黑色T恤和棉质长裤，气质高冷又干净。

似乎察觉到许星空她们过来，白竹抬眸看了一眼，看到许星空后，嘴角勾了个笑容。旁边杨文瑜也看到了她们，笑着叫了一声："星空，婉婉。"

"杨老师生日快乐！"陈婉婉抱住杨文瑜，笑嘻嘻地说道。

"生日快乐。"许星空也笑着说了一句。

杨文瑜今天心情很好，脸色红润，眼睛也带着光。她做了一辈子老师，晚年最希望看到的，还是自己的学生。看着每一级的学生现在都这么优秀，她心里很开心。

"白竹说你会带男朋友过来，怎么没见到啊？"杨文瑜笑着问道。

关于这件事情，白竹和她说过。杨文瑜知道白竹喜欢许星空后，是支持他去追许星空的。但落花有意流水无情，感情的事情，总归是要两情相悦的。

杨文瑜也不觉得尴尬，听说许星空有了男朋友，她心里也为她感到开心。毕竟，不是每一个离过婚的女人，最后都能找到真爱的。

提到这个，白竹也看了一眼许星空身后。

话题到了自己身上，许星空的脸微微一红，说："他工作有点忙，会晚点过来。"

"那给他留个位置。"白竹说，"我领你们先去坐下吧。"

白竹带着许星空和陈婉婉，到了她们的桌子旁边。

桌边正在闲聊的同学，看到陈婉婉和许星空，聊天声微微一顿。陈婉婉看了一眼坐在那里的宁佰和施初静，冷笑了一声。

"你们坐在这里吧。"白竹给许星空拉开椅子让她坐下，然后拍了拍旁边的位置，说，"怀先生过来后坐在这里吧。"

"好，谢谢。"许星空笑着道谢。

现在桌子上坐的，基本上是留夏群里的同学，大部分人认识陈婉婉，但许星空变化太大，倒有些认不出了。

她今天穿了一身大红色的连衣裙，看不出牌子，但设计十分精巧，将女人温柔娴静的气质衬托出一丝妩媚。

许星空在学校的时候，一向是班级里的保守代言人。而她今天的穿着，露出了锁骨，颈窝迷人精致，脖颈修长。

“你是许星空啊？”旁边有个女人惊讶地说了一声，“我差点没认出来。”

“对啊。”她旁边的人附和道，“我只认出了陈婉婉，她眼睛还是那么大。”

她的一句话，让桌上的气氛活跃起来。

陈婉婉眼睛一瞪，说：“我没变漂亮吗？”

“哈哈，不如星空漂亮。”她身边有个男人笑着说了一句。

听到许星空被夸，陈婉婉心满意足，很快，就和大家闲聊起来。

这算是毕业后第一次聚会，又是在夏大附近的酒店，大家聊得热火朝天。许星空也随着陈婉婉一起聊了起来，场面十分和谐。

这次来的男同学不少，皆被许星空惊艳了，女同学们也很喜欢许星空。她以前在学校的时候就安安静静、不争不抢的，性格很好，现在就算变漂亮了，性格也没多大变化。

“星空有男朋友了吗？”终于有男同学问了一句。

当时留夏群里吵架的事情大家都围观了，最后的结果也知道。白竹喜欢许星空，然而许星空拒绝了他。

问到个人问题，许星空的脸明显红了一下，但她仍然笑得落落大方，道：“有了。”

男同学们一片叹息。

女同学们笑起来，打趣道：“怎么，还想追人家啊？早干吗去了？”

话音一落，又是一阵笑声。

笑声过后，一直没加入话题的施初静突然抬头看了许星空一眼，问道：“你男朋友怎么没有一起过来？”

施初静这话一出口，场上的热络停顿了半秒。大家都知道她和许星空闹了矛盾，但她主动说话，应该是想和许星空和好。

这样的场面，总归是和谐第一。施初静问完，有人就接了一句：“对啊，怎么没带过来？”

抬眼看了看施初静，许星空笑着和另外一个人说：“他工作忙，要晚点过来。”

“周日还工作啊？”施初静感叹道，“没有双休吗？”

从许星空和陈婉婉过来起就一直拉着脸的宁佰，听了施初静的话，冷笑一声后说：“小公司吧，你以为现在双休的工作那么好找？”

正在喝着水的陈婉婉“噗”的一声喷了半口水，她憋着笑，干咳一声，接过许星空递过来的纸巾，说：“不好意思，呛着了。”

许星空抿抿唇，看着她笑了笑，也没有反驳。

宁佰说了一句后，倒有同学接了一句：“没有双休日，说不定是自己开公司的呢。”

大家都知道，当初白竹追许星空，许星空拒绝了。她连白竹这样的男人都拒绝了，她男朋友肯定比白竹更优秀。

听了那个同学的话，宁佰冷嗤一声，说：“开公司？开玩笑呢，一个离婚的女人，能找到什么好男朋友？”

宁佰说话的工夫，一个西装革履的男人走到了许星空的身后。男人外表太过出色，宁佰的视线一时竟没收回来，看着他，脸有些热。

他穿了一身剪裁得体的西装，身材修长挺拔，气质矜贵而清冷。男人的五官俊逸精致，长眉桃花眼，鼻梁高挺，薄唇微抿，神色中透着些慵懒。

不光宁佰，桌上的其他人也发现了这个让人无法忽视的男人。

有人似乎认出他来，抓着一边的同学激动地说：“哎，这不就是前几天上财经杂志专访的那个怀氏的董事长吗？”

那人说话的时候，许星空感觉到自己的椅子动了一下，她回头看了一眼，对上了怀荆微垂着的双眸。男人双手扶住她的椅背，双眸藏在长卷的睫毛下，一眨眼，先前的清冷被温柔替代。

他伸手捏了捏许星空的脸，嘴角一勾，沉声说：“我来了。”

说完，怀荆拉开旁边的椅子，坐在了许星空的身边。

怀荆的到来，让桌上的气氛陷入了沉寂。

见怀荆坐好，许星空看了他一眼。男人靠在椅背上，姿势慵懒。他抬起手指，微微曲起，似乎是想松一下领带，但看了一眼许星空后，他将手指放下，冲她笑了笑。

“你忙完了？”她关心地问。

年中的会议多而繁杂，怀荆最近很忙。

怀荆脸上倒没有疲劳的神色，他体力和精神一向很好。手指勾过旁边的水杯，他轻轻应了一声："嗯。"

两人聊着的时候，桌上的人渐渐回过神来。看着怀荆，大家心中的惊叹都还表现在脸上。刚刚看过财经杂志的那位同学，收回视线后，笑看着许星空说："介绍一下呗。"

怀荆和许星空的视线齐齐转到了那人身上。

怀荆眼底仍然平静似水，许星空倒有些局促了，她腼腆一笑，说："这是我男朋友，怀荆。"

"怀荆？"那人确定了名字，轻叹了一声，"是不是怀氏的董事长啊？"

她这么一问，场上起了一片小小的沸腾，施初静和宁佰倒是老实了，只是盯着面前的桌子，神情不定。

"啊？"许星空看了那人一眼，摸了摸鼻子，说，"对，他是我老板。"

听许星空介绍完自己，怀荆嘴角勾起，简简单单地一笑。在公众场合，他的笑容一向是不吝啬的。不过，脸上笑归笑，眼底的清冷不变，显得不近人情。

"你们好，我是星空的男朋友，今天星空带我过来给杨老师祝寿。"他将手边的杯子往跟前一放，杯子里透明的液体微微一荡，"祝寿就该和和气气的，说话也注意点分寸。我性子冲，做事不顾后果，要是大家有些话说得不当，让星空不高兴，那也会引得我不高兴。我要不高兴，就什么事都能做出来。"

这番话，怀荆说得轻描淡写，甚至还夹着一丝轻笑。就像是和大家讨论今天天气不错一样，但又带了些少爷般的玩世不恭，让人脊背发凉。

整个夏城，怀何梅柳四家，一般人接触不到。正因为接触不到，所以知道他们不能招惹。

怀氏前段时间出了件大事，原董事长被亲侄子送入监狱，而现在的怀氏，就是在他的亲侄子——现如今的怀氏集团董事长怀荆手里。

将自己的二叔送入监狱，他眼都没眨一下。所以他说的这番话，谁也知道没有开玩笑的意思。

大家多多少少是有些忌惮和害怕的，但大部分人也不用太担心，毕竟他们没说过什么，倒是有两个人吓破了胆子。

宁佰脸色发白，她看着许星空，说：“我刚刚说的话是无心的，星空你别放在心上。”

陈婉婉看她那窝囊样，冷笑一声说：“那你俩认出我和星空，直接把电梯门关上，不让我们进去，也是无心的？”

施初静和宁佰的脸都青了。

怀荆和陈婉婉两人一唱一和的，将隔壁桌上的目光也吸引了过来，甚至不远处的白竹也望了过来。

她拉住身边的“左右护法”，轻声说：“你俩别说了。”

垂眸看了一眼许星空变红的耳垂，怀荆微一抿唇，伸手握住她的手，说：“行，那贺完寿再说。”

怀荆这一剂预防针打得稳准狠，后来整桌的话题都围绕着大学时光展开。大家一起缅怀在夏大的青葱岁月，聊得越来越兴奋。

怀荆不是夏大校友，也插不上话，只是坐在一边静静地看着许星空。

她说话的时候，他认真地听着。她笑起来时，他眼底也会有些笑意。

不一会儿，许星空感受到自己冷落了怀荆，回头看了他一眼。两人视线一对上，怀荆将她的手指握在手心，轻轻捏了一下。力道不大不小，很舒服。

许星空的脸红红的，看上去很开心。她低头看着怀荆捏着自己的手指，笑着问道：“你以前在学校的生活是什么样子？”

怀荆本专业是医学，初中时就被送出国，大学和研究生都是在国外读的，后来父亲去世，硕士学位还没拿到他就回了国。

这么一想，都是十几年前的事情了，他也记不太清楚了。

“忘了。”怀荆说着，垂眸看着许星空，伸手捏了捏她的脸，笑道，“但可以肯定的是，没有现在和你在一起过得开心。”

突然被喂了一口糖，许星空看着怀荆，反手握住他的手指，甜得眯了眯眼。

这一餐饭，许星空吃得很开心，她似乎好久没有聊得那么尽兴了，甚至和怀荆回家的路上，仍然在说。

下午两点，干净宽阔的沿海公路上，丝丝海风吹拂，将这几日的沉闷与燥热都吹散了。

怀荆坐在驾驶座上，姿态放松地开着车。他目视前方，修长白皙的手放在方向盘上。阳光透头车窗玻璃，落在了他脸上。

他侧脸轮廓自然放松，眼角微微上挑，在许星空说到什么有趣的地方将自己逗笑时，他眼底也会浮上一层笑意，倒不是因为许星空说得好笑，只是因为她开心，他也高兴。

车子开上沿海公路时，许星空的话明显少了些。等了一会儿，没听到她继续说下去，怀荆侧眸看向副驾驶座，见许星空低着头，整个人无精打采的。

怀荆伸手摸了摸她的脸，问道："怎么了？"

怀荆手掌的温度，让许星空稍稍回神，她眉头一皱，双手放在小腹上，笑了笑说："有点困，肚子有点疼。"

说到这里，许星空的眉头舒展开，用手揉了揉肚子，说："快来月经了。"

前两次来月经，她都是这个感觉。困，没精神，还有小腹感到坠痛。这种经前综合征，不怎么舒服，但也不算太难受。

她说话的工夫，怀荆盘算了一下时间，距离许星空上次来月经，已经过去了四十多天，也差不多了。

把车内冷气关掉，怀荆打开车窗，混着些热气的风吹了进来，他对许星空说道："先睡一会儿。"

吹着海风，许星空揉着小腹，不以为意："就一小阵，很快就好。"

这种阵痛和困意，在回到家后就消失了。

确定许星空没事，怀荆也放了心。两人一进门，咪咪就扑到了许星空怀里，许星空"哎呀"一声，笑着接住它，抱着它在它身上轻轻地抓了两下。

看见咪咪在许星空怀里得意地看着他，怀荆眉梢微挑，刚要过去抱许星空，手机铃声响起来，他拿出来看了一眼，按下接听键。

"喂。"怀荆手指勾住领带，轻轻一扯，领带解开，他又开始解领扣。

"哥！"怀莞欢快的声音从电话那端传了过来。

准备抱着咪咪去晒太阳的许星空，脚步微微一顿，看了过来。

怀荆已经将外套脱掉了，领带也扔到了沙发上。他将领扣解开两粒，露出半截好看的锁骨。抬眸对上许星空的视线，怀荆笑了笑，应了一声："嗯。"

"哥，我明天下午两点的飞机，你记得来接我啊！"怀莞说完后，补充了一句，“带着嫂子一起来啊。”

怀莞说话的时候，怀荆一直看着许星空，她能听到电话里怀莞说的话。待听到“嫂子”两个字后，沐浴在阳光下的女人渐渐红了脸。

“嗯。”怀荆应了一声。

和怀莞通完电话后，怀荆解开袖口，朝着落地窗走去。男人穿着暗色的西裤和白色的衬衫，衬衫领口和袖口大开，露出精致的锁骨和漂亮的手腕。

他从阴影里走向阳光下，神色渐渐温柔。待走到许星空身边后，他微微俯身，亲了她的脸颊一下。

这漫不经心的一个吻，让许星空像是触了电一样，刺激了她全身的神经。她眸中带着笑，抬眼看着怀荆。

她看向怀荆时，怀里的咪咪一动，一爪子拍在了怀荆的胳膊上。

“咪咪。”许星空语气里带着佯装的怒气，说，“不准打我男朋友。”

咪咪委屈地趴在她怀里，怀荆则心满意足地笑了，伸手捏了捏她的耳垂。

许星空皱了皱眉头，双手一松，将怀里的咪咪放了下来。

怀荆收回手指，看着许星空，眉头一蹙，问道：“又疼了？”

“嗯。”这一次的疼痛比刚刚强烈，疼得她力气都没有了，与此同时，她感觉到下面有些热，许星空转身上楼，“我去趟卫生间。”

怀荆并没有在客厅等，他跟着许星空一起去了卧室。许星空没来得及拿卫生巾，直接冲进了卫生间。怀荆去给她拿了以后，才敲门进去了。

许星空的脸色比刚刚白了很多，一只手扶住旁边的墙壁，身体摇摇欲坠。

怀荆心里一惊，赶紧走过去将她抱住了。

“月经没来。”许星空抓住怀荆的胳膊，她嗓子有些干涩，像是在冒火，有点感冒的症状。

“先去床上。”怀荆将她打横抱起，转身往外走。

“还没冲……”许星空望了一眼马桶，耳垂有些红。

“过会儿我来冲。”怀荆倒没在意这个，抱着许星空上了床。

将许星空放下后，怀荆的手掌在她额头上摸了一下，又摸了摸自己的额头：“发烧了，还有哪里难受？”

这发烧，没有任何预兆。

“肚子疼……”许星空像只受伤的小猫，用脸磨蹭着怀荆的手，除了发烧外，她小腹也疼得厉害，比先前两次都厉害。

许星空这一声呜咽，像根绳在怀荆心口系了个死结，血液都流不过去了。

她上次来月经是他照顾的，来月经前确实有坠痛，但不会痛得这么厉害。这次不仅疼得厉害，还伴随着发烧。

“我去拿药。”怀荆轻吻了一下许星空的脸颊，柔声说，“等我一会儿。”

家里的医药箱里有常备药，怀荆打开医药箱，开始找退烧药和止痛药。医药箱一打开，他视线一扫，扫到了放在最上面的验孕棒。

电光石火间，像是有什么东西一下抓住了他的神经，让他因许星空难受而混乱的感官重新变得清晰起来。

怀荆拿了一片布洛芬，倒了杯温开水，走到许星空面前。

原本意识有些迷糊的许星空，听到脚步声后，睁开了眼。她看着怀荆，阳光下，男人神色平静，让人看不透。

怀荆将布洛芬和水杯放在床头的柜子上，他看着许星空，微舔了舔下唇，说：“你先等我一会儿。”

说完，他转身进了卫生间。

许星空看着他的背影，原本模糊的意识因为小腹的疼痛重新清晰起来。怀荆进去了好一会儿，都没有出来。

头昏脑涨的许星空，看了一眼床头柜上的布洛芬和热水，撑着身子拿了过来。

在她拿过来的一瞬间，卫生间里传来冲水的声音。冲水声过后，又有流水的声音传出，男人似乎在洗手。洗过手后，他从卫生间出来，恰好看到了许星空手里拿的药和水杯。

怀荆刚刚洗过手，水滴顺着他修长白皙的手指滴到了床边的地毯上，很快消失不见。

他信步走了过来。

怀荆将许星空手上的药和水杯接了过来，他垂眸看着她，浅褐色的眸子里情绪复杂。他拿着杯子的手微颤，杯面上起了水纹。许星空看着他，不知道发生了什么事。

她还未开口，怀荆将杯子放在嘴边，仰起头，喉结一下一下地滚动，杯子里的水被他喝光了。

喝完后，怀荆眼底的深沉像是被稀释。他将水杯往旁边一放，厚重的杯底轻磕在桌面上，发出一声沉闷的声响。

双手伸入许星空的身下，将她抱了起来，他低头吻了吻她的发，说："不要吃药了，我带你去医院。"

许星空被送去医院，疼得有些受不住。迷迷糊糊中，怀荆抱着她做完了一系列检查。等将她放到病床上后，她翻个身就睡了过去。

柳谦修拿着检查结果到病房的时候，怀荆正坐在病床前看着许星空。下午六点，斜阳染红了晚霞，将男人侧脸的轮廓照得更为立体。

床上许星空还在安静地睡着，怀荆双眸低垂，长卷的睫毛在下眼睑处打了一层阴影，清澈透亮的双眸里带着如水的温柔。

柳谦修与怀荆认识多年，从未在他脸上见过这样的神情。

他轻叩了一下门，怀荆微微回头，待看清是柳谦修后，动作小心地起身，走了过来。

"检查结果。"柳谦修将手上的牛皮纸文件袋递了过去。

柳谦修穿着白大褂，身高与怀荆差不多，身姿修长挺拔。怀荆长相精致凌厉，柳谦修则要清淡些，像是磨砺去了棱角，有种超凡脱俗的感觉。

他有一双十分好看的眼睛，眸色黑亮，一眼望不见底，看人时如在竹林中穿梭的凉风。

怀荆是清冷，如清泉。柳谦修是孤冷，只看着他眉宇，就像看到了薄雾缥缈的高山。

怀荆接过柳谦修手中的文件袋，将结果拿出来看了一眼。他本来就是学医的，一眼就看得出结果是什么。

他眼中情绪变化起伏，最后归于平静。

他测的结果是准确的。

"要准备贺礼了。"柳谦修说。

怀荆抬眸看了他一眼，把文件收进文件袋，淡淡地说："别再给我送活物了。”

咪咪就是柳谦修送的。

柳谦修恍若未闻，嘴角微压，看着好友，问：“什么心情？”

微舔了舔下唇，怀荆对上他的视线，道：“你体会不到，就像你的心情我也体会不到。”

两人追求不同，怀荆和许星空组建家庭，有爱情，有爱情的结晶，开心愉悦，充实幸福。柳谦修孤身一人，超然自在。

但两人过的都是自己最想要的生活。

说到这里，两人对视一眼，皆是一笑。

许星空在医院住了一晚，第二天醒过来时，难受的症状都没有了。她刚睁开眼，坐在一边的怀荆就起了身，俯身吻了吻她的额头。男人嘴角温热柔软，吻完后，柔声问道：“还疼吗？”

现在已经是上午九点，病房的窗帘大开，阳光将病房照得温暖又清亮。许星空抬眼看着怀荆被阳光打亮的睫毛，还有被照透的浅褐色的眼睛，心里像是塞满了棉花糖。

“不疼了。”许星空摇摇头，她看到怀荆脸上带着些疲劳，有些心疼，“你昨晚没睡吗？”

他的精神和体力向来很好，许星空很少见他有累的时候。昨晚她做完检查就睡了，他应该照顾了她一夜。

这样一想，许星空觉得自己挺没心没肺的。

“睡了一会儿。”手指在许星空的脸颊上剐蹭了一下，怀荆眼中含了些笑意，“检查没问题，我也没担心。”

听说自己没问题，许星空总算松了口气，问道：“那今天能出院吗？”

怀荆看了一眼时间，说：“嗯，可以。”

医院对病人真是有奇效，许星空昨晚本来难受得要死，结果在医院什么药都没吃，只住了一晚就好了。

许星空出院的时候，碰到了来找怀荆的柳谦修。

怀荆和柳谦修是校友，他毕业回国进了IO，柳谦修则在医院做了一名外科医生。怀荆回国后，偶尔会来医院找柳谦修。

许星空和怀荆刚认识那会儿，钟部长脑出血被她送来医院。当时许星空还意外他为什么来医院，看来那次是来找柳谦修的。

怀荆给两人互相介绍了一下，许星空和柳谦修打了个招呼。

打过招呼后，许星空就和怀荆出了医院。上车的时候，许星空心里还想着柳谦修。她将安全带系好，对怀荆说："柳先生看着有点像神仙。"

这是许星空对柳谦修最直观的评价。

柳谦修给人一种仙风道骨的感觉，繁忙的医院里，人们为了生死忙忙碌碌。而他站在穿梭的人流之中，似乎看透了生死。

一身白褂，不食人间烟火。

"嗯。"怀荆没有否认，他向许星空，简单地介绍了一下自己这位好友，"他不但是个医生，还是个道士。"

检查结果显示没什么问题，许星空自己也觉得没有什么不舒服的。可回家吃过饭后，怀荆就让她卧床休息。

今天是周一，许星空本想出院后就回公司的。她上午要和颜嘉琳出现场，上周把材料都准备好了。

但怀荆坚持不让她去公司，许星空也就没再反抗，待在家里休息了。

不光她没去上班，怀荆也没去，但他仍然有工作。两人刚回到家，他就打电话让 Leo 送文件过来。Leo 一来，两人就进书房忙去了。

待在卧室有些无聊，许星空下楼去了客厅。今天阳光大好，咪咪正蹲在落地窗边吹着海风晒着太阳。听到脚步声，它回过头，湛蓝色的眸子里闪着光，"喵呜"了一声。

许星空一笑，走到咪咪身边把它抱起来，揉着它的毛发，坐在了阳台上的躺椅上。刚在躺椅上坐了一会儿，她又觉得有些困。

她觉得自己困得不太对劲，精神老是集中不起来，不一会儿，就迷迷糊糊地睡了过去。

怀荆叫醒她时，她都不知道睡了多久。

睁开眼，就见怀荆站在阳光下，身上覆盖了一层柔光。

许星空微微动了动脑袋，朝着他伸出双臂，怀荆一笑，将她抱在了怀里。

将脸窝在男人颈间，许星空双臂搂住他的肩膀，双腿攀在他的腰上，像小孩子一样被抱着，安心又幸福。

“我好困。”许星空懒洋洋地说。

怀荆轻轻拍着她的背，在她耳边轻笑一声，咬了咬她的耳垂，说：“困了就睡一会儿。”

许星空强打起精神，抱着怀荆，说：“不能睡了，一会儿该去接莞莞了。”

“你要睡，我就在家陪你。”怀荆说，“她这么大了，自己打车回来就行。”

“那不行的。”许星空睁开眼睛，“说好要去接她的。”

最终，在许星空的坚持下，怀荆还是带着她去了机场。

等到出门后，视野开阔起来，许星空也有了些精神。她看着车窗外的蓝天，和怀荆闲聊起来。

“亲人里，莞莞和你最亲吧？”许星空问道。

兄妹俩年龄相差大，怀荆父亲去世，母亲出家的时候，怀莞才五岁，她算是怀荆一手带大的。

怀荆看了许星空一眼，应了一声后，问道：“怎么了？”

“没什么。”许星空笑了笑，说道，“感觉你应该挺有养孩子的经验的。”

女人说话时，嘴角带着一丝笑意，明亮的眼睛望着前方，神色温柔又娴静。或许是有了预感，许星空最近谈起孩子时，眼睛里都是带着希望的。

“养孩子的经验我不需要。”怀荆沉声道，“我只要有养妻子的经验就行了。”

许星空抬头看了怀荆一眼，抿唇笑了笑，悄悄红了脸。

两人到机场时，时间刚好。一到机场出站口，少女娇俏的喊声就传了过来：“哥，嫂子！”

两人循着声音看过去，就见一脸兴奋的怀莞像花蝴蝶一样飘了过来。

之所以说是飘，是因为怀莞确实有飘的潜质。几个月不见，她似乎又抽条了，穿着高腰短裤和一件黑色的印着摇滚图案的背心，在出站口的人群中分外耀眼。

她双腿修长，身材纤细，扎了一个丸子头，一张小脸俏丽明艳，戴着亮色的墨镜，气质出挑。

虽然身高腿长，可毕竟还是个孩子，脸上的笑容稚嫩又天真。

看到怀荆和许星空看过来，怀莞拉着行李箱，生龙活虎地跑了过来，不一会儿就跑到了许星空和怀荆的身边。

现在怀莞要比许星空高了，她往许星空身边一站，许星空都要抬头看她了。

“嫂子好！”怀莞像是和许星空很熟一样抱住她胳膊，撒着娇打了一声招呼。

听得出她语气里对自己的喜欢，许星空心里也很开心。但怀莞当面这么叫她，许星空还是有些害羞。

她脸一红，“嗯”了一声后，说：“你好。”

怀莞是打心底里喜欢许星空，这种喜欢从她想让许星空做她的德语老师这件事上就可以看出来。许星空身上有一种特别吸引人的柔美，怀莞从小缺乏母爱，虽然有个哥哥，但一直很冷淡，许星空的出现，让她感觉自己某块缺失的亲情拼图完整了。

怀莞本来是要去大宅住的，但她刚回国，许星空想让她先在他们家住一段时间。毕竟在这世界上，他们兄妹俩一直是最亲的。

许星空的这个提议，怀莞是一百个同意的，抱着许星空高喊万岁。一边的怀荆，见许星空高兴，就没有反对。

回到家后，许星空先带着怀莞去客房将行李安置好。她们两人在客房收拾的时候，怀荆去了书房。

怀莞从小在国外生活，独立能力比较强，许星空在里面帮了一会儿就先出来了。出来时，刚好碰见怀荆从书房出来，手上拿了一个牛皮纸材质的文件袋。

今天是工作日，因为她住院，上午怀荆就没有去上班，下午接了怀莞，过会儿还要去卿平寺见何清如。他掌管着整个集团，又赶上年中，工作繁重，昨天因为照顾她还没怎么休息……

想到这儿，许星空眼底闪过一丝心疼。她看了一眼窗外，现在已经是下午三点多了，等去了卿平寺再回来，估计就得八九点了。他要是八九点后再处理工作，那今天晚上又得忙到深夜。

“要不让司机送我和莞莞去卿平寺吧。”许星空对怀荆说道，“你去公司忙工作就行，有我陪着莞莞，你放心。”

书房门未关，阳光透过窗户照在怀荆的背上。他看着许星空眼中的心疼，眉眼一柔，拿着文件在腿上轻拍了一下。

他舔了舔下唇，垂眸看着许星空，说：“工作的事明天再说，今天我有急事要做。”

怀荆说去卿平寺有急事，然而到了卿平寺后，他什么都没有做。到了何清如的房间后，那份文件就被放在了一边。

待吃过晚饭，四个人在何清如的房间里闲聊。

虽说是三个不同年代的女人，可许星空与何清如和怀莞有聊不完的话题。何清如和怀莞一直说着以前的事情，怀荆抬眼望着窗外，漫不经心地听着，偶尔在许星空问他什么时，他才笑着说两句。

一家人聊着天的时候，窗外天色渐渐暗下来，一弯月牙高悬，繁星漫天。

房间里渐渐只剩下了月光，只能看到模糊的黑影。何清如打开了灯，灯光照亮了整个小屋。

她打开灯的时候，怀荆也站了起来。他伸手拿过一边的文件袋，垂眸看着身边正看着他的许星空，说道："出去走走吧。"

许星空愣了一下，大家聊得正开心，她不知道怀荆为什么突然要带她出去走走。而且他们出去，留何清如和怀莞在房间里，有些不礼貌吧。

她这样想着，何清如倒是无所谓，她笑了笑道："出去走走吧，卿平寺的星空挺美的。"

既然何清如也这样说，许星空点点头同意了，起身随着怀荆出了门。

何清如的房间在半山上，出门后，抬头就能望到漫无边际的星空。山野里的空气清新，微微带了些凉意。许星空抬眼看着星空，心旷神怡，笑着对站在身边的怀荆道："真的挺美的。"

夜凉如水，怀荆的脸隐入黑暗之中，但他皮肤白，很快许星空适应了黑暗后，就看清楚了他的脸。

他的五官真的是精致得无可挑剔，光是看着，许星空的心跳就渐渐加速。

怀荆眼中带着些她从未见过的情绪，许星空还未开口，怀荆便拉住她的手，边往山下走边沉声说道："在我心里，我牵着的这个星空才是最美的。"

怀荆这一句话，让许星空猝不及防，她眼底漾上一层蜜，甜甜地笑了起来。

许星空跟着怀荆，一路走到了姻缘树下。

夜晚的姻缘树，与白天相比，添了一层神秘感。

清风吹拂，树枝乱动，姻缘牌轻轻地叩响。

姻缘树的院子口，透了些寺院的灯光进来。灯光朦胧，刚好能看清姻缘牌上写的字。

许星空站在姻缘树下，仰头望着树顶，一眼就看到了她和怀荆的名字。她伸手指着姻缘牌，问道："姻缘牌能挂多少年？"

怀荆抿了抿唇，说："在你我的有生之年。"

一句话，就是一辈子的承诺。

许星空回过头，看了一眼怀荆。她眼底带着笑，看着怀荆紧绷的神色，问道："你怎么了？"

怀荆似乎有事要和她说，从进卿平寺开始，许星空就察觉到他有些不对。

男人侧眸看了她一眼，浅褐色的眸色看不真切，只能看到他眼中含着深情。

怀荆将手上的文件袋递给许星空，说："聘礼。"

许星空眼底闪过一丝讶异，她没想到这文件袋里的东西竟然是给她的。她知道怀荆要给她的聘礼是什么，上次起草文件的时候，他就告诉了她。

低头看着男人手中的文件袋，许星空心里有些说不出来的感觉。她觉得心里满满当当的，但又觉得缺了一块。

"我不要。"许星空抿了抿唇，看着怀荆，眼底有些抱歉，"我总感觉……"

"你感觉占了我便宜？"怀荆打断她的话。

"啊？"话被打断，许星空的情绪也断了，待听明白怀荆的话时，她心里有些闷，点了点头说，"嗯。"

垂眸看着许星空，怀荆将手上的文件袋递到她手里，说："你打开看看最后一页。"

文件袋被塞到手里，许星空有些呆愣，她看了一眼怀荆，又看了一眼文件袋。最后，她将文件袋的缠线打开，抽出了里面的文件。

文件有七八张，第一张就是上次她看到的股权转让书，怀荆已经在上面签了字。看着怀荆的名字，许星空心里有些沉，她直接翻到了最后一张。

最后一张跟文件无关，是一张检查单。单子开头写了她的名字，是她昨天去医院做检查的结果。

"这是……"许星空眨了眨眼。

怀荆说："嫁妆。"

许星空猛地抬起头，而怀荆已经单膝跪在了她面前。

许星空下意识地倒退了一步，她瞪大眼睛看着怀荆掏出了一个盒子。似乎预料到了什么，许星空微微张开嘴，喉间一阵酸涩，眼泪大滴大滴地掉了下来。

“看，我是能让你怀上孩子的。”怀荆说，“所以，你愿意嫁给我吗？”

许星空心里有一道坎，要是他不带着她跨过这道坎，那他连娶她的资格都没有。而等她跨过去，他来了，他早已准备好了一切。

心脏跳得像是要冲破胸腔，许星空哭得无声，泪水模糊了她的视线。她捏紧检查单，看着怀荆，点点头，声音颤抖：“我愿意。”

咬住的下唇轻轻松开，血液渐渐充盈进唇上被咬白的那一片。怀荆喉结微动，拉过许星空的手，将手上的盒子打开了。

盒子里是一串手链。

手链设计得很别致，细细的白金链子，穿过两个“H”状的勾环。勾环中间，是一枚星状的钻石卡扣。

怀荆紧抿着唇，一向镇定的他，此刻手指微微发抖。

给许星空戴上手链时，怀荆冰凉的指尖碰到了她的手腕。他神色认真地为她戴好手链，语气淡淡地道：“这是我设计的，我已经设计好久了，我想求婚，想让你成为我的妻子也好久了。”

像是追寻千年，终于得偿所愿，怀荆最后一句话，音线一颤。

怀荆握住许星空的手，在她手背上轻吻了一下。然后，他抬头看向许星空，眸中星光璀璨：“它有个名字。”

“什么？”许星空哽咽到说不清楚话。

怀荆目光微动，俯身吻向她的耳边，在她耳垂上轻轻一咬，沉声道：“星空入我怀。”

这代表，从一开始你就注定是我的。

番外一

久治不孕让许星空在怀孕后，心情经历了大起大伏，她沉浸在开心和激动之中，甚至两天都没怎么睡好。

她睡不好，怀荆就躺在她身边，看着她因为将要做母亲而激动的模样，听她念叨着乱七八糟的事情，回答着她时不时冒出的幼稚问题。

从知道许星空怀孕到告诉她，怀荆都表现得很平静，甚至平静到像是知道这是一件肯定会发生的事情，现在只是顺理成章地发生了。

许星空靠在他怀里，闭着眼睛酝酿睡意，她嘴角带着笑，眼角弯成小月牙，带着些狡黠道："我知道你是假装平静。"

怀荆当晚还有工作要处理，许星空要在书房等他。后来，怀荆索性搬了电脑回到卧室。他身上的白色衬衫还未脱掉，领口敞开，露出半截锁骨。

台灯下，男人的皮肤白皙到几近透明。

他一只手放在键盘上轻轻敲击着，另外一只手则被许星空抱着。许星空说话时，热气和潮气吹在他的手心，让他目光微微一动。

怀荆垂眸望了一眼睡不着的许星空，手指微微蜷曲一下，在她下巴上挠了一下。许星空怕痒，头稍稍低下，咬了他一口。

女人的唇是软的，甚至咬他的这一口都是软的。像是一股电流注入身体，怀荆喉结微动，原本淡然的目光渐渐变得深沉。

为了转移注意力，他问了一句："为什么这么说？"

许星空抬头，睁开眼睛，圆圆的眼睛像小鹿的眼睛，湿漉漉的，乌黑清澈。她抱着怀荆的手，想起那天他们从杨文瑜的寿宴回来时的情景。

“嗯，那天你从卫生间出来，把我手里的杯子接过去了。”许星空回忆着，说到这里，她嘴角勾起一个笑，继续道，“你的手在发抖，你喝水是因为你紧张。”

敲击键盘的动作微微一顿，男人扭头看了过来。他目光清亮，似乎对于许星空的戳穿没有任何的窘迫。又或许，他并没有被戳穿。

“嗯，我紧张了。”在台灯微弱的灯光下，他眉宇间的温柔仿佛放大了数倍。

许星空笑起来。

她开心地低着头笑着，向来内向的她，性格也活泼了很多。怀荆喜欢许星空的每一个模样，但更喜欢她开心时的模样。

他眼中闪过一丝笑意，伸手捏了捏许星空的脸，而后将手指放在键盘上，轻轻地敲击着。他手指修长，骨节分明，在白色的键盘上，像是弹钢琴一样好看。

“但我不是因为我有孩子而紧张。因为在我的生命里，有你就足够了。当时紧张，是因为我终于有资格做你的丈夫了。”

怀荆的视线落在屏幕上，为了让许星空睡得舒服，他将屏幕和台灯的光调得很暗，模糊的光芒下，男人五官的轮廓都变得分外柔软。

许星空像是躺在云朵上，心里甜丝丝的。

在怀荆的心里，她永远都是最重要的。

“那……那我怀孕了，你开心吗？”许星空问道。

怀荆手指微微一顿，垂眸看着许星空，他睫毛轻眨，眼中带着些无奈的笑意：“你开心吗？”

被男人这么看着，许星空的心跳有些乱，她应了一声：“我开心的。”

怀荆捏了捏许星空的耳垂，然后收回手，左手继续敲击键盘，随着敲击声，他沉声说了一句：“你开心的话，我怎么可能会不开心。”

或许是怀孕的女人都爱问这些问题吧，许星空当时问的时候不觉得有什么，可事后一想，觉得自己快三十岁了还问这种问题，真的太幼稚了。

虽然她问得幼稚，但怀荆每次都认真地回答，回答完后，还耐心地哄她睡觉。

许星空在家里调整了几天就去上班了，她想做的事情，怀荆一直是支持的。只是在上班前，许星空先去做了一次检查，确定没问题后，怀荆才放她回了 IO。

许星空刚知道自己怀孕的时候，就发短信通知了亲朋好友，这个亲朋里当然包括陈婉婉。陈婉婉见她来上班，“噌”地一下跑到她面前，一屁股坐在她桌子上，揪着她的脸，激动又高兴地喊了起来：“我们家星空好厉害！”

知道许星空怀孕了，不光许星空睡不着，陈婉婉的睡眠质量也下降了。许星空苦尽甘来，陈婉婉高兴得像朵花一样，时不时就傻乐。

被她捏着，许星空的脸已经红了。她笑看着陈婉婉，听着好友的夸奖，心情高兴得都快飘起来了。

她是去看了彭中医后才怀上孩子的，而一开始，是陈婉婉坚持带着她去看彭中医的。为了她能怀孕，陈婉婉操碎了心，许星空对陈婉婉的感激，根本无法用言语表达。

许星空接过陈婉婉手上的文件夹，两人这么亲昵，办公室里同事的视线都汇聚过来。许星空握住陈婉婉的手，脸微微一红，说：“还是多亏了你帮忙。”

“我确实帮忙了。”陈婉婉承认道，但她也没揽下所有的功劳，最后拍了一下马屁，“主要还是怀总……”

许星空惊慌失措地捏了一下她的手。

陈婉婉低头一看，许星空的脸已经红到了脖子根。

“哈哈哈！”陈婉婉拍手大笑起来。

两人都已经为人妻，陈婉婉说起来脸不红心不跳，但许星空和怀荆在一起这么长时间了，提到这种事情，她还是会脸红。

没有和许星空继续闹，陈婉婉从许星空的笔筒里拿了一支笔，边转边问道：“你去医院做检查了吗？”

关于怀孕生子，陈婉婉是有经验的，毕竟她儿子康康都已经六岁了。

许星空点点头，看着陈婉婉说：“检查过了，快一个月了。”

听许星空说完，陈婉婉测算了一下时间，眉头一挑，说：“就是你去李城前几天的事情啊。”

“对。”说到这里，许星空也觉得不可思议，“去看彦安之前。”

那时候刚怀上，验孕棒都测不出来，但彦安看出来了。

“小孩子还是蛮灵验的。”陈婉婉感慨完，又想起什么来，问了一句，“对了，彦安当时说孩子是男是女了吗？”

“啊？”许星空愣了一下，回想着彦安的话，笑了起来，“说是小弟弟。”

不过，男孩女孩这个应该不会那么准吧。小孩子的话虽然偶尔会有些灵验，但也不能神仙似的什么都猜中了。

对许星空来说，只要是她和怀荆的孩子，男孩女孩她都喜欢。

许星空说话的时候，眼睛笑得弯弯的，一副沉浸在幸福中的模样。陈婉婉看着她，心情大好，说道："周末去逛街吧！我带你去婴儿用品店，一些东西要开始准备了。"

这个许星空也想过，但她还不知道孩子性别，现在准备是不是过早了些？针对她这个问题，陈婉婉叹了口气："你能不能有点有钱人的自觉？你就算把整个商场都买下来，怀总也不会眨一下眼睛的。男女都各来一套呗，说不定，你怀的是龙凤胎呢。"

许星空："龙凤胎哪那么容易怀上……"

当天下班后，怀荆来IO接许星空。两人的恋情公开后，接许星空是怀荆每天的必修课。她加班的时候，他就陪着她一起加班。她下班早，他就把工作带回家去做。

其实许星空是个很低调的人，在没有公开和怀荆的恋情前，同部门的人甚至都是在她在年会表演后才对她有了些印象。

就算恋情公布后，她也十分低调。怀荆做的，都是些稀松平常的事情，两人也没刻意宣扬，也没刻意躲避，就像普通情侣一样。

这种普通情侣的交往模式，平淡却深入人心。怀氏集团的每一位员工，都知道他们的怀总是"宠妻狂魔"。

怀荆接了许星空后，两人先去超市买了些蔬菜。到家后，许星空去厨房做饭，而怀荆则带着工作去了书房。

他工作还是很忙的，许星空看他辛苦，好几次都说自己回家就行了。然而怀荆不放心，她怀孕后更是不放心。

两人一起上班一起下班，天天在一起，也从来没腻过。

吃过晚饭，许星空抱着咪咪在书房看书陪着怀荆。在她怀孕后，怀荆带着咪咪去做过检查，打了各种疫苗……

都说怀孕了不能养猫，但许星空养了咪咪那么久，让她大半年不见咪咪，她觉得对咪咪有些太残忍了。毕竟在她没怀孕的时候，一直是咪咪陪着她。

咪咪好像能感觉到她怀孕了，和她在一起的时候，都小心翼翼的。以前经常往她身上爬，现在则很少爬了，除非她抱着它。

怀孕前期，一些症状还不算太明显，但嗜睡早早开始了。

才晚上八点，许星空半靠在书房的躺椅上，拿着书，视线就渐渐模糊，头也开始一下一下地点着。

咪咪坐在躺椅一边，看着她渐渐眯眼，抬头看了一眼办公桌后。它刚想叫一声，办公桌后的男人微微抬头，手指轻轻放在了唇边。

咪咪伸了个懒腰，趴在躺椅一边，安安静静地看着许星空。怀荆从办公桌后起身，信步走到了许星空身边。

他身上还穿着衬衫和西裤，领带已不见踪影，领口和袖口大开。男人肤色白，穿白色的衣服尤其好看，不管近看远看，都给人一种斯文禁欲的感觉。

怀荆俯身将躺椅上睡过去的许星空抱了起来。许星空被抱起来时，闻到了男人身上清新的味道。她睁开眼，又眯了眯眼，双手抱住男人的脖颈，在他胸膛上蹭了蹭。

“忙完了吗？”许星空的嗓音哑哑的。

怀荆抱着她往卧室走，淡淡地应了一声。推开卧室门后，他将许星空放在床上，低头吻了吻她的头发。

怀荆并没有马上离开，他坐在床边，垂眸看着睡眼蒙眬的许星空，想等她睡熟了再走。

而许星空一时半会儿睡不熟，她翻了个身，抱住了男人的手臂。

女人的脸颊柔软温热，男人眸中染上一层暖意。他微微俯身，靠近女人，在她脸颊上吻了一下。

许星空的嘴角勾了勾，她睁开眼睛看着怀荆，说道：“我刚刚做了个梦，梦到了一个和你很像的小男孩……”

有些孕妇会做胎梦。

许星空只睡了一会儿，但这个梦似乎做了很久。可她也不确定是不是胎梦，因为在梦里，还有一个与她差不多模样的小女孩。

她抬眼看着怀荆，问道：“你喜欢男孩还是女孩？”

问完以后，许星空微微红了脸，她往男人手里一埋，轻笑道：“我又开始问这种幼稚的问题了。”

女人的耳垂红红的，脸也微微发烫。怀荆感受着她如羽毛般的柔软轻盈，低头亲了亲她，鼻间一声轻笑，嗓音温柔如水：“你呢？”

“啊？”许星空愣了一下，她抿抿唇，“男女我都喜欢，因为是我和你的孩子。”

说完，许星空看着怀荆问道：“你也是吗？”

两人近在咫尺，许星空甚至能看到他根根分明的睫毛，男人眨眼时，睫毛微颤，像是落叶一样，在他浅褐色的眸子里漾起一层浅波。

“我把我的爱都给你了，”怀荆说，“能匀给他们的很少。”

许星空被这个回答惊到了，她微微一愣，而后笑了起来。

伸手抱住怀荆，许星空捏了捏他的脸，说：“周末我和婉婉要去逛街。”

“嗯。”多出去走走散散心也好，怀荆应了一声后，手指剐蹭了一下她的脸颊，“我陪你。”

“嗯？”许星空摇摇头，说，“就我和婉婉两个人，老詹也不去。”

就是好朋友一起逛街，买一些母婴用品，他一个一米九的大男人跟在后面像什么样子。

听到许星空不带他，男人微微舔了舔下唇，他目光沉沉，里面透着些看不清的情绪。过了一会儿，他问道：“康康去吗？”

怀孕后，许星空觉得自己已经开始了“一孕傻三年”。她不知道怀荆问这个做什么，愣了一下后，点头道：“他去啊。”

“那我为什么不能去？”怀荆问道。

怀荆这话一说出来，许星空就哭笑不得，她急得脸颊微红，跟他解释道：“康康是孩子啊，你不是。”

“怎么不是？”男人目光一抬，眼里掠过一层浅浅的笑意，“刚刚我在你梦里的时候，不是小男孩吗？”

许星空：“你……”

许星空和怀荆到商场与陈婉婉会合，尽管许星空已经提前告诉过陈婉婉怀荆也会来，但当她看到怀荆时，还是莫名有些气短。

今天不是工作日，怀荆穿得很随意，浅灰色的棉麻衬衫，领口微敞，露出半截锁骨，下面搭了一条深色长裤，双腿修长，比例匀称。

他肤色白皙，五官精致，个人魅力能将一身简单明了的穿搭衬托得很有他个人的气质。所以即使他没穿西装，陈婉婉还是能从他身上感受到董事长的压迫感。

与怀荆的清冷感和压迫感不同，他身边的许星空穿着衬衫半裙，气质温婉娴静。虽然气质不同，但两人站在一起分外和谐。

从外人看来，怀荆神色淡淡，不易接近，而在许星空说话时，他总会微微侧身，耐心听她说。许星空说完后，男人会回复一两句，眉眼间满是温柔。

陈婉婉气短是因为怀荆是公司董事长，而她儿子康康把怀荆当成了偶像。上次大家吃过饭后，怀荆给康康买了一套恐龙模型，小家伙每天玩着的时候，还不忘感谢怀荆。

这样一想，陈婉婉又觉得怀荆与普通人无异了。他天生清冷，让他对别人像对许星空那样是绝不可能的。

但作为好友的男朋友，一起吃饭的时候，他也会和老詹闲聊，问及关于许星空的事情时，他也能神色不变地回答。

为了许星空，他在努力融入他们的圈子，这一点，怀荆做得真的太棒了。

陈婉婉面带微笑地站在原地等许星空和怀荆走过来时，康康已经小跑到了许星空面前。因为陈婉婉告诉了他星空阿姨肚子里有宝宝，所以跑到许星空面前后，小家伙放慢了速度，大眼睛里装着欣喜和开心，奶声奶气地叫了一声：“星空阿姨，怀叔叔。”

许星空也好久没见康康，蹲下身想要抱他。

康康笑嘻嘻地扭了扭身体，身上带着一股奶香气：“我长大了，太重啦。”

陈婉婉走过来，揶揄儿子：“昨天晚上是谁做噩梦害怕得找妈妈？”

康康有些不好意思，小脸一红，陈婉婉和许星空皆是一笑。怀荆伸手，许星空自然地握住他的手后，被他拉了起来。

“怀总。”陈婉婉笑着和怀荆打了一声招呼。

怀荆冲她微微点头，算是回应。

一行人会合完毕，陈婉婉和许星空就开始逛了起来。她们两人这次要逛的商场，是专卖母婴用品的。

抬眼望去，基本是女人带着孩子，很少有男人出现。

许星空跟在陈婉婉身后，扫了一眼商场内部，然后看了一眼身边的怀荆，问道："要不你先回车上等我？我很快逛完。"

垂眸望了许星空一眼，怀荆眼尾一挑，问道："为什么？"

许星空说："我怕你尴尬。"

听了她的话，男人轻轻抿了抿下唇，沉声道："为什么会尴尬？"

"这里都没有男人……"许星空又看了一眼商场，小声说道。

星空好像真的有些担心，神色里带了些焦虑。怀荆垂眸看着她，将手搭在了她的头发上。

"那是他们不疼老婆。"宽大的手掌在她头顶轻轻揉了一下，怀荆对上许星空的视线，嘴角一勾，说，"可是我疼。"

许星空一愣，末了，抿唇笑着低下了头。

事实上，逛母婴用品店，一个男人的作用是十分巨大的。

许星空压抑了近三十年的母性，在看到婴儿用品的那一刹那彻底爆发。以前逛商场时，她都刻意不去母婴用品店，怕自己看着伤心难过。而现在，她的购买欲简直被全部激发了出来。

如陈婉婉所说，她也不知道自己肚子里的是男孩还是女孩，于是索性男女用品都买了。怀荆跟在她身后，她挑选商品，他负责埋单。

怀荆安排完后，低头看了看站在他身边的康康。小家伙从一开始就跟在他身边，叽叽喳喳地跟他说着恐龙的事情。但是现在，小家伙明显不想说话了。

他抬眼扫了扫安心买东西的许星空和陈婉婉，收回视线后，蹲在了康康身边。

"累了？"怀荆与康康视线平视，淡淡地问了一句。

康康年龄小，这么逛确实有些吃不消，而且他刚刚太兴奋了，一直和怀荆聊天，有些力气一下子用光的感觉。

抬手揉了揉眼睛，康康小小地应了一声："嗯。"

看着小家伙累得小脸都垮了，怀荆抿了抿唇，说："星空阿姨还没逛完，所以可能你妈妈还要陪她逛一会儿。让你妈妈陪着星空阿姨，我带你去吃冰激凌休息一下好不好？”

因为经常有母亲带着孩子光顾，所以母婴用品店的冷气开得不是很大，康康也确实是热累了。听了怀荆的话，小家伙眼睛一亮，点点头说：“好！”

“来。”怀荆张开手臂，一下将小家伙抱在了怀里。

许星空正在看婴儿的小衣服，手指头比量着迷你小鞋子，这时，旁边的陈婉婉倒吸了一口凉气。许星空一抬头，便看到怀荆抱着康康走了过来。

男人身高腿长，康康好像第一次被抱得这么高，一脸新奇，而怀荆神色淡淡。走过来后，怀荆对许星空道：“你们两个先逛着，我带他去吃点冰激凌。”

康康小脸有些红，陈婉婉见康康喜欢和怀荆在一起，便笑着说：“那麻烦怀总了。”

“应该的。”怀荆应了一声后，转而对许星空道，“看中什么就买，东西先放在柜台，等 Leo 派人来拿的时候一起付钱。我一会儿就回来。”

“嗯。”听了怀荆的安排，许星空点了点头。

怀荆安排完后，就带着康康出了母婴店。母婴店的对面，有一条室内小吃街，旁边还有休息椅。

一走出母婴店，康康就变得生龙活虎了，小跑着到了冰激凌柜台前。怀荆腿长，不一会儿也到了柜台前。

一大一小两个背影，站在冰激凌柜台前，一起抬头望着上面的点单 LED 屏，画面和谐美好。

许星空看着他们的背影，想象着以后怀荆领着他们的孩子买冰激凌的情景，心里比吃了冰激凌还甜。

她看着他们的时候，怀荆似乎察觉到了她的目光，回头望了一眼。

柜台前，男人身材挺拔修长，五官俊逸精致，嘴角浅淡地勾起。

“怀总带孩子很有一套啊。”看着怀荆俯身将冰激凌递给康康，陈婉婉感慨了一句。

康康虽然性格开朗，自来熟，但对于只见过几次的人，他是不会轻易跟着走的。

陈婉婉这话虽说夸的是怀荆，但许星空觉得像是在夸她一样，她抿唇笑了笑，丝毫没有谦虚地道：“嗯，他很厉害。”

怀荆虽然不像她那般期待他们的孩子，但他已经做好了一个父亲的所有准备。

休息区人不多，怀荆挑了一个刚好能看到许星空所在的母婴店的地方，带着康康坐下了。

“怀叔叔，你想陪着星空阿姨的话，咱们就过去吧，我不累了。”拿着冰激凌勺，康康十分体贴地说道。

“在这儿吃完再回去。”怀荆淡淡地说了一句，他抬眼看着许星空的背影，说，“你星空阿姨最近不能吃凉的东西，你当着她的面吃，她想吃又吃不到，我怕她难过。”

怀荆的话，康康并不能完全理解，但他大致也知道，怀荆是为了许星空。感受到怀荆对许星空的好，康康笑眯了眼。

“怀叔叔，你要好好宠星空阿姨哦，像我和爸爸就宠着妈妈。”小家伙拿着勺子，认真地道，“因为女生都是小公主，男生都是小王子，小王子就该宠着小公主。”

康康的话让怀荆收回了视线，他看了一眼康康，嘴角一勾，问道：“这是谁教你的？”

康康举着勺子，笑嘻嘻地说：“爸爸呀！”

怀荆看着康康，想着詹良庭的样子，半晌后，他道：“叔叔知道该怎么教小孩了，谢谢。”

康康含着冰激凌勺，眼睛睁得大大的，说了一句：“冰激凌太甜啦！”

逛完母婴商品店，怀荆和许星空便回了家。许星空逛了一天，竟然丝毫不觉得累，回家后还做了晚饭。

吃过晚饭后，怀荆去书房继续忙工作，许星空则抱着咪咪在书房里看书。

今天天气很好，窗外晚霞漫天，海风柔软地吹进来，许星空看了一会儿书后，就起身下了楼。

许星空离开的时候，并没有和怀荆说，她刚走一会儿，怀荆处理完手上的文件后，也下了楼。

咪咪在沙发上躺着，并没有和许星空在一起。怀荆望了一眼落地窗外，看到了沐浴在夕阳下的许星空。

许星空回家后就换上了一身舒适的长裙，长裙宽大，女人露出的肩头单薄瘦削，修长的脖颈下，锁骨精致，长长的一条，连接着肩骨。

夕阳像是给她披上了一层薄纱，让她看上去像是要消失在这层薄纱之下一样。

海边的傍晚是最美的，也是最舒适的。泳池倒映着红霞，像是被金红色的霞光染上了颜色，散发着璀璨的光芒。

怀荆拉开推拉门，许星空听到声音回过头，海风将她颊边的发丝吹乱，她笑看着怀荆说："今天的夕阳好美。"

听了许星空的话，怀荆拿了一件薄外套和一双麻绳编制的人字拖鞋走到她身边，将拖鞋放在她的脚边，说："我陪你出去走走。"

"工作呢？"许星空换上拖鞋后，问了怀荆一句。

怀荆给她披好外套，顺好头发，然后沉声道："我只是个一无是处的富二代，工作上的事情别对我要求太高了。"

两人没有走远，这里离海近，他们就近去了海边。

傍晚时分的海边，涨潮湿了一大片沙地，沙滩上湿漉漉的。晚霞映照着不远处的礁岩，黑漆漆的岩石都被照柔了几分。

沙滩上人很少，只有零星几个小孩子在奔跑。

两人挽着手踩在沙滩上，斜阳将人影拉长，最后连在了一起。

手被男人握得紧紧的，许星空的心像是也被他握住了。晚间的海风微凉，吹在皮肤上，特别舒服。

感受着沙滩的柔软，许星空觉得身体也有些发软。今天逛街的疲劳，后知后觉地涌了上来。

见她走路一歪一扭的，怀荆站住了："我背你。"

"啊？"许星空抬眼看了看他，夕阳下，男人的五官更为深邃精致了。

许星空顿了一秒，道："不用了，一会儿回去……"

她还未说完，怀荆已经半蹲下身子。在她抬头看时，他微微回过头，手臂伸向她，修长的手指微微弯曲，声音里带着些温柔的笑意：“过来。”

心下微微一动，许星空走过去，趴在了男人的背上。

怀荆轻松地将许星空背起来，感慨了一句她太轻后，伸手将她脚上的鞋子脱下来拎在手里。

凉风吹拂着脚趾，许星空趴在怀荆的背上，感觉自己的心跳在一点点加速。她歪着脑袋，看着海天一线处，太阳渐渐没入海平线，问道：“你今天和康康聊什么了？”

怀荆带着康康吃冰激凌回来的时候，康康还叽叽喳喳地和他说个不停。就算是许星空，也没有被康康这么钟爱过。

潮水渐渐涌来，怀荆背着许星空往干燥的沙滩边上走，边走边说：“聊他们一家。”

他的话让许星空一乐，她笑着问怀荆：“他们家是不是特别有意思？老詹和康康一起宠着陈婉婉。婉婉想买什么东西，都是老詹和康康一起省钱给她买。”

“嗯。”怀荆也是一笑，和许星空说着康康对他说的话，“康康说他妈妈给他爸爸买的唯一的一件礼物是一个篮球。”

听到这里，许星空愣了一下，她仔细想了半晌，她做得好像还不如陈婉婉呢。

“我好像连个篮球都没给你买过。”许星空的语气里有些歉意。

海风将她的发丝吹到了怀荆的脖颈间，有些温柔，又有些痒。他走到干燥的沙滩上，将许星空放了下来。

沙滩晒了一天，沙砾间还有未散去的太阳的温度。许星空站在沙滩上，与男人面对面。

“你送了。”怀荆说。

在许星空愣神的时候，怀荆微微低头，右手覆上女人的小腹，他动作温柔地揉了一下。嘴角一勾，男人抬眸，对上了女人的视线。

怀荆眉眼间皆是温柔，他的声音混合着海风一起飘到了许星空的耳朵里：“再过几个月，你送我的这个球就长大了。”

尽管颜嘉琳说对许星空一视同仁，但在许星空怀孕后，她还是减少了许星空的工作量。许星空每天都能准时下班，有时候两人出完现场回来，颜嘉琳甚至直接给她放了假。

许星空和怀荆从淮城回来时，黄千松因为个人作风问题被IO辞退，颜嘉琳升任了翻译部的部长。

颜嘉琳工作多，任务重，后来又招了两个助理帮忙。现在许星空基本上就只跟着颜嘉琳出现场，日常的工作都分摊给了两个新招的助理。

小助理都是今年刚刚硕士毕业的研究生，工作的时候虽然稚嫩，但挺有干劲。颜嘉琳向来会看人。

有了小助理的帮忙，现在就算许星空提前下班，也不怕忙不过来。

许星空能提前下班，怀荆却不能。每每这个时候，许星空就会收拾好东西去他办公室等他。

因为许星空大部分情况下是提前下班，为了方便她来找他，怀荆给她配了一个司机。

车子停在怀氏大楼外，许星空下了车，走了进去。

前台看到许星空，招呼了一声："怀太太。"

怀氏集团上下都知道许星空的身份，每次她来怀氏集团，来往的人都会和她打招呼。

他们不会直接称呼许星空"董事长夫人"，而是称呼她"怀太太"。

许星空喜欢别人这样称呼她，听名字就感觉她和怀荆离得很近很近。

怀荆向她求婚后，两人第二天就登记结婚了。所以，许星空是当得起这一句"怀太太"的。

"你们好。"许星空笑着回道。

一路上被叫着怀太太，许星空进了VIP电梯，按了怀荆办公室所在的楼层。

怀氏集团是总部，整座大厦也比IO大楼更为恢宏。虽然怀荆带着她走了几次，但许星空还有些找不到路。她也不算路痴，只是怀孕后，方向感变差了。

从电梯里出来，Leo已经等在电梯外，见到她后，笑了笑，说："怀总还在开会，让我先带你去办公室等他。"

"你怎么每次都在这里等着。"许星空有些难为情，"你们忙就行，我自己随便转转就到了。"

Leo也不好戳穿她每次转着转着，怀荆只有去看监控视频才能找到她的事实。他低头一笑，说："我不忙，刚好过来碰到了。"

知道 Leo 这么说是为了照顾她的面子，许星空抿唇笑了笑，两人边聊边朝着怀荆办公室的方向走。

Leo 虽是怀荆的助理，但他也有自己单独的办公室。临进怀荆办公室前，Leo 便和许星空告了别。许星空站在办公室门口，叫了 Leo 一声，Leo 回头，许星空笑着说："今天出现场的时候，感觉嘉琳姐的嗓子有些不舒服，她说她昨天出差回来的时候淋了雨。"

颜嘉琳要强，这些事情都不会和 Leo 说。而 Leo 虽然年纪小，但性格也很强势。两个人在一起，都靠 Leo 自己去揣摩颜嘉琳的需求。有时候，许星空会帮他一把。

听了许星空的话，Leo 眉头一皱，随后轻叹一口气，笑着说："谢谢。"

怀荆在怀氏集团的办公室比在 IO 的办公室大了两倍，除了办公区、休息区，还有娱乐区。娱乐区内除了台球桌，还有一个小型高尔夫球场。

办公室光照很足，现在才下午四点，阳光洒进来，被办公室的窗户切割成不同的光块垂落在地上，将整个空旷严肃的办公室照得有了些暖意。

办公室有个小阳台，阳台上放了张藤椅和懒人沙发，还有一个书架。书架上摆放着绿植，吊兰攀爬在书本上，清新文艺。

要是以前，许星空肯定会看会儿书，但怀孕后她嗜睡，看不了一会儿，就躺在沙发上睡了过去。

怀荆开完会回来时，已经四点半了。他知道许星空已经过来了，进门时动作很轻。待走到阳台上，看到许星空恬静地睡在懒人沙发上，原本严肃认真的男人，霎时间变得温柔了。

许星空来等他下班，大部分时间是在懒人沙发上度过的。懒人沙发虽然舒服，但终究比不了床。

怀荆走过去，俯身吻了吻许星空的额头。

许星空睡得很浅，他这么吻一下，许星空睫毛一动，睁开了眼睛。

怀荆的脸，近在咫尺。

公司里的怀荆和生活中的他是截然不同的。一身西装十分工整，浑身上下透着股禁欲气息。

可怀荆就是怀荆，不管工作中还是生活中，都是怀荆。

许星空伸出双手，抱住了他的脖子。男人一用力，将她抱了起来，然后在她耳边轻吻一下，柔声道："困了？"

"一直困。"许星空埋头在他的脖颈间，眯着眼睛迷迷糊糊地说。

许星空最近的精神确实不太好，不过医生说没什么大碍，困了睡觉就可以了。怀荆咬了咬她的耳朵，说："咱们回家。"

刚说完，他的手机就响了。怀荆本不想接，许星空提醒了一句，怀荆才将手机拿了出来。

"喂，怀荆，今天来津阅球馆打个比赛啊。"

电话那端的声音一传过来，未等怀荆说话，许星空就直起了身体，眼睛晶晶亮地看着他。

因为电话那端的人是许星空的偶像——许智！

怀荆感受到怀里女人的动作，眼角微挑，浅笑着舔了舔下唇。

"想去？"怀荆轻声问道。

许星空一听，连忙点头。

"还困吗？"怀荆看她高兴的样子，眉眼间一柔。

许星空摇了摇头，脸颊因为兴奋而发红："不……不困了。"

两人说话的声音很小，只有他们两个人能听到。电话那端，许智仍在絮絮叨叨地埋怨怀荆最近都陪太太，也不抽时间陪他们打篮球。

他还没唠叨完，怀荆就回道："好，今天过去。"

"行。"许智一听他答应了，立马笑着说，"那今晚七点，不见不散啊！"

怀荆鼻间一声轻笑，应道："好。"

在怀荆挂电话的时候，刚才还困得不行的许星空一下就精神了。她不算是狂热追星族，但她喜欢了许智这么多年，马上要再见到他，还是挺激动的。

"七点能赶得上吗？"许星空问。

怀荆抬腕看了看表，又垂眸望着她，伸手捏了捏她的耳垂，安排道："现在才四点半，回家吃过饭，我带你过去。"

"好。"许星空笑起来。

安排好后，怀荆便拉着她的手往阳台走。看着怀荆的背影，许星空摸了摸鼻子，“嗯”了一声。

她的声音小而柔，带着一丝淡淡的疑惑。

怀荆回头，对上她的视线，问道：“怎么了？”

“你不吃他的醋了？”许星空笑着问道。

记得上次，她说许智声音比他好听，身材比他好，长得比他好看……不久后，他就和许智打了一场篮球，击碎了她这个想法。

当时两人还没表明心意呢。

怀荆垂眸看她，问道：“你想让我吃醋？”

“没没没。”许星空赶紧否认，“他只是我的偶像……”

“嗯。”怀荆应了一声，说，“我不吃醋，吃醋太幼稚了。”

两人回家后，许星空便去做饭。吃过饭后，怀荆收拾了篮球装备，两人便一起朝着津阅篮球馆出发。

如许智所说，怀荆已经很久没来打篮球了。

虽然许久未打，但许星空仍然记得怀荆打篮球时的样子。

阳光清爽，仍如少年。

两人到了津阅篮球馆，怀荆牵着许星空的手进了门。门一打开，里面还在热身的人齐刷刷地朝着他们看了过来。

平时大家打球也会带人过来看，但这是怀荆第一次带他的太太来。

见怀荆来了，许智先是一笑，然后将手上的篮球拍到一边，小跑着过来道：“来了！”

许智和怀荆是球友，两人一起打球多年，也算是好朋友。怀荆结婚的事情，夏城的上流圈子里都知道。但许星空为人低调，大家难得见到她真容。所以今天怀荆带许星空过来，许智还是挺高兴的。

怀荆长得精致深邃有攻击性，而怀太太却温婉娴静、落落大方，两人站在一起，十分般配。

“这是我太太，许星空。”怀荆边放下背包边介绍道。现在是夏季，在家里的时候他已经将球衣穿好了。

怀荆皮肤白，一身红色的球衣衬得他少年感十足。除此之外，他还束了红色的发带。放包时，他胳膊上紧致的肌肉随着动作线条变得更为流畅。球赛还未开始，已见热血。

许智看着许星空，笑着打招呼："你好，我是许智。"

说完后，许智端详着许星空，笑道："我老觉得你有点面熟。"

偶像主动和自己打招呼，许星空的脸又是一红，她没有露怯，大大方方地看着许智，说："上次我来给怀荆送文件，还问您要过签名。"

"啊！"经许星空这么一说，许智一下想起来了，他笑着说，"想起来了。你们那时候就在一起了啊？"

"还没……"许星空被问得脸更红了。那时两人虽然没在一起，但其实已经睡在一起了。

"哦。"许智也没有细想，只是按照正常思路来推算，推算半天后，拍了一下旁边的怀荆，道，"那时候就有心思了啊。"

他问的怀荆，许星空并不知道答案。她抬头看了一眼怀荆，红衣的怀荆垂眸看了她一眼，笑了笑，没有回答。

场上还有人等着，两个人闲聊几句后，怀荆给许星空找了个位置让她坐好，便拍着篮球上场热身了。

在一群打篮球的人中，怀荆算是最高的。而且他皮肤白，长得又精致，打篮球的动作干净利落，十分漂亮。

许星空几乎全程追随着他的身影。

热身完毕后，几个人开始 3V3 的比赛。

怀荆已经很长时间没有打过篮球了，好在他体力仍然跟得上，只是技巧上生疏了些。上半场结束，怀荆那队被许智那队拉下了十几分。

中场休息，怀荆出了一身汗。许星空递了水杯过去，他接过来后，抬头将水喝下。他脖颈修长，喉结滚动，汗水顺着发丝滴落在地。

怀荆用的水杯，还是去年圣诞节她送的那个吾饮的活动水杯，上面的图案都已经被磨掉了。

怀荆手指白皙修长，骨节分明，他握着杯子，将杯子也衬托得有了些高级感。

他双手撑在双膝上，抬眼看着另外一组的比赛，长睫毛下褐色的眸子里带着些平淡和安静。

“加油！”许星空坐在一边鼓励道。

怀荆刚刚运动过量，呼吸不稳，正看着台上平复呼吸。许星空一句“加油”，将他的视线拉了回来。

女人坐在他身边，手上还拿着毛巾，刚刚的比赛，他的胜负欲没有被激起，她的胜负欲倒是被激起来了。

许星空一向安静，很少说想赢这类的话。

怀荆靠在座位上，笑着问她：“想要我赢？”

以为怀荆是问她想要他赢还是想要许智赢，许星空连忙点头说：“当然想要你赢。”

听了她的话，怀荆轻声一笑，说：“好，你让我赢，我肯定能赢。”

下半场开始，怀荆明显打得更用心了。他今天陪许星空出来，本没想用心打，毕竟主要是带着她来散散心的。既然许星空想要他赢，那下半场，他熟悉了技巧后，就开始疯狂拿分。

怀荆突然的热血，让比赛陷入了胶着。最后，怀荆绕开许智的截球，脚底发力，一跃而起，将球灌入筐内。

耳边全是篮球鞋摩擦地面时发出的尖锐声响，许星空看着怀荆平稳落地。身体落下时的震动，将他发梢上的汗滴震落在了地上。他微微一甩头，撩起球衣擦了擦脸上的汗。

红色球衣掀起，露出紧致漂亮的腹肌。怀荆擦完后，将球衣放下，抬眼看向许星空的方向，下巴微微扬起，冲她灿烂一笑。

该怎么形容怀荆这个笑容呢？阳光清新，又透着股得意，像极了海边的朝阳。只是看着他嘴角勾起，她的心就怦怦直跳。

最后的结果是怀荆那队赢了比赛。

比赛一结束，许智就跟着怀荆到了许星空面前。

“哎，你以前都是让我的吧？今天打鸡血了？”

许智饰演的角色多是严肃认真的那种，看他耍赖一样靠在怀荆身上，许星空竟然觉得挺可爱。

怀荆接过许星空递来的毛巾，甩在了许智的头上，然后又接过许星空递来的水杯。他边打开水杯边说：“我太太的偶像是你，我不能输给她的偶像。”

怀荆的话，让许星空的脸一下变得滚烫。

怀荆抬眼看着她，眼角眉梢都是笑意。许智哈哈大笑起来，拍了拍怀荆的肩膀，问许星空：“那你说，我俩谁帅？”

许星空：“你们两个的胜负欲是会相互传染的吗？”

和许智告别后，怀荆便带着东西去休息室洗澡。津阅篮球馆的休息室都是单人间，每个会员都有单独的房间用来洗澡和休息。

虽然是单人间，但空间很大，像一间小型公寓。

怀荆冲洗完后，套着白 T 恤走了出来。他出来得急，T 恤还未完全套上，运动短裤的抽绳也未系好，露出了半截人鱼线。

许星空觉得怀荆的身材真是个谜，他工作忙，而且要陪她，运动的时间很少，可他的身材依然那么好。

他有肌肉，但并不是健美先生那种夸张的感觉，只是十分紧致，线条流畅完美。穿上衣服能将衣服衬起来，脱掉衣服则该有的肌肉都有……

许星空坐在沙发上，看得有些走神。怀荆将毛巾搭在头发上，擦了两下后，问道：“要不要再脱掉给你看看？”

他语气里带着轻佻和爽朗，像是开了一个柠檬味的玩笑。

许星空鼻间都是清新的味道，她虽然知道怀荆是和她开玩笑，但脸还是红了。收回视线，许星空说：“我……我都看过了。”

走到许星空身边站住，怀荆问道：“那我和许智谁更好看一些？”

许星空心想，说好的吃醋很幼稚呢？

看许星空说不上话来，怀荆又是一笑，他微微俯身，身上有运动款沐浴露的味道。他浅褐色的眸子盯着许星空的眼睛，眸中带着浅淡的笑意：“就算他比我好看又能怎么样？”

许星空双唇微张，有点傻气。

怀荆眼中笑意加深，他伸手摸了摸许星空的脸。男人刚洗过澡，手有些凉，但仍带着属于他的温度。

他的手指轻轻地在许星空的唇上摩挲了一下，说：“我能对你这样，他能吗？”手指放开，他又将唇贴在了许星空的唇上，双唇一触，眼中皆是浓情，“我能对你这样，他能吗？”

许星空喉头微颤。

男人轻轻咬住了她的耳垂：“我能对你这样，他能吗？”

说完，怀荆轻声一笑，温热的气息喷在许星空的耳边。许星空觉得自己像是飘在云端，在她快要掉下来的时候，男人低沉沙哑的一句话，重新将她拥入温柔的怀中。

“他不能。因为，你是我的人。”

许是看篮球赛太过兴奋，那天晚上，许星空做了一场关于篮球的梦。梦里，她喊着加油，在怀荆进球时，她激动地站了起来。

谁知，她的小腿一阵抽痛。许星空“啊”的一声，从床上弹了起来。在她起来的瞬间，身边怀荆也坐了起来，伸手将灯打开了。

小腿处传来的难以言说的疼痛，让许星空起了一层冷汗，她疼得眉头都拧到了一起。

“抽……抽筋了。”许星空边说边蹬了蹬腿。谁知这么一蹬，更疼了，她一把抓住怀荆的手，疼得哼哼起来。

“别动。”怀荆一只手握住她的手，另一只手放在她抽筋的小腿上。他的手刚放上去，许星空就吓得往后一缩。

怀荆的眉头皱成了一个疙瘩，灯光下，他神色严肃而紧张。他松开许星空的手，握住了她的小腿，柔声安抚道：“别怕。”

因为抽筋，许星空浑身紧绷，怀荆手掌的温度缓解了一些疼痛，她的身体也渐渐放开了。

与此同时，怀荆握住她的脚，将她的小腿平放，然后力道均匀地揉捏起来。

随着怀荆一下一下的揉捏，疼痛感渐渐消失，许星空躺在枕头上，望着天花板，感受着男人轻柔的力道。

疼痛感消失后，小腿处留下了一点点麻痹感。许星空长舒了一口气，身上出了一层细汗。

听到许星空长舒一口气，怀荆抬眸看着她，神色依然紧绷着：“还疼吗？”

感受着怀荆握着她的脚和膝盖窝动了两下，许星空用了一下力，刚刚像是用刀刮开的小腿，已经没有了痛感。

她抬头望了望单膝屈起坐在她小腿边的男人，轻声道："不……不疼了。"

怀荆穿了一身白色的睡衣，灯光下，他的脸色渐渐缓和，眼神中的紧张也消散而去。

怀荆躺在身边时，许星空才发现，他额头上布了一层汗。

怀荆很紧张她，生怕她什么地方不舒服。想到这里，许星空心里暖烘烘的，转身抱住了怀荆。

怀荆将她抱在怀里，低头吻了吻她的头发，像是在安抚她一样。他想着上次许星空的检查结果，医生并没有说她缺钙，那肯定是她睡眠姿势不对造成的抽筋。

伸手揉了揉她的头发，怀荆说："你先睡，我得隔段时间帮你翻翻身。"

摆脱抽筋的方法，就是隔一段时间就给孕妇换个睡眠姿势。许星空自己睡着了，肯定没法翻身。

"没事的。"许星空摇头说，"我是因为做了个梦太激动，所以抽筋的。"

对上她的视线，怀荆鼻间一声轻笑，用下巴敲了敲她的额头，问道："什么梦？"

许星空感受着他下巴温柔的力道，回想了一下，说道："梦到你和孩子打篮球。"说完后，许星空脸一红，有些难为情地低下头，说，"是不是有点傻？"

许星空最近经常会做胎梦，梦里多是他少年时的模样。这些民间传说，怀荆并不怎么相信，但许星空说出来，怀荆就会觉得特别有意思。

"最后谁赢了？"怀荆问。

"啊？"怀荆不但没说她傻，还问了梦的后续，许星空一下笑起来，她抬头看着怀荆，"孩子赢了……"

许星空因为怀着孩子抽筋，梦里他和孩子打篮球还是孩子赢了……

等小兔崽子出生，他非得揍他一顿不可。

见怀荆半晌没说话，并且一脸复杂的神色，许星空小声地问："你吃醋了？"

怀荆垂眸看着许星空，眼中透着些意味不明的神色："嗯。"

听他这么痛快地承认了，许星空眼睛一下笑弯了。她伸手捏了捏怀荆的脸，抬头亲了亲，笑眯眯地说："可是，我是和你一队，给你加油的啊！"

许星空安慰他的话，让怀荆嘴角一勾，他低头咬了咬她的唇，说："那我输也输得高兴。”

许星空被咬得嘴角发痒，伸手抱着他的脖子“哎呀哎呀”地轻哼。怀荆抱住她，呼吸渐渐有些不稳。

待许星空抬眼看他时，他看着许星空明亮的双眸，稳住呼吸说：“睡吧。”

再不睡，他可不知道自己会做出什么来。

尽管许星空不让怀荆隔段时间给她翻身，但怀荆还是做了。整个晚上，许星空并没有再抽筋。

怀荆工作强度大，要是睡眠质量不好，那他可真撑不下去。

和颜嘉琳出完现场回来后，许星空就开始摸鱼，看看怎么防止抽筋。刚打开搜索引擎，陈婉婉就过来了，将文件扔在她桌子上，严肃道：“干吗呢？”

许星空抬头看着陈婉婉，笑着说：“查一查孕妇怎样才能不抽筋。”

作为过来人，一听到抽筋这个话题，陈婉婉像是重回孕期一样，小腿一软，索性坐在了许星空的桌子上。

“你抽筋了？厉害吗？医生给开钙片了吗？”陈婉婉连声问道。

许星空听着陈婉婉的问题，点头说：“昨晚第一次抽筋，挺疼的。上次检查我不缺钙，不过我现在每天也有补钙。怀荆说是睡眠姿势不对造成的，他昨晚没怎么睡，净给我翻身了。”

许星空絮絮叨叨地说着平常的话题，陈婉婉却被最后一句话惊着了，她眉头一挑，说：“给你翻了一晚上？”

一直知道怀荆宠许星空，没想到这么宠。

“嗯。”许星空说，“这样下去不行啊，他工作也很多的，不能睡不好。”

陈婉婉抿抿唇，说道：“你要不要去孕妇培训中心做做瑜伽？”

“会变好？”许星空看着陈婉婉，问道。

“抽筋也有可能是运动太少造成的。”陈婉婉分析道，“你怀孕后，还没接受系统的孕妇培训吧？这种事情其实也蛮有必要的，每周去两次，对孕妇很有帮助。”

这是陈婉婉作为过来人的经验，许星空全部吸收了，她点了点头，笑着说：“好。”

下午提前下班后，许星空去怀荆办公室，和怀荆说了这件事情。怀荆当即就让 Leo 找了一家孕妇培训中心。

Leo 找的那家孕妇培训中心就在南区沿海，距离怀荆家不远。

与其说这是一家培训中心，不如说是孕妇培训会所，不仅有独栋建筑用来培训，还配备有医院和庭院，环境清幽，气氛温馨。

南区是夏城最贵的地段，这里的培训中心价格自然不低。但与之相配的，是一流的服务。

许星空和怀荆一到，就有专人领着他们去培训中心二楼参加今天的晚课。

这里的培训其实也有一对一服务，但许星空想着一起培训，还能多认识几个孕妈，多交流讨论，也能吸取点经验什么的。

对于她的选择，怀荆自然是无条件支持。但真到了课上，其实多人的课程，还是有些麻烦的。

两人刚一进门，就被安排在了提前留好的位置上，中间靠前，刚好。

这家培训中心价格昂贵，来的都是些夏城的名流。除了孕妈还有一些像怀荆一样陪着老婆来的男士。几个人看到怀荆后，纷纷过来与他攀谈。

商场的宴会上，少不了这样的应酬。但怀荆今天主要是陪着许星空来参加培训，有人与他打招呼，他也只是礼貌地点点头。

他拉着许星空的手，单腿搭在另外一条腿上，身体微微后仰，盯着讲台上的 PPT。他下颌线紧绷，带着些拒人千里之外的清冷感，只有在和许星空说话时，才会带些笑。

两人这是第一次上课，许星空精神集中，但作为孕妇，她的精神就算集中，也会有走神的时候。等她回过神来，书本上什么也没记，抬头看向怀荆的书本时，上面已经写满了笔记。

见她看过来，怀荆将书本往下翻了一页，许星空就看不到了。

许星空一笑，伸手去抓他的书，翻过来后，边抄边说："你干吗？"

怀荆伸手将她手里的笔拿过来，放在一边，说道："所有的注意事项我都记下了，你睡一会儿吧，过会儿还要做瑜伽。"

看怀荆的书本上，字写得干净又有力，注意事项也记得清清楚楚。许星空一阵安心的同时，又有些不满："我又不是猪，怎么能天天睡。"

"谁说你是猪了？"怀荆伸手捏捏她的耳垂，笑着说，"哪有你这么可爱的小猪。”

许星空的眼睛亮亮的，嘴角止不住地上扬。

上完课后，怀荆随着许星空一起去了瑜伽房。

瑜伽是孕妇做的，准爸爸们只能在瑜伽房外的休息室等着。瑜伽房和休息室隔了一道墙。在墙壁一米二左右的地方，有一扇长宽各一米的方形窗户。

怀荆坐在休息室里的沙发上，抬头时，刚好能从那扇窗户里看到许星空。

许星空似乎适应得不错，已经和几位孕妇交谈了起来。她说话的时候，也是温柔安静的。怀荆觉得这里面的几位孕妇，就他的太太最好看。

随着舒缓的音乐，里面的孕妇和老师一起进入瑜伽前的冥想状态。

见许星空闭上眼睛，一副认认真真的模样，怀荆勾了勾嘴角，将今天晚课的课本打开，看了起来。

这种书籍，怀荆在许星空怀孕后看了很多。对于许星空怀孕，他关注得更多的是许星空，但他也关注孩子。毕竟，孩子健康，许星空才会高兴。

他看书时，会经常抬眼看看瑜伽房内。

一开始，许星空做得好好的，可一会儿后，怀荆就看到许星空眼睛微微一颤，泪水顺着她的脸颊滑落下来。

怀荆一下站了起来。

他将书合上，放在沙发上，走到了玻璃窗前。他太高，到玻璃窗前时，微微俯身，视线才对上了许星空。

许星空看着他走过来，在看到他俯身站在窗前看她时，微微抽噎了一下，眼泪又掉了下来。

心像是被什么东西攥住，怀荆眼角跳动，嘴角微压，手指屈起，轻轻敲了一下玻璃。

玻璃窗内，瑜伽老师看了怀荆一眼，怀荆微微点头，瑜伽老师也点了一下头。

怀荆又看向许星空，眼中含着温柔与笑意，朝着她勾了勾手。

瑜伽房里还有其他孕妇，他不好进去。

许星空抬眼看了一眼瑜伽老师，瑜伽老师笑着点头说了什么，许星空这才起身走了出来。

她刚出门，怀荆就走到了门前。

许星空哭得眼眶通红，睫毛上还沾着泪珠，抬眼看着怀荆时，眉头蹙起的地方都有些微红。黑亮的眼睛湿漉漉的，里面带着光芒，似乎还隐隐有些委屈。

“怎么了？”伸手将她脸上的泪水擦干净，怀荆皱眉问道。

许星空也不知道自己怎么了，随着音乐放松身体时，脑海里一片空白，音乐舒缓，她的情绪也上来了。

但孕妇确实容易情绪不稳定，莫名其妙地哭。

“不知道。”许星空低下头，靠在男人的手掌上，眼泪又掉了一颗。

其实许星空知道自己为什么哭。

她刚进瑜伽房，孕妇们过来和她说话的时候，都在夸她老公对她真好。当她开始做瑜伽时，抬眼就能看到怀荆。看着怀荆坐在沙发上，垂眸认真地看着妇产相关的书籍，她整颗心都柔软得一塌糊涂。一下没控制住，她就哭了。

但她不想说，因为她觉得有些矫情。许星空咬了咬下唇，强忍住泪水。

怀荆眼睫微眨，看着许星空哭着。她哭的时候也安安静静的，越是这样，越让他心里揪着疼。

怀荆将手收回来，放进口袋。不一会儿，许星空听到了玻璃纸的清脆声音。

她脸颊上的泪水还未擦干，抬头茫然地看着怀荆。怀荆手指白皙修长，正剥着一根棒棒糖的糖纸。

他手指骨节匀称，剥糖纸的时候，动作不紧不慢。手指捏住糖纸撕开，骨节因用力而泛白。打开后，糖纸内的棒棒糖露出来，甜橙味混合着奶香味一下飘了出来。

许星空微微睁大了双眼。

怀荆将糖纸放进口袋，将棒棒糖塞进许星空的嘴巴里。甜味和奶味在嘴里散开，一下将许星空悬在空中的情绪稳定住了。

怀荆将她的眼泪擦干净，轻轻戳了一下她腮颊里鼓鼓的棒棒糖，许星空抬眼看他，怀荆温柔一笑，声音低沉，混着和棒棒糖一样甜的宠溺：“别哭了。”

加入孕妇培训中心后，许星空的孕期生活变得丰富多彩起来。大多数时候，怀荆会陪着她过来。一开始还看妇产相关的书籍，后来所有书籍都看完了，他就带一些文件过来看。

随着时间推移，许星空渐渐开始显怀。等到了九月，金秋时节，孕期满了二十周，许星空的小腹已经凸起来。

怀孕后，许星空很注意饮食，她嗜睡，但不贪吃，所以体型与往日无异。但夏秋的衣服多少都有些单薄，还是能看出她小腹的隆起。

皇甫壹朵正在陪阿金玩，抬眼看到许星空笑着走了过来。她头发剪短了些，扎了一个低马尾，垂在后背的蝴蝶骨中间。

尽管在孕期，许星空仍然打扮精致，化着浅淡的妆，穿着一身雪纺的衣裙，看着像是池塘里盛开的白莲。

阿金已经嗅到了许星空的味道，朝着许星空奔跑而来。皇甫壹朵在后面着急地追着，边追边喊："哎呀呀，阿金你慢点，你慢点，姐姐怀着宝宝呢！"

虽是初秋，但空气中的闷热还是能让人抓得住夏天的尾巴。

少女穿着一身浅绿色的连衣裙洋装，花色淡雅，袖口短而宽大，在手肘处铺陈开来，像两朵洁白的百合花。

阿金在前面跑着，皇甫壹朵在后面追着，原本平静的和平街，都因他们平添了几分生气。

阿金一向是乖巧懂事的，但皇甫壹朵喊了以后，它却没听，牵着神色慌张的皇甫壹朵就往许星空这里跑。跑到许星空面前时，阿金吐着舌头蹲在了她身边。

皇甫壹朵跑得气喘吁吁，许星空笑着伸手去摸阿金。阿金抬起脸，蹭了蹭她的手掌。

皇甫壹朵很注意对阿金毛发的保护，所以阿金的毛发摸起来顺滑而柔软。

许星空又挠了挠阿金的下巴。

皇甫壹朵跑得脸有些红，蝴蝶结发饰都歪了，可见刚刚她多着急。

她着急，也是因为关心许星空。

皇甫壹朵蝴蝶结发饰的花色和裙子相同，是浅紫色的山茶花，看着清新素雅。

"它逗你呢。"许星空伸手给她扶正了蝴蝶结，笑着说道。

皇甫壹朵脸红扑扑的，她今天化的妆也偏清新，少女感十足。听了许星空的话，皇甫壹朵无奈地看了阿金一眼，哼哼一声，说："我知道，但我怕它真的撞上来。"

说完，皇甫壹朵轻轻扯了一下阿金的耳朵，说："待会儿我就跟阿哲告状！"

阿金受到威胁，委屈巴巴地呜呜两声，蹭了一下皇甫壹朵的腿。

皇甫壹朵哈哈笑着闪开，脸上神色又明艳了不少。

许星空是提前下班过来的，现在才三点多钟。怀荆去湘竹轩和何遇开会了，本来要带着她一起去，但许星空觉得自己过去也是闲着，倒不如来找皇甫壹朵和杜一哲玩一会儿。

三点的和平街十分冷清，街上没几个人，阳光似乎都能从这头照射到那头。

和阿金在阳光下跳了一会儿后，皇甫壹朵拉着许星空的手，笑眯眯地说："姐姐，我们去店里坐会儿吧。"

到了店里后，许星空和杜一哲打了声招呼，就被皇甫壹朵拉着坐下了。许星空坐下后，皇甫壹朵边给她倒热水，边絮絮叨叨地说："你坐下休息嘛，她们都说孕妇特别容易累。"

听了皇甫壹朵的话，许星空接过水杯，笑着问道："她们是谁？"

杜一哲围着绿色的围裙，双手抱臂，小臂搭在柜台上，看着皇甫壹朵一脸好奇地观察着许星空的肚子，笑着说："她新漫画的编辑群里的编辑。"

"我编辑怀孕了，天天和我说，哎呀，累了，哎呀，宝宝动了……看她说这些，可有意思了。"皇甫壹朵笑嘻嘻地说完后，问许星空，"对了姐姐，你的宝宝现在会动了吗？"

许星空坐着的时候，小腹比站着更为凸起，不过也才二十周，不是很明显。

见皇甫壹朵是真好奇，许星空笑着说："你试试？"

"可以吗？"皇甫壹朵问完，许星空就笑着点了点头。

她当即有些兴奋，伸手摸了摸许星空的小腹。小腹除了凸起，没有其他的感觉。

"我……"皇甫壹朵有些激动。杜一哲替她说了："可以让她贴在肚子上听一下吗？"

杜一哲刚说完，许星空就捧着皇甫壹朵的脸，朝着她的小腹贴了过去。

怀荆到吾饮门口时，看到的就是这幅场景。

皇甫壹朵没听到动静，倒是抬头看到了站在门口的怀荆，她"呀"了一声，赶紧起身，叫了一声："姐夫。"

许星空抬头看了一眼门外，见怀荆站在阳光下，西装革履，斯文清冷。

和皇甫壹朵还有杜一哲打过招呼，他眉心微蹙，眼中掠过一丝笑意，看着许星空道："干什么呢？"

许星空说："朵朵要听一下宝宝会不会动。"

皇甫壹朵笑眯眯地说："还没听到，宝宝的爸爸就来了。"

小姑娘嘴甜，许星空回头冲她笑了笑。怀荆神色未变，和他们点点头后，牵着许星空的手说："回家吧。"

回到家后，两人吃过饭，许星空就陪着怀荆去书房加班。

怀孕二十周，许星空已经可以通过胎心音筒听到宝宝的心跳，但她一直感受不到胎动。去医院产检的时候，医生说她这是头胎，感觉比较笨拙也是正常的。

但一般就算是头胎，最晚也能在二十周感受到胎动吧。

许星空双腿搭在沙发上，两只手臂张开，低头看着自己的小腹，试图通过肉眼，观察出胎儿的变化。

怀荆看完一份文件，抬头时，正好看到许星空这个动作。

因为不知道一会儿看书会不会睡着，她吃过饭后就洗了澡，头发简单扎了起来，穿着一身白色的棉质睡衣。

夏天的睡衣都很单薄，她穿的是上下分开的那种，有一件小背心，还有一条宽松的小睡裤。她将小睡裤弄到贴着肚皮，小腹的位置凸起。

柔和的灯光，更衬出女人娴静的气质。她双腿搭在沙发上，后背靠在沙发扶手上，一只手还拿着孕妇培训中心的书，一只手则扶着沙发一角，以防自己掉下去。

睡裤不长不短，刚好露出膝盖，小腿修长光洁，十分好看。

她看着自己的小腹时，头发因为低头而垂在耳边一小绺，更添一抹温柔。

怀荆看着她这个动作，心下像是干燥的沙雕，轻轻一碰，就坍塌了。他起身走到了许星空面前。

许星空听到脚步声，抬头看了过来，冲着他一笑。

男人回家后就脱掉了西装，但还穿着西裤和白衬衫，原本斯文的打扮，因为他脖颈间露出了两截锁骨而性感非凡。

他单膝屈起，蹲在了许星空的身边。对上许星空的视线后，怀荆轻笑一声，问道：“在看什么？”

许星空的脸微微一红，她将书放到一边，笑着说：“看宝宝会不会动。”

她说完的工夫，怀荆也将视线放在了她的小腹上。许星空是有胎动的，但一直不明显，她感受不出来。

看着许星空一脸期盼的神色，怀荆伸手，将她的睡裤往下拉了拉，露出了稍微有些凸起的小腹。

怀荆伸手覆在她的小腹上，掌心的温度源源不断地往小腹内涌去。

许星空看着怀荆的动作，疑惑道：“这是干什么？”

怀荆抬眸，看着许星空说：“心灵感应。”

也不知道是不是怀荆的心灵感应起了作用，在他说完的一瞬间，许星空明显感觉到有什么东西踢了她的肚皮一下。

“你……你有没有感受到……”许星空有些语无伦次，激动得坐了起来。

她坐起来的瞬间，怀荆怕她后仰，伸手扶住了她的后背。看着她一脸惊喜的神色，怀荆的表情也明媚起来。

他眼尾一挑，看着许星空说：“嗯，他踢我了。”

许星空笑起来。

微舔了舔下唇，怀荆感受着胎儿的胎动，心脏像是过了电，酸酸麻麻的。这是他第一次用身体感知到胎儿的存在。

是他和许星空的孩子。

这种感觉很微妙，让他的心情也很奇妙。

怕许星空着凉，怀荆将手收回后，给许星空穿好了睡裤。

接着，他起身坐到沙发上，将许星空抱在了怀里。

“等他出生，刚刚那一脚，我一定要还回去。”

听了他的话，许星空也没有急，看着怀荆眸中闪烁的情绪，她笑了笑，伸手摸了摸他的脸，抬头吻在了他的唇边。

双唇接触，没有任何生理的激情，只有身为父母的那种温情。

怀荆目光一定，看着许星空。许星空摸了摸他的脸，笑着说：“我替他赔礼道歉。”

这个赔礼道歉，怀荆格外满意。他眸中的情绪如荒芜的田野，开遍野花，刹那芳华。

将许星空抱在怀里，怀荆轻声一笑，说："既然这样，我就大人不计小人过了。"

今年春节比往年要晚一些，在二月份中旬，而二月份中旬，也是许星空的预产期。

越是到了快生产的时候，许星空越是念家。所以，怀荆处理了公司里的事情后，就带着许星空回了淮城。

好在过了元旦，公司里的事情不是那么多。

上次追着许星空来淮城时，怀荆除了将那片荒地买下，还买了一套房子。房子距离许星空家不远，距离林美慧的早点摊也近，装修好后，许星空就让林美慧搬过去住了。

林美慧一开始不同意，但许星空告诉她那是她和怀荆的房子，只是让她先在那里住着，林美慧这才住了进去。

想着林美慧一个人住着太孤单，怀荆特意没买太大的。房子是三室两厅，一百五十平方米。小区前面有广场，林美慧晚上还能和对门邻居家的老太太约着一起去跳广场舞，日子过得滋润又充实。

许星空将自己怀孕的消息告诉林美慧后，林美慧在电话里就哭了。她知道自己女儿不容易，盼星星盼月亮终于将这个孩子盼来了。

她哭完之后，眼泪一抹，就喜气洋洋的了。她先去市场上扯了些布，着手给还未出生的小家伙准备小衣服小鞋子。

许星空和怀荆一到，林美慧就端着一笸箩的小衣服小鞋子出来了，上面已经摞了一层已经做好的，旁边还有一些没做好的。

"招了两个阿姨忙早点摊，好不容易让她闲下来了，她又开始做这个。"许星空笑着说了一句，随手接过林美慧手中的笸箩。林美慧手腕不好，使不上劲。

听说许星空回来了，许星远和周童童也从汽修厂过来了。怀荆当时买了那片地后，直接将那片地建成了汽修城。

汽修城刚开业时，没几个汽修厂过来，生意不怎么样。但后来，淮城的汽车城搬迁到了附近，再加上交通便利，不过半年的工夫，汽修城的生意就起来了。

许星远占据了汽修城内最好的位置，再加上他手艺好，以前又认识了不少客人，因而汽修厂的生意一直很红火。后来，周童童也从服饰广场辞职，专心做汽修厂的会计。

小两口勤劳能干又踏实，如今日子过得美滋滋的。

对于怀荆的帮助，许星远一直心怀感激。开始的时候他还有些抵触，觉得自己不能占人便宜。但后来，许星空告诉他，一家人不应该搞得这么生疏，他也就渐渐接受了。

怀荆条件好，肯定会帮助他们，他们要是太寒酸，别人也会说怀荆的不是，还会让许星空难做。

既然都是一家人了，在钱财上太过计较，会让亲情淡薄不少。

许星远接过笸箩的时候，怀荆也伸手接了一把，这一笸箩东西，虽然都是小孩子的衣物，但还挺重的。

“做了不少。”怀荆看着笸箩里的衣服，除了布料的，还有针织的。一双黄色的小鞋子，织成了小鸭子的模样，惟妙惟肖，十分可爱。

他拿起一只，坐在许星空身边后，又递给她看了一眼。

许星空看着，想起了小时候，许星远也有一双这样的鞋子。林美慧永远闲不住，拉扯他们姐弟俩长大，现在又要操心她肚子里的孩子。

许星空虽然还未生产，但已经体会到了母亲的想法。别人拦是拦不住的，林美慧做得开心，只要不累，就随她去了。

“谢谢妈。”许星空看着笸箩，笑着说，“这也太多了。”

“不多，你先让你孩子用着，以后再给星远的孩子用。”林美慧笑眯眯地道。

旁边，许星远喷了一口茶水，周童童的脸已经红了。

“我们俩……”许星远擦了擦嘴，说，“我们俩还不急。”

“怎么不急？”林美慧问了一句。

“哎！”话题不知不觉就引到了他们小两口身上，许星远一下急红了脸，脱口而出，“我们还年轻。”

这话倒是真的。

许星空笑看着许星远和周童童，他们两个今年才不过二十四五岁，许星远是初恋，两人认识后就结婚了，还没过够两人世界的恋爱生活呢。

所以也不急着要孩子。

“哦？”

许星远话音一落，旁边怀荆的视线就转到了他身上。

男人坐在沙发旁边，手上还拿着一只灰褐色的小针织鞋子。他手指白而修长，鞋子套在他的食指上，只遮住了他半截手指。

“啊？”许星远听到怀荆的话，抬头看了他一眼，又想想自己刚刚说的话，也没什么问题啊。

不知道怀荆突然怎么了，许星空抬起手肘戳了戳他，笑着道：“怎么了？”

外面阳光正好，男人的脸被照亮了一半。他看着许星空，微抿了抿唇，眼中带着和阳光一般温暖的笑意：“没事。”

因为要陪着许星空在淮城一直住到春节后，所以两口子带来的行李很多。和家人一起吃过午饭后，许星空和怀荆便去卧室收拾行李。

说是两人一起，其实基本上是怀荆收拾。

临近预产期，许星空的精神越来越差。主卧的阳光充足而温暖，照着干净的床褥，许星空躺在上面，被晒得眯了眯眼。

“你刚刚和星远是怎么了？”许星空笑看着男人将她的东西一样样摆出来。

房间里有地暖，一点都不冷，许星空只穿了一件宽松的睡裙。怀荆将东西收拾好后，拿了一瓶东西过来，坐在许星空身边。

许星空的肚子越来越大，为防止有妊娠纹，怀荆每天都会给她推一次油。

待他坐下，许星空已经主动将衣服卷上去了。男人微垂着眼，将瓶子里的东西倒入掌心，揉开后，抹到了许星空的肚子上。

现在，许星空肚子里的小家伙每天都会动，隔着肚皮，甚至能看得到它动起来时候的轨迹。

在给许星空抹油的时候，怀荆抬眼看了看她，说：“他们年轻，所以不着急要孩子，那意思是咱们两个人老了？”

怀荆一说完，许星空就抑制不住地笑了起来，她笑起来的时候，肚皮也在动。怀荆抬眼看着她，说：“怎么了？”

过了春节就三十岁的许星空，看着面前即将满三十五岁的怀荆，抿唇止住笑，说：“他说得不对吗？”

“当然不对。”怀荆温柔地给她推着油，边推边道，“我确实是老了，可你还是个少女呢。”

许星空的肚皮突然动了一下，她轻声“哎”了一声。

怀荆抬眸，笑看着她，轻轻戳了一下肚皮，说：“看，他也是这样认为的。”

许星空又笑了起来。

孕妇要注意休息，同时也要注意运动。许星空睡了午觉起来，怀荆就带着她去小区前面的广场上遛弯。

还不到晚饭时间，小广场上已经热闹起来了。有晒太阳的，有提前占场子的，更多的是来来回回奔跑嬉戏的孩子……

这里孩子多，也就有了一些小摊贩。有些是卖玩具的，有些则是卖些小零食……

许星空挺喜欢看孩子们来回跑的，但她现在大着肚子，只能尽量站在小广场的外围，安安静静地看着。

她还记得第一次遇到怀荆的时候，她也曾在广场上看了好久的孩子。但那时候，她知道自己不能生育，心里是羡慕的。

现在，她的心境完全不同了。

许星空笑着摸了摸肚子，看着小孩子们拿着长长的塑料起泡杆，迎着风跑着，巨大的泡泡从起泡杆上滑落，在阳光下泛着七彩的光芒。

小孩子对泡泡真是没有抵抗力，记得小时候，他们也会玩这个。这么多年过去了，泡泡机虽然变了模样，但泡泡还是泡泡。

许星空看着看着，就入了迷。

她穿得多，身上暖烘烘的，手被怀荆攥着，怀荆的手也是热的。在她看着的时候，怀荆突然拉了她一下，许星空抬头，看着怀荆。

“想玩吗？”怀荆垂眸看着她，问道。

许星空一笑，点了点头，说：“想玩，但我现在不能跑。”

听了她的话，怀荆拉着她往小摊贩那里走，边走边说：“跑什么，不是有泡泡枪吗？”

泡泡枪是那种拿在手里，就能射出泡泡来的装置，他懂得倒是挺多。许星空笑了笑，高兴地跟上了他。

广场上的小摊贩聚集在广场的入口处。刚到小摊贩那里，许星空便看泡泡枪去了，还未挑选好颜色，就听人叫了一声："许星空？"

听到这个声音，许星空抬眼看了过去。只见在三轮车后，卖东西的摊贩正看着她。摊贩是一男一女，头发花白，满脸皱纹，看年纪，有六七十岁了。

许星空看到他们，泡泡枪也不想买了，直起了身。

这一男一女两位老人，是王舜生的父母，当时为了传宗接代，鼓励儿子出轨的，就是他们两个。

他们是自私，但许星空还得感谢他们，因为他们的自私，让她逃离了那个火坑，遇到了怀荆。

刚刚叫她的，是王舜生的父亲王志维。他看了一眼许星空的肚子，愣住了。

王舜生的母亲洪合净表情复杂地说了一句："你怎么怀孕了？"

"我为什么不能怀孕？"许星空看了一眼洪合净，心平气和地说道。

她说话不急不缓，但语气与当年已经截然不同，十分硬气。

洪合净脸色一变，这么大冷天，冻得她有些暴躁，她刚要说话，却被许星空堵了回来。

"想说孩子不是我的吧？"许星空淡淡地说。

洪合净眼睛一瞪。

许星空的心情依然平静，她看着她，说道："你儿子的孩子未必是他的，但我肚子里的孩子，肯定是我的。"

许星空一番话，将老两口激怒了。洪合净从三轮车后站起来，指着许星空的鼻子，颤抖着说："你这个……"

她还没骂出来，站在许星空旁边的高个子男人突然说了一句："还想让你儿子出来吗？"

男人声音很干净，仿佛由远及近飘过来的，直直地打在了老两口的耳膜上，震到了他们的胸口上。

他们将视线转移到了怀荆身上，看他牵着许星空的手，顿时明白了他们的关系。

王舜生因为公司的事情，被判了几年刑，家里的资产全部被冻结，还欠了一屁股债。老两口现在既没地方住，也借不到钱，只能靠捡垃圾卖钱，然后攒钱买了辆破三轮车，卖点东西赚钱还债，日子过得凄苦可怜。

在王舜生进去的时候，王舜生就告诉他们，自己是被人黑了。但他们只以为是生意场上的事，没有往别的地方想。

怀荆的这番话，将两个人吓得脸都白了。

而怀荆的神情并没有什么变化。他牵着许星空的手，边走边说："去旁边买吧，不能让他们赚我们的钱。"

原本还看着王舜生父母的许星空，像是一个泡泡，被男人温柔地戳破了。破碎的泡泡在阳光下归于虚无，像她的过往一样。

感受着男人掌心的温度，许星空身心轻松，点点头说："对，我要买个蓝色的。"

这个小插曲，一眨眼的工夫就被许星空忘记了。但晚上林美慧跳完广场舞回来的时候，脸色不大好。

她拉着许星空的手问道："我听大齐说，今天下午你们碰到王舜生他爹妈了？"

说起来就是怪，王舜生他爹妈第一天过来摆摊，就被他们撞见了。而撞见他们后，他们就收拾东西走了。

怀荆将削了皮的苹果递给许星空，替她应了一声："嗯。"

女儿女婿的神色都淡淡的，似乎没有被影响到，但林美慧还有些担心，她看了一眼许星空的肚子，问道："你没生气吧？"

"没有。"许星空咬了一口苹果，笑着道，"我生什么气啊，你觉得有怀荆在，我能生起气来吗？"

不着痕迹地被夸了一句，怀荆抬眸看了一眼许星空。许星空咬着苹果，眼睛笑得弯弯的。

"这倒是。"林美慧见识过怀荆的本事，对于怀荆，她还是格外放心的，想到这里，林美慧点了点头，"我还害怕你生气，动了胎气……"

林美慧的担心完全是多余的，许星空的胎气很稳，一直稳到了大年三十。

今年春节，怀荆是陪着许星空在淮城过的。除夕那天一大早，林美慧就喜气洋洋地张罗着，而许星空他们自然又被安排去贴春联。

以往是许星空和许星远贴，现在是许星空和怀荆，许星远和周童童。

许星空挺着大肚子，只能指挥怀荆调整角度，给他递一下胶带。怀荆胳膊长，手指灵活，一个人也能把春联贴得稳稳当当。

他贴春联的时候，修长的手指压在大红色的纸上，与苍劲有力的黑色毛笔字笔锋方向一致，衬得他手指格外好看。

许星空看他的手指看入了迷，怀荆回头，看着她，手指在红纸上敲了一下，敲得许星空回了神。

许星空笑起来，她望着春联上的“泰运鸿开兴隆宅，财源广进昌盛家”，说：“我爸当年是从对联上想的我和星远的名字。”

许星空已经不记得那副对联写的什么了，但提到这件事，她低头看了一眼自己的肚子，说道：“你还没跟我说你给孩子取了什么名字呢。”

在没有孩子前，许星空觉得汉字里很多字组合到一起作为名字都特别美。而真到了给孩子取名字的时候，她又犯了选择困难症，不知道该取个什么名字。

相反，怀荆一开始就让她不要操心，说他已经想好了。但她问他，孩子叫什么，他又一直不说。

今天既然提到了，许星空就又问了一句。她以为怀荆还是不说，但没想到男人伸手覆在了她的手背上，说了三个字：“怀慕空。”

许星空眼睫微颤，抬眼看着怀荆，思绪像是被春阳晒融化的水，缓缓流淌起来。怀荆只说了三个字，没有写出来，但她就是知道是哪三个字。

怀是怀荆，空是许星空，他们两人的孩子，就要在他们两人的保护下成长。

许星空低头，笑着说：“挺好听的。”

贴完春联，忙忙活活就到了吃年夜饭的时候。等吃完年夜饭，看着春节大联欢，除夕一过，就是春节。

除夕夜的十二点，万家鞭炮齐鸣，庆贺着新年。

许星空本来早就睡下，又被鞭炮吵醒了，她穿上衣服，从卧室出来，见怀荆正在帮着许星远弄过会儿要放的鞭炮，而周童童和林美慧正端着热腾腾的水饺往外走。

许星空见周童童端不过来，刚要过去帮忙，突然，肚子一阵绞痛。

她一把抓住了门。

窗外鞭炮声震天，家里几乎听不见任何声音，而怀荆却真真切切地听到了许星空抓门的那一下。他扭头看向卧室门口，许星空的双腿已经渐渐弯了下去。

怀荆快步走到卧室门前，将许星空抱住了。

“怎么了？”怀荆嗓音发颤。

许星空疼得眉头紧皱，额头上出了一层汗，她抓住怀荆，小声说：“要……要生了。”

怀荆一把抱起许星空，在电视里播放的新年钟声中，风一样地出了门。

这小兔崽子，提前两天来了。

一家人急急忙忙出门的时候，林美慧还带了脸盆和提前做好的小被褥。电梯一到地下停车场，许星远先跑了出去，边跑边说：“我去开车，姐夫你和姐姐坐后面。”

因为临近预产期，怀荆已在淮城的医院里替许星空预约了。刚到医院，许星空就被推入了产房，怀荆一同跟着进去了。

第一次生孩子，过程比较煎熬，怀荆一直握着许星空的手，听着她歇斯底里地用力。

但孩子并没有折腾许星空太久，在万家鞭炮声中，一声婴儿的啼哭响彻产房。与此同时，怀荆悬在空中的心，骤然落下。

他睫毛微颤，眨了眨眼，看着床上已经脱力的许星空，俯身吻了吻她。

许星空已经没什么力气了，她感受着男人脸上的温度，脸颊摩擦，有些涩感，两人脸上都有些微汗。

许星空刚刚生产完，身体上有巨大的脱力和虚脱感，但她觉得心里满满当当的。

“家属来剪一下脐带吧。”医生抱着婴儿，笑着说了一句。

“去吧。”许星空的嗓子有些哑，她笑着的时候，嘴唇干燥而苍白，但脸上洋溢着幸福。

怀荆现在还觉得有些不太真切，他低头看着许星空，感觉像是做梦一样。许星空说他圆满了她的人生，这一刻，怀荆才明白了她这句话的意思。

剪断脐带后，医生就将孩子送到了许星空的怀里。许星空小心翼翼地抱着孩子，尽管没有力气，却依然睁开了双眼。

小家伙刚出生，身上还皱巴巴的。哭过以后，小家伙眼睛还没睁开，小手张牙舞爪地挥动着。

怀荆拉过椅子坐在旁边，许星空的手指和孩子的对在了一起，婴儿的手指太细了，又短。许星空一接触到，母子连心，小小的手指头传递着婴儿身上的温度，温暖了她的指心。

在许星空和小家伙对着手指的时候，一只修长白皙的手指也伸了过来。三根手指轻轻一碰，像跌落在水中的花瓣，在一家人心中荡开了一圈小小的涟漪。

许星空抬头，看着怀荆，眼中闪烁着光芒，她说："他好小。"

可不是好小，那小指头被她和怀荆的指腹夹住，小到几乎感觉不到。

垂眸看着许星空，女人脸颊已经渐渐恢复了红润，鬓角的发丝因为脸上的潮气蜷曲在柔嫩的耳边。她眼睛黑亮，像是被雨水洗刷过的青山，里面全是喜悦。

"他会长大。"怀荆将视线放在孩子身上，眉眼温柔，声音低沉，如沉睡的编钟被轻轻敲响，"他会长大，然后，和我一起保护你。"

虽然婴儿的成长迅速很快，但要成长到和怀荆一起保护她的地步，还是需要些时日的。现在，他还是个宝宝，还需要人照顾。

许星空刚生产完，怀荆怕她大动会伤身体，于是将在夏城已经预约好的月嫂团队带来了淮城，专门帮助许星空产后恢复。

待许星空坐完月子，小家伙也不那么脆弱，怀荆才将许星空和宝宝接回了夏城。

在宝宝满七个月的时候，许星空也回了IO上班。上班的第一天，许星空这么温和安静的人，都有些心浮气躁。以前没有孩子的时候，倒没有那么想家，现在有了孩子，一会儿不见，心里就难受。

但是是她自己选择的要继续她的事业，许星空从办公室的钟表上收回视线，平复了一下心情后，便继续准备明天出现场的资料。

陈婉婉拿了一份翻译资料过来，看着许星空的眼神，笑道："怎么了？想你家小慕慕啊？"

陈婉婉是过来人，一眼就看穿了许星空的想法。许星空抬头笑看着好友，微叹了口气，说："嗯，我发现自己离不开他了。"

这是实话，每个妈妈都离不开自己的孩子。

陈婉婉安慰似的拍了拍许星空的肩膀，笑道："现在还只是一天没见，以后孩子长大了，上幼儿园，上大学，最后结婚……见不着他的日子多了去了。"

康康已经七岁了，陈婉婉已经适应了七年，但小慕慕才七个月，她一时间还适应不过来。

陈婉婉看着她焦虑的样子，拿着文件夹敲了一下桌子，许星空抬头看她，陈婉婉扫了一眼阴盛阳衰的翻译部，笑道："都这样，每个当妈的都是这么过来的。咱们部门这么多宝妈，有些休完四个月的产假就回来上班了，你还休了七个月呢。"

陈婉婉话糙理不糙，和孩子分开确实是每个妈妈都要迈出的一步。

在她想着这些事情的时候，手机突然响了起来，陈婉婉提醒她接电话，许星空忙按了接听。

电话是怀荆打来的，许星空刚接起来，怀荆就说了一句："收拾一下，我带你回家。"

陈婉婉听到了电话里怀荆的话，抬眼看了看时间，现在才下午两点。许星空看到了陈婉婉看钟表的动作，问了一句："现在回去干什么？"

电话那端，怀荆似乎想了一会儿，半晌后说："我想小慕了，你跟我一块回去看看。"

许星空收拾好东西，小跑着下了楼。有怀荆带着她跷班，她心里没有丝毫罪恶感，反而沉浸在马上就能看到宝宝的喜悦之中。

电梯到了一楼，越过大厅，许星空看到了停在门口的车。她心下一笑，前台的人和她打着招呼，她回了一声后，跑出了门。

跑得有些急，许星空呼吸时带着喘。现在刚到九月中旬，一出门，暮夏热浪扑面，许星空赶紧上了车。

车里，怀荆穿着一身西装，修长的手指放在方向盘上，身体微微后靠，姿势慵懒而散漫。见许星空上了车，他目光微动，原本清冷的双眼在看到许星空后，浮上了一层温柔。

许星空的脸因为跑得太快变得有些潮红，头发也有些乱了。怀荆伸手替她将头发弄顺，问了一句："这么高兴？"

抬眼看着怀荆，许星空现在心还扑通扑通跳着，她也没掩饰，脸上的笑容更欢快了。

“你不是因为想小慕了才带我回家的，你是因为我想小慕，所以才带我回家的。”她语气里带着雀跃，眼睛里闪烁着光芒，脸上全是快乐。

“也不是。”怀荆望着她高兴的样子，发动车子，淡淡地说了一句。

“啊？”许星空一脸疑惑。

怀荆轻轻敲了一下方向盘，嘴角微挑，沉声说：“我是因为想见你，所以才带你回家的。”

阳光透过玻璃窗照射到了她心底，许星空的心尖像是流淌着融化了的巧克力，香甜得眼睛都弯成了月牙。

到家后，许星空从车上下来，就朝着家里跑去。

因为两人都要上班，怀荆请了一个月嫂和一个保姆照顾着宝宝。这个月嫂还是何遇推荐的，老实可靠，经验丰富。

许星空一进门，月嫂就看到了，指了指宝宝房，说道：“刚醒，正自己玩呢。”

“麻烦了。”许星空朝着月嫂点点头，月嫂摇摇头示意没什么，然后就看着小两口一前一后地去了二楼的宝宝房。

宝宝房是由客房改造的，里面的温度也调试到了适宜宝宝的温度。月嫂去准备奶瓶的时候，是保姆看着宝宝。看到小两口进来，保姆笑了笑，起身离开了。

许星空念了半天，待看到躺在摇篮里的小家伙时，像是漆黑的夜里突然亮起了一颗星，心一下就变柔软了。

小家伙现在已经七个月了，身体也渐渐长开了。他的皮肤和双瞳的颜色随了怀荆，身体褪去了婴儿粉，变得通体雪白，长睫毛弯而浓密，一双浅褐色的琉璃眼珠清澈明亮。

现在小家伙还是包子脸，但桃花眼已经初具雏形，眼尾上挑，笑起来时，透着些与他父亲相同的神韵。

小小的一只，就那么坐在婴儿车上，玩着一个小玩具球，不哭不闹，十分可爱。

小家伙的长相随了父亲，但性格和怀荆完全不同。怀荆是清冷淡漠的，而小家伙像个小太阳一样，特别爱笑。

七个月的孩子，不但能发出声音，还能做出回应。小家伙一只手捏着小软球，另外一只手握成拳头，放在嘴巴里咬着玩，时不时“哇哇”两声，像个小话痨。

此时的阳光太过明亮，为了保护宝宝的眼睛，房间的窗帘拉上了，只开了一盏光线柔和的灯，灯光铺洒了一地，整个房间里弥漫着淡淡的奶香味。

宝宝房不算大，里面放了一张床、一辆婴儿车，还有一个摇篮，摇篮在床边，和床相距不过二十厘米。这张床并不高，躺在上面抬头就能看到摇篮内的宝宝。除此之外，摇篮和床附近铺了一层地毯，干净柔软。

床是许星空和怀荆睡的，在休产假的时候，夜里都是她和怀荆还有宝宝睡在一起，方便照顾宝宝。

晚上起夜照顾孩子，对许星空来说是一种人生的经历，在条件允许的情况下，照顾小慕空，她都是事必躬亲的。

她休产假，但怀荆不休。开始许星空怕影响他休息，让他回卧室睡，但他抱着她不撒手。好在小家伙晚上不怎么哭闹，定时起来哄喂就好，也没有太影响怀荆。

“宝宝，妈妈回来啦！”许星空脱掉鞋子，踩着柔软的地毯走到婴儿车边，坐在了矮床上，将宝宝抱在了怀里。

小家伙已经分辨得出许星空的声音，在许星空说完话后，他举着握得紧紧的小拳头，“哇”了一声，小奶音直击心底。

小家伙眼睛里闪烁着星光，躺在母亲的怀里，抬眼看着母亲，蹬了蹬脚。

许星空一笑，伸手戳了戳他的小拳头，小家伙将手张开，一把握住了她的手指，笑起来了。

看着宝宝，许星空的心顿时踏实安稳了。她轻轻地晃了一下手指，小家伙又是高兴地一动，朝着她“呀呀”了两声。

许星空笑起来，扭头看着怀荆道：“他在跟我聊天。”

进门后，怀荆就将西装外套脱掉了，他处理了一天的文件，有些疲惫。将领带松开，并未扯下，解开两粒领扣后，怀荆坐在许星空身边，双手撑在身后，看着她怀里的小慕空，沉声道：“你会说话吗，就跟妈妈聊天。”

“咿！”小家伙吐着泡泡回应了一声。

听了小家伙的回应，怀荆眉头一挑，侧眸看向许星空道：“他听不懂，也不会说，你现在还是先跟我聊天吧。”

许星空：“你……”

当晚，许星空仍然在宝宝房睡。但她工作了一上午，精力比起先前休产假时肯定不够用，晚上睡得很熟。

怀荆睡在她身边，夜里，摇篮中宝宝咿呀一声，醒了。他从床上起来，先看了小家伙一眼。

小家伙果然醒了，一双浅褐色的眼睛盯着站在摇篮前的怀荆。他看到熟悉的人，手指伸到嘴巴里，小胳膊小腿都在动着，不哭不闹，只是在笑。

没有人能抵挡得住小孩子的软萌冲击，怀荆自然也不能。父亲对于孩子的爱，是一种油然而生的感情，他控制不了，也不想控制。

走到宝宝身边，怀荆给他换了尿不湿，换好后，宝宝舒服地“哇”了一声。

随后，怀荆起身去给小家伙冲了奶粉。冲完之后，他拿着奶瓶走到了摇篮边。嘴角勾起一抹笑，怀荆将奶瓶塞进小家伙嘴里，小家伙停止吃手，抱着奶瓶喝了起来。

现在是凌晨三点，要等着宝宝喝完奶，哄他入睡后，怀荆才能继续睡。

宝宝房里的窗帘拉得不太严，透了一丝清冷的月光进来。怀荆一只手拿着奶瓶，抬眼看着漆黑夜空中的几点星光。房里十分安静，安静得能听到许星空平稳的呼吸声和宝宝吮吸奶水的声音，在这夜色中，让人内心安宁而满足。

小家伙一会儿就喝完了奶水，小手指敲着奶瓶，发出轻微的声响。怀荆回头看了一眼，将奶瓶收回，顺势检查了一下小家伙的尿不湿，又给他换了一块新的。

小家伙全程十分配合，一双眼睛盯着父亲，轻轻地咿呀着，像是在和他聊天，乖巧得不像话。

给小家伙整理完毕，怀荆回到了摇篮前。他太高，坐在矮床上时，还要躬身才能看到小家伙。这一次，他索性靠着矮床坐在了摇篮边。

坐下后，小家伙又是一声“啊哇”。

怀荆看着月色下宝宝肉嘟嘟的脸，轻笑一声道：“想和我聊天？”

小家伙“嗯”了一声，含着手指笑。

如他下午和许星空说的那样，小家伙还小，听不懂别人说话，也不知道自己说了什么，他的声音都是无意识中发出来的。

尽管如此，怀荆却起了和他聊天的兴致。

他靠着矮床，侧过脸看着摇篮中的儿子，窗外那丝浅浅的月光打在他的脸上，让他五官轮廓显得更加精致深邃。

他声音很轻，轻得几乎被许星空的呼吸声盖了过去。

“你的人生是属于你自己的，你和我们在一起的时间也不过十几年。你妈妈期盼你期盼了很久，这十几年，你要好好成长，不要让她担心，好不好？”

他说话的声音几不可闻，而在他说话的时候，小家伙没有发出声音，仿佛在仔细听着。他说完后，小家伙“呀呀”两声，伸出小手，像是想抓什么东西。

看着他的动作，怀荆轻笑一声，伸出大大的手掌，让小家伙的整只手都贴在他的手掌上。

父子俩，一只大手，一只小手，像是约定好了一样。

怀荆望着摇篮里其实什么也不懂的儿子，眉眼一柔，轻声道：“那就这么说定了。”

窗外月亮高悬，怀荆笑着将手收了回来。他背靠在矮床上，身后是熟睡的妻子和孩子，室内一片安恬。

许星空说她这一生因他而圆满，他又何尝不是。

番外二

怀荆正在看文件的时候，接到了家里打来的电话。保姆刚说了一句“先生”，那边就传来了一声甜甜的小孩子的声音。

“Daddy！”小慕空喊了一声。

接着，一阵窸窸窣窣的声音响起，电话应该被放到了小家伙耳边。怀荆嘴角微挑，窗外的太阳爬进来，照在他白皙修长的手指上，手里的钢笔泛着一点点光。

怀荆翻了一页文件，问道：“怎么了？”

“啊——”小慕空奶声奶气地拉长声音，应了一声，似乎在组织语言，然后絮絮叨叨地说了起来。

“我想见妈咪啦，当然也想见你。但是你说，要是打电话给妈咪的话，她会着急，让我打电话给你，所以我就打电话给你了。可是我想妈咪，打电话给你干什么呀？”

小慕空今年刚满三周岁，逻辑思维能力极强，学会说话的时间也比同龄人要早。在他会说话的时候，家里就请了双语家教，所以与大人的交流还算顺畅。

这么一段话说下来，虽然磕磕绊绊的，但他还是将他要说的意思表达清楚了。

虽然学会说话的时间早，但他也还是个孩子，说话时，语气很缓慢，透着淡淡的奶香味，似乎在一边想一边说。说完之后，过了好久，小家伙都没听到电话那端的回复，便道：“Daddy，你在干什么？”

“说完了？”怀荆淡淡地问了一句后，说道，“在家等我。”

“哦，啊？”小慕空应了一声，又愣了一下，语气里带着些担忧道，“我在家里等着就能见到妈咪吗？那我还有多久才可以见到？我要给妈咪看看我的小老虎。”

将手上的文件一合，怀荆打开另一本文件，说道：“我过会儿回去接你。”

听到怀荆的回答，电话那端响起小家伙的欢呼声：“好的耶！那 Daddy 你要快点，也要遵守交通规则，Helen 说绿灯亮了才能走……”

“挂了。”怀荆说。

说完，怀荆就真的将电话挂掉了。

宝宝房内，小慕空背着阳光，穿着草绿色的卫衣和浅灰色的运动裤坐在地毯上，小小的身体像一朵棉花糖。

他白白胖胖的小手握着手机，小眉头蹙在一起。小家伙皮肤白，阳光晒透了他带着婴儿肥的脸蛋，带着些哀愁地搭在了草绿色的卫衣上。

“Daddy？”小家伙叫了一声，确认那边挂掉了电话，才将手机递给一边等着的保姆，叹了口气，“那 Daddy 知道红灯亮了不能走吧？”

挂了儿子的电话，怀荆给许星空打了过去。许星空刚准备出现场，正在车上和颜嘉琳讨论着今天的资料。

听到电话响，许星空说了一句“抱歉”，然后接了电话。

“喂。”看到是怀荆的号码，许星空说话时带着笑。

小慕空说话慢，是有些随许星空的。听到她的声音，怀荆鼻间一声轻笑，问道：“在办公室吗？”

“没有。”许星空应道，“我和嘉琳姐出现场，马上就到会所了。”

“什么时候回来？”怀荆抬眼望着钟表，手上的笔随意一转。

许星空想了想，回答道：“会议两点结束，估计要两点半到三点才能回来。怎么了？”

钟表刚刚走到一点的位置，怀荆收回视线，柔声道：“没事，好好工作。”

平日里怀荆经常给她打电话，许星空也没有在意。听他说没事后，许星空着急和颜嘉琳讨论资料，急匆匆地说了一句：“没事那我先挂了啊！”

说完，没等怀荆说话，许星空就将电话挂断了。

听着电话那边的忙音，怀荆一阵无语。

挂了电话，许星空继续和颜嘉琳讨论资料，讨论完后，两人闲聊了起来。

“怀总的电话？”颜嘉琳问道。

“嗯。”许星空笑了笑，说道，“没什么事。”

颜嘉琳也是一笑，手上方向盘打了一圈，拐了个弯后，说：“我过段时间要请假，和 Leo 去趟美国。”

颜嘉琳是工作狂，以前发烧到三十九度，都坚守在岗位上。

察觉到许星空看过来，没等她问，颜嘉琳就说了一句：“我想要个孩子，Leo 不想让我生，我们准备去美国找代孕机构。”

听了这话，许星空呆住了。

她惊讶的不是两人去找代孕，而是颜嘉琳想要孩子。颜嘉琳刚和 Leo 在一起时，就告诉过 Leo，她是丁克。

但去年两人结婚后，颜嘉琳就想要孩子了。Leo 虽然比颜嘉琳小，但很尊重颜嘉琳的想法，除非颜嘉琳自己想改变，否则 Leo 绝不会强迫她。

所以，颜嘉琳是真的想要孩子。

她马上步入四十岁，算是高龄产妇，Leo 不让她生也是为了她好。这样来看，代孕是个不错的选择。

“怎么……”许星空犹豫着道。

颜嘉琳笑了笑，说：“就是想要生个孩子，属于我们俩的。看到慕空，我现在有点体会到你当时想要孩子的心情了。”

许星空笑起来：“那我提前恭喜你，顺便，我会帮忙替 Leo 请假的。”

两人相视一笑。

Leo 拿了份文件进来给怀荆，怀荆刚将手上的文件看完，接过来后，他头也没抬，翻开文件说了一句：“今天下午的会议取消。”

下午的会议是个小会议，取消也没什么。Leo 点头，说了一句：“好的。”

在 Leo 转身要走的时候，怀荆已经看完了文件，他起身，将旁边的外套拿了过来。Leo 看着怀荆将西装扣扣好，问道：“您要出去？我安排司机……”

“不用。”怀荆神色淡淡，信步朝着办公室门口走去，边走边说，“慕空想妈妈了，我去接他。”

怀荆刚到家，小慕空就从二楼窗户里看到了他的车子。他迈开步子出了门，站在楼梯上时，怀荆已经开门走了进来。

“Daddy！”小家伙握拳举起双臂，小奶音里充满了欢乐。

听到小家伙的声音，怀荆眉眼一柔，他抬头看向二楼，小慕空扶着楼梯站在那里，咪咪端坐在他脚边。

一个小人，一只猫……

恍惚间，怀荆想起了那一身红裙的女人，趴在沙发上，逗弄着咪咪的场面。

继承了怀荆的完美基因，小慕空比同龄人要高，但仍然是个粉雕玉琢的小娃娃。他皮肤白，脸蛋像牛奶一样，虽然还有婴儿肥，但五官已经初具了精致俊逸的模样。

小孩子的眼睛大，清澈透亮，睫毛浓密，长长的卷起来，夹着中间的浅褐色双眸，像洋娃娃一样。

他眉弓的部分像许星空，长眉带着些温暖柔软。还未长开的小巧鼻头下，小嘴红润，像果冻一样。笑起来时，长眉下弯，双唇绽开，透着股孩童的可爱和小小的甜意。

“嗯。”怀荆应了一声后，踩着楼梯上了楼。

看了一眼怀荆的身后，小慕空有些疑惑地问道：“妈咪呢？”

“你妈有点忙。”怀荆俯身与小家伙平视，说道，“我先接你去我办公室，等你妈忙完，我再带你去找她。”

没有见到许星空，小慕空也不着急，他听了怀荆的话后，瞬间笑开了，眼角弯成一弯月牙，张开手臂索要拥抱。

见他伸出手，怀荆大臂伸出将他抱了起来，小家伙一把抱住他的脖子，笑着跟咪咪说：“咪咪再见！”

咪咪看着父子俩的背影，抬起爪子舔了舔，蔚蓝色的眼睛里闪着光。

带好小慕空外出的东西，怀荆抱着他上了车，给他系好安全带后，怀荆坐在了驾驶座上。怀荆刚一坐好，小慕空就“嗯嗯”了两声，身体往前探着，还指挥着怀荆做好临开车前的所有准备：“安全带，还有车门。”

待怀荆默不作声地将准备做完后，小家伙继续叮嘱：“车速要慢慢，红灯要停一下……”

怀荆开着车，听着小家伙的絮叨。和儿子在一起，他有些时候搞不懂谁才是大人，谁才是小孩。

到了红绿灯路口，怀荆将车停在线前，回头看了一眼小慕空。他专心开车的时候，小家伙不再主动和他说话，而是和手里的小老虎模型说话。

看到怀荆回头，小慕空先是一笑，眼角一弯，将手上的小老虎模型递了过去，说：“你要不要吃老虎肉？”

怀荆看着他手上的老虎模型，平静地告诉他：“这是假的。”

“啊？”小慕空抬手揉了揉眼睛，身体靠在儿童座椅上，唠叨道，“我还是宝宝，什么都不知道，你要哄我说这就是真的……”

小慕空和怀荆说着该怎么样与小孩子相处，说完之后，又将小老虎递了过来，眼睛里泛着光。

怀荆看着小老虎，抿了抿唇，妥协道：“这是真的，宝宝自己吃吧。”

听了怀荆的话，小家伙眼睛一亮，像清晨的露珠。

看到怀荆肯定的神色，小慕空将小老虎往眼前拿了拿。塑料小老虎被保姆擦得干干净净，正以山中之王的姿态看着他。

小老虎硬邦邦的，可以想见它的口感是什么样。小慕空看了一会儿，突然说了一句：“算了，这是假的。”

正在开车的怀荆从前车镜看了一眼后座的小家伙，眼尾一扬，嘴角挑了起来。

许星空在出现场，还没回 IO，怀荆带着小慕空去了怀氏。

停好车，怀荆走到后面，将小家伙解放出来，小家伙像小鸟一样“叽叽喳喳”叫着，像是在撒娇。

小慕空还没来过公司，他抱着慕空一进门，公司大厅里的前台就叫了一声怀总。

怀荆微微点头，保持着严肃，他怀里的小男孩却洋溢着阳光一般的笑容，说了一句：“你好。”

一身西装革履、长相精致的高大男人，怀里抱着一个粉雕玉琢的小娃娃，尤其是那小娃娃还主动和她们打招呼，前台的小姑娘都有些控制不住自己的心情了。

怀荆的神色一直淡淡的，就算抱着慕空，双眸也微微下垂，浅褐色的眸子里情绪不明。而小慕空则完全不同，他打完招呼后，抱着怀荆的脖子，笑眯眯地对前台的小姑娘们说："姐姐长得好漂亮。"

"好可爱啊！"前台心中的呐喊压制不住了。

慕空看着她们高兴的模样，也笑了起来，像个小太阳一样。

怀荆抱着小家伙上了电梯。临进电梯时，小家伙挥了挥手，说了一声："拜拜！"

电梯一关上，怀荆按了楼层，小家伙抱着他的脖子，问道："Daddy，你觉得小姐姐们漂亮吗？"

听了他的问题，怀荆垂眸看了他一眼，说："你妈妈漂亮。"

"对的，妈妈在我心里是最漂亮的。"小慕空连忙表忠心。

想起刚刚他夸人漂亮时招蜂引蝶的样子，怀荆眉头一挑，说："你这样说，姐姐们可能会不开心。"

怀荆的话让小家伙的眉头一蹙，他有些不理解地捏了捏小老虎的尾巴，看着小老虎道："为什么不开心呀？我是妈咪的宝宝，所以觉得她最漂亮。在姐姐们的宝宝心里，她们也是最漂亮的。"

小孩子牙牙学语的时候，也正是童言无忌的时候，往往这样，才显出孩子的真诚与天真。

听了儿子的话，怀荆勾唇一笑，电梯停下后，抱着他走了出去。

"Daddy，你就在这里工作吗？"慕空好奇地看着四周，问道，"那妈咪也在这里吗？"

怀荆刚要回答，小家伙身体一动，惊喜道："Leo 叔叔！"

Leo 听到慕空叫他，抬头看着小家伙一笑："慕空。"

小慕空揉了揉眼睛，笑眯眯地问道："嘉琳阿姨呢？"

"嘉琳阿姨和你妈妈在一起。"Leo 柔声回答道。

"哦。"小慕空又揉了揉眼睛。

怀荆注意到他的动作，低头看了一眼。小家伙的刘海有点长，软软的头发碰到了睫毛，所以他从上车开始就在揉眼睛。

怀荆看了一眼 Leo，安排道："你去买根皮筋来。"

Leo 不知道怀荆要皮筋干什么，只是点点头，应了一声"好"。临走的时候，小慕空和他挥了挥手。

等到了办公室内，小家伙又是一阵惊讶，连声夸赞："哇！Daddy 的办公室好漂亮呀！这把椅子好漂亮，这台电脑好漂亮，这盏灯好漂亮……”

进入新环境，他喋喋不休地说个没完，怀荆任他说着，自己则边看文件，边时不时回他两句。

Leo 带着皮筋进来的时候，就看到怀荆正看着文件，小慕空踮着脚站在办公桌一边，嘴里叽叽喳喳不停地说着。

这对父子，一个沉默，一个话痨，但相处起来，又十分和谐。

察觉到 Leo 进来，父子俩齐齐回头看过来，一模一样的桃花眼里，一个眼神淡淡，一个带着开心。

Leo 笑着将皮筋递给怀荆后，摸了摸小家伙的脸蛋，出了办公室。

Leo 一出去，怀荆就将手上的笔放下，对站在桌子前的小慕空说：“过来。”

“啊？”听到父亲的话后，小慕空原本踮起的小脚落在了地板上。站稳之后，小家伙抬起小短腿，“嗒嗒”地跑到怀荆身边，扑到了他的怀里。

小慕空带起了一阵奶香，怀荆将他抱在怀里，大手小心地将他的刘海撩了起来。

刘海一撩起，小孩子光洁的额头就露了出来。小慕空顿时觉得眼前一片宽阔，小小地“嗯”了一声，说：“不痒痒了。”

怀荆手指灵巧地将他的头发弄成一束，用皮筋轻巧地在小慕空头顶上扎了一个小辫子。

小孩子头发软，刚扎成的小辫子，待怀荆松开手后，像一朵小花一样，绽开了。

扎好以后，怀荆将小慕空放下，安排道：“自己去玩吧。”

小慕空小脚踏地，回头看向了落地窗，窗户玻璃上，一个扎着一根小辫的小男孩，婴儿肥鼓鼓的。

小慕空扭了扭屁股，里面的小人也扭了扭屁股，他眼睛一亮，惊讶地指了指，玻璃上的小人也指了指他。

“Daddy，Daddy，我好像个女生啊。”小慕空倒退两步，一只手抓住了怀荆的西装衣角，胖乎乎的小手指攥得紧紧的。

怀荆微微回头看了一眼，小家伙在眨眼，对镜子里的自己充满了好奇。小慕空抬头看向怀荆，笑眯眯地说道：“Daddy，你想要女生做你孩子吗？”

小慕空的词汇量有限，经常说的话他会表达得比较明白，不经常说的，他有时候会说不清楚。但每次，怀荆都能听懂。

怀荆盯了一眼他的发梢，怕他仰倒，伸手托住了他的后脑勺，说道："你妈妈想要，但她没有机会。"

"嗯。"小慕空似乎有些不明白，问道，"为什么？"

怀荆微抿着唇，说道："因为你老霸占着她。"

小慕空恍然大悟，他伸手拍了拍怀荆，宽慰道："没关系没关系，你给我扎头发，我也是女孩子了。妈咪也可以养我做女孩子。"

怀荆："不愧是我的儿子……"

许星空和颜嘉琳出完现场回来，刚坐下，翻译部里就传出了女人的惊呼声。大家纷纷看向办公室门口，许星空也好奇地看过去。待看到门口站着的男人和他怀里抱着的小男孩时，许星空心里一动。

怀荆一只手抱着小慕空，一只手将门推开。阳光照到他身上，将他暗色的西装都照得有些发亮。男人五官精致俊逸，浅褐色的眸子里盛着淡淡的温柔，正冲她笑着。

而他怀中的小男孩白白的，像一个小团子，睫毛长卷浓密，眼尾微微上扬，眼睛笑成了月牙。

他额前的头发被扎成了一个小辫，像朵小花一样在他的头上绽开，看着格外可爱。

小慕空一眼扫到许星空，胖乎乎的小手一拍，举着小老虎模型，奶声奶气地叫了一声："妈咪！"

办公室里的人顿时被萌到，齐齐倒吸了一口凉气。

原本还想着刚刚出现场资料的许星空，脑子里顿时空白一片，她将手上的资料放下，脚步轻快地出了办公室。

"妈咪！"小慕空一见到许星空过来，就朝着许星空这边倒。

待许星空抱住他，没等许星空问，小慕空就将脸蛋贴在她的脖子上，蹭了两下，声音里带着淡淡的哀愁："我好想你。"

许星空心下一软，抬眼看着怀荆，问道："今天怎么来公司了？"

小孩子经常想妈妈，但大部分情况下，都是打个电话安慰安慰就好了，没想到今天怀荆直接把他带到公司来了。

怀荆没有说话，小慕空嘻嘻笑了两声，偷偷瞄了怀荆一眼，然后将嘴巴凑到许星空的耳边，小辫子还挠了一下许星空的脸。

“因为Daddy也想你！”

小孩子的声音，像一滴露水滴落在古琴弦上，发出悦耳的声响。

小慕空说完以后，许星空抬眼看着他，母子俩的眼睛里都带着开心和俏皮。

而怀荆垂眸看着他们俩，眼尾淡淡一挑，沉声道：“我都听到了。”

周五临下班时，陈婉婉和两人打过招呼后，跟着许星空到了她的办公桌前。许星空刚一坐下，陈婉婉就势坐在了她的办公桌上。

靠在椅子上伸了个懒腰，许星空笑看着她，问道：“陈部长有什么指示？”

陈婉婉笑道：“想问问总裁夫人周末有没有时间啊，一起去逛逛街？”

陈婉婉这么一问，许星空随即笑起来道：“也是啊，咱们好久没出去逛了。”

许星空朋友不多，平时也不太爱逛街，但以前没结婚的时候，偶尔会和陈婉婉去逛街。不是为了买什么，纯粹是为了放松。

“你儿子出生前还能逛几次，你儿子出生后，你就彻底没出来过。”陈婉婉吐槽。

被吐槽的许星空不但没有尴尬，反而想起了自己的儿子。小慕空现在三岁，正是喜欢和大人交流的年纪，平时在家抱着她叽喳个没完。

小孩子的思维和大人不同，说的话都透着股让人开心的魔力，许星空很喜欢和儿子聊天。

想到这里，许星空说道：“平时上班也没时间陪他，就想着不上班的时候多陪陪他。”

许星空是喜欢孩子的，不管以前的康康，还是现在的慕空。但陈婉婉和她不同，陈婉婉虽然也喜欢，可在康康身上，她没有投入太多精力。

女人除了家庭，还有事业，有自己的生活，要均衡投入，哪能把鸡蛋都放进一个篮子里。

没给许星空犹豫的时间，陈婉婉说：“行了，你也别啰唆了，周六上午，我送康康去薇泉后，就去接你。周六，咱们逛街，做SPA，好好放松放松。”

心里想着也不能太黏着儿子，许星空笑了笑，道：“好。”

康康的美术课要在八点之前去上。陈婉婉开车到许星空家，不过也就半个小时。许星空从早上七点就开始准备了。

家里虽然有保姆，但周日的时候，许星空和怀荆都在家，所以保姆不用过来。许星空先去做了早饭，和怀荆一起吃过后，就上楼准备去了。

她一进门，婴儿床上的小慕空跟只小熊猫一样翻滚了一下，顶着杂乱的头发，一屁股坐在了婴儿床上。

小家伙后仰着头，眼睛微眯着，似梦似醒。

这个时间，慕空差不多该醒了，许星空笑着叫了一声：“慕慕？”

“啊？”小慕空回神看了母亲一眼，粉雕玉琢的小脸蛋垂下，婴儿肥还给弄出了双下巴。

低着头思索了一会儿人生，小慕空像是清醒了，他轻轻叹了一口气，嘴角勾起，眼尾下弯，笑眯眯地叫了一声：“妈咪！”

然后，小家伙张开了一双小胳膊。

现在是夏天，小家伙穿着一件白色的小背心，小胳膊一截一截的，白嫩又有肉，格外可爱。

许星空刚要走过去，却突然被捏了捏脸，回过头，只见怀荆手上拿着刚冲好的奶粉，垂眸看着她说：“先去换衣服，今天不是要出去玩吗？”

许星空一听，顿时反应过来，和小慕空说了一句：“慕慕，妈妈先去换衣服，让爸爸喂你喝奶粉。”

说话间，许星空朝着衣帽间走去，怀荆松开捏着她脸的手，滑到下巴上，挑起她的下巴吻了一下。

柔软的唇瓣一碰上，许星空心跳一乱，她红着脸，着急道：“孩子看着呢。”

“他吗？”怀荆抬着下巴朝着儿子看去。

刚刚笑成小太阳的小慕空，像一尊小佛像一样盘腿坐在婴儿床上，头低着，已经又睡了过去。

许星空见过不少孩子，从没有见过像自己儿子这么萌的孩子。一瞬间，她又有些不想出去了。

但陈婉婉电话一打过来，许星空就赶紧走进了衣帽间。

怀荆听着许星空和陈婉婉打电话的声音，走到婴儿床边，双手撑在婴儿床上，伸出手指刮了刮儿子的脸蛋。

“痒痒。”小慕空被刮着，小鼻子一皱，哼哼了两声，白嫩嫩的脸颊上透着粉。

怀荆柔声问：“要不要喝奶？”

听到有奶喝，小家伙瞬间睁开眼道：“要！”

怀荆眉眼一柔，在小家伙伸出双臂要抱抱的时候，将他从婴儿床上抱在了怀里，然后将奶瓶递给他。

小慕空现在以吃饭为主，奶喝得少了，早起的奶和大人早上喝牛奶一样，只是为了补充营养。

小慕空抱着奶瓶，趴在爸爸的肩膀上，闭着眼睛喝了一会儿，渐渐清醒了过来。

许星空换好衣服出来，就看到怀荆抱着小慕空站在窗边。小慕空一只手抱着奶瓶，一只手去抓窗帘，抓住后，小胳膊一用力，将窗帘拉开了。

窗帘打开的一瞬间，外面和煦的阳光倾洒了进来，洒在父子俩身上。

父子俩的肤色都很白，今天又都穿了白色的衣服，衣服和皮肤像是融为了一体。在窗帘大开的瞬间，小慕空睁大眼睛，眼里闪烁着星光，嘴巴大张，惊叹了一声。

抱着他的怀荆，在阳光中，美好如少年，侧脸轮廓精致耀眼。他看着小慕空，眉眼中皆是温柔，淡淡地勾唇一笑。

在这海风吹拂的别墅里，许星空看着自己的丈夫和儿子，心情难以言喻。

许星空出来的时候，怀荆就听到了声音，他回过头，看了一眼。许星空今天穿了一件粉蓝色的连衣裙，气质娴静文雅。

“妈咪今天好漂亮！”小慕空看到许星空，挣脱着要下来。

怀荆弯腰将小家伙放下来。小家伙“噔噔”地跑到许星空面前，仰头看着许星空，眼睛笑成月牙：“妈咪，你是公主吗？”

小慕空的眼睛里闪烁着真诚的光芒，许星空脸微微一红，继而又是一笑，她蹲下身，与小慕空平视，笑着说：“你说妈妈是吗？”

“是！”小慕空的小奶音里带着十分确定的语气，他伸手摸了摸许星空的脸颊，说道，“公主都像妈妈这么漂亮。”

许星空像是喝了冰镇的糖水一样，从喉咙甜到了心底。

她看着小慕空，抱歉地道：“妈妈今天不能陪着慕空玩了，你今天和爸爸在家可以吗？”

听说今天妈妈不能陪着，小慕空眼中的星光渐渐暗淡下来，他有些不确定，回头看了一眼怀荆。怀荆在他看过来时，起身走到了母子俩身边。

看到小家伙的表情，许星空心里又有些愧疚，她刚要说话，怀荆将小慕空抱在了怀里，说道：“慕空想不想让妈咪一直漂亮？”

刚刚酝酿出的忧愁，被怀荆的话转移了，小慕空点头道：“想的。”

他刚刚睡醒，现在思维还不是很活跃，话不多。

怀荆看了许星空一眼，说道：“小公主每过一段时间，都要回一趟她们的王国，如果不回去，国王不高兴，就会让她们变得不如以前好看。”

沉浸在父亲编造的故事中的小慕空，搜索了一下自己脑海中所有的童话故事，好像没有听过这样的故事。但既然父亲说，肯定就是真的。

想到这里，小慕空像是确认一样，问道：“妈咪，这是真的吗？”

她今天是去做保养的，原理上和怀荆说的意思差不多。许星空笑着点了点头：“是的。”

听到这里，小慕空皱起了小眉头，摸着许星空的脸，说：“那妈咪你去吧。去的时候，要注意安全，要是国王对你不好，你告诉我，我和 Daddy 去救你。”

看着小慕空忧心忡忡的脸，许星空心里真是又暖又软。她抱住小慕空，亲了一下他的脸蛋，笑眯眯地说：“谢谢宝贝。”

看着母子俩抱成一团，怀荆神色淡淡地问道：“我呢？”

许星空脸一红，抬眸看着他，笑着说：“谢谢老公。”

怀荆舔了舔下唇，说：“那我的亲亲呢？”

许星空看了看小慕空，犹豫了一下，还是踮起脚亲了亲他。

八点半的时候，陈婉婉准时到了许星空家，在父子俩复杂的目光中，战战兢兢地将许星空接走了。

一上车，陈婉婉就拍了拍胸口，说道：“那父子俩该不会恨我把你带走了吧？”

许星空看着后视镜里还没有回家的父子俩，笑了笑，说：“不会，但慕慕说了，你要是待我不好，他和他 Daddy 就来救我。”

陈婉婉哆嗦了一下。

等陈婉婉的车子没了踪影，望妻望母的父子俩才回了家。小慕空起床只喝了点奶，怀荆便带着他去吃早饭。

和怀荆不同，小慕空有点挑食，早餐他比较喜欢中式的，粥、小水饺、小馄饨或者是奶黄包一类。

今天许星空给他做的小馄饨。

将小慕空放在宝宝椅上，怀荆去厨房将小馄饨端了出来，又递了餐具给他。吃饭前，小家伙看着外面的大太阳，心中有些悲凉地问道："Daddy，要太阳公公落山了妈咪才能回来吗？"

修长的手指灵巧地将鸡蛋壳剥掉，怀荆将鸡蛋切成四块放进小盘子里，推到儿子面前。做完这些后，他抽出纸巾擦了擦手，沉声道："嗯。"

吃了一口馄饨，咽下去后，小慕空问道："那给妈咪打电话，她会提前回来吗？"

许星空刚走几分钟，小慕空觉得就自己开始想妈妈了。

虽然照顾孩子还算顺手，但他照顾小慕空的时间确实不多，小慕空明显更喜欢和许星空在一起。

想到这里，怀荆敲了敲桌子，让小慕空的注意力集中到自己身上。

小慕空胖乎乎的手拿着小饭勺，左边的脸颊因为一个馄饨而鼓鼓的，他回过头来，看着怀荆，眼睛里闪烁着疑惑。

怀荆看着小慕空，说道："妈妈一直给我们做饭，我们也给她做一顿吧。"

想转移小孩子的注意力，就要带着他做点事情。果不其然，小慕空眼睛一亮，兴奋地点头答应道："好耶！"

有事情做的小慕空，显得没有那么焦灼了。两个人吃过饭，怀荆带着他去了书房。

家里现在单独设了一间儿童书房，专门用来放儿童读物，里面除了两排书架，还有一张大大的龙猫懒人床。

"我要给妈咪做肉，做蔬菜……"小慕空刚进书房，就"噔噔噔"跑到了菜谱区，将菜谱图书拿下来。

他嘴里不停地说着要做肉做鱼做蔬菜，但是一个菜名也不知道，最后，挑了几本长得比较好看的菜谱图书，拎到了怀荆面前，抬头看着他，兴奋道：“Daddy，我想给妈咪做这个，还有这个，还有这个……”

他迫不及待地将手上的书一本本拎起来，小小的个子才到怀荆的膝盖处。因为都是厚重的图书，他有些拿不动，递给怀荆的时候，脸皱成一团，格外吃力。

怀荆伸手将书接了过去，然后走到榻榻米旁边坐下。他正准备翻书，小家伙就灵巧地钻进他怀里，坐在了他的腿上。

“这个！”小慕空兴奋地指着菜谱。

怀荆看了一眼番茄炒蛋，扫了一眼做法，貌似挺简单的。他将下巴搁在小慕空的头上，轻轻地磨蹭了两下：“这个需要什么蔬菜？”

儿童类的读本都是浅显易懂的，旁边就画着所需材料的图片。小慕空虽然不会报菜名，但图片还是认识的。

小家伙兴致勃勃地指着图片道：“番茄，鸡蛋……”

“还做什么？”怀荆又蹭了一下儿子的头顶。小孩子的毛发软软的柔柔的，蹭着格外舒服。小慕空的发质，随了许星空。

小慕空听了以后，认真地翻页，然后猛地回头，小小的脸上带着担忧，道：“我想做好多好多，那妈咪喜欢吃吗？”

“你喜欢妈妈做的饭吗？”怀荆问道。

小慕空认真点头：“喜欢呀，妈咪做饭好吃啊，但是我做饭不好吃……”

“嗯。”怀荆垂眸看着图册，翻了一页，淡淡地道，“我做饭好吃。”

听了父亲的话，小慕空惊讶地张大了嘴巴，不可置信道：“真的吗？Daddy，那我可以吃一点你做的饭吗？”

“嗯。”怀荆淡淡地应了一声，说道，“我做出来后，你帮我尝尝咸淡。”

最后，小慕空挑了番茄鸡蛋、香菇油菜，还有豆腐焖鱼。确定菜单后，已经是中午了，父子俩直接出门，在商场吃过饭后，便去超市采购晚餐所需的材料。

怀荆推着购物车，小慕空迈着小短腿跟在旁边“噔噔噔”跑着，边跑边跟怀荆说话：“Daddy，要买巧克力给妈咪，还有橘子糖，还有……”

许星空喜欢吃糖，父子俩都知道她的口味。小家伙跑到糖果区，抱了一堆巧克力，踮着小脚就往怀荆手上递。

小慕空并不喜欢吃糖，这些都是按照许星空的口味买的。怀荆也没有拒绝，接过来后，将所有的糖放进了购物车。

给妈妈买好零食，小慕空像是放下了心一样，边跑边说："去买蔬菜吧。"

刚跑了两步，怀荆就叫住了他："慕空……"

小短腿一顿，急刹住车，小慕空回头看着怀荆，问道："怎么啦？"

怀荆指了指另外一个方向，说道："蔬菜区在那里。"

路痴小慕空"哦"了一声，转了个方向开始朝着蔬菜区跑，边跑边说："番茄番茄我来抓你啦！"

这个时间超市的人不多，空旷的超市货架中间偶尔会经过一两个人，看着小家伙像小动物一样来回跑着，几个小姑娘被萌得掏出手机拍起了小视频。

小慕空跑了一会儿，似乎知道她们在拍，笑眯眯地回过头，比了个剪刀手，放在右边的眼角处。

几个小姑娘萌得抑制不住地尖叫。

小慕空看了一眼跟过来的怀荆，小手挥了挥，道："可以了，可以了，我要买蔬菜，和 Daddy 给妈咪做晚饭了。"

说完，小团子迈开小短腿，朝着蔬菜区跑了过去。

蔬菜区的木柜太高，他一双小手扒在上面，踮起小脚努力地看着。看不到他就有些着急，回头找父亲帮忙。他刚一回头，就被一条胳膊抱了起来，发现是怀荆，小家伙抱住他的脖子，笑得叫道："Daddy。"

小慕空撒着娇，怀荆将他抱稳，问道："记得买什么菜吗？"

"那个！"小慕空伸出小手指了指，说，"Daddy 拿。"

小家伙年纪虽小，记忆力却惊人，怀荆按照他的指挥，将所需的蔬菜都买了下来。

买完之后，父子俩就一起回了家。

回到家后，小慕空需要午睡，怀荆给他讲了故事，小家伙很快睡了过去。小慕空虽然和父亲没有妈妈那么亲近，但非常喜欢他给予的安全感。

午后的阳光中，怀荆伸手拍着小家伙，待小家伙睡过去后，他也闭上眼睛睡了过去。

怀荆醒过来的时候，已经是下午四点了。小慕空就坐在他身边，正用心地数着他的睫毛。他睁开眼，小家伙"呀"了一声，骨碌碌地滚到他身边，给了他一个大大的拥抱。

“Daddy，该去做饭了。”

怀荆看了一眼时间，应了一声，将他抱了起来，说：“走吧。”

父子俩一边聊着一边往楼下走，刚到楼梯口，就听到了开门的声音。门一开，许星空走了进来，抬头就看到了楼梯上的父子俩。

“妈咪！”小慕空惊喜地叫道。

最终，父子俩给许星空做饭的计划落空。许星空做好晚饭，听着小慕空讲述着他们的一天，惊讶地看着怀荆道：“你真会做饭？”

“对！”小慕空坐在宝宝椅上，笑嘻嘻地说道，“Daddy 说他做的饭菜特别好吃哦，还说可以让我尝尝咸淡。”

她看着怀荆，哭笑不得地说道：“多亏我提前回来了。”

怀荆挑了挑眉。

许星空去厨房端鱼汤，怀荆尾随着她进了厨房。她还没端起鱼汤，就被男人圈在了怀里。

许星空耳根一红，回过头来，笑眯眯地看着他。在回过头的一刹那，男人低头，吻住了她的唇。

这个吻很温柔，像是一点点将她拉入他给她创造的甜溺之中。

待怀荆离开，许星空的脸颊已经透了粉，她眼眶微红，伸手抱住男人的脖颈，问道：“怎么了？”

怀荆环抱住她的腰，将下巴搁在她的肩膀上，他的唇就在她的耳边，声音低沉沙哑：“想你了。”

听了这话，许星空笑了笑，蹭了蹭男人的脸颊，轻声道：“慕慕都没有你这么想。”

“嗯。”怀荆沉声应道。

他看着许星空，眼中皆是温柔：“他当然没有，我才是这个世界上最爱你的，有我在，他永远只能排第二。”

独家番外

七月中旬，夏城雨季来临，空气中的闷热被浇透，地面永远湿漉漉的。沿海公路一片开阔，天高云薄，海面风平浪静，海风吹拂，舒适安静。

许星空坐在副驾驶座上，望着前面宽阔的马路，中间的白线一条条往后倒退，像条白色的丝带。她眉头轻微蹙着，有些着急，但她没有催促怀荆。

相比她，旁边的男人则散漫得多，车子开得平稳，车速不快不慢，在这阴天的傍晚透出些安逸静谧来。

“不用急。”怀荆看了一眼许星空，手握着方向盘，目视前方，桃花眼轻挑，语气慵懒，“他下班就要五点，过来也该六点了。”

许星空望着渐渐往后退去的路灯，说道：“谦修说可以提前下班，万一他提前到了，让别人等着不太好。”

“是我们帮他养着猫，等着就等着吧。”对于好友，怀荆随意得多。但许星空个性就是如此，他说完后，还是加快了些速度。

旁边许星空没有说话，但怀荆能看到她的视线是看向他的，他微一侧眸，对上了女人水盈盈的双眼。

心底微微一热，怀荆收回视线，微抿唇线，勾起眼角，笑道：“是你帮他养着。”

许星空重点不是这个，但听他这么说，自己也笑了起来。她喜欢这样看怀荆，而每次，怀荆都以为有其他意思在里面，总会斟酌一下自己上一句的话，完善一下后重新再补充着说出来。

两人在一起这么久，生活趋于安稳平淡，但是默契十足，似乎每天都有新意在，许星空很喜欢现在的生活。

回到家后，确认柳谦修还没有过来，许星空进了家门，先去了猫房。柳谦修养了四只猫，先前只有一只浑身漆黑的玄猫，叫周易。后来又收养了三只刚出生的奶猫，名字分别叫大头、二筒和中分，和清心寡欲、超凡脱俗的柳谦修有种淡淡的反差萌。

柳谦修要出差一周，但他信不过宠物医院，所以只好送过来给许星空照顾。周易还好，就是三只奶猫比较麻烦，白天的时候保姆定时定点地喂，晚上就是她帮忙照看。

虽然许星空怀孕快三个月，但柳谦修本来就是医生，做得比较到位，小猫都做过身体检查和驱虫，没什么大问题。

三只小奶猫刚喂过，现在已经睡了。一旁的周易蹲在猫窝边，看着三只睡了以后，抬手舔了舔爪子，然后跳上了高高的猫爬架。

养了几天，许星空对于多养几只猫也有点心动了。周易虽然和小奶猫没什么血缘关系，但是一直陪伴在三小只跟前，感情十分浓厚。

正想着，脚边蹭过来一只毛茸茸的东西，许星空低头，咪咪抬头冲她叫了一声，许星空笑起来，俯身将它抱起来。

猫房门虚掩，许星空抱着咪咪出来，伸手摸了摸它的头，笑着问道："你想不想要小伙伴儿陪着？"

咪咪听不懂，只亲昵地蹭着她的手，一下又一下，感受这一天以来少有的温存。温存不过两秒，楼上传来了怀荆的声音。

"星空。"怀荆在卧室，他刚刚先上去了。

咪咪和许星空一起抬头，许星空问了一句："怎么了？"

"你上来一下，我有东西找不到了。"怀荆说着，没有从卧室出来。

许星空起身要朝着楼上走，怀里的咪咪似乎听明白了，它在许星空怀里磨蹭了两下，又"喵喵"叫了两声，不想离开。

猫的独占欲很强，许星空有时候玩手机，它也会过来蹭掉她的手机，将小脑袋放在她的掌心。

而怀荆的独占欲更是不用说。

思来想去，许星空将咪咪放下了，有些脸红道："我一会儿就回来。"

咪咪坐在台阶上，“喵”了一声，意味不明，许星空起身上了楼。

卧室开着窗，风吹着纱帘，雨后的空气有种自然的冰凉，混合着淡淡的水汽。许星空进门没有看到怀荆，叫了一声，问道：“什么东西找不到了？”

说话间，怀荆单手握住衣帽间的门，侧身看了过来，对许星空道：“你先过来。”

许星空不疑有他，抬腿走了过去，刚到门口，男人一只手拉住她，许星空轻叫一声，心下一跳，再回神，男人的气息喷薄在她的颈边，怀荆将她压在了衣帽间的衣柜上。

“你干吗？”许星空的手腕被怀荆握住，她动了两下，脸不知是因为用力还是因为害羞，已经红了，她抬眼看着怀荆，试图与他讲道理，“你……你不是东西找不到了吗？”

怀中女人仰着头，眼睛干净漂亮，透着盈盈水光，怀荆嘴角微勾，笑着说：“对啊，你找不到了。”

许星空这才后知后觉被他骗了。而这时已经晚了，男人倾身压下，柔软的双唇已经吻住了她。

清淡的薄荷香是两人路上一起吃过的薄荷糖的味道。冰冰凉凉，柔软温甜，许星空心跳加快，她后缩着肩颈，锁骨渐渐凸起，精致漂亮。

“谦修……他一会儿就来了。”许星空心跳加速，渐渐明白了身上男人的意图。他刚拆了领带，领口的扣子开了两粒，脖颈线条完美流畅。

在她说话间，男人低头咬住了她，许星空轻哼了一声，也不甘示弱地咬了回去。小小的牙齿，轻轻地咬合，许星空的耳边是男人的轻笑还有他呼出来的热气。

“不管他。”怀荆说完，就要继续往下移动。

而在他伸手去勾许星空的裙角时，楼下传来了门铃声。像是一缕阳光冲破了水雾，许星空意识瞬间收回，她推开怀荆，脸红得厉害，边往下走边说道：“我……我去开门了。”

衣帽间里的旖旎还没散开，怀荆望着许星空消失的背影，挑眉舔了舔唇。

许星空调整了一下自己的气息，随后打开了门，看到柳谦修，冲他一笑，道：“来了。”

柳谦修是怀荆的同学，夏城四少里除了何遇，怀荆和他关系最好，经常会相约一起去打篮球。他是柳家家主，但现在在汤尔医院做医生。

柳谦修身材和怀荆差不多，一样的修长挺拔，只不过他看着更为清瘦，有种仙风道骨的感觉。这也与他个人的宗教信仰有关，柳谦修信仰道教，算是半个道士，每个月会固定去道观清修。

许星空怀孕后的孕检，柳谦修都有帮忙，许星空很感激他。所以在得知他要出差五天，家里的猫咪没人养之后，她主动提出帮忙。

她开门的时候，怀荆也已经下来了，看到柳谦修，他眼尾一挑，道："我以为这几只猫你又准备送我了呢。"

柳谦修抬眸，神色淡淡："你想养？"

听到柳谦修的话，许星空刚要说，旁边的咪咪见到她，一下跳到了她的怀里。而怀荆也看到了，他看了一眼咪咪，道："算了，一只都耽误时间。"

这也不是耽误时间的问题，许星空又看向了怀荆。怀荆看着她的眼睛，嘴角一勾，似乎在劝："一只还可以，另外几只一起养真的有点多。"

这倒是，他独占欲强，有咪咪和他争抢就够了，再多几只，他肯定是不愿意的。

"哪有随便问主人要猫的。"许星空纠正了怀荆的想法，将怀里的咪咪放下，笑着对柳谦修道："谦修，你的猫在猫房。"

许星空走在前面带路，听到后面怀荆和柳谦修的对话。

"我就不留你吃饭了，我不想多洗碗。"

"你买个洗碗机又能怎样？"

"要么说你单身，不知道我们夫妻生活的乐趣。"

忍无可忍，许星空回头看了怀荆一眼："怀荆！"

怀荆眼神一柔，说："这是前辈的经验。"

沉默地叹了口气，许星空有些害羞，对怀荆道："你别这样说。"

许是看出了她害羞，怀荆笑了起来，道："行，我不这样说了。"

夫妻俩一来一回，旁边柳谦修安静地站着，末了问道："可以拿猫了吗？"

夫妻俩齐齐看过去，许星空脸更红了，她慌忙将猫房打开，小声说："……可以的。"

给柳谦修拿了猫后，许星空又和柳谦修说了一句：“你晚饭在这里吃吧，吃过再回去，怀荆刚刚跟你开玩笑。”

而柳谦修并未说话，外面突然传来了一个女人的声音。她和怀荆抬头看向外面，这时，柳谦修安静地说了一句：“不用了。”

说话间，柳谦修出门，怀荆手机铃声响起，许星空对他道：“你接电话，我出去送他。”

Leo 打来电话说公司的事情，怀荆应了一声，拿着手机去了书房。

柳谦修自己拎着两只猫笼，许星空跟在后面拿了些小东西，一出门，就看到柳谦修车前站着一个女人。

女人长得很漂亮，骨架纤细高挑，乌黑的长卷发，雪白的巴掌小脸，双唇嫣红一点蜜。右边脸颊上，有一小片睡觉时压出的红痕，让她妩媚的气质里带了些娇憨，明艳动人。一身姜黄色的吊带裙，宛若一株人间富贵花。

她也看到了许星空，视线先看向柳谦修，嘀咕了一句：“你怎么不叫我？”

说完，冲许星空一笑，道：“你好，我叫慕晚。”

慕晚站在柳谦修身边，两人一个像茂林修竹间修行的神仙，一个像是高山流水里蜿蜒的小妖，有种别样的混搭感。

许星空不知道慕晚和柳谦修的关系，但笑着和她自我介绍后，仍旧解释了一句：“我老公在打电话，所以没有出来。”

女人眼神跳跃，似乎是懂了她的意思，她笑起来，扫了一眼柳谦修，眼角藏不住的喜欢。

“柳谦修跟我说了，谢谢你帮我们照顾猫。”

看着柳谦修将东西放好，许星空突然想起来什么，匆忙对柳谦修道：“还有一小袋东西忘记拿了，你稍等一下。”

说着，她走回去，怀荆还在打电话，她拿了东西往外走，临到客厅前，看到了客厅桌子上摆着的果盘。

果盘里放了几颗红红的李子，是许星空昨天和怀荆一起买的，挺好吃的。她走到桌前，拿了颗李子后，又出了门。

许星空疾步出门，将小书包递给了柳谦修，将李子递给慕晚，笑道：“我刚买的，很甜。”

送走两个人，许星空回了家，客厅里，怀荆坐在沙发上，刚打完电话。他领口又开了一粒扣子，见许星空进来，朝她勾了勾手指。

许星空过去，坐在了他怀里，怀荆问："外面有人等谦修？"

"嗯。"许星空伸出手臂，去拿李子，说，"谦修这个性子，向来不和别人来往，这次竟然带了朋友过来，应该关系不错。"

怀荆的注意力没在柳谦修身上，他看着许星空伸出的手臂。许星空坐在他怀里，是整个身体陷入沙发的，手臂距离果盘有些远。第一次没有够到，她准备起身去拿，旁边男人伸出手臂，将李子拿了过来。

男人手指修长白皙，骨节分明，拿了李子以后，放在了手里。许星空回头看他一眼，怀荆问："吃吗？"

他是给她拿的，许星空不疑有他，点了点头，伸手去拿。怀荆将李子拿开，许星空扑了个空。

许星空深深叹了口气，抬眼看他。怀荆一笑，道："直接咬。"

说着，他将手里的李子递到了她的嘴边。许星空咬了一口，清甜的汁水在口腔溢开，只有果皮带了一点点酸味，她弯起了嘴角，说："好甜！"

她刚要再去咬一口，男人的身体倾了过来。

许星空瞪大双眼，怀荆垂眸看她，声音渐渐沙哑："我尝尝。"说完，吻在了她的唇上。